人文新视野（第 21 辑）

2022年第 2 辑

# 人文新视野（第 21 辑）

New Perspectives in
Humanities N° 21

史忠义　孔　杰　臧小佳　主　编

中国社会科学出版社

图书在版编目(CIP)数据

人文新视野. 第21辑/史忠义,孔杰,臧小佳主编. —北京：中国社会科学出版社，2022.12
ISBN 978-7-5227-1101-0

Ⅰ.①人… Ⅱ.①史…②孔…③臧… Ⅲ.①文艺理论—西方国家 Ⅳ.①I0

中国版本图书馆 CIP 数据核字(2022)第 232045 号

| | |
|---|---|
| 出 版 人 | 赵剑英 |
| 责任编辑 | 郭晓鸿 |
| 特约编辑 | 杜若佳 |
| 责任校对 | 师敏革 |
| 责任印制 | 戴　宽 |

| | |
|---|---|
| 出　　版 | 中国社会科学出版社 |
| 社　　址 | 北京鼓楼西大街甲 158 号 |
| 邮　　编 | 100720 |
| 网　　址 | http://www.csspw.cn |
| 发 行 部 | 010-84083685 |
| 门 市 部 | 010-84029450 |
| 经　　销 | 新华书店及其他书店 |
| 印　　刷 | 北京明恒达印务有限公司 |
| 装　　订 | 廊坊市广阳区广增装订厂 |
| 版　　次 | 2022 年 12 月第 1 版 |
| 印　　次 | 2022 年 12 月第 1 次印刷 |
| 开　　本 | 710×1000　1/16 |
| 印　　张 | 18.25 |
| 插　　页 | 2 |
| 字　　数 | 281 千字 |
| 定　　价 | 96.00 元 |

凡购买中国社会科学出版社图书，如有质量问题请与本社营销中心联系调换
电话：010-84083683
版权所有　侵权必究

# 编委会成员

主　　编　史忠义　孔　杰　臧小佳
顾　　问　叶舒宪　郭宏安　罗　芃　栾　栋
　　　　　米歇尔·梅耶（比利时布鲁塞尔自由大学哲学和修辞学教授、法国《国际哲学和修辞学》杂志主编）
　　　　　让·贝西埃（法国巴黎新索邦大学比较文学教授、国际比较文学学会荣誉会长）
　　　　　卡萝尔·塔隆-于贡（法国巴黎索邦大学美学教授、法国大学研究院院士、法国《新美学杂志》前编委会主任）
编　　委　（按姓氏汉语拼音顺序排列）
　　　　　程　巍　程玉梅　董炳月　高建平　韩　伟　户思社　孔　杰
　　　　　梁　展　李永平　史忠义　谭　佳　魏大海　吴　笛　吴国良
　　　　　吴晓都　向　征　徐德林　许金龙　余卫华　臧小佳
编　　务　向　征（兼）

# 人文新视野

2022 第 2 辑

总第 21 辑

New Perspectives in Humanities

N° 21

## 合　办

中国社会科学院比较文学研究中心
Center of Comparative Literature
Chinese Academy of Social Sciences
西北工业大学外国语学院
School of Foreign Studies
Northwestern Polytechnical University

## 主　编

史忠义　孔　杰　臧小佳

# 目 录

## 诗学研究

理论之后:文学理论的知识图景与知识生产 …………………… 李西建(3)
从浪漫主义到象征主义
　——论波德莱尔创作的精神转向 ……………………………… 周　鸽(20)
在价值与虚无之间
　——论米兰·昆德拉对刻奇的书写 …………………………… 杜　娟(33)
欧美奇幻文学理论中的恐惧 ………………………………………… 张　怡(50)
《包法利夫人》的空间叙事学解读 ………………………………… 曹思思(68)
莱奥·斯皮策与风格学解读 ………………… 斯塔罗宾斯基 文　史忠义 译(86)

## 比较文学和比较诗学研究

"失去"与"归属":论古尔纳《来世》中的共同体书写 ………… 余静远(117)
声画之间:跨媒介视角下《世间的每一个清晨》的电影改编 …… 李鉴夏(133)
论孔子伦理思想的跨时代延异 …………………………………… 孟凡君(148)
严歌苓前后期女性形象转变研究 ……………………… 刘宇慧　刘一静(172)
性别差异·历史共谋·镜式悖论
　——莫里亚克《苔蕾丝·德丝盖鲁》与李昂《杀夫》的
　　叙事比较 ……………………………………………………… 陈　矿(182)
文学与社会新闻研究的几条路径
　——以法国文学为例 …………………………………………… 赵　佳(199)

左拉与中国的结缘与纠结
　　——以1915—1949年左拉在中国被接受为例…………………吴康茹(220)
波德莱尔与雨果美丑观对比……………………………………………王栗媛(239)

## 法国文学研究

他者的伦理叙事与伦理的叙事学
　　——《一个法国人的一生》家庭观释读………………………汪俊辉(251)
无边的现实主义:《鼠疫》的现实主义再解读 ………………………连子珺(264)
乔治·桑的生态主义元素观
　　——以《魔沼》为例……………………………………………时少仪(273)

# 诗学研究

# 理论之后:文学理论的知识图景与知识生产

陕西师范大学文学院
■李西建

【摘　要】"后理论"是21世纪人文科学研究面临的一种文化语境,也是关乎文学理论与文学研究发展的一个重要命题,某种程度上决定其知识生产的路径与转向。由于国内外理论界高度关注对该理论的探讨,本文以此为论域,着重分析"后理论"概念的演化和内涵,以及它所依赖与所生成的文化场域,探讨这一命题对文学理论知识图景的形成可能产生的影响,即在知识面貌、知识范式与理论表征等方面的文化生成及其建构。结合文学理论的知识图景,文章进一步对知识生产的路径及选择进行了探讨,由此提出与此相关的诸多思考。

【关键词】后理论　知识图景　知识生产　文学理论

## Post-theory: Knowledge Prospect and Knowledge Production of Literary Theory

【Abstract】 "Post-theory" is a cultural context for the humanities research in the new century, and it is also an important proposition related to the development of literary theory and literature research, which to some extent determines the path and turn of its knowledge production. Since the theoretical circles are highly concerned about the discussion of this theory, this paper takes this as the domain of discussion, focusing on the analysis of the evolution and connotation of the concept of "Post-theory", as well as the cultural field relies on and generates, discusses the possible influence of this proposition on the formation of literary theoretical knowledge landscape, that is, the cultural formation and construction in the aspects of knowledge appearance, knowledge paradigm and theoretical representation. Combined with the knowledge landscape of literary theory, this paper further discusses the path and choice of knowledge production, and puts forward many thoughts related to this.

【Key Words】 Post-theory    Knowledge Landscape    Knowledge Production    Literary Theory

"后理论"命题的提出已有多年，这是进入21世纪后经西方理论家的阐释，又一次移入中国的一个重要学术话语。然而，与以往西方批评形态及研究模式的移植有所不同，"后理论"话语的提出更具全球性与根本性，它带有某种程度的价值定位与方向选择等方面的展望与规定。从伊格尔顿《理论之后》（*After Theory*）的出版到拉曼·塞尔登等在《当代文学理论导读》一书中对"后理论"现象的专题介绍，① 再到国内学界对该命题的持续关注与探讨。② 种种迹象表明，在历经后现代主义大潮的冲击与"理论终结论"的影响后，文学理论是否已经无可挽回地进入了一个衰落的状态，其发展的前景与出路何在？人们是否还可以继续预测理论终结后文学理论的走向与这一境况下的知识生产等，这实际已成为国内理论界高度关注与深入思考的一个焦点问题。正是基于如上背景，本文力图进一步分析"后理论时代"的文化场域与文学理论的知识景观，并对这一背景下文艺理论的知识生产作尝试性的探讨。

---

① ［英］特里·伊格尔顿：《理论之后》，商正译，商务印书馆2009年版；［英］拉曼·塞尔登等：《当代文学理论导读》，刘象愚译，北京大学出版社2006年版。
② 国内学界对"后理论"问题探讨的文章有：王宁《"后理论时代"的文化理论之功能？》，《文景》2005年第3期；周宪《文学理论、理论与后理论》，《文学评论》2008年第5期；盛宁《"理论热"的消退与文学理论研究的出路》，《南京大学学报》2007年第1期；姚文放《文化政治与文学理论的后现代转折》，《文学评论》2011年第3期等。

## 一 "后理论"及其文化场域

依国内学界的看法,詹明信是最早发出理论终结"讣告"的预言家。在20世纪90年代初,在《德国批评传统》一文中,他曾不无惋惜地慨叹:"今天在理论上有所发现的英雄时代似乎已经结束了,其标志是下述的事件:巴特、拉康和雅各布森的死;马尔库塞的去世;阿尔都塞的沉默;尼柯、布朗特日和贝歇的自杀为标志的'第一代'法兰克福学派的终结;甚至还有更老一代的学者如萨特的谢世等。所有这些事件都从不同的角度表明,结构主义的有所发明的时代已经过去了。我们不能再指望能够在语言的领域里找到堪与60年代的地震图示转移或结构主义诞生所引起的震动相比拟的任何新发现。"① 进入21世纪后,伊格尔顿以《理论之后》的出版,宣告了一个理论时代的终结和对一种新理论到来的期待。他不无悲观地指出:"文化理论的黄金时代一去不复返了。拉康、列维—斯特劳斯、阿尔都塞、巴特、福柯开创性的著作距今已有数十年之久了。威廉斯、伊丽格瑞、布尔迪厄、克里斯蒂娃、德里达、西苏、哈贝马斯、杰姆逊和萨义德等人早先开拓性的著述也有数十年了。这以后并没有很多可与这些奠基者的雄心和独创性媲美的著作问世。他们中的一些人此后遭遇了不测。命运使巴特在巴黎的一辆洗衣行的车下命丧黄泉,福柯因爱滋病而备受痛苦,送走了拉康、威廉斯和布尔迪厄,阿尔都塞因杀妻被罚而关进了精神病院。看来,上帝并不是一个结构主义者。"② 伊格尔顿预言的依据是,一代思想家的纷纷离去与新的理论思想的空缺及贫乏。

值得注意的是,在新近由拉曼·塞尔登等学者编撰的《当代文学理论导读》一书的结论中,作者以"后理论"命名,进一步探讨了这一概

---

① [美]詹明信:《晚期资本主义的文化逻辑》,陈清侨等译,生活·读书·新知三联书店1997年版,第303页。
② [英]特里·伊格尔顿:《理论之后》,商正译,商务印书馆2009年版,第3—4页。

念所包含的问题性。该著作强调，新千年开端的一些著述奏响了新的调子，一个新的"理论的终结"，或者说得模糊一点，一个"后理论"（After-or Post-theory）转向的时代开始了。[①] 且不论我们能不能有意义地进入"后理论"，我们最终发现，这一预告更像是在重定方向，而不像一个戏剧性的启示录。对许多人来说，来到"后理论"似乎意味着从文化研究与后现代主义控制的时代走出来。在这种情形下，文化研究或者说更一般意义上对文化文本（包括文学文本吗？）的研究以及当代的种种理论都处于视野之外。这种对最近的过去的弃绝是令人惊异的。难道这个时代有太多错误的构思吗？难道这类弃绝的术语不应该更仔细地思索吗？难道现在的任务中没有一项要重新承担起对文学和文化以及对当代的理论化，以便更完整地理解这些转型的或者说另一种思路的术语吗？[②] 拉曼·塞尔登等人的思考揭示了"后理论"时代隐含的两个重大问题域，其一是我们如何对待"文化理论"与"后现代主义"的思想遗产，其二是理论之后的出路何在，我们是否需要理论以及需要什么样的理论。而要对这些问题做出解答，则需要依据对"后理论"时代所呈现的文化场域的科学认知与理解。诚如伊格尔顿所指出的，"种种文化观念随着由他们所映照的世界的改变而改变"。

"后理论"时代所依赖与生成的文化场域是复杂且极富悖论性的。这是一个"失与得"并存，文化多样性与文化乱象杂糅共生的时代。一方面是某种观念的快速生产与炮制，而另一方面是思想、价值等具有根基性的东西的衰落、遗忘与所遭遇到的前所未有的危机。英国学者迈克·费瑟斯通把这一时代称为消解文化整体性的时代，我们的文化形象已变得越来越复杂。与其说出现了统一的全球化，不如说全球化进程呈现出一

---

① 这批新的著述指民连京·卡宁汉（Valentine Cunningham）的《理论之后的读解》（2002）、让·米歇尔·拉巴尔特（Jean Michel Rabate）的《理论的未来》（2002）、特里·伊格尔顿的《理论之后》（2003）以及《后理论：批评的新方向》（1999）、《理论还剩了什么？》（2000）、《生活：理论之后》（2003）等文集。资料来源见［英］拉曼·塞尔登等《当代文学理论导读》，刘象愚译，北京大学出版社2006年版，第326页。

② 参见［英］拉曼·塞尔登等《当代文学理论导读》，刘象愚译，北京大学出版社2006年版，第326—339页。

个强劲趋势，即全球差异阶段的出现，它不仅开启了"文化的世界橱窗"，让相距遥远的异域文化直接比肩而存在，而且提供了一个场所，让文化的碰撞发出更嘈杂的音调。因此，全球化进程似乎并不是在制造文化的单一性；相反它是差异、权力争斗、文化声望的竞争将在其中进行到底的一个场所。① 伊格尔顿的判断是，这正是一个消费社会蓬勃发展，传媒、大众文化、亚文化、青年崇拜作为社会力量出现，必须认真对待的时代，而且还是一个社会各等级制度，传统的道德观念正受到嘲讽攻击的时代。社会的整个感受力已经经历了一次周期性的改变。我们已经从认真、自律、顺从转移到了孤傲冷漠、追求享乐、拼命犯上。如果存在着广泛的不满，那么，同时也存在着虚幻的希望。从 20 世纪 60 年代和 70 年代起，文化也逐渐意味着电影、形象、时尚、生活方式、促销、广告和通信传媒。符号和景观逐渐充斥着社会生活。② 伊格尔顿的结论是，文化理论的黄金时代早已消失，后现代主义对规范、整体和共识的偏见是一场政治大灾难，其结果是造成了一种"遗忘的政治"。这些新的文化观念涌现于文化本身正变得日益重要的资本主义，这个发展非同寻常。"文化"表示的就是这样辉煌的综合，文化是摇摇欲坠的掩体，工业资本主义厌恶的价值观念和活力正好在此藏身。③

人文科学的生存危机及其生产危机，也是形成"后理论"时代文化场域的重要根系与基础。早在 20 世纪后期，一些思想家就注意到了这种状况。美国人类学者马尔库斯、费彻尔在谈到人文学科的表述危机时指出："知识的现状，与其说是根据它们本身的情况，还不如说是依其所追随的事物来界定和解释的。"而人文学科"现时代的表述危机是一种理论的转变过程，它产生于一个特定的变幻时代，与范式或总体理论处于支配地位的时期让步于范式失却其合理性与权威性的时期、理论中心论让步于现实细节论这一过程有着密切的关系，其产生的前提在于，人

---

① ［英］迈克·费瑟斯通：《消解文化：全球化、后现代主义与认同》，杨渝东译，北京大学出版社 2009 年版，第 18—19 页。
② ［英］特里·伊格尔顿：《理论之后》，商正译，商务印书馆 2009 年版，第 25—26 页。
③ ［英］特里·伊格尔顿：《理论之后》，商正译，商务印书馆 2009 年版，第 25 页。

们越来越发现大理论无法解释社会现实细节"。① 这似乎是当代社会文化景观的一种真实写照，随着后现代文化的转向，许多时尚的、大众的、流行的、通俗的以及形式多样的文化样式已纷纷成为一种新的阅读文本。"事实上，后现代主义迷恋的恰恰是这一完整的'堕落了的'景象……"② 在《理论之后》中伊格尔顿的分析更为深刻与彻底，"人文科学已经丧失了清白之身；它不再自诩不受权势的玷污。它如还想继续生存，停下脚步反省自己的目的和担当的责任就至关重要"。③ 人文学科或"文化"，是敏锐地显示现代性整体危机的所在。文化涉及礼仪、社群、想象力的创造、精神价值、道德品质以及生活经验的肌理，所有这些都陷入了冷漠无情的工业资本主义重围之中。科学、哲学与社会学似乎都已臣服于这野蛮的秩序。哲学沉迷于"什么都不重要"与"什么都非不重要"的逻辑区分里，因而对改变世界不感兴趣。④ 当然，伊格尔顿并非文化悲观主义者，后理论时代也预示着一种新的文化价值的生成与开启，依某些学者的看法，《理论之后》并不标志着理论的死亡，而是预示着一种新的走向。文化理论必须重新积极地进行思考，这并不是为了给予西方世界的生存以合法性，而是为了能够寻求新的价值方向。在"失与得"一章的结尾，伊格尔顿强调："我们坚持的文化理论许诺要尽力解决一些基本问题，但总的来说却没能兑现承诺。在道德和形而上学的问题上它面带羞愧，生物学、宗教和革命问题上它感到尴尬窘迫，在邪恶的问题上它更多的是沉默无言，在死亡与苦难上它则是讳莫如深，对本质、普遍性与基本原则它固执己见，在真理、客观性以及公正方面它则是肤浅的。无论怎样估计，这都是人类生存失败的相当大的一部分。正如我们在前面所表明的，自己对这些根本问题建言甚少或无所建言，

---

① ［美］马尔库斯、费彻尔：《作为文化批评的人类学：一个人文学科的实验时代》，王铭铭、蓝达居译，生活·读书·新知三联书店1998年版，第24—26页。
② ［美］弗雷德里克·詹明信：《快感：文化与政治》，王逢振等译，中国社会科学出版社1998年版，第154页。
③ ［英］特里·伊格尔顿：《理论之后》，商正译，商务印书馆2009年版，第27页。
④ ［英］特里·伊格尔顿：《理论之后》，商正译，商务印书馆2009年版，第83页。

是历史上相当尴尬的一个时刻。"① 作者的这一论断,既是对20世纪以来文化研究与理论生产中的某些重大失误的深刻反省与批评,也是对"后理论"时代人类的思想和价值创造所寄予的展望与期待,它对新的时代语境下文学理论的发展及其知识生产是极富启发性的。

## 二 文学理论的知识图景

知识图景是沃尔夫冈·伊瑟尔在探讨文学理论的理论视角时所使用的一个重要概念,它表示理论构型的一种整体样态。"被表现的事物并不具有客体的性质,而是具有图式的性质。"知识图景的显著特征是显示思想的全景,它通过干预现实,对现存的事物进行重组,从而也提供了一种阐释方法的综合性框架。"如果理论框架是建构性的,则它实质上是加诸作品之上的一组坐标体系以对其进行认知;如果它是操作性的,则是为了解释事物的生成过程而构造的一套网络结构。"② 由此可见,知识图景与马克斯·韦伯所讲的"文化是富有意味的网",福柯的"知识型"以及布迪厄的"场域"等,均是含义相近的概念。表明知识图景也是特定时代知识系统所赖以形成的一种更具根本性的话语关联总体,正是这种关联总体为特定知识系统的产生提供背景、动因、框架或标准。由此观之,文学理论的知识图景就不只是一个学科自足性的概念,而是一种既与学科的知识谱系密切相关,又包含和融会着其他学科的思想、观念、理论与方法的多元知识系统。其中既有丰富的思想取向、文化观念与相对稳定的学理基础,又有审美与文学批评实践活动的不断积累与建构。从这种界定来判断,我们所理解的后理论时代文学理论的知识图景,既不是基于"语言学转向"视域下的知识范式,也不是为"文化研究"所取代且脱离了文学性的理论形态,它呈现出或者具有如下

---

① [英]特里·伊格尔顿:《理论之后》,商正译,商务印书馆2009年版,第102页。
② [德]沃尔夫冈·伊瑟尔:《怎样做理论》,朱刚等译,南京大学出版社2008年版,第164—168页。

特征。

首先，从文学理论基本的知识面貌看，大理论的消退与小写的、众多的"理论"形态的孵化与生成是一个重要的转向。伊格尔顿的观点是，文化理论的黄金时期早已消失，结构主义、马克思主义、后结构主义以及类似的种种主义已风光不再。不管怎样说，正是后现代主义的理论使我们确信，宏大叙事已经成为历史，后现代主义的思维方式很有可能正在走向终点。但是，我们永远不能在"理论之后"，而应以一种新的质疑提出自己的文化理论。如果说它注定要和雄心勃勃的全球历史紧密结合，它一定有着自己可以回应的资源，其深度和广度与自己面临的局势相当。[①] 拉曼·塞尔登等指出，1985—2005年间的"当代文学理论"领域发生了许多动荡和变化，比如，单数的、大写的"理论"迅速发展成了小写的、众多的"理论"——这些理论常常相互搭接，相互生发，但也大量地相互竞争。文学研究的领域充满复杂性与多样性，过去30年来的理论论争留下了不少重大的教训，这些教训是：所有文学批评活动总是要由理论来支撑；不论是什么样的理论都代表了一种意识形态的——如果不是明显的政治的——立场；而不是看起来哲学上绝对的；大写的理论不再明显是单一的、令人敬畏的；理论是要被使用的、批评的，而不是为了理论自身而被抽象地研究的。[②] 所谓"大理论"的消退，是指现代性宏大叙事的衰落，这种理论以雄心勃勃的创造解释一切，尤其是先验地预设文学理论的整体面貌与标准话语，在以往文学理论知识构成中，本质主义和普遍主义观念的流行，定于一尊的大原理与概论性书写，大都与"大理论"的思维模式息息相关。"作为一种知识的系统生产，'大理论'的知识构成往往具有一种'学科帝国主义'的局限性，其知识系统在急剧膨胀的同时，扩大了这一知识视域中的某些问题，而遮蔽了另一些问题。更重要的是这种'学科帝国主义'缺乏自身的反思批判性，因此需要调整知识生产的策略和视域并形成另类视域，而小理

---

① ［英］特里·伊格尔顿：《理论之后》，商正译，商务印书馆2009年版，第213页。
② 参见［英］拉曼·塞尔登等《当代文学理论导读》，刘象愚译，北京大学出版社2006年版，第10—11页。

论则在某种程度上提供了这样的可能性。"① 所谓"小理论"是指具有反思性且面向文化与文学实践的理论，这些理论更应该被理解为一种行动而不是文本或立场观点；它"提供的不是一套解决方案，而是进一步思索的前景"；这种理论或许会重新奠定文学性的根基，回归诗学，甚至重新恢复文学与政治关系的生机，重建文学文化的公共领域。因此，伊格尔顿的"后理论"其实是"更多的理论"，是"在一种更宏伟、更负责的层面上，向后现代主义逃避的那些更大的问题敞开胸怀。这种问题包括道德、形而上学、爱情、生物学、宗教与革命、恶、死亡与苦难、本质、普遍性、真理、客观性与无功利性等。这就是说，他的这个宏大的新构想既包含了一种拓展的马克思主义，也包含了对自由主义某些原则的重新评价"。②

其次，知识范式上的跨界性即跨学科性将越来越突出，从而为所谓"小理论"的生成提供学科的依据和学理的基础，有利于突破文学理论的单一学科化模式，强化与延宕理论的多元性、具体性和差异性。文学理论的特性之一就是它的跨界研究与跨学科性。卡勒对理论的界定有四点："1. 理论是跨学科的——是一种具有超出某一原始学科的作用话语。2. 理论是分析和推测——它试图找出我们称为性、或语言、或文字、或意义、或主体中包含了什么。3. 理论是对常识的批评，是对被认定为自然的观念的批评。4. 理论具有反射性，是关于思维的思维。我们用它向文学和其他话语实践中创造意义的范畴提出质疑。"③ 在"后理论"一节中，拉曼·塞尔登等强调，后理论时代的理论，重要的不仅是理论的含义，还有那"某种东西"（文学的、读解、文化、政治）的含义以及如何理解这些术语之间的关系。一些新的批评还引进了一些更专门的领域，譬如与法律、生态、空间、地域等相关的话题与讨论。这类话题与讨论也常常被称作新的跨学科的创造，既不是狭窄的文本，也不是完全理论

---

① 周宪：《文学理论、理论与后理论》，《文学评论》2008 年第 5 期。
② ［英］拉曼·塞尔登等：《当代文学理论导读》，刘象愚译，北京大学出版社 2006 年版，第 338 页。
③ ［美］卡勒：《文学理论》，牛津大学出版社 1998 年版，第 16 页。

的，而是内在形式的精微与深刻之处以及当今社会与政治的介入。① 审视20世纪西方文论及批评方式的意义与经验，从知识范式的层面看，它所彰显的价值就在于跨界研究与跨学科的构型作用。20世纪西方的诸种理论及批评实践，主要呈现为一种阐释性的话语系统，其特征是把某种具有构型性的学科观念与文本内涵有机结合，在与学科观念相统一的方法论的指导下，通过生成具有范导性的理论话语概念，从而创造出一种具有特定知识系统、方法论意义与阐释空间的话语模式，即文学理论与批评的"范式"创造。无论从学理的构成还是从阐释空间的拓展看，诸多批评形态大都体现出重要的理论生成效果，起到类似詹明信所说的"元批评的作用"，这当然是跨学科互渗的结果。所以说，学科的范围不存在神圣的规定。如果历史驶入另一个阶段——如果传统的学科框架成为进一步认识的遮蔽，人们没有必要效忠于某种"学科领土权"而拒绝敞开边界。许多学科的疆域始终游移多变。从一个学科内部的积累到多学科交叉导致的视域调整，从社会需求的浮动到学院建制的改变，这一切均有可能成为重新勘定学科版图的理由。② 但是，文学理论的跨界研究与跨学科互渗，绝不意味着文学性及其知识谱系的消解，作为文学理论知识形态自主性依据的学科理论范式层，似乎更应是这种跨界性与跨学科性所依持的圆心，而那些借助某种思想与观念实施文学批评实践的诸多理论实验与探险则更多地游移于这一圆心的周围。

最后，鉴于对文化研究阐释经验的深刻反思，后理论已显现出回归文学的某种表征。大卫·凯洛尔和乔纳森·卡勒在90年代曾指出，倘若文学经典的现状受到质疑，倘若文学、艺术和一般文本证据已经形成的完整性被内在矛盾、边缘性和不确定性等观念驱逐，倘若客观事实被叙事结构的观念取代，倘若阅读主体规范的统一性遭到怀疑，那就很可能

---

① 参见［英］拉曼·塞尔登等《当代文学理论导读》，刘象愚译，北京大学出版社2006年版，第333—334页。
② 南帆：《"跨界"的半径与圆心——谈鲁枢元的文学跨界研究》，《文艺理论研究》2011年第2期。

是根本与文学无关的"理论"在捣乱。① 在一些学者看来，20世纪80年代后对文化研究及其诸多理论的兴趣与依赖，似乎起到了一种更阔大的作用，但也可能让人感到的是对文学正业的一种偏离，一种令人畏惧的、受到挫折的偏离，或者是一种时髦的偏离。文学与文学性的显著标志被种族、性、性别的种种规范、律条遮蔽了，如卡勒强调的，"在这种情况下，文学研究及其文本分析的方法就只能遵从社会学意味很强的文化研究的模式，沦落为文化研究的一种'症候式解释'"。事实上，文学理论与研究已拓展的太远，它变成了自觉虚构的后现代文化的共同语。这样的拓展在卡勒看来，势必使文学的特征与批评锋芒丧失，也许该是在文学中重新奠定文学性根基的时候了，我们应该做的就是回归诗学，回到被理论"抛入外圈黑暗之中"的文本细读的传说……② 按照笔者的理解，"后理论"在关注大问题的同时，更应关注文学作为一种审美符号的艺术性建构，关注审美性经验及其阐释在文化研究中的归位。这种归位或者侧重文化诗学的理论取向，或者侧重一种元批评的阐释方法，或者更注重新构筑理论场域中的文学与审美的深度结合等，无论理论与学科的跨界有多广，作为"与文本相关联的诗性（审美性）阐释理论"，它应始终保持审美性的品质，即通过审美价值判断，把生活与作品中蕴含的美发掘出来，以超越人类的日常经验和社会生活的具体形态。

## 三 知识生产的路径及选择

"后理论"时代知识生产问题的提出极为重要且极为复杂，它无疑面临着诸多的困惑与焦虑，也面临着诸多的挑战与选择。诸如全球化语境所带来的文化身份的认同性危机与趋同现象，高度体制化的知识生产与消费语境的日渐建立，文化建构的日益功利化、世俗化与精神价值趋

---

① 参见［英］拉曼·塞尔登等《当代文学理论导读》，刘象愚译，北京大学出版社2006年版，第326页。
② 参见［英］拉曼·塞尔登等《当代文学理论导读》，刘象愚译，北京大学出版社2006年版，第329—330页。

于消解的状况,理论生产的空前冷落以及无可奈何地被边缘化的现状。更为严重的是,"全球化经济活动中,物质商品与文化产品往往是共生的,经济的全球化时代要驱动文化思维、审美趣味的一体化,甚至文艺产品的克隆化。面对异土情调、异样风格的西方消费文化的大举挺进,第三世界往往显得惊慌失措,精神阵地溃不成军,其文化核心阶层大抵最后借助民族主义的政治权威或宗教信仰的道德律令作生硬的限制与抵抗"。[1] 从广义的文化与价值层面表现出的消解性危机,到精神生产领域内人文学科呈现的时代性焦虑,再到文艺理论和文学研究的困惑与茫然,诸多现象无一例外地表明,面对后理论时代的知识生产的多重性危机和焦虑,只有科学地思考和探索知识生产的合理路径及其选择,才能找到文学理论发展的基本方向。依照笔者的理解,后理论时代文学理论知识图景生成的价值定位,将可能构成其知识生产的特定取向与路径,进而也成为当代中国文论需要深度反思及其认同性选择的重要面向。

其一,与"大理论"消退及"小理论"的孵化与使用相关联,后理论时代文学理论的知识生产则更多地转向文化政治,强调理论生产应承担公共领域内更多更大的社会责任。在伊格尔顿看来,理论中缺失的"另一半"并不是文学、读解、文化或美学,而是政治。后现代主义对绝对真理和普遍性等概念的厌倦意味着它已经丧失了深度与雄心。后现代文化理论远非对晚期资本主义的批判,而更是其同谋、附丽于——正因为是资本主义——其侵略性、杂交性与多元性之上。至于价值问题,伊格尔顿评论说,对固定的等级制的解构"轻而易举地与人们熟知的市场对一切价值的革命性铲平同时诞生了"。[2] 如何走出这种困境,理论之后的价值选择是什么?伊格尔顿提出的补救办法是一种雄心勃勃的政治批评或文化政治。他说,"文化可利用它漂流在社会之中这一事实,超越社会偏狭的界限,探究那些对全人类至关重要的事件。它可以具有普

---

[1] 胡明:《经济的全球化与文学的现代性——兼谈人的精神家园的看守问题》,《文学评论》2000 年第 5 期。

[2] 参见[英]拉曼·塞尔登等《当代文学理论导读》,刘象愚译,北京大学出版社 2006 年版,第 337—338 页。

遍性，而非仅局限于狭窄的历史性。它能提出终极问题，而不仅仅是那些实用的或狭隘的问题"。① "后理论"其实是"更多的理论"，是在一种更宏伟、更负责的层面上，向后现代主义逃避的那些更大的问题敞开胸怀。那些问题包括道德、形而上学、爱情、生物学、宗教与革命、恶、死亡与苦难、本质、普遍性、真理、客观性与无功利性等。"文化理论的作用就是提醒传统的左派曾经藐视的东西：艺术、愉悦、性别、权力、性欲、语言、疯狂、欲望、灵性、家庭、躯体、生态系统、无意识、种族、生活方式、霸权。无论任何估量，这些都是人类生存很大的一部分。要忽略这些，目光会相当短浅。"② 如上表述应看作是伊格尔顿"文化政治"观念的核心所在，即文学理论生产中的"微观政治"取向。

历史地看，面向社会文化公共领域，指出社会发展中与人的存在息息相关的问题，是20世纪西方文论在知识生产方面的一个显著特征，它由此推动和形成了西方文论参与文化政治建构及新观念的不断生成。伊格尔顿作为政治批评的倡导者，坚信所有的文学批评都是政治批评。现代文学理论的历史乃是我们时代的政治和意识形态的历史的一部分，与人的意义、价值、语言、情感和经验有关的任何一种理论，都必然会涉及种种更深广的信念，涉及那些与个体和社会的本质、权力和性的种种问题。……纯文学理论只是一种学术神话。③ 时隔20年在对后理论时代的描述中，伊格尔顿秉承其"政治批评"的信念，继续依持那些形而上学的宏观政治的大问题，但却更加强调知识生产向文化政治的转向与渗透。所谓文化政治，即是指区别于具有宏大叙事特质的社会政治的一种微观政治。它更多地指向性别、种族、族裔、性、年龄、地缘、生态等文化权力关系。与社会政治相比，它更富于生存的具体性与文化意味，与文学有着千丝万缕的联系，往往被文化规定和塑造。需要指出的是，文化政治是社会政治的实践性呈现与延伸，它构成了文学生存的栖息地，是文学理论面

---

① ［英］特里·伊格尔顿：《理论之后》，商正译，商务印书馆2009年版，第95页。
② ［英］特里·伊格尔顿：《理论之后》，商正译，商务印书馆2009年版，第30页。
③ ［英］特里·伊格尔顿：《二十世纪西方文学理论》，伍晓明译，北京大学出版社2007年版，第196—197页。

向公共文化领域的基本寓所。诚如伊格尔顿认为的,"所谓微观政治现在就成了时代的命令。……如果所有的理论,就像有些人所怀疑的,天生就是总体化的,那种种新型的理论就得是一些反理论:局域性的、部门性的、从主体出发的、依赖个人经验的、审美化的、自传性的、而非客观主义的和全知性的。……代之者则将是那个流动的、不再居于中心的主体。不再有任何连贯的系统或统一的历史让人去加以反对,而只有一批各自分立的权力、话语、实践、叙事"。① 由此可见,后理论时代的文学理论可能将成为"众多的理论","差异的理论",面向文学实践与文化问题的理论,这些现象和存在正是形成其理论的动力和价值的基础所在。

其二,与知识范式上的跨界性和跨学科性相适应,后理论时代文学理论的知识生产,应更加突出反思性与深度综合。这也是文化研究面临的问题之一。为什么需要反思性,伊格尔顿的分析是,我们拥有一个不间断地在穿衣镜前表演的整体社会,把它所做的每一件事编织进一个巨型文本,每时每刻都在塑造着这个文本世界那鬼怪般的镜像,这意味着文化变得日渐狭隘,也变得日渐空泛,平淡乏味在偏狭盲从中找到了回音。因此,文化在认同意义上已变得更为迫切。由此可见,对我们的处境进行批判性反思,这是我们处境的一部分,是我们属于这个世界的特殊方式的一个特点。② 正是在这个意义上,有学者认为,后理论的真正使命就是对迄今为止尚未触及和思考过的问题进行探索的种种可能性。但这一工作只有在反思的基础上才能实现。那些被大理论和文化研究遮蔽的大问题,反倒可以在理论之后的小理论的视野中凸显出来。华康德甚至认为,一种真正新颖的思维方式,即生成性的思维方式,其标志之一就是它不仅能超越它最初被公之于世时受各种因素限定的学术情境和经验领域,从而产生颇有创见的命题,而且还在于它能反思自身,甚至能跳出自身来反思自身。③ 只有

---

① [英]特里·伊格尔顿:《二十世纪西方文学理论》,伍晓明译,北京大学出版社2007年版,第227页。
② [英]特里·伊格尔顿:《理论之后》,商正译,商务印书馆2009年版,第48—49页。
③ [法]皮埃尔·布迪厄、[美]华康德:《实践与反思——反思社会学导引》,李猛、李康译,中央编译出版社1998年版,第11页。

这种反思性甚至批判性的价值取向,才为文学理论进入"深度综合"奠定了观念基础与保障。因为"文化研究的崛起是出于对其他学科的不满,它不仅针对其他学科的内容,而且也针对其他学科的局限性,因此文化研究属于后学科"。文化研究打破了各学科间的界限,促进了文学研究与文艺理论的跨学科的知识整合,但文化研究不能取代文学理论。所谓文学理论的深度综合,既指思维形态与方法论层面的吸收与借鉴,也包括在思想根基与文学性向度方面的建基与会通。博采各种文论形态有益的资源与创见,在一种新的基点上进行创造性建构,是理论创造走向博大精深的一个必要环节。无论如何实施跨学科与跨文化,一个必要的前提是文学理论为跨界中的聚焦点与圆心,它既是一种广延性极强的人文科学理论,又是一种研究与阐释文学审美现象的自主性理论,它必须依赖特定的文学经验、形式、情感、心智与形象,类似于詹明信所讲的一种文学的"协力关系网",拉尔夫·科恩所强调的,文学理论应成为一种阐释的指南、贯通性的源泉、分析的基础,以便发现和开拓出生活与意义的某种可能性空间。

拉曼·塞尔登等在《当代文学理论导读》的"后理论"一节中指出,伊格尔顿敦促理论承担风险,他自己就承担了进入某些极端敏感的政治领域的风险,但是我们也注意到,尽管他的新构想包罗甚广,但却缺少了一个重要的话题或范畴,那就是"艺术",也可以说是"文学"。在他手中,"文化理论"似乎从文学或审美领域游离开去了,而其他人却寻求对文学和审美的结合,或重新构筑与它们的关系。[①] 这一评价是中肯且富有见地的。不仅是对"文化研究"现象的深刻反省,也包含了对当代文学理论过度推崇文化阐释的某种程度的批评。事实上,文学艺术领域中的文化与审美是不能绝然分开的,文化政治也往往采取审美的方式,成为一种审美的政治。詹明信说,我历来主张从政治社会、历史的角度阅读艺术作品,但我绝不认为这是着手点。相反,应从审美开始,关注纯粹美

---

① 参见[英]拉曼·塞尔登等《当代文学理论导读》,刘象愚译,北京大学出版社2006年版,第338页。

学的、形式的问题,然后从这些分析的终点与政治相遇。不要急不可待地要求政治信号,而我却更愿意穿越种种形式的、美学的问题而最终达到某种政治的判断。①文学理论所面对的"知识型",是丰富的"诗性"及"诗化"形态,是具有审美经验特征的文化类型,是"诗化的文化",这一本体规定决定了理论的"思"是诗性的思,"思的为诗的本质保藏着存在的真理的威能"。所以,从诗性维度守护艺术,从真理内涵理解艺术,是一种符合人的本真存在的价值向度。而当代文学理论的知识生产重申审美取向与艺术性的重要,恰恰体现了回归这种理论生产本性的基本诉求。在《现代西方文学观念简史》中,彼得·威德森进一步指出,20世纪后期,"文学"作为一个概念和术语,已然大成问题了。要么是由于意识形态的污染把它视为高档文化之典范;要么相反,通过激进批评理论的去神秘化和解构,使之成为不适用的,至少是没有拐弯抹角的辩护。这也就表明,需要将"文学"拯救出来,使之再度获得资格,这总比不尴不尬地混迹在近来盛行的诸如"写作"、"修辞"、"话语"或"文化产品"泛泛的称谓之中好一点,正因为这样,他才同意伊格尔顿的如下说法:"文学的确应当重新置于一般文化生产的领域;但是,这种文化生产的每一种样式都需要它自己的符号学,因此也就不会混同于那些普泛的'文化'话语。"②本文认为,回归文学的本体世界,坚持理论思考的审美价值取向和诗性品质,坚持如海德格尔所讲的诗与思的融合,是文学理论知识生产应坚持的基本方向。作为最基本和最重要的知识生产原则,它使文学理论的知识生产从根本上区别于人文学科思想生产的普泛性。

综上所述,后理论时代给予我们的启示与思考是多方面的,而特别值得重视的是在知识生产的向度方面对价值定向与理论深度整合的高度自觉。文学理论的知识生产也是一种观念的生产,历史地看,西方学术

---

① [美]詹明信:《晚期资本主义的文化逻辑》,陈清侨等译,生活·读书·新知三联书店1997年版,第7页。

② [英]彼得·威德森:《现代西方文学观念简史》,钱竞等译,北京大学出版社2006年版,第2页。

语境下的文学理论与批评之所以是一门成熟且有阐释效果的学科，某种程度上与其始终有系统的哲学观念与明确的价值取向密切相关，其理论范式的形成大多是在特定哲学观念与学科思想的影响下，通过丰富的文学现象的分析和文本研究不断积累与完善起来的。它既达到了思想取向与理论构成的融合，也达到了哲学观念方法的内在统一。由此可见，作为决定与主导文学理论知识生产根基的思想观念层，往往由文化系统内最具价值判断力和最能决定学科发展方向的哲学思想与审美意识等要素所构成，并从最根本的方面为文学理论的知识生产提供思想资源。文学理论作为具有哲学品质的人文学科，理应站在时代的高度，深刻提炼出文学现象中具有哲学意味的问题，以从根本上解决文学理论生产的价值取向。没有哲学思想与价值观念的主导，文学理论的知识生产只能始终处于一种无根的状态。而要恢复与建构文学理论中这种根基性的东西，就需守持人文学科的信仰与职能，适应现代知识生产的价值要求与文学实践变革的需要，在真理的探寻与意义的建构方面不断走向更高的境界，把文学理论知识生产的立足点转移到价值根基的建构与思想性的生产方面。文学理论作为一种现代学科形态，其发展固然需要专业化与制度化的学术认同与建构，需要学科理论与知识的系统化生产与表述，但作为一种以人文阐释与审美价值判断为特征的学科形态，似乎并不完全在于学科范畴的完整性及原理构成的系统性，而主要在于其所拥有的人文立场与价值向度；在于它所显示的捕捉与提炼问题，阐释与评价对象的能力；在于该学科的生产所显示出来的价值取向，理论活力及实践品格。作为阐释的文学理论绝不仅仅是一种客观性的描述，而应不断地参与到文学精神与文化意义的建构之中，这在当前似乎是中国文论走向良性发展的必然的与必由之路。

## 【作者简介】

【通信地址】陕西省西安市长安区西长安街620号陕西师范大学文学院　邮编：710119　电话：13087580228　邮箱：lixijian@snnu.edu.cn

# 从浪漫主义到象征主义
## ——论波德莱尔创作的精神转向

广东外语外贸大学西方语言文化学院
■周　鸽

【摘　要】浪漫主义与象征主义之间存在着继承和超越的关系。波德莱尔在浪漫主义的熏陶中成长，受到夏多布里昂、圣伯夫、拉马丁、戈蒂耶等浪漫主义文学家的影响。但当波德莱尔开始文学生涯时，浪漫主义已逐渐走向末路，因而波德莱尔对浪漫主义的理解有了新的变化。波德莱尔从拥护浪漫主义到疏离浪漫主义，走上了象征主义之路。这种精神转向体现了作家内在的价值判断，同时也是在复杂的社会历史背景下，作家凭其敏锐的文学直觉形成的新的创作思想。文章从波德莱尔写作主题、审美观和创作风格三方面入手，阐释波德莱尔从浪漫主义到象征主义的精神转向。

【关键词】浪漫主义　象征主义　波德莱尔　精神转向

## From Romanticism to Symbolism
## —the Spiritual Turn of Baudelaire's Creation

【Abstract】There is a relationship of inheritance and transcendence between romanticism and symbolism. Baudelaire grew up under the influence of Romanticism, and was influenced by romantic writers such as Chateaubriand, Sainte-Beuve, Lamartine, Gautier and so on. But Romanticism gradually came to an end. When Baudelaire began his literary career, it was already in the sunset of Romanticism. As a result, Baudelaire's understanding of romanticism has undergone a new change. From supporting romanticism to alienating romanticism, Baudelaire embarked on the road of symbolism. This spiritual shift not only embodies the author's intrinsic value judgment, but also a new creative thought formed under the complex social and historical background. This paper illustrates Baudelaire's spiritual turn from romanticism to symbolism from three aspects of his writing theme, aesthetic conception and writing style.

【Key Words】 Romanticism  Symbolism  Baudelaire  Spiritual Turn

  18 世纪，文学的发展被烙印上理性的痕迹，对科学和真理的追求使人们忘记倾听灵魂的声音。19 世纪 20 年代，浪漫主义登上舞台。拉马丁（Alphonse de Lamartine，1790—1869）的《沉思集》（*Méditations Poétiques*），雨果（Victor Hugo，1802—1885）的檄文《克伦威尔序言》（*Préface de Cromwell*）让整个文坛焕然一新。浪漫主义带来了新的文学气象。

  浪漫主义高举反对理性的旗帜，崇尚想象，崇尚对内心情感的挖掘，对新奇事物的追求，对异国情调的渲染，力图打破陈规的坚冰。浪漫派诗人着力探索心灵的各种状态：忧郁、悲伤等，力图释放和表现自我。但正是由于对情感的过度宣泄导致感情的浮夸和泛滥。文学成为自我情感的释放。无病呻吟，矫揉造作成为文学的特点。自我表现，自我崇拜，个人主义盛行。前期浪漫派被称为"内心派"（l'école intime），旨在抒发内心的惆怅、愤懑和失望。拉马丁、雨果以及后来的维尼（Alfred de Vigny，1797—1863）、圣伯夫（Charles-Augustin Sainte-Beuve，1804—1869）、乔治·桑（George Sand，1804—1876）、缪塞（Alfred de Musset，1810—1857）等是"内心派"发展的支柱。

  随着浪漫主义的兴盛，诗人戈蒂耶（Théophile Gautier，1811—1872）开始不满于"内心派"对情感的过度抒发，他提出"为艺术而艺术"的主张。诗歌应该追求形式的精雕细琢，他力求创作出格律更为严整的诗歌，《诗艺》（*l'Art poétique*）尤其反映了他对完美形式的追求。诗人应努力做到客观冷静，准确运用语言。后期浪漫主义衍生出"雅致派"（l'école pittoresque）。但"雅致派"的绚烂也没能维持多久，虽然它的出现对"内心派"的滥情起到了遏止的作用，但是由于其对形式的过度追求而导致内容的空洞。因此关于文学的功用和非功用性，内容的优先性还是形式的优先性也引发了紧随其后的继承者的思考。

波德莱尔出生于1821年，正是浪漫主义最繁花似锦的年代，在浪漫主义的氛围中成长，必然会受到影响。其中圣伯夫和戈蒂耶对波德莱尔的影响最为深远。但波德莱尔既没有走"内心派"，也没有追随"雅致派"的道路。"内心派"对情感过于放纵缺乏管束，而"雅致派"对形式过于雕琢而使内容缺乏深度和广度，这两者都忽视了形式和内容的统一，因而未能兼顾作品的完备性。波德莱尔对"内心派"和"雅致派"加以整合，探寻一种崭新的诗歌形式，从而使诗歌创作具有深刻的哲理性、独特的审美趣味和精巧的形式美。

## 一　波德莱尔对自然和城市主题的书写

浪漫主义的主题之一：自然意象。理性主义的兴盛使人沦为工具，失去了灵魂。科学的发展使人类试图征服自然，从而失去了人与自然的和谐。面对着"祛魅"的世界，浪漫主义诗人努力弥合人与自然的裂痕，用诗意和想象"复魅"世界。然而浪漫主义用想象创造的世界缺乏稳固的根基，易使人误入虚无。德国小说家让·保罗（Jean Paul，1763—1825）提出"诗性虚无主义"（Nihilisme Poétique），认为想象力的过度膨胀会使人在发现想象与现实的巨大鸿沟后产生更深的忧郁。同时心灵的力量过于强大，也会陷入康德（Immanuel Kant，1724—1804）所谓的"想象对事实的歪曲"（Subreption of the Imagination）。

"象征主义"在法国《Quillet百科全书词典》（*Dictionnaire encyclopédique Quillet*）中的定义是：以象征的形式表现信仰、自然、神话、故事。由此可见，象征主义在主题的选取上同浪漫主义相似，但波德莱尔所处的社会背景已同浪漫主义时代不同：信仰缺失、金钱至上、精神匮乏，理性对感性的层层压迫。首先，诗人不能再如浪漫主义时期那样寄情山水，逃逸现实，在诗意化的自然世界中寻找心灵的平静。诗歌必须对人类的存在加以思索、反省。因而波德莱尔从日常生活中挖掘更为深邃的思想，用哲理性代替了诗歌的抒情性。其次，想象力在浪漫主义诗人眼中是唤起情感和意境的力量。而在象征主义诗人看来，想象力能弥合现实世界与象征世界间的鸿沟。诗人通过想象把现实的真实转化为诗歌中的真实。象征主义诗人由此担负着赋予世界意义的重要使命。他们是"通灵者"，能看破世间万物的联系，并把所感知到的外部"象征世界"的含义传达给读者。

在《应和》（*Correspondances*）一诗开篇就出现了"la Nature"（自然）一词，而这里的自然并不是湖光山色的自然，而是隐喻化的自然，表示与心灵相对的外部世界，也即是上帝造物的世界。诗人在感知颜色、香味、触觉、味道、声音时，也在认识这个声色香味彼此应和的超自然世界。为了看透"自然"的本质，诗人通过想象力寻觅物质世界和精神世界的联系。从"通感"到"象征"，自"横向应和"到"纵向应和"，波德莱尔揭示了各种感觉之间的相互感应和诗人对超验世界的感知。经由通感，世间万物彼此应和。这存在于不同感官之间的隐秘联系使水平面上的万物契合，世界变成了"象征的森林"。而此契合的根源在于物质世界背后的精神运动，即由感官互动所引发的思想和情感层面的触动。诗人天生的敏感让他们察觉到精神与外界的感应，努力寻找"象征的森林"中的宇宙本质，从具体可感的事物中体验抽象，使灵魂窥见、感悟超验世界。由此生命进入一种隐秘的状态，就是波德莱尔在诗中提到的"混沌深邃的整体"，万物化一，物我两忘，遁入空灵。因而虽然象征主义和浪漫主义同选自然为主题，但是运用的表现手法不同。象征主义诗人描写的并不是事物本身，而是想通过事物描写其背后的本质，赋予事物不同的面貌。

浪漫主义主题之二：对城市痛苦的描写。浪漫主义塑造了世纪病的典型：为爱情的失意而凄苦自怜，为政治上的不得志而忧郁彷徨。浪漫主义着力表现人内心的深层情感，但是对于忧郁的描绘更多停留在个人的层面，带有浓厚的个人主义特色。浪漫主义诗人满怀激情与梦想，写尽社会中的痛苦与不幸，希望能够改变这个悲惨的世界。可浪漫主义的理想化常使诗人陷入乌托邦的幻想。如雨果在《悲惨世界》（*Les misérables*）中留出了一片世外桃源——蒙特伊小城，其实就是诗人梦想的寄托。

　　波德莱尔生活的时代是丑恶而黑暗的，诗人的内心也经历着悲观和厌世。但他的诗歌不止于个人的痛苦，而更多描绘了资本主义发展过程中形形色色的小人物的忧郁：如妓女、拾荒者、小老太婆、酒鬼等，他的诗歌写出了这些无家可归的人们的悲惨命运，这些生活在社会底层的小人物的悲哀、痛苦、绝望。而这些被社会抛弃、被丢进废墟的社会底层人物的境遇折射出整个法兰西人民的精神状态。波德莱尔并没有用声嘶力竭的呐喊来抒发心中的愤懑，也并不像浪漫主义诗人那样幻想着那片世外桃源。他记录下城市生活中的种种痛苦，他用冷静克制的笔调描绘出巴黎的阴冷、悲伤，他在阴暗的地狱中寻找救赎。作为象征主义诗人的先驱，波德莱尔的诗歌中体现出对情感的克制。"为了重获真正的象征的诗，还必须有更多的东西；一种新的感觉方式真正地返回内心，这曾经使德国浪漫派达到灵魂的更为隐秘的层面。因此，需要有新的发现，为此，简单的心的直觉就不够了。必须再加上对我们的本性的极限所进行的深入的分析[①]。"诗人要真正探寻到人类灵魂深处的秘密，就必须从单纯的情感宣泄转为对人性中矛盾意识的挖掘，就必须直面人内心深处的挣扎和痛苦，发掘人本性中善和恶的双重矛盾性——人身上同时存在的高尚和卑劣。在对矛盾的深刻剖析中叩问内心，发现灵魂深处的秘密。"天鹅"这一意象就是波德莱尔对人内心挣扎的最好诠释。天鹅渴望自由，但它只能昂着脖子痛苦地向着天空，对着不知在何处的上帝发出痛苦的呻吟，希望能得到上帝的拯救，可神的光明并没有普照世间。这是被绝望包围的世界的写照。人于是只能深入地底，去探寻未知的新奇；徘徊在痛苦的忧郁中，期盼恶中能开出花朵，能寻找到生命的救赎。

---

① 语出 Pierre Moreau，转引自 Guy Michaud，*Message Poétique du Symbolisme*，Paris，Nizet，1947，p. 27。

而这里的花朵，并不是存在于尘世的花朵本体，而是诗人所创造的超越尘世的理想世界。波德莱尔认为，"诗表现的是更为真实的东西，即只在另一个世界是真实的东西"（La poésie est ce qu'il y a de plus réel, c'est ce qui n'est complètement vrai que dans un autre monde）。①

波德莱尔不管对于自然还是城市主题的书写，都是为了表现这个超验的世界的真实。因此这两个主题其实并不完全是独立分开的，两者都是与精神世界对应的外化世界。诗人巧妙地运用象征，把城市与自然结合在一起，貌似写具体之物，其实是为了感知隐藏在具体事物之后的抽象本质。如波德莱尔在《信天翁》（L'albatros）中以自然之物为主题，但是这"自然"却寓意城市中的苦难。信天翁本应该是翱翔蓝天、搏击风暴的飞鸟，本应是有着凌云之志自由翱翔，但是现在却只能待在甲板上，成为船员们嘲笑讥讽的对象。信天翁意象中传达出一种新的感受方式和表现形式，忧郁与理想这一悖论性的主题在平静中爆发出蓬勃的张力。有辛辣的嘲讽，客观的阴冷，诗人把现实和超验两个相异但应和的世界联系起来。在浪漫主义对自然优美和城市痛苦的书写基础上，波德莱尔的诗歌把感觉和认知升华到神秘的超验世界，探索表象后的真实。而这种升华正是从浪漫主义向象征主义过渡中能带来的灵魂的震颤。

## 二　波德莱尔独特的审美体验

雨果在《巴黎圣母院》中提出："丑在美的旁边，畸形靠近优美，丑怪藏在崇高背后，美与丑并存，光明与黑暗相共。"② 女主人公艾丝美拉达，纯洁善良，是美的化身；副主教克洛德，卑劣低下，是恶的代表。浪漫主义的审美观是鲜明的美丑对照：通过美丽与丑恶、高贵与卑贱的对比，在美中凸显丑恶，在丑中使美更加美好。在美丑对照中凸显尖锐的矛盾，揭示巨大的反差。但在波德莱尔看来，真善美不是丑恶的对立

---

① 《波德莱尔美学论文选》，郭宏安译，人民文学出版社1987年版，第4页。
② ［法］雨果：《论文学》，柳鸣九译，上海译文出版社1980年版，第30页。

面，人性的善恶也不是绝对的。他发表于 1857 年的代表作《恶之花》，因"把善同美区别开来，发掘恶中之美"（《恶之花·序言》），而被誉为"罪恶的圣书"①。波德莱尔打破了自文艺复兴以来真、善、美的统一，由此开启了对美的新定义。波德莱尔把对丑恶的描写发挥到极致。他发掘城市图景中的丑恶意象，洞察这些丑恶中的美，为吸血鬼、撒旦、腐尸等唱赞歌。他描写的恶无法让人痛恨，反而会引人悲悯，在绝望中生出希望之花。

受基督教原罪的影响，波德莱尔认为人生来就是丑恶的。波德莱尔用《圣经》中七种丑恶的动物象征骄傲、恼怒、懒惰、贪婪、嫉妒等人性中存在的恶。人性中存有魔性，这是无法回避的。人性中有永不满足的欲望，在欲望的诱惑中，人一步步走向撒旦，这是真实人性的体现。但这些丑恶中也包含美，波德莱尔列举过 11 种通往美之精神，如无聊、冷漠、凶恶等，而这些特性之所以会产生美，就在于其中诞生的反抗精神。吕孚（Marcel-Albert Ruff，1896—1993）说："波德莱尔爱的不是暴力和不正常本身，他爱的是反抗②。"波德莱尔在腐尸、罪恶、骷髅中描绘的是一种桀骜不驯的美，是诞生于丑中的激动人心的力量。波德莱尔在评论画家德冈的画作时，就认为其绘画虽然粗暴血腥，但这种野性之美表现了人类灵魂深处的真实。波德莱尔在诗歌《祈祷》（*Prière*）中赞颂撒旦："撒旦啊，我赞美你，光荣归于你，你在地狱的深处，虽败志不移③。"撒旦同在罪恶中前行的人类一样，都被上帝放逐，无法得到拯救。但是撒旦因为其反抗精神而蕴育出希望，在恶中蕴育出神性，正是这缕希望使他重获光明。同样地，人类在"恶"中的沉醉体验也能转化为积极的审美享受，因为审美享受就是获得超越感官性的精神体验。只要人对自身的恶有清醒的认识，不被恶控制，就能在恶中认识自己，获得救赎。因而波德莱尔喜欢游荡在巴黎那些肮脏的街区，描绘形形色色

---

① 《艾略特诗学文集》，王恩衷编译，国际文化出版公司 1989 年版，第 109 页。
② [法] 波德莱尔：《恶之花》插图本，郭宏安译评，漓江出版社 1992 年版，第 19 页。
③ [法] 波德莱尔：《恶之花》，郭宏安译，北京燕山出版社 2005 年版，第 222 页。下文中出自该书的引文均只夹注页码。

底层人民的反抗，从中发现美和诗意。

同时，波德莱尔善于发掘美丑外表下的本质。美丑不再局限于外在，而存在于事物的本真。如《腐尸》（Une Charogne）是他献给情人让娜·迪瓦尔的情诗，初看似乎很难把爱情同腐尸相联系。诗歌里充斥着污秽、丑恶的事物：爬满蛆虫的腐尸，野狗在旁边窥伺，随时准备把腐尸当作食物享用。但是诗歌的最后两句："我的美人啊，告诉那些蛆，接吻似的把您啃噬：你的爱虽已解体，但我却记住其形式和神圣本质！"（155）在诗人看来，再美的容颜也会被损毁，美人终有一天也会变成形神可惧的腐尸。可诗人的爱情不在于肤浅的外在，他留恋的是爱情的神圣本质。腐尸的形象是丑恶的，但是从丑中我们看到了精神上永不消褪的爱情，超越物质和肉体的爱情。从物质升华到精神，从有限拓展到无限，美不再止于形式，而在于精神。正如波德莱尔所说，"丑恶经过艺术的表现化而为美"。① 而由艺术创造之美的价值在于它的超越性和无限性。波德莱尔认为，"构成美的一种成分是永恒的、不变的，其多少极难加以确定；另一种成分是相对的、暂时的，可以说它是时代、风尚、道德、情欲，或是其中一种，或是兼容并蓄"②。美是一种双重构成：即时和历时的。审美主体的当下感受可以触发美感；而长存于历史长河中，从短暂美中提炼出的本真构成了永恒之美。波德莱尔选取的意象虽然丑陋可怕，可它们美在真实、美在永恒、美在超越。波德莱尔运用点睛之笔以丑化美，他从丑中提炼出的美是动人心魄的恶之花，是美的深层次绽放。

波德莱尔笔下的美还是超越善恶、超越美丑的。在诗人眼中高贵与卑贱、善良与丑恶并不是非此即彼的二元关系。波德莱尔试图模糊美丑的边界，使两者不再具有原来的本意，而是如太极阴阳图一般既相生相克，又互为转换，并在无限的循环中显示美的真谛。审美活动由单一的静态转变为循环的动态，由此丑的意义被真正消解了。如《献给美的颂歌》（Hymne à La Beauté）一诗，诗人开篇提出对美来自何方的疑问：

---

① 《波德莱尔美学论文选》，郭宏安译，人民文学出版社1987年版，第85页。
② ［法］波德莱尔：《现代生活的画家》，郭宏安译，上海译文出版社2012年版，第4页。

"你出自黑色深渊，或降自星辰？"（150）虽然是疑问句的形式，但其中包含着诗人的回答，美无论是来自天空或地狱，深渊或星辰，无论是光明的还是黑暗的，都同样是美。"美啊？你的目光既可怕又神圣，一股脑地倾泻着罪恶和善举。"（150）可怕与神圣，罪恶与善举，表面看充满悖论，但其实是美的两面。诗人把事物矛盾对立的两面并列放置在同一诗句中，使美的内涵更加丰富，也使矛盾对立走向了辩证统一。

波德莱尔诗歌带来的审美体验是鲜活的、流转的。美不再僵化，不再高不可攀，美变得触手可及。丑也不再使人厌恶，丑体现出它的独特存在价值。波德莱尔这种对审美的独特认识比浪漫主义的"美丑对照"更打动人心。"美丑对照"固然鲜明深刻，但是波德莱尔在丑中、恶中提炼出了能使生命涌动不息的活力。波德莱尔笔下反抗的美、永恒的美、无界限的美更包含着一种人道主义，有着普度众生的慈爱和悲悯。

## 三　波德莱尔对诗歌新形式的探寻

1832年，戈蒂耶对"内心派"感情泛滥、格律不严谨等弊病产生不满，创建了"雅致派"（也被称为巴纳斯派），由此开启了浪漫主义的后期发展。戈蒂耶在《莫班小姐》（*Mademoiselle de Maupin*）序中提出，"真正称得上美的东西只是毫无用处的东西，一切有用的东西都是丑的，因为它体现了某种需要"[①]。美不在于功用，而在于形式。他认为"对形式反复雕琢，才能产生出佳作，大理石、玛瑙、珐琅和诗歌"[②]。"雅致派"偏好色彩的鲜明，寻求诗歌技巧的新颖，语言的精雕细琢，艺术成为与生活完全分离的存在。这种对形式美的追求在一定程度上启发了波德莱尔，但是"雅致派"过于重视形式的完美而忽略了诗歌的内容和灵魂。波德莱尔把象征、通感、音律、激情带入诗歌，发展了新的诗歌表现形

---

① 赵澧、徐京安主编：《唯美主义》，中国人民大学出版社1988年版，第44页。
② 赵澧、徐京安主编：《唯美主义》，中国人民大学出版社1988年版，第203页。

式，使诗歌既有形式的精粹完美，也有深刻的哲理性。

在《论泰奥菲尔·戈蒂耶》（*Théophile Gautier*）中，波德莱尔指出："在词中，在言语中，有某种神圣的东西，我们不能视之为偶然的结果。巧妙地运用一种语言，这是施行某种富有启发性的巫术[①]。"波德莱尔对语言的精湛运用主要体现在三个方面。一是运用词语之间的丰富组合，建立起语词之间的应和关系，并利用暗示和启发，营造出诗歌的幽玄的意境。二是把不同的可感知的感觉统一起来，通过象征的表现手法，破译具体事物所承载的抽象内涵。三是把诗歌同其他各门类的艺术相结合，如音乐韵律、造型雕塑等，创造新的诗歌语言。

以波德莱尔《黄昏的和谐》（*Harmonie du Soir*）为例，这是一首送给萨巴蒂埃夫人的诗。这首诗通过语词之间的相互共鸣，使触觉、视觉、嗅觉、听觉等不同感觉的应和融于诗歌中。如视觉有花儿、香炉、天空、太阳等；听觉有小提琴的呜咽声、圆舞曲等；嗅觉有花和香炉散发的芬芳等。这些感觉的相互融合中是各种感官的彼此相通。如："花儿在枝头颤震，每一朵都似香炉散发着芬芳"（Chaque fleur s'évapore ainsi qu'un encensoir）（166）；芬芳的花香是嗅觉，香炉散发的气息是视觉，嗅觉和视觉相互转换，花朵同香炉散发的气息交织缠绕，在这黄昏的天空更让人伤感。同时诗人通过花儿震颤的意象暗示心灵的震颤，显示出诗人内心的伤痛。诗人以实写虚，以有形暗示无形，使难以把握的情感获得了具体的形态。与"雅致派"仅追求雕塑般线条硬朗的感觉不同，象征主义诗人在对语言的精雕细琢中加入了情感成分，并运用通感激发情感，使诗歌中的意象富有饱满的情绪。

"雅致派"追求形式之美，如色彩、乐感、雕塑之美。但是诗歌的魅力如果仅限于此容易缺乏深度，只有追求心灵旋律的诗歌才拥有灵魂之美，而这也正是波德莱尔追求的。波德莱尔的诗歌延续了"雅致派"中的音律之美。用词的音色、韵律、节奏的变化塑造出音乐的律动和起伏，用音乐之美来诉说灵魂的哀伤和喜悦。波德莱尔在《恶之花》中有

---

[①] 《波德莱尔美学论文选》，郭宏安译，人民文学出版社2008年版，第73页。

大半诗歌是十四行诗，且严格遵守古典诗歌的规则。如《黄昏的和谐》，诗歌采用亚历山大体，每行有 12 个音节，由四组四行诗组成，韵脚为怀抱韵（rimes embrassées）abba 的形式。第一句和第四句押韵，中间两句押另一韵，以诗歌第一组四行诗为例：

> Voici venir les temps où vibrant sur sa t**ige**（阴韵）
> Chaque fleur s'évapore ainsi qu'un encens**oir**；（阳韵）
> Les sons et les parfums tournent dans l'air du s**oir**；（阳韵）
> Valse mélancolique et langoureux vert**ige**！（阴韵）（166）

从单词的画线部分看，波德莱尔在诗歌的结尾所用单词为同一词根，音韵的律动感更为强烈。且在其后的三组四行诗中，oir，ige 这两个词根以相同形式重复出现，使诗歌在吟诵时更琅琅上口。同时，诗歌采用"马来体"[①]，每小节的二、四句都同下一小节中的一、三句重复，通过诗歌中的音律重复来表现内心的波动，诗歌成为诗人情绪外化的媒介。在绵绵的音律中意象和情感交织其间，花朵、小提琴、天空、太阳，这些意象在黄昏时分出现。花儿本该芬芳明媚，却在枝头颤抖；圆舞曲本该和谐动听，却染上了忧郁的色彩。花朵的震颤、小提琴幽幽的呜咽、忧郁的圆舞曲在晚风中飘荡，诗歌似乎是一首悲怆的奏鸣曲。曲调婉转变化，各种声音的交织使人感同身受。通过象征主义的暗示手法，点出了诗歌的主旨：诗人在黄昏的和谐中思索死亡。在万物应和的神秘中，"声音和香气都在晚风中飘荡"（166），诗人脱离了世俗，进入物我相忘的澄明生命状态中。诗歌节奏不急不缓，庄严宁静，完美描绘了诗人对光明的渴望，对宁静的向往，对达到忘机状态的欣喜。随着起伏的节奏和韵律，诗人用音律再现意象，再现诗人内心的所思所感。

---

① 流行于马来西亚和印度尼西亚，经雨果的诗集而传入法国。诗歌中每节的第二句和第四句同下一节的第一句和第三句重复，构成循环往复的"和声"，所以也被称为连环诗体。

由此可以看出，波德莱尔的诗歌并非只追寻语言的精雕细刻，韵律的优美婉转，他的诗歌在形式美之上蕴含着情感性、暗示性、象征性。他运用诗歌的语言和特殊节奏，唤起了心灵与神秘世界的共鸣。

## 结　语

波德莱尔经历了浪漫主义的由盛而衰，他从浪漫主义的思想中汲取灵感，从巴纳斯派对形式的唯美追求中探寻自己的风格，使象征主义诗歌兼具形式和哲思之美。

波德莱尔所选的诗歌主题与浪漫主义有相似之处，如对自然的亲近、对城市阴冷的描绘，对人情感的关注等。但波德莱尔用冷静克制的笔触描写情感，同时他拓展了诗歌主题的内涵。诗人通过诗歌这一艺术形式来追寻象征世界的意义，借助于启发、暗示、象征，波德莱尔把具体和抽象、心灵和物质、有限和无限连接起来。他把关注点转移到对精神内里的追寻上：追寻抽象世界的本质，追寻人类存在的意义，追寻无限之美。由此赋予了诗歌更为深刻的内涵。在波德莱尔的诗歌中，语言创造了意义，是诗人内心的表达。

诗人运用点睛之笔，通过语词的排列组合赋予诗歌更为深邃的灵魂。波德莱尔把具体的意象如同音符般交叠错落地排列在诗行中，不同的意象如高低音般奏响，将诗人内心深处的触动通过旋律来表现。因而他的诗歌既有音乐之美的圆润、灵动，又有语词的随性组合搭配而形成的奇异效果。语言和韵律之美能使人感受到波德莱尔诗歌的空灵。但是他的诗歌不是高高在上的空中楼阁，并不像巴纳斯派提出的"为艺术而艺术"那般脱离了人间疾苦。他的诗歌意象不再是表面所见的具体意象，而是诗人内心情感的细腻表达。他的诗歌能直击心灵，激发联想，直指本质世界。

由此，波德莱尔在浪漫主义之上创造了属于象征主义的风格：既有形式精雕细刻之美又有哲理之美，既表达情感又内敛克制。波德莱尔为浪漫主义赋予了新的色彩，使它具有了新的美学和伦理使命。而正是在对浪漫主义的改造中，波德莱尔也完成了他个人的精神和创作转向，形成了在浪漫主义的夕照中成长起来的象征主义。

【作者简介】

**周鸽**，广东外语外贸大学西方语言文化学院博士研究生，重庆工商大学国际商学院讲师，研究领域：法国文学与比较文学。
【通信地址】电话：18602334422　邮箱：18594873@qq.com

# 在价值与虚无之间
## ——论米兰·昆德拉对刻奇的书写*

中山大学
■ 杜 娟

【摘 要】米兰·昆德拉始终关注现代人的存在状况,他敏锐地观察到了刻奇(kitsch)在现代社会的无孔不入,并以小说的智慧书写了抽象的刻奇。昆德拉通过塑造刻奇者与反刻奇者群像,揭示了刻奇的本质是把自身的存在等同于某种价值,并将其绝对化。因而刻奇实际上映射着现代人自我价值确证的危机,其根源在于现代人在轻与重之间徘徊却无从把控边界,"失重"的存在状态迫使人们走向刻奇。在此意义上,昆德拉书写的刻奇是现代人的一场注定失败的自我救赎,人们唯有选择附庸于刻奇的价值或奔向死亡的虚无。面对此种存在境况,昆德拉暗示了自己的选择——直面存在的无意义,其中蕴含着昆德拉对存在的诗性沉思。

【关键词】昆德拉 刻奇 价值 虚无 救赎

## Between Value and Nothingness
### —On Milan Kundera's Writing of Kitsch

【Abstract】Milan Kundera has always paid attention to the existence of modern people. He keenly observed the pervasiveness of kitsch in modern socie-

---

\* 本文为国家社会科学基金重大项目"法国收藏中国西南文献的整理与研究(1840—1949)"(项目编号:19ZDA221);中山大学中文系2022本科教学质量工程类项目"国际汉学与文学研究"。

ty, and wrote abstract kitsch with the wisdom of novels. By shaping the group portraits of kickers and anti-kickers, Kundera reveals that the essence of kitsch is to equate one's own existence with a certain value and make it absolute. Therefore, kitsch actually reflects the crisis of modern people's self-worth confirmation. In this sense, Kitsch written by Kundera is a doomed self-redemption for modern people, and people can only choose to be attached to Kitsch's value or run towards the nothingness of death. Faced with this kind of existence, Kundera hinted at his own choice: to face the meaninglessness of existence, which contains Kundera's poetic meditation on existence.

【Key Words】 Kundera  Kitsch  Value  Nothingness  Redemption

米兰·昆德拉（Milan Kundera）是法国、捷克双国籍作家，以其作品独特的哲理思辨特质和独具一格的小说理论享誉世界。昆德拉在致托马斯·库尔卡（Tomas Kulka）的信中说："当今时代，刻奇已是无处不在，今天研究刻奇的需要是前所未有的。"① 事实上，刻奇（kitsch）② 一词并非新近出现，其在西方文化中已有百余年的历史。最初，刻奇是慕尼黑画家和艺术商人口中的"廉价艺术品"，后来逐渐演变为对坏趣味艺术品的指称。正如马泰·卡林内斯库所说的："在各种现代语言用于指称艺术坏趣味的专业术语中，刻奇是唯一真正取得国际性地位的。"③ 刻奇已然成为各国学者、研究者争相探讨的对象。德国剧作家、诗人弗兰克·维德金德最先在"现代性"与刻奇之间画上"不安的等式"，认为刻奇是"哥特、洛可可和巴洛克艺术的当代形式"，从而第一次将刻

---

① Tomas Kulka, *Kitsch and Art*, Pennsylvania: The Pennsylvania State University Press, 2002: back cover.

② "kitsch"最广为流传的翻译是韩少功先生的意译"媚俗"。但"kitsch"的意涵并非"媚俗"二字所能悉数涵盖的，"媚俗"最直观的意义便是"迎合于世俗，对庸俗之物的献媚"，其贬义色彩跃然纸上，这很大程度上给"kitsch"贴上了程式化的标签。故本文将借鉴学者景凯旋提出的音译"刻奇"，最大程度保留这一概念内涵的深度及外延的广度，以免囿于先在的话语情境而进行望文生义的价值判断。

③ ［美］马泰·卡林内斯库：《现代性的五副面孔》，顾爱彬、李瑞华译，商务印书馆2002年版，第251页。

奇视作现代"时代精神"的具现，乃至"现代性的典型产品之一"①。刻奇的现代面孔是复杂多元的，从私人领域到公共空间，从媒体广告到政治活动，刻奇潜伏在各种社会活动中：有为宣传而生的政治刻奇、宗教刻奇，大行其道的言情小说、通俗杂志则体现着为娱乐而生的刻奇。

昆德拉聚焦现代人的存在状态，冲破了对刻奇固有的认知。在他看来，刻奇不仅代表着某种社会现象或审美取向，更显示出一种价值观、世界观和一种人生态度，其核心是"绝对认同"。刻奇抹消了存在的主体性，扼杀了生命存在的本体价值，致使海德格尔所言的"存在"的被遗忘。而"小说以它自己的方式，通过它自己的逻辑，依次发现了存在的各种不同的维度"②。昆德拉在创作中极具责任感与使命感地遵循着"小说的历史"对人之存在的探索轨迹，不遗余力地在小说中书写刻奇，将抽象的刻奇转变为具体的情境，呈现了现代社会的刻奇全景。因而关注昆德拉对刻奇的书写既能帮助我们走进其小说世界，也能带给身处现代社会而与刻奇零距离的我们些许存在的启示，是人类智性的一剂良药。

## 一 刻奇：一种"绝对认同"

正如马克斯·韦伯所说，"人是悬挂在自己编织的意义之网上的动物"③，为自我寻求存在的意义与价值是人类无法磨灭的天性。但当人们将自身存在等同于某种价值，而盲目地将其无限抬升直至绝对化，就会成为刻奇的奴隶。昆德拉捕捉并展示了刻奇在现代社会的诸种样貌，展示了形形色色的现代人面对刻奇的侵袭所做的不同选择，对刻奇中存在的可能性进行了一系列深刻的探索。

《生活在别处》中的雅罗米尔是一位年轻的"诗人"，他深信自己注定不凡，兰波的名句"生活在别处"指引着他。雅罗米尔喜欢模仿画家

---

① ［美］马泰·卡林内斯库：《现代性的五副面孔》，顾爱彬、李瑞华译，商务印书馆2002年版，第242、243页。
② 艾晓明编译：《小说的智慧——认识米兰·昆德拉》，时代文艺出版社1992年版，第13页。
③ ［美］克利福德·格尔茨：《文化的解释》，韩莉，译林出版社1999年版，第5页。

的声音在青年们面前慷慨激昂地展示自己对现代诗歌艺术的高见，这让他感到幸福不已，不仅因为诗歌语言的美，更因为它们像一张入门证，让他得以进入那个被上帝选中的非凡者组成的世界。

然而，正如罗蒂所说："情感敏锐的人可能杀人，善于美感喜乐的人可能残酷，诗人可能毫无怜悯之心。"①"诗人"雅罗米尔最终在刻奇的蛊惑下走向了残酷。一次，女友红发姑娘几分钟的迟到让雅罗米尔感到背叛。"诗人"的愤怒是可怕的，因为它总是关乎那至高无上的荣誉。红发姑娘只得编造出一个借口加以弥补：她是为了劝阻想要偷渡的哥哥而迟到的。雅罗米尔的怒火瞬间一扫而光，因为他看到自己面前出现了一条通往崇高的捷径：阻止姑娘的哥哥背叛他们年轻的社会主义祖国。第二天，他神色庄严地走向警察大楼，举报了自己恋人的哥哥。当他走出警察大楼，不由得为自己即将进入悲剧的命运而沉醉，仿佛自己化身为一座移动的纪念碑板，忧伤而深沉地穿过了街道。随后红发女孩被捕，她无辜的哥哥因此丧命。而一个生命的消亡带给雅罗米尔的竟是一种奇特的骄傲，仿佛鲜血为他无私的行为赋予了神圣的光辉，他在这神圣之光中超脱了现实的平庸，获取了"诗人"之生命应有的崇高及诗意。雅罗米尔将刻奇之境中虚假的"诗人"形象的价值绝对化，致使他不再关照他者，不再体察、理解世界，最终在无止尽的刻奇中走向了残酷。

而比个体的刻奇更可怕的是群体的刻奇。《不能承受的生命之轻》中的五一节游行便是一幅人群共舞的刻奇图景。游行队伍中的人们原本表情各异，却在靠近主席台时，整齐划一地换上了灿烂的笑容，好像急于证明那是他们应有的喜悦。在欢呼声中，个体祥和、快乐地混入了集体生命的一致性中，人们一同踏上了通往博爱、平等、正义、幸福乃至更远的征程。然而，"感动一旦上升到绝对，就会变味，它由此产生的道德优越感也是虚伪的。尤其是当这种情绪成为集体意识的时候，很可能会出现消极后果"。②群体刻奇生成了狂欢的人群，当一种现象被群体普

---

① ［美］理查德·罗蒂：《偶然、反讽与团结》，徐文瑞译，商务印书馆2003年版，第220页。
② ［法/捷克］米兰·昆德拉：《雅克和他的主人》，郭宏安译，上海译文出版社2003年版，第22页。

遍接纳，个体再坚持理性与反思只会显得愚妄固陋而不合时宜。正如勒庞所说的："群体的感情会形成一种一致的倾向性，最后被催化成一个既定事实。"① 昆德拉在《笑忘录》中插入的尤奈斯库的荒诞戏剧《犀牛》就展现了此种场景，在世界上只有一个犀牛头时，人们能够保持清醒并能捍卫自我拒绝异化。而当犀牛头的数量日渐增多，人们捍卫自我的决心就开始动摇，本真的形象、真实的存在方式也随之岌岌可危，最终人们选择彻底放弃自我，去认同作为大多数的犀牛头。

除却对刻奇者群像的呈现，昆德拉还塑造了反刻奇者。《不能承受的生命之轻》中的萨宾娜一生都在与刻奇做斗争，斗争的方式是一次又一次地背叛。萨宾娜出生在一个家教严格的清教徒家庭，父亲扼杀了她的初恋，这在她心里埋下背叛的种子。后来萨宾娜选择去爱被父亲嘲笑过的立体派美术，离开家来到美术学院求学。本以为脱离了家庭便能够自由地生活，美术学院却要求学生严格遵从社会主义现实派的画法。这时共产主义社会成了她生命中第二个"清教徒父亲"。对此萨宾娜再次选择了背叛，她嫁给了一个臭名昭著的布拉格演员——她难以接受被两位"父亲"认可、接受。后来，随着父母相继离世，萨宾娜心中产生了愧疚感，她开始自我怀疑，但迷醉于背叛快感的她已经无法回头，因为"第一次的背叛是不可挽回的，它引起更多的背叛，如同连锁反应，一次次地使我们离最初的背叛越来越远"。② 萨宾娜选择继续踏上背叛之途，很快，她向丈夫宣告自己要离开他，背叛了"妻子"这一身份。而后，弗兰茨出现在了萨宾娜的生活中，成了萨宾娜的情人之一。弗兰茨年轻有为，但骨子里刻奇十足，与萨宾娜截然相反。他认为忠诚是第一美德；她热衷于背叛。他向往伟大的进军，希望公众生活和私人生活之间的阻隔被消除，人们的生活透明化；她向来拒斥与别人并肩作战，更反感自己的私人世界被观看。弗兰茨所向往的正是萨宾娜极力想摆脱的。

---

① ［法］古斯塔夫·勒庞：《乌合之众——大众心理研究》，任现红译，北京工业大学出版社2016年版，第34页。
② ［法/捷克］米兰·昆德拉：《不能承受的生命之轻》，许钧译，上海译文出版社2010年版，第78页。

所以再一次，"弗兰茨骑着萨宾娜背叛了自己的妻子，而萨宾娜骑着弗兰茨背叛了弗兰茨"。①

萨宾娜是一个规定自己存在的自为存在者，她背叛一切限制她的自由的道德与规则，背叛外界加给她的不同身份——女儿、妻子和情人，同时也背叛在群体与社会中那个被建构的自我。然而，在不断地背叛中，萨宾娜却未能找到自己的出路。她意识到"有朝一日这条路会走到尽头！总有一天要结束背叛！"②背叛的前提是有可以背叛的对象，当背叛了自己身边的一切，背叛带来的轻盈与陶醉便被惶恐不安替代。迎接萨宾娜的是可怕的命运——落入无尽的虚空，这使她陷入了迷惘：她不明白自己的背叛是否正确，也找不到背叛的意义何在。

事实上，萨宾娜为了拒斥刻奇而摈弃一切，也就将背叛的价值推向了绝对化，最终此种绝对化的反刻奇倾向成了另一层面的刻奇。可见，个体存在者不管朝哪个方向努力，都无法逃避坠入刻奇陷阱的命运。刻奇作为一种异化的存在形式，侧面反映了现代人自我价值确证的危机。

## 二 刻奇：在轻与重之间徘徊

存在者必须面对自我存在价值的确证问题，这关涉生命的"轻与重"。生而为人，自呱呱坠地起便处于一套价值观念和文化传统之中：对亲人的依傍，对友谊的诚挚，对爱情的忠贞，对故土的眷念，对社会历史责任的承担。重是维系个人与世界的纽带，意味着责任、负担和使命感。轻则意味着抛弃责任、遗忘负担的自在自为，轻盈使存在获得自由的同时失去根基。轻与重的冲撞伴随着人们的一生，正如昆德拉所说，对人类而言，"如果世界上有太多毋庸置疑的意义（天使们的权力），我们会被它压垮。如果世界丧失了所有的意义（魔鬼的统治），我们也无

---

① [法/捷克] 米兰·昆德拉：《不能承受的生命之轻》，许钧译，上海译文出版社2010年版，第138页。
② [法/捷克] 米兰·昆德拉：《不能承受的生命之轻》，许钧译，上海译文出版社2010年版，第95页。

法活下去"。① 对生命重力的盲目追求会把人们引向刻奇的泥沼，而当抛弃存在的负担，人的质量就会变得微乎其微，此时人会被空气托举而起，逐渐远离大地，变成半真的存在，并日渐趋近于虚无。正是这份生命之轻看似无意义，实则让人无法呼吸。因为无意义的生命同时意味着自我存在价值确证的不可能。昆德拉对刻奇的书写体现了现代人在轻与重之间徘徊却无从把控其边界的存在状态。

在《不能承受的生命之轻》中，昆德拉通过雅科夫之死揭示出横亘在轻与重之间的边界是何等的隐微。雅科夫是斯大林的儿子，在第二次世界大战期间成了德国军队的俘虏。当时雅科夫与一群英国军人被关押在一起，由于雅科夫不注意维护公用厕所的卫生，引起了英国军人们的嫌恶，他们逼迫雅科夫打扫一片狼藉的厕所。同样，雅科夫对英国军人心怀反感，他认为英国军人都是胆小如鼠的懦夫。意见不合的双方开始争吵，互不相让，甚至大打出手。后来，雅科夫要求战俘营长官来处理这场纷争。然而，德国长官认为插手一件由粪便引发的冲突有损风度和身份，便无视了雅科夫。这使得雅科夫恼羞成怒，怒不可遏的他直接起身冲向战俘营通着高压电的围栏，结束了自己的生命。在这里，雅科夫演出了一幕人类历史上绝无仅有的高级戏剧：作为"上帝之子"的他身份尊贵，理所应当去蔑视谨小慎微的英国人，然而现实却是他在营房中真切地忍受着英国人对他的嫌弃与责难，还有德国长官对他的轻视。最高贵的身份与最鄙俗的境遇相互叠合，轻与重的摇摆不定让他头脑发昏，在瞬间迷失了自我。昆德拉认为，虽然雅科夫因粪便而死，但是他的死却并非不值一提。与之相反，德国人不遗余力发动战争侵略东方以扩张自己的领土，俄国人不择手段向西方延伸自己的势力范围，为这些事业而死去的人都是因愚蠢之事而丧命，他们的死一文不值。而雅科夫的死是战争年代中唯一的具有形而上学意义的死，他以死亡将他的疑惑抛向了人类价值的天平。

昆德拉把《笑忘录》的最后一部分命名为"边界"，其中他直言：

---

① ［法/捷克］米兰·昆德拉：《笑忘录》，王东亮译，上海译文出版社2004年版，第94页。

"只需要有一点儿风吹草动、一丁点儿的东西,我们就会落到边界的另一端,在那里,没有什么东西是有意义的:爱情、信念、信仰、历史等等。人的生命的所有的秘密就在于,一切都发生在离这条边界非常之近甚至有直接接触的地方,它们之间的距离不是以公里计,而是以毫米计的。"① 这就是价值与虚无、存在的轻与重之间的边界的可怕之处,边界就在人们触手可及的地方,却又难以捕捉,生命在其中往往承受轻重极端的碰触,重之轻与轻之重压在人们身上,人们无力抵抗。

而轻与重的边界之所以无从捉摸,是因为现代人早已处于"失重"状态。在统治西方世界一千多年的基督教思想中,上帝不仅创造世界并赐予了人类生命,更为人类如何在世界中自处制定了一系列原则和指引,为人们赋予存在的重力。《新约·约翰福音》中耶稣基督反复劝诫:"我这样吩咐你们,是要叫你们彼此相爱。"② 人们信靠上帝彼此关联,崇奉仁爱的上帝是人之所以关爱他人的重要原因,彼岸的终极价值作为人们精神世界的依托与归宿,指引人们朝乾夕惕。

随着人类文明的发展,人类探索外在世界的步伐逐渐加快。15 世纪末的地理大发现以及随之而来的殖民地的开拓、资本主义的悄然萌芽、欧洲民族主义观念的勃然兴起,都使得打破天主教控制的呼声愈演愈烈。文艺复兴运动为人们挑战天主教会提供了理论和思想依据。在此基础上,16 世纪欧洲发生了自上而下的宗教改革运动,矛头对准了罗马教会对欧洲的大一统神权统治。宗教改革影响下,使人神的关系得到重建的新教登上历史舞台,"因信称义"使得每个人都能够通过信仰直接与上帝建立连接。随着生活的各个领域越来越世俗化,信仰的此岸化取消了存在的超越维度,人与上帝的关系变得越来越淡薄。

伴随 1642—1649 年的英国资产阶级革命的胜利,人类从中世纪大步迈入了现代,一个追求革新与进步的时代。资本主义的力量经过漫长的积累变得相当强大,18 世纪,启蒙运动应运而生。启蒙运动旨在粉碎宗

---

① [法/捷克] 米兰·昆德拉:《不能承受的生命之轻》,许钧译,上海译文出版社 2010 年版,第 291 页。
② 中国基督教协会:《圣经》(中英对照版),中国基督教协会 2000 年版,第 194 页。

教带给人的精神枷锁，解放人的个性，启蒙主义者崇尚人的理性，正如恩格斯所说的："宗教、自然观、社会制度、国家制度，一切都受到了最无情的批判；一切都必须在理性的法庭面前为自己的存在辩护或者放弃存在的权利。"① 至此，人的理性被提高到了无以复加的程度，拥有了超越性的力量而凌驾于万物之上，宗教神性被技术和计算替代，走向衰落灭亡。在工具理性的指引下，科学技术的发展改变着人类的生产方式、生活方式，也改变着人自身的思维方式。正如克尔凯郭尔指出的："我们时代的人都不在信念之处止步，而是径直前行……这个时代为供奉科学而取消了激情。"② 当技术垄断了文化的各个方面，当现代人处在"技术地栖居"之中时，人越来越间接地与世界打交道，生活越来越外在化，人本身越来越抽象。

人的有限性注定了人的无知与盲目，计算机似的上帝并不会对人类的苦弱无助施以援手，昆德拉在《不朽》的开篇写道："造物主在电子计算机里放了一张有明细程序的小磁盘，随后他就离开了。上帝在创造世界以后，便把它留给被他遗弃的人，听凭他们处置。这些人在求助于上帝时，坠入一片毫无反响的空白之中。"③ 因为理性虽是追求知识、实现目的的利器，但却无法提供存在的终极目的。当现代性取消了超越维度，人们便只有短暂易逝的此世生存，上帝的缺席导致对世界意义与人生意义的解释成为空白，价值与存在割裂开来。没有了超越精神的指引，人们无法去承负尘世中带着痛苦的欠缺的自我，正如尤内斯库所说的："人与自己的宗教的、形而上的、先验的根基隔绝了，不知所措。他的一切行为显得无意义、荒诞、无用。"④ 存在的重量越来越轻，失去存在根基的现代人渐渐"失重"。

可见，现代性将现代人引向前所未有的"失重"状态，正是此种存

---

① 匡兴主编：《外国文学史》，北京师范大学出版社2010年版，第90页。
② [丹麦] 克尔凯郭尔：《恐惧与颤栗》，刘继译，贵州人民出版社1994年版，第2、3页。
③ [法/捷克] 米兰·昆德拉：《不朽》，王振孙、郑克鲁译，上海译文出版社2014年版，第13页。
④ [法] 萨缪尔·贝克特、尤金·尤内斯库等：《荒诞派戏剧集》，施咸荣、屠珍等译，上海译文出版社1980年版，第7页。

在状态导致人们自我价值确证的危机,迫使人们一步步走向了刻奇。

## 三 刻奇:一场失败的自我救赎

"失重"的现代人不知该如何找寻自我存在的意义,如何获得存在的实感。正是排山倒海而来的存在焦虑致使了刻奇的粉墨登场。在此意义上,刻奇是人与自我意识的一场搏斗,是"失重"的现代人进行的自我救赎。

渴望确证自我的独特价值是人类的天性,在这一愿望的驱使下,"写作癖"应运而生,他们竭力书写自己区别于他者的形象。《不朽》中的澡堂里的女人用诸如喜欢热水澡、喜欢出汗、喜欢骄傲者而蔑视谦虚的人等线条勾勒着自己的形象,极尽宣扬自我的诸种特质,如同一个女战士般全力将自己呈现在大众面前。黑发姑娘为了博得"读者们"的关注,刻意让摩托车发出怪声,以此标榜个性。而洛拉则借助墨镜书写自我,她赋予墨镜这一物品复杂而特殊的功能:提醒"读者"她藏在镜片后的双眼是因哭泣而红肿的,墨镜成为她表示哀伤的方便而高效的工具,成了她眼泪的替代物。洛拉还为自己的形象设置了一系列动作,比如她经常借呕吐彰显自己的个性,即使这种行为并未发生,但这是她为自己形象所添加的诗意,是隐喻,是她精心描绘的"抒情形象"。"写作癖"们沉浸在自己的创作中,陷入了自我形象的迷狂。

1844 年施蒂纳曾预言,人类社会中"至高无上的自我主义"将大行其道,为了人类的自我解放,他认为应当进行一场"每个人反对其他人的战争"。[①] 施蒂纳的号召使整个世界产生了震荡,在此后的整整一个世纪仍旧经久不息。存在主义奠基人克尔凯郭尔也曾在此驻足,他说"真理不存在于人群中"。[②] 并在《恐惧与颤栗》中抒发了对冲破伦理戒律,

---

① [德] 麦克斯·施蒂纳:《唯一者及其所有物》,金海民译,商务印书馆 2017 年版,第 16 页。
② [丹麦] 克尔凯郭尔:《恐惧与颤栗》,一谌译,华夏出版社 1999 年版,第 1 页。

把个体性凌驾在普遍性之上的信仰骑士的赞扬。20世纪以来,由于个人主义的泛滥,到处充满刻奇者喁唏的吠吠狂言。为了标榜独一无二、无可取代的自我,人们拼命占据他人的视线。相应地,人们越发注重他人眼中自己的形象,认为唯有以他者为镜才是自我确证的有效路径。可以借用拉康阐释自我意识产生的最初状态的镜像理论分析此种情景:婴儿在前语言阶段没有自我感,面对镜子里自己的映像时,一开始会将之视作他者,在随后发觉镜中形象始终与自己保持同一性时,便将之视作自我,由此婴儿初步建立了自我。事实上,婴儿对镜中的形象进行的是两次误认,因为镜中形象并非他的自我,这个自我感乃是幻觉,是想象的产物。

毋庸置疑,个体存在始终与他者共在,因而每个意图自我确证的个体都不可忽视他者的存在。但个体如果把自身价值悉数寄托在他人的注视之中,一味沉迷于刻奇之境中的自我幻象,就会被虚假的幻象反噬,成为形象背后行走的影子,丧失自己的主体性。此时个体对自我的探索犹如卡夫卡所述说的"鸟儿寻找笼子",必然一再经受打击和挫败。这就是现代人在刻奇中自我迷失的根本原因,足见刻奇作为现代人的一场自我救赎,结局注定是失败的。

当所有自我救赎的尝试归于沉寂,仅剩下最后的选择:成为"逃兵"。昆德拉在《帷幕》中指出:"逃兵是一个拒绝为他同时代的人的争斗赋予一种意义的人。"[①] 逃兵有着十分清醒的目光,他们看懂了这个世界的规则,明白了生活、战斗、忍受痛苦、爱,所有的一切都是因为在别人眼中他们应该这样做,为了维护上帝的创造,是为了这个原本应当这样却未能这样的世界。他们厌恶如同小丑一般出演大写的历史的喜剧,也拒绝从屠杀中看出一种伟大的悲剧性来。这使得"逃兵"注定难以保持自己立场的同时为他人所理解,因而他们选择从同时代人中彻底抽离出来。

《不朽》的女主人公阿涅斯认为:"人生所不能承受的,不是存在,

---

① [法/捷克] 米兰·昆德拉:《帷幕》,董强译,上海译文出版社2006年版,第144页。

而是作为自我的存在。"① 她看透了在与他人"共在"的生活中,"此在"以牺牲个体性为代价获得了一种虚假的安宁感。正如海德格尔指出的,这种所谓的安宁把"此在"引向了异化,"这种异化把此在杜绝于其本真性及其可能性之外"②。阿涅斯极力想要摆脱"常人"③ 状态下的日常生活,摆脱人类的刻奇。她选择无声无息地抽离这个世界,这意味着拒绝自己的形象,放弃定义自我,将自己减到最少,没有名字、没有脸、没有手势,酝酿自我的消失。在阿涅斯最后的那个下午,当她在小溪旁的草丛中久久卧躺时,她感觉到她的自我也被溪流给带走:"她忘却了她的自我,她失去了她的自我,她摆脱了自我。"④ 阿涅斯终于感到了久违的幸福。

《不能承受的生命之轻》中,托马斯与特蕾莎最终也成了"逃兵",离开了城市的紧张和喧嚣,过上几乎与世隔绝的生活。托马斯得以避开政治上的种种审问和监督,放下性爱游戏者的身份,他感到自由自在。而特蕾莎在爱犬卡列宁的陪伴下每天放牧牛群,牛群吃草时她便在一旁看书。日居月诸,特蕾莎在与自然和动物们的共处中渐渐地远离了人类,也终于摆脱了一直压抑着自己的梦魇,脱离了孱弱不安的自我,感到了由衷的幸福。

"逃兵"式的无为不仅是远离尘嚣的孤独以及对外在价值的弃绝,还要放弃寻找自我,因为自我注定是被他者注视、被社会规训的。因而,"逃兵"摆脱刻奇的同时,将要迎接自己的死亡。

受到群山和森林的诱惑,阿涅斯错过了最好的回程时间,高速公路上已是水泄不通,于是阿涅斯转向了一条车流量较少的省级公路。这是

---

① [法/捷克] 米兰·昆德拉:《不朽》,王振孙、郑克鲁译,上海译文出版社 2014 年版,第 291 页。
② [德] 海德格尔:《存在与时间》,陈嘉映、王庆节译,商务印书馆 2015 年版,第 207 页。
③ 在海德格尔看来,所谓"常人"并不是"人"本身,它所具有的只是一种"平均化"的状态,它"先行描绘出了什么是可能而且容许去冒险尝试的东西,它看守着任何挤上前来的例外。任何优越状态都被不声不响地压住。一切源始的东西都在一夜之间被磨平为早已众所周知之事"。
④ [法/捷克] 米兰·昆德拉:《不朽》,王振孙、郑克鲁译,上海译文出版社 2014 年版,第 290 页。

阿涅斯人生中最后一次在人类的道路上行走，她感到自己体内生出一个急切呼喊着死神的形象：她站在高速公路——人类的大道之上，目之所及空无一物。黑暗中唯一的光源格外引人注目，那是闪闪发光的"第戎"（来世，没有脸的星球）二字，她知道那个地方的居民与迄今为止她认识的人们全然不同，那里是她向往的地方。此刻她只渴望被撞击，让生命就此结束。随即，伴随猛烈的撞击声，阿涅斯迎接了她的命运，促成了自己的死亡。阿涅斯在生命的最后时刻紧闭着双目，为的是不再看见任何东西，不再感受任何目光。在死神的指引下，她终于彻底逃脱了刻奇的世界，去到了一个没有面孔、不再喧嚣的虚无世界。无独有偶，托马斯与特蕾莎在乡间共度了一段田园牧歌式的生活之后，因为车祸双双与世长辞。短暂的田园牧歌和突如其来的车祸凸显了托马斯与特蕾莎这两位"逃兵"的必死性。

"生"就是"在人们中间"，这是亚里士多德所言的人类在世的生存境况。生活，就是在尘世中带着痛苦的自我。人们唯有在摆脱自我的那一刻，才能感受到真正的幸福。正印证了《身份》中所讲的："火葬场的火焰，这是唯一让我们的身体不受他们摆布的手段。"① 昆德拉揭露了冰冷理性与虚伪刻奇下现代人生命质感的稀薄。

## 四　昆德拉的选择：直面无意义

昆德拉借由书写刻奇抛出了这个问题：如何面对在价值与虚无之间摇摆的人生？昆德拉并没有在小说中给我们答案，昆德拉狡黠地表示，小说只是提出问题，并不回答问题。他认为"正是这些没有答案的问题标志着人类可能性的局限，划出我们存在的疆界"。② 小说家的使命仅仅是以小说去拓宽存在可能性的疆域。昆德拉通过刻奇书写揭示了传统理

---

① ［法/捷克］米兰·昆德拉：《身份》，董强译，上海译文出版社2003年版，第63页。
② ［法/捷克］米兰·昆德拉：《不能承受的生命之轻》，许钧译，上海译文出版社2010年版，第163页。

性主义、历史主义所规定的人性本质的虚无，他在一种开放性的姿态之中，摆脱了所有宏大崇高的叙事立场以及形而上学的控制和束缚，旨在唤醒存在的多样可能性。因而昆德拉小说中充溢的对刻奇行为的讽刺并不代表对刻奇的绝对否定，在昆德拉看来，刻奇一旦不再跋扈地一手遮天，它就如同所有的人类弱点一样令人恻隐。问题的症结并不在于刻奇本身，而是加之其上的极端化倾向。对刻奇的极端依附，会使人陷入绝对化价值编织的牢笼；对刻奇的极端摒弃，则让人陷入意义尽失的虚无泥沼。

面对刻奇中存在的困境，昆德拉通过《慢》当中的插曲《明日不再来》暗示了自己的态度。没有明日，本身便意涵着意义的缺失，而主人公T夫人和骑士又身处没有名字的世界，可见昆德拉有意营造了意义空白的场域。两位主人公把一个短暂的夜晚延伸成了一幅三折画，他们在其中经历了三段旅程：在花园漫步、在小屋中缠绵，最后则在城堡的一间密室中度过了最后的时间。这个夜晚他们始终避人耳目，处于隐秘的空间。自我的隐藏恰恰是自我的开放和实现，因为他们不需要表演，短暂的夜晚并不因为无人喝彩而黯然失色，相反因融入了他们两人的情感与生命体验而变得充盈。即使他们都知道这份欢愉将在黎明前结束，但是他们并不为之痛苦，不为短暂的爱情献唱哀歌，不大声疾呼反抗人类的处境，反而尽情享受他们的幽会，感受流逝的时光。正是因为T夫人和骑士深谙他们共度的夜晚并无意义，所以他们并不期望拥有或者征服"别处"，而是在"此处"感知存在的真实。

可见，昆德拉的态度是："既然我们的命运就是一切的毫无意义，那就不能作为一种污点带着它，而是要善于因之而快乐。"① 对此，人们难免会产生质疑，如果人类的信仰全然崩塌，存在的意义荡然无存，人何以成为人？人何以自处？正因为人类的心灵需要意义来填补和安抚，不免有人指责昆德拉走向了虚无主义。然而昆德拉消解了一切意义，却并没有消极避世，他的目的也并不是要否认存在的合理性。正是昆德拉

---

① ［法/捷克］米兰·昆德拉：《身份》，董强译，上海译文出版社2003年版，第165页。

直面存在本质的无意义的态度，让他与消极虚无主义区别开来。生活的无意义需要人勇敢地去正视，人的尊严与价值就在于勇敢面对这样的残酷，毫不回避地接受并敢于嘲弄甚至欢庆无意义。虽然生活如同西西弗不断推动巨石的过程，充满苦难而归于徒劳和无意义，但"西西弗无声的全部快乐就在于此。他的命运是属于他的"。① 存在的丰富可能性正是产生于每一次推石上山的过程之中。人们承担自己的生存责任，"为自己的存在操心、思虑、奔忙，对自己的存在有所领悟、有所作为"②，便会生存于真实之中。

昆德拉带着强烈的生存意识和处境意识，审视个体面对现代性的困境如何自我实现，如何与他者、世界共存。昆德拉尖锐的批判锋芒直指现代社会无处不在的刻奇，表达出他对以自我为中心的个人辚轹他人、以绝对真理为标准从而任意践踏个体自由的世界的质疑。昆德拉调侃一切神圣与非神圣的事物，调侃历史、政治、理想、信仰、性爱，意在消解刻奇带给人们的伪价值，引导人们跳出对于生命价值与意义的陈规理解，启发人们对现代社会存在的真实境况进行反思，在此基础上自我审视，进而探寻自我所合宜的存在方式。因而昆德拉小说的终极指向是建构的，其旨归是对人的精神健全和超越价值的关注和对完满人性的肯定，以及对一个存在多样性被充分尊重与聆听的世界的深切呼唤。

## 小结　反思刻奇——以"同情"唤回他者

在赞赏昆德拉对刻奇的洞见时，我们也应该反思他放逐一切意义的态度是否可取。答案是否定的。因为放弃意义的追寻意味着使人们无法对事物和事件作出区分和判断，世界将被引向混乱、无序。人类作为命运共同体始终需要一定的秩序以维持和谐，这对社会进步、人类发展、世界和平的重要性不言而喻。

---

① ［法］阿尔贝·加缪：《西西弗的神话》，杜小真译，西苑出版社2003年版，第145页。
② ［德］海德格尔：《存在与时间》，陈嘉映、王庆节译，商务印书馆2015年版，第289页。

因而，一方面不能否决个体追求自我独特性和存在意义的权利；另一方面要认识到，任何人的自由不意味着毫无顾忌、为所欲为。人是社会性的动物，作为集体中的个人，自由总是与责任紧密相连。正如萨特所说的："我们在争取自由时发现，自由完全依赖于他人的自由，而他人的自由依赖于我们的自由……"[①] 自我的自由与他者的自由是彼此缠绕不可分割的，自我的确证、自我的实现都无法脱离他者。而正如列维纳斯指出的，西方哲学自古希腊起直至当代，都把视线集中于自我，这使得哲学迷失了方向。他认为哲学的重心不应该是自我，而应当是他者。因而列维纳斯率先把长久以来被忽视的他者引入了他的哲学体系，提出了从本质上外在于自我的"绝对的他者"，建立了以他者为核心的、朝向他者的伦理学："借由他者的在场向自我的自发性进行质疑即是伦理学。"[②] 在此基础上，列维纳斯为我们建构了一个自我与无限的他者平等对话的多元开放的世界之雏形。这启示我们应当把长久以来被忽视的他者引入自己存在的视野，改变自我与他者全然对立的局势，聚焦于建立自我与他者之间和谐的生存性关系，以此弥补刻奇中他者的缺失所导致的存在的缺憾。

事实上，昆德拉也对此进行过探索，他在《不能承受的生命之轻》中论证过的"同情"就暗含着自我与他者和谐的生存性关系。"同情"是一种最高境界的情感想象力，是体味与共享他人的愉悦与愁苦，同时也是在对他者生命情感的想象中触知自己的生命本质。昆德拉笔下的让－马克通过"同情"尚尔塔而拥有了怜悯之心，不再对万事万物漠不关心，建立起了与世界的联系；托马斯在对特蕾莎的"同情"中理解了特蕾莎的脆弱与不安，加深了对特蕾莎的爱，并且从中获取了存在不可或缺之重力。可见，对他者产生"同情"就是呼唤他者现身与在场，并且在对他者的观照和认同中理解、认识自身。"同情"将他者引入自身

---

① ［法］让－保罗·萨特：《存在主义是一种人道主义》，周煦良、汤永宽译，上海译文出版社1988年版，第16页。

② E. Levinas, *Totality and Infinity*, Translated by Alphonso Lingis, Pitsburgh: Duquesne University Press, 1969, p.43.

的生存视野的同时,作为生存的伦理支撑起了存在的意义空间。当通过"同情"建立起与他者的和谐共在关系,个体便能够在确证自我存在价值的同时不被刻奇支配,实现同一与差异并存的完满生存。

【作者简介】

**杜娟**,中山大学中国语言文学系博士研究生,专业为比较文学与世界文学。

【通信地址】电话:18809423613　邮箱:1042246697@qq.com

# 欧美奇幻文学理论中的恐惧*

外交学院外语系
■张 怡

【摘 要】自19世纪初奇幻文学诞生以来，恐惧始终是奇幻文学研究的核心议题。20世纪相关理论研究不断丰富，研究者从多个角度对奇幻文学中恐惧的生成机制进行了阐释。目前，国内外学界对此尚缺乏系统性的整理，本文尝试从庞大纷杂的各类奇幻文学理论中爬梳出四家经典论述——弗洛伊德、洛夫克拉夫特、罗杰·卡伊瓦、罗杰·博泽托，以线索明确的专题呈现，梳理其论证逻辑，指出各理论的侧重点。在系统呈现各视角的基础上，勾勒恐惧理论的发展脉络和时代迁移，并对比主题学的方法，探求四种经典视角在揭示何为奇幻文学方面的意义。

【关键词】奇幻文学 恐惧理论 弗洛伊德 洛夫克拉夫特 罗杰·卡伊瓦 罗杰·博泽托

**Fear in European and American Fantasy Literature Theory**

【Abstract】Since the birth of fantasy literature in the 19th century, fear has always been a key topic in fantasy literature studies. As academic works ballooned in the 20th century, researchers interpreted fear in fantasy literature

---

* 本文为"中央高校基本科研业务费专项资金"科研创新青年项目"法国奇幻文学理论中的恐惧问题"（项目编号：3162020ZYKD04）阶段性成果。原刊于《国外文学》2021年第2期。

from multiple perspectives. Apart from the perspectives of psychoanalysis or psychology, which analysed internal connections between fear and fantasy literature, scholars also explored the origin of «fantasy fear» in the characteristics of the fantasy genre and discourse. This paper reviews the works of four representative scholars—Freud, H. P. Lovecraft, Roger Caillois, Roger Bozzetto—on fantasy fear studies, and illustrates the transformations and shifts in perspectives of fantasy literature studies in the 20th century.

【Key Words】 Fear  Fantasy Literature  Freud  H. P. Lovecraft  Roger Caillois  Roger Bozzetto

在文学史上，奇幻文学作为一种真正独立、具有普遍性的文类，诞生于19世纪初的欧洲大陆。如果按照《利特雷辞典》(*Dictionnaire Littré*, 1863)"奇幻"(fantastique)一词下"奇幻故事"条目的定义，它"特指由德意志作家霍夫曼(E. T. A. Hoffmann, 1776—1822)引领的一种故事类型潮流，超自然现象在这类故事中扮演重要角色"。霍夫曼受到德国浪漫主义启发，以高度现实的手法，描写日常生活经验中的奇异之事，使之"变成一种令人不安的现实",① 展现了前所未有的心理深度。② 从19世纪20年代开始，霍夫曼作品通过译介在欧洲多国传播流行，产生了极大的文学影响。③ 其美学理念在法国和俄国尤见推崇，引发奇幻文学的风潮。当时不少重要作家先后参与过创作实践，涌现出戈蒂耶的

---

① Michel-François Demet, Marc Vignal, *HOFFMANN ERNST THEODOR AMADEUS* (1776—1822), *Encyclopædia Universalis* (en ligne), https://www.universalis.fr/encyclopedie/ernst-theodor-amadeus-hoffmann/.

② See Pierre-Georges Castex, *Le Conte Fantastique en France: de Nodier à Maupassant*, Paris: José Corti, 1962, pp. 7 – 8.

③ 在法国，霍夫曼作品于1829年首次被译为法语，同年，由勒夫—韦玛尔(Loève-Veimars)翻译的第一部霍夫曼作品法译本出版发行，风靡一时。从1830年至1850年，二十年间至少有六个不同的法译本先后出版。参看Pierre-Georges Castex, *Le Conte Fantastique en France*，第三、第四章。在俄国，霍夫曼作品1822年首次译入俄语，到1840年已有62则霍夫曼短篇小说和14篇论述霍夫曼的文章在俄语中出现，其读者包括普希金、果戈里、陀思妥耶夫斯基等知名作家。见初金一《俄国文学批评传统中的"奇幻"》，载《俄罗斯文艺》2020年第4期。

《咖啡壶》、梅里美的《伊尔的美神》、莫泊桑的《奥尔拉》、果戈里的《鼻子》、普希金的《黑桃皇后》、陀思妥耶夫斯基的《双重人格》、爱伦·坡的《厄舍府的倒塌》等一批经典作品。

　　奇幻文学的诞生和播散，实际上反映了19世纪初欧洲社会心态的底色。政治局势变幻无常，启蒙过后非理性再度回潮，令这一代人深切地感受到焦灼和忧虑。① 奇幻文学本是"与意识的某些病态状态相联系，意识借助噩梦或谵妄的现象，把焦虑或恐惧的图像投射在它面前"，② 逢着群体性的焦虑，遂开掘了"每个人内心深处保留的恐惧和不安"。③ 在奇幻文学中，恐惧是一个跨越不同层面的要素，深度参与着创作和阅读。一方面，恐惧常常是奇幻文学力图表现的效果，小说家利用叙事技巧以期在读者身上激起恐惧反应。④ 另一方面，恐惧是作者个人气质的表现，是其创作动力和灵感的来源，也可能是小说中人物的感受。⑤ 恐惧就像一个连通器，借助文本把作者和读者勾连起来。因此不少研究者把恐惧视为奇幻文学最重要的特征之一，⑥ 甚至，有研究者把恐惧效果视为奇幻文学的唯一定义，如 H. P. 洛夫克拉夫特（H. P. Lovecraft）提出，奇幻文学"植根于一个深层的基本原则，即恐惧"。⑦

---

① See Pierre-Georges Castex, *Le Conte Fantastique en France*, Chapitre I.
② Pierre-Georges Castex, *Le Conte Fantastique en France*, p. 8.
③ Jean-Luc Steinmetz, *La Littérature Fantastique*, Paris: PUF, 2008, p. 9.
④ 许多奇幻小说家如梅里美、莫泊桑、亨利·詹姆斯等都研究过奇幻文学中制造恐惧的叙事技艺。持恐惧效果说的奇幻文学研究者也不在少数，参看 Guy de Maupassant, *Le Fantastique*, *Le Gaulois*, Octobre 1883; Louis Vax, *l'Art de faire peur*, *Critique*, Décembre 1959, p. 1036; Roger Bozzetto, *Territoires des Fantastiques*, Provence: l'Université de Provence, 1998, p. 211; Roger Caillois, *Anthologie du Fantastique*, Paris: Gallimard, 1966, p. 13。
⑤ 如霍夫曼、戈蒂耶、莫泊桑、爱伦·坡、洛夫克拉夫特等作家都曾把其个人气质中恐惧不安的一面投射在作品中，希望通过创作纾解或研究它。小说中人物的恐怖感受，可见梅里美、莫泊桑、爱伦·坡、维利叶·德·里拉当（Villiers de l'Isle-Adam）、亨利·詹姆斯、洛夫克拉夫特等的奇幻作品。
⑥ 奇幻文学中的恐惧，包括它的所有形式和不同程度，从弥漫的不安（angoisse）到骇人的恐怖（épouvante）。参看 Michel Viegnes, *Le fantastique*, Paris: Flammarion, 2006, p. 23。
⑦ H. P. Lovecraft, *Supernatural Horror in Literature*, Abergele: Wermod Publishing Group, 2013, p. 1. 这种看法后由让·法布尔（Jean Fabre）继承，法布尔将恐惧用于奇幻文学最狭义的定义，即"可怕的超自然"，见 Jean Fabre, *Le Miroir de sorcière: essai sur la littérature fantastique*, Paris: José Corti, 1992, p. 13。

# 欧美奇幻文学理论中的恐惧

恐惧因在奇幻文学中享有突出地位,很早即受到文学理论研究者重视。19世纪末至20世纪后半叶,关于奇幻文学的恐惧理论呈现蓬勃发展态势。最初的一股研究风尚,是根据主题学(thématologie)方法,对引发恐惧的对象物进行分类研究,如分成狼人、幽灵、死神、吸血鬼、机器人等。① 主题学研究通过编纂选集的形式,整理归纳作品中可怕的奇幻主题,随着选本行销既广,逐渐获得普遍接受,至今仍有不少人援用该方法。另一种思考路径,则是把注意力放到恐惧的对象物之外,将恐惧视作一种人类情感,以探求它在奇幻文学中的发生机制。这些学者意识到,如果说奇幻和恐惧是相互连接的二元,那么"恐惧如何发生"则是两者的桥梁。把握了奇幻文学为什么使人害怕,才能更透彻地理解奇幻文学真正的独特性。该视角展示出一个新维度,与近几十年来人文社科领域兴起的"情感转向"(affective turn)研究趋势暗合,可以相互发现之处甚多,颇有前景。② 但遗憾的是,相关理论散见于各研究者的专著、论文,诸家皆在各自的叙述脉络中展开,彼此之间缺乏对话。而且,奇幻恐惧机制牵涉的问题复杂,相关论述常与其他奇幻文学理论绞合在一起,显得隐晦不彰。目前,国内外学界对其尚无系统性的整理,影响了读者间的认知度。

鉴于后一种思路的价值和研究现状,本文希望进行一些推进工作。力图从庞大纷杂的各类奇幻文学理论中爬梳出四家经典论述,以线索明确的专题呈现,指出各理论的侧重点。四家按出现时序,分别为弗洛伊德、洛夫克拉夫特、罗杰·卡伊瓦(Roger Caillois)、罗杰·博泽托

---

① 如罗杰·卡伊瓦在《奇幻文学选集》中归纳了十二种"恐怖的奇幻文学"常见主题,如魔鬼的契约、受折磨的灵魂、流浪的幽灵、伪装成人的死神、看不见的东西、活动的雕像或机器人等,见 Roger Caillois, *Anthologie du Fantastique*, pp. 19 – 21。与之类似,路易·瓦科斯也提出过"令人恐惧的主题"分类规则,如狼人、吸血鬼、脱离了人的身体部位、人格分裂、时空扭曲等,见 Louis Vax, *l'Art et la Littérature Fantastiques*, Paris:PUF, 1974, p. 5。

② 最近几十年,历史学、政治学、经济学、人类学、地理学、神经科学等领域的不少研究者对情感议题表现出浓厚兴趣,着手将情感问题与本学科研究相结合,该趋势被英美研究者称为"情感转向"。受这一趋势的熏染,一些文学批评学者也不再把情感视为单纯的文学主题,更引入哲学、心理学、医学、生物学等学科的理论方法,以全新的跨学科视角解读经典文本。

(Roger Bozzetto)。其中，弗洛伊德的理论目下国内仅有初步译介，① 余外三家则未见称引。② 本文在系统呈现各视角的基础上，简要勾勒恐惧理论的发展脉络和时代迁移，并通过反思主题学方法的缺陷，探求四种经典视角在揭示何为奇幻文学方面的意义。

## 一 弗洛伊德："诡异的恐惧"

最早深入探察奇幻文学恐惧生成机制的先行者，是声名显赫的奥地利精神分析学家弗洛伊德。通常情况下，文学中的恐惧属于美学问题，很少会受精神分析学者的重视，而弗洛伊德则对此表现出浓厚兴趣。因为在他看来，"美学不仅指美的理论，也是一种与人的情感特征有关的理论"，其中即包括在后文要着重提到的"被压抑的情感活动"。③

弗氏的核心见解，集中于 1919 年发表的论文 *Das Unheimliche*，该文从精神分析学的角度入手，研究德国奇幻小说家霍夫曼的《沙人》(*Der Sandmann*, 1816) 使读者产生恐惧感的原因。论文题目中的 *Unheimliche*，在德语中原指一种不明所以、毛骨悚然的恐惧感，它和表示通常意义下"恐惧"的常用词 Furcht 不同，其对象物并不明确。Unheimliche 一词在弗氏研究中具有丰厚的理论内蕴，很难恰切地对应到其他语言里的某个表达方式，考虑到此

---

① 见童明《暗恐/非家幻觉》，载《外国文学》2011 年第 4 期；王素英《"恐惑"理论的发展及当代意义》，载《当代外国文学》2014 年第 1 期；於鲸《哥特小说的恐怖美学：崇高与诡异》，载《四川外语学院学报》2008 年第 2 期；关贞兰《"恐惑"理论国内外研究述评》，载《广东第二师范学院学报》2016 年第 2 期；[英] 安德鲁·本尼特、尼古拉·罗伊尔《论文学中的神秘》，汪正龙译，载《江西社会科学》2006 年第 11 期。弗洛伊德论文的中译，收入弗洛伊德《论文学与艺术》，常宏等译，国际文化出版公司 2001 年版，第 264—302 页。

② 需要说明的是，近年来，洛夫克拉夫特小说的恐怖主题逐渐受到国内研究者关注。相关研究有符晓、陈瑞莲《恐惧与毁灭：潜意识视域下的洛夫克拉夫特小说评析》，载《长春大学学报》2018 年第 5 期；熊欣、宋登科《〈克苏鲁神话〉中的恐怖元素——兼谈洛氏恐怖》，载《沈阳大学学报》(社会科学版) 2018 年第 2 期；张昆《科幻与奇幻——论洛夫克拉夫特恐怖小说中的艺术特色》，载《安徽文学》2018 年第 10 期。另有硕士学位论文数篇。但关于洛夫克拉夫特的奇幻文学恐惧理论，相关研究尚未之见。

③ Freud Sigmund, *L'inquiétante Étrangeté et Autres Essais*, Paris: Gallimard, 1985, p.213. 以后引用，以"弗"指代此书，在正文中随文标注页码。

点，本文暂将它按德语原文的字面意义，直译成"诡异的恐惧"。①

弗洛伊德对"诡异的恐惧"的研究，是在受到德国精神分析学者恩斯特·詹斯（Ernst Jentsch）论文触动后展开的。詹斯于1906年发表的论文《论诡异恐惧感的心理学》（*Zur Psychologie des Unheimlichen*）中率先指出霍夫曼小说《沙人》会引发一种诡异的恐惧感，并将其产生条件归纳为以下两类情境：其一，人们怀疑看似栩栩如生的事物真正拥有灵魂；其二，从未令人生疑的人突然做出机器人式刻板僵硬的行为。詹斯认为，从本质上看，诡异的恐惧源于一种茫然无措的困惑心理。弗洛伊德由此获得触发，进而对詹斯的论断提出了质疑。他指出，小说《沙人》之所以令人感到诡异的恐惧，并非由于玩偶拥有生命，变为活人，而是因为民间传说中的妖怪"沙人"威胁孩子要挖掉他们的眼睛。在弗洛伊德看来，詹斯的结论无法很好地解释小说的恐惧感，其发生的根源，应在于挖掉眼睛这种"阉割情结"的变体中。随后，弗洛伊德从霍夫曼作品出发，对文学作品和精神分析案例中诡异恐惧的案例进行整理性研究，试图从中找到促使这一感觉产生的共性原因。他依据精神分析中"任何情感一旦遭受压抑即会转化为焦虑"的理论，最终发现："由被压抑之物的重现而导致的那种恐惧，正是诡异的恐惧。"（弗，245—246页）按照弗洛伊德的分析，毒眼（œil mauvais）引发的恐惧即是其中一例。所谓毒眼，是一种广为流传的迷信形式，即认为一些人可以利用目光实现秘密危害他人的企图，它属于

---

① 弗洛伊德指出，Unheimliche 具有"特殊的微妙含义"，该词为德语所独有，其他语言诸如拉丁语、希腊语、英语、法语、西班牙语等，都不存在确切的对应词。"Das Unheimliche"一文的英文版与法文版译者翻译 Unheimliche 时作出如下处理：英文译者艾利克斯·斯特雷奇（Alix Strachey）将 Unheimliche 译作 uncanny，法文译者贝尔特兰·费龙（Bertrand Féron）则选择以 *l'inquiétante étrangeté*（令人恐惧的诡异）迻译。由于 Unheimliche 理论内蕴丰富，费龙亦指出其他法文译法的可能，包括 le *non-familier*（非熟悉）、*l'étrange familier*（熟悉的诡异），以及 *le (familier) pas comme chez soi*（不同于在家的［熟悉］）等。目前，国内研究者翻译 Unheimliche 通常从英语 uncanny 转译而来，译入汉语时存在多种不同译法，见王素英《"恐惑"理论的发展及当代意义》，第138页注1。归纳上述译名的翻译情况可见，Unheimliche 一词通常存在两种翻译方式。其一，从目标语言中寻找含义尽可能接近的现有词语进行翻译，如英译 uncanny、汉译"诡异""神秘""怪异"等即属此列。其二，结合弗洛伊德 Unheimliche 的理论概念，通过拼缀字词新造译名，如法译 *l'inquiétante étrangeté*、*l'étrange familier*，*le (familier) pas comme chez soi*，以及汉译"恐惑""暗恐/非家幻觉""怪熟"等。本文依据 Unheimliche 在德语中的字面意义，将其直译为"诡异的恐惧"，暂不取现有汉语旧译。

古老的泛灵论宇宙观的一种表现。这种泛灵思想，在我们每个人的思想发展过程中都曾一度占据主导地位，随着个人的成长逐渐被隐匿、压抑。而此时，如有毒眼或与之性质类似的事物突然触动了我们内心残留的泛灵思想沉渣，让它又明白地显现出来，诡异的恐惧就随即诞生。

质言之，能引发诡异恐惧的事物本是人们熟悉的，由于被压抑的缘故，才显得陌生。当看似陌生的事物再次回归，间于熟悉和陌生的特殊感觉便使人产生诡异的恐惧。

尤其需要指出的是，弗洛伊德研究的最大特色，是结合了精神分析与语用考察的方法。一方面，弗氏收集具备诡异恐惧特征的大量个例，归纳造成诡异恐惧的因素，如阉割情结、复身、不由自主的重复、泛灵论思想、魔法巫术、对死亡的态度等，并使用精神分析法，探究诡异恐惧发生的普遍性原因。另一方面，他通过考察 Unheimliche 相关的语言用法，进一步证实上述从精神分析理论得出的论断。

弗洛伊德独具慧眼，注意到一个富有启示的语言现象：在德语中，Unheimliche 由 heimliche 添加表示否定的前缀 un-构成，两者意思本是互为相反的，可是，在某些特定情境下，heimliche 与 Unheimliche 却存在词义重合的情况。弗氏对这个不同寻常的现象进行了如下分析。首先，heimliche 原本表示"属于家的、不陌生的、熟悉的、友好的、自在的"等意思，词中 heim 即有"家、住宅"的含义。其次，从"属于家的"含义出发，heimliche 可以引申出"隐匿的、秘密的、不可见的、不可知的"意思。此时，若再从"隐匿的、危险的"含义进一步发展，heimliche 即可能意外地转向其原义的反面，变为通常情况下原属于 Unheimliche 的意思："令人不舒服的、令人毛骨悚然的恐惧"。归纳其分析结果，"heimliche 的词义向着与其原义矛盾的方向演化，最终恰好与其反义词 Unheimliche 重合"。[1]"在某种意义上，所谓 Unheimliche，即 heimliche 的一种。"（弗，223 页）

弗洛伊德认为，heimliche 与 Unheimliche 词义重合的语言现象，恰好反映出"诡异的恐惧"的本质。他说道："在语言使用的过程中，heimli-

---

[1] See Freud Sigmund, *L'inquiétante Étrangeté et Autres Essais*, pp. 217–223.

che 的词义会滑向其反义词 Unheimliche。这是因为导致诡异恐惧感的事物并非是全新或陌生的。事实上，令我们感到诡异恐惧的事物在过去一度曾为我们的精神生活熟知，是我们对它的'压抑'才使它变得陌生。"（弗，246 页）① 精神分析理论与语用考察的发现彼此印证，引发诡异恐惧的关键点，归根结底在于曾受"压抑"的某种事物重新出现。由此，弗洛伊德以下述巧妙的双关句，对其理论作出总结："诡异的恐惧（Unheimliche）正是曾经熟悉的东西（heimliche），前缀 un 是压抑的象征。"（弗，252 页）

综上，弗洛伊德的研究从霍夫曼奇幻小说出发，最终阐释出因"陌生的熟悉感"而引发"诡异的恐惧"这一独特的情感体验及其美学意义，颇具启迪，是早期奇幻文学理论研究迈出的重要一步，对此后奇幻文学情感研究产生了深远影响。该理论特别在文本分析的应用层面，表现出极强的解释力和适应性，使之成为无法绕开的经典。

## 二　洛夫克拉夫特：对未知的恐惧

弗洛伊德发表 *Das unheimliche* 的同一时期，大洋彼岸的美国作家洛夫克拉夫特亦着手深耕恐怖奇幻文学领域。如果说弗洛伊德以精神分析学者的专业视角，将诡异的恐惧引入奇幻文学的研究视域，洛夫克拉夫特则凭借对恐惧与生俱来的敏感，通过创作和研究，展现其对奇幻文学与恐惧关系的独特见解。

1925 年，洛夫克拉夫特应朋友之请，开始撰写论文《文学中的超自然恐怖》（*Supernatural Horror in Literature*）。在该文中，洛夫克拉夫特独到地阐释了恐惧在奇幻文学中的历史来源、表现形式以及美学标准等问题。文章开宗明义，点出奇幻文学的根基在于人的恐惧情感："恐惧是

---

① 德国学者谢林（Schelling）曾对 Unheimliche 下定义，所谓"诡异的恐惧"，即"原本该被隐藏的东西却在不经意间暴露出来"。弗洛伊德特别指出，谢林的定义虽然乍看起来乖谬，但如结合精神分析理论来思考，恰好和弗氏本人的论断不谋而合。当一度被压抑的事物重新出现，"受到压抑的熟悉正是'诡异的恐惧'的源头"。参看 Freud Sigmund, *L'inquiétante Étrangeté et Autres Essais*, pp. 222, 246。

最古老最强烈的人类情感，而最古老最强烈的一种恐惧则是对未知的恐惧。上述事实已广为心理学家所接受，这正说明奇幻恐怖故事作为一种文学类型的真实性和正当性。……奇幻文学植根于一个深层的基本原则，那就是恐惧。"① 洛夫克拉夫特把人的恐惧视为奇幻文学的决定性力量，需要指出，此处恐惧有其特指性，准确地说是"对未知的恐惧"（fear of the unknown）。在他看来，只有这种恐惧才能构成奇幻文学的内核。

何谓"对未知的恐惧"？洛夫克拉夫特认为，"对未知的恐惧"作为最古老也最强烈的恐惧类型，是人类"内心深处生理学遗产的一部分"（洛，2页）。它的诞生和宗教情感一样，可上溯至人类文明发展的萌芽时期。原始人面对宇宙中无法理解的现象，时常感到敬畏和恐惧。祸福降临的原因神秘而难以预测，人类生存环境野蛮残酷，再加上梦境的作用，未知便被赋予非现实的超自然意义，被原始人视为可怕又无所不能的力量源泉。尽管随着历史的演进，人类的认知领域已大为扩展，但时至今日，"对未知的恐惧"仍然挥之不去，它已转化为一种古老的生理本能，固着于人类的神经组织，深刻影响着现代人的精神世界。

"对未知的恐惧"如何催生出与之相应的文学创作形式？按照洛夫克拉夫特的观点，未知的不确定性预示着危险，未知世界即充满危险和邪恶的世界。由于邪恶恐惧的感觉不可避免地激发人类的惊讶和好奇，两者叠加，便将强烈的情感和勃发的想象力复杂地糅合在一起。这样，就发展出一种以"对未知的恐惧"为基础的文学类型，洛夫克拉夫特称之为"一种有关宇宙性恐惧（cosmic horror）的文学"（洛，4页），奇幻文学即属此类。

在洛夫克拉夫特眼中，奇幻文学是基于人类对未知的恐惧发展而来，因此有别于仅触及恐惧皮毛的平庸恐怖文学。平庸的恐怖文学热衷堆叠血腥暴力元素，循规蹈矩地搬演诸如死亡、幽灵等传统主题。而真正的奇幻文学，却须严肃地暗示出人类最可怕的想法，即"我们在宇宙中唯

---

① H. P. Lovecraft, *Supernatural Horror in Literature*, p. 1. 以后引用，以"洛"指代此书，在正文中随文标注页码。译文参考贝尔纳·达·科斯塔（Bernard Da Costa）法译本 H. P. Lovecraft, *Epouvante et Surnaturel en Littérature*, Paris：Pierre-Guillaume de Roux, 2014。

一可依靠的自然法则已被邪恶打败"（洛，6页）。洛夫克拉夫特的奇幻文学理论强调由文本营造的氛围以及读者的阅读反应。认为恐怖气氛是奇幻故事"最重要的元素"，读者阅读时"是否被激发出一种深刻的恐惧，是否感受到与未知世界以及未知力量较量的感觉"（洛，6—7页），则是界定一部作品是否真正属于奇幻文学的唯一标准。作者的创作意图或作品的情节机制，都不足以构成最终的评判标准。

值得注意的是，洛夫克拉夫特把真实读者的阅读感受作为界定奇幻作品的标准。该观点在 20 世纪下半叶，受到不少奇幻文学理论研究者的质疑。其中最具代表性的便是结构主义批评家托多罗夫的意见。托多罗夫提出，把真实读者的恐惧视为奇幻文学的标准，即等于承认"一部作品的类型取决于它的读者是否足够冷静"。[①] 尽管如托多罗夫所说，把读者感受作为奇幻文学的标准的确有失严谨，但洛夫克拉夫特的理论仍有重要价值，它率先指明恐惧之于奇幻文学的核心地位，两者有相互依存关系，因之成为后世几乎所有的奇幻文学综述性研究都会引用的论断。

## 三　罗杰·卡伊瓦：恐惧与"超自然对现实的撕裂"

20 世纪 40、50 年代，奇幻文学创作日渐沉寂，而奇幻文学研究反倒重新被欧美文学界重视。以法国为代表，研究者们开始用一种更学术性的目光考察、重审这一 19 世纪的主流创作类型。其中，以博学见称的法国学者罗杰·卡伊瓦即是这一时期重要的奇幻文学研究者。1958 年，卡伊瓦出版著名的《奇幻文学选编》（*Anthologie du Fantastique*），选集序言《从童话故事到科幻小说》（*De la Féerie à la Science-fiction*）是他关于奇幻文学恐惧研究的一篇重要论文。在该文中，卡伊瓦重申恐惧之于奇幻文学的重要意义，强调两者之间密切的内在联系，并通过探究奇幻文学的文类边界，重新阐释奇幻文学中恐惧得以产生的关键原因。

卡伊瓦和许多研究者一样，赞同奇幻文学的恐惧源于作品中超自然

---

[①] Tzvetan Todorov, *Introduction à la Littérature Fantastique*, Paris: Seuil, 1970, p. 40.

事物的存在。不过他特别指出，恐惧的发生，并非因为超自然事物天然都是可怕的，而是由于在奇幻文学中，超自然的出现撕裂了现实世界的稳固与统一。卡伊瓦用以佐证该观点的一个有力论据，即童话故事里也存在着超自然事物，但它们却并不显得可怕。他阐释其原因如下："童话表现的是一个神奇的世界，它叠加于现实世界之上，既不危及现实世界，也不破坏它的一致性。……童话中的超自然并不会令人恐惧，因为超自然本身即是组成童话世界的实质，是童话世界的法则与氛围。超自然不会破坏任何规则，其自身即事物秩序的一部分。"① 卡伊瓦指出，这恰好解释为什么童话的开头都必须采用固定的格套，比如"从前有……"（En ce temps-là/Il y avait une fois...）童话作者需借此预先向读者声明，接下来将会进入童话的特定世界。在那里，想象力把仙女和魔怪放逐到遥远、变幻的封闭世界，不再与日常的现实生活有任何交集。在这种情况下，超自然的事物也就不再意味着可怕，甚至连惊讶都不会引起。

相较之下，奇幻文学中超自然的存在则截然不同。它不再被封闭到某个遥远的想象世界，而是以一种强冲突的模式，冲击着现实世界的日常秩序。超自然在作品中的出现方式一旦发生变化，它的性质随即改变，由令人安心的存在变成"一种被禁止的、具有威胁性的侵犯"（卡，9页）。对于日常世界而言，秩序本是在任何情况下都不会改变的，甚至可以被视为理性的保证，因此哪怕有一道最微小、最难以察觉、最可疑的裂缝，都足以令人恐惧。超自然在现实中的突现，正使原本一成不变的稳固世界产生了裂缝。如果我们借用卡伊瓦的表述，承认奇幻文学象征"现实世界几乎无法承受的一种跌落、一道裂口、一次不同寻常的入侵"（卡，8页），那么恐惧便是从"无法承受"这个词中产生的。

如上所述，卡伊瓦通过比较奇幻文学与其相邻项"童话故事"，以阐释奇幻文学的恐惧来源。不过，他的思考并不止步于恐惧在作品内部的发生过程，而更以一种历时性的视角，将恐惧的源头还原到奇幻文学

---

① Roger Caillois, *Anthologie du Fantastique*, p. 8. 以后引用，以"卡"指代此书，在正文中随文标注页码。

诞生的历史语境中。卡伊瓦认为，从文学史发展的角度看，奇幻文学必诞生在童话之后，科幻小说之前。它的出现需具备以下两大前提："一、'现象必服从于理性秩序'的科学观念获得胜利；二、人们广泛承认因果关系决定论。"（卡，9页）在古典时代和中世纪，由于缺乏遵循自然规律的科学状态，不可能出现奇幻文学。"只有在没有奇迹、严格遵循因果关系的世界图景出现后，才有奇幻文学的诞生。"（卡，14页）由此观之，奇幻文学诞生的历史条件，正是它引发恐惧的逻辑前提。只有当科学已将超自然事物驱逐，当人们认定超自然是不能接受的，超自然在奇幻文学中的出现才会形成冲突，构成撕裂，恐惧也才随之产生。

## 四 罗杰·博泽托：恐惧与"不可名状之物的再现"

20世纪下半叶，经几代学者不断推陈出新，逐渐建立起奇幻文学研究的理论体系。围绕何为奇幻文学的问题，形成了泾渭分明的两派见解。一派认为，奇幻文学是一种智性的游戏，主要建立在对叙事内容的阐释上，主要代表有皮埃尔—乔治·卡斯泰（Pierre-Georges Castex）、罗杰·卡伊瓦、托多罗夫、伊雷娜·贝西埃（Irène Bessière）等学者。这种批评理论深受笛卡尔哲学传统的影响，强调奇幻文学的智性维度。另一派别则认为，奇幻文学是对无法被解释、无法被接受的事物的"显示"，强调被奇幻文学呈现之事物的奇观特性，持此说者有夏尔·格里韦尔（Charles Grivel）、德尼·麦里耶（Denis Mellier）等人。该观点兴起于90年代以后，其产生与20世纪下半叶奇幻电影的发展密切相关。

本节即将登场的罗杰·博泽托，活跃于90年代的法国，他一方面继承前人奇幻文学作为智性的阐释活动的观点；另一方面也开始关注奇幻文学概念中可视性的一面。[①] 其专著《知识的晦暗客体》（*l'Obscur Objet*

---

[①] 罗杰·博泽托出版《知识的晦暗客体》的同一年，夏尔·格里韦尔（Charles Grivel）在其专著《奇幻—虚构》中，首次指出奇幻文学概念具有不应被忽视的视觉奇观的特性。参看 Charles Grivel, *Fantastique-fiction*, Paris: Presses Universitaires de France, 1992。

*d'un Savoir*）以前文介绍过的洛夫克拉夫特的小说《皮克曼的模特》（*Pickman's Model*）为例，从奇幻主题"画的描写"（la description de tableaux）的角度另辟蹊径，深入剖析奇幻恐惧的来源，阐释了恐惧与奇幻文学"不可名状性"（innommable）及"再现可能性"（représentable）之间的复杂联系。

《皮克曼的模特》是洛夫克拉夫特发表于 1927 年的著名短篇奇幻作品。[1] 小说采用叙事者瑟伯（Thurber）第一人称独白的形式，围绕绘画艺术的创作和观看展开。题目中的皮克曼，是一位深谙"恐惧心理学"的波士顿画家，擅长以逼真的写实手法，创作令人毛骨悚然的可怕绘画主题。艺术爱好者瑟伯仰慕皮克曼特立独行的艺术趣味。一日，他受画家邀请，参观其私人画室，欣赏其描绘"不可名状之物"的作品。在观画过程中，瑟伯逐渐发现皮克曼作品背后隐藏着可怕秘密，心灵受到强烈刺激，震悚不已，回家后陷入疯狂。而皮克曼和他的作品从此也下落不明。

罗杰·博泽托之所以选择《皮克曼的模特》来分析恐惧在奇幻文学中的产生，按他自己的解释，是因《皮克曼的模特》利用绘画为媒介，展示了奇幻文学内部的一个核心结构问题："不可名状之物的再现。"[2] 所谓"不可名状之物"，专指令人厌恶得难以形容、卑下不堪到说不出其名称的事物。例如，皮克曼笔下似人非人、以人为食的丑恶怪物。"不可名状之物的再现"，即利用某种方式把可怕事物的形象再度表现出来。在《皮克曼的模特》中，这种方式专指具有可视性的绘画艺术形式。博泽托指出，小说借助绘画艺术的主题，将"不可名状之物的现实存在"与"艺术媒介的必要性"（博，53—54 页）两大要素相结合，通过令叙事者与读者陷入"不可名状之物的再现"带来的矛盾中，最终引发恐惧。

接下来，我们将沿着博泽托的论说路径，抽丝剥茧地揭示恐惧在

---

[1] H. P. Lovecraft, *The Complete Fiction of H. P. Lovecraft*, New York：Race Point Publishing, 2014, pp. 408 – 419.

[2] Roger Bozzetto, *l'Obscur Objet d'un Savoir*, Provence：l'Université de Provence, 1992, p. 53. 以后引用，以"博"指代此书，在正文中随文标注页码。

《皮克曼的模特》中的生成过程。博泽托认为，洛夫克拉夫特能够实现既定的写作目标，首先在于他巧妙运用了"画的描写"的叙事策略。在《皮克曼的模特》中，有关"画的描写"的段落约占全文一半篇幅，表现形式丰富，[①] 其中最重要的，是洛夫克拉夫特利用"画的描写"，引出小说叙事内部的核心问题：皮克曼的画是否有原型模特。这一问题正是研究奇幻恐惧的关键。皮克曼的画为什么令人恐惧，是因为不可名状的怪物形象天然地令人恐惧厌恶吗？叙事者瑟伯在自述中明确否认了这一点。不可名状之物的形象固然令人不快，但瑟伯表示自己并不害怕这样的恐怖主题和场景。恐惧的源头绝非画的内容，而是在于画家的画技。皮克曼的画技冷静客观，具有严谨的写实主义特征，能把原本属于另一个世界的怪物栩栩如生地画在现实背景上。这一太过真实的再现技法，让人不由得怀疑画面上不可名状的可怕怪物并非纯粹出于想象，而极有可能是画家根据真实存在画出的。由此，便引出上文提及的小说核心问题：皮克曼画出栩栩如生的怪物时，是否曾有真实的模特作参照。

博泽托认为，洛夫克拉夫特的高明之处，正在于他没有正面回答这一问题，而是以一系列拉锯式的叙事策略，把问题重新抛回给叙事者及读者。小说家采用的手法如下：首先，洛夫克拉夫特提供了皮克曼的自述，皮克曼坚称画家应"据实"画出可怕之物；接着，在叙事中逐步给出物质层面的诸多事实证据，如照相机、盖着防水板的深井、伴随着尖叫声的噪声以及皮克曼对"巨型老鼠"发出的枪响，从侧面暗示读者，画中的怪物可能真的存在；最后，在小说的结尾，让叙事者发现了一张在画室里拍摄的怪物照片。种种证据似乎都指向同一个答案，皮克曼画中的可怕怪物确实存在。但如果读者回顾小说的细节，又会发现其实叙事者瑟伯早已发疯，皮克曼不知所踪，作为证据的照片被毁，皮克曼的画再也没人见过。这意味着瑟伯的独白并不可信，而前述种种证据，也并不可靠。寻根究底，皮克曼的模特是否真的存在，还是无法证实。在

---

[①] 《皮克曼的模特》中"画的描写"主要表现为以下形式：描述小说中出现的画作内容；从绘画技法、视角、画与不可见之物的关系诸角度评论作品，交代其可能参考过的其他作品；点明皮克曼与其他画家在艺术风格上的异同等。

博泽托笔下，洛夫克拉夫特为我们展示了一种奇幻恐惧的经典模式。他借叙事者之口，通过反复给出彼此矛盾的证据，制造出一种"判断悬置"状态，令读者陷入犹豫不决，感受到理性的撕裂感。

博泽托在分析的结尾，还引申出一个有意思的话题。他指出，奇幻文学这一文类正如皮克曼的画，它所表现的内容本是不应存在的，但却偏偏被创作者以文学的形式表现出来。洛夫克拉夫特一方面仅凭借文字描述，来构建不可名状之物；另一方面又否认模特存在的所有证据，只留下一段故事给读者思考。如果把《皮克曼的模特》视为奇幻结构的一种隐喻，那"只为讲述不可见的事物、展现不可想象的事物"的奇幻叙事便是从"缺失"中诞生的——"失去能证明其所再现的事物是真实的证据之时"（博，59 页），即是奇幻文学出现之时。这样看来，不可名状之物"之所以令人恐惧，与其说因为它是什么，不如说因为它的出现意味着什么"（博，60 页）。

在奇幻叙事中，不可名状之物一方面借助艺术的再现，被表现得极度逼真，似乎确实出自现实生活；但另一方面，它的存在与人们的认知经验又如此矛盾，除艺术的形式外，再无其他再现方式，人们也找不到确信无疑的原型，证明它真实存在过。归纳博泽托的见解，由艺术作品的可再现性与被再现事物的不可能性构成的这一悖论，便是奇幻文本最根本的恐惧之源。

## 结　语

归纳上文，四位学者对奇幻文学中恐惧如何发生作出了不同阐释。弗洛伊德利用精神分析学的压抑理论，指出是陌生的熟悉感导致了奇幻文学中"诡异的恐惧"。洛夫克拉夫特判断，奇幻文学中的恐惧，本质上是人类"对未知的恐惧"。卡伊瓦揭示，恐惧源于奇幻作品中超自然对现实世界造成的撕裂感。博泽托则指出，奇幻的恐惧诞生于由"不可名状之物的再现"所引发的矛盾中。

从理论发展的层面看，解析的视角与研究重心随着时代演进而逐渐迁移,大致可分为三个阶段。20世纪初,奇幻作品中的恐惧首先被视为一个文学中的精神分析学或心理学问题。研究者从读者的心理层面入手,指出奇幻文学中恐惧的生成或多或少反映了现实中恐惧的某种产生形式。进入20世纪中期,伴随奇幻作品归类整理工作的展开,初具文类自觉意识的研究者尝试将恐惧所以发生与奇幻文类自身的特性结合起来,通过比较奇幻文学与童话的异同,指出是超自然对奇幻文学中塑造的现实世界构成冲击,撕裂了它的稳固,由此引发恐惧。至20世纪末,"看"和"再现"问题逐渐受到关注。研究者聚焦到奇幻文学"再现不可能之物"的矛盾上,进行深入探寻。后两个阶段,研究者均将关注的重点放在奇幻文学的独特性上,认为是奇幻叙事的某种结构性特点提供了恐惧的生成土壤。

对照本文开篇语提及的主题学研究方法来观察,弗洛伊德等四种经典视角具有鲜明的共通性——理论切入点均超越了具体的恐惧对象物。前贤已经指出,主题学方法因承自"迷信传统下的各类故事主题",[①] 一直存在分类混杂、随意性强且难以穷尽的问题,有过于依赖经验主义、重描述而轻功能性理解的缺陷。[②] 尤其难以解释的是某一物象,在此能

---

[①] 根据路易·瓦科斯研究,奇幻文学中可怕的主题类型主要来源于过去迷信传统下的各类故事主题。由于"奇幻故事在迷信的土壤上萌芽,各种可怕的主题因此也是从迷信中继承而来的,例如复身、吸血鬼、时空的异动等等"。有限的传统主题在和奇幻故事相遇后,摆脱老套的迷信想象,以崭新的面貌重新呈现。参看 Louis Vax, *l'Art de Faire Peur*, pp. 1029, 1048。

[②] 托多罗夫、让·贝尔曼-诺埃尔、让-吕克·斯坦梅兹等学者皆曾指出该问题。托多罗夫说,路易·瓦科斯的主题分类缺乏"内部的统一性",而罗杰·卡伊期待的主题分类工作则很难找到与之匹配的、足够严格的"逻辑准则",且"这样的分类法会让人们把作品中的每个元素视为不会改变的,是独立于把它们整合在一起的结构的",见 Tzvetan Todorov, *Introduction à la Littérature Fantastique*, pp. 107-108。让·贝尔曼-诺埃尔指出,主题分类法有三大缺陷:第一,"有经验主义的特点,这项分类工作要求我们穷尽所有的相关作品,结果就让它变得无穷无尽","与显然更高效的形式研究相比,列举性的方法极易耗尽研究的能量";第二,"拒绝把研究范围拓展到描述性研究以外的地方,因此难以确立以功能性理解为目标的研究体系";第三,尤为重要的是,"无法在理论研究中,凸显出奇幻文学在小说领域内部真正的独特性",见 Jean Bellemin-Noël, *Des formes Fantastiques aux Thèmes Fantasmatiques*, *Littérature*, Mai 1971, p. 115。让-吕克·斯坦梅兹亦指出了主题学分类混杂的问题,如在卡伊瓦和瓦科斯提出的主题分类中,一些类别明显"属于主题的范畴(如物体、事件、人物等等)",但另一些却"属于感知方式的范畴",见 Jean-Luc Steinmetz, *La Littérature Fantastique*, p. 23。

够引发恐惧，在彼则未必会有同样效果。相较之下，四种经典理论则不纠结于鬼怪、狼人等表象，而注目奇幻叙事中恐惧的发生过程，将它与人的认知活动联系起来。无论"陌生的熟悉感"、"对未知的恐惧"，抑或"利用超自然撕裂稳固的现实"、"由'不可名状之物的再现'引发认知困境"，貌似各异的见解背后，都直指奇幻文学引发恐惧的关节——营造出了无法被认识，或者打破人类既有认知体系的事物或现象。日常生活中，恐惧往往发生于人对现实的认识活动受阻之时。同理，在奇幻文学中，通过先描绘出一个对人物/读者而言都很稳固统一的现实世界，再借助引入无法被其原有认知体系吸纳的异质物象，让人物/读者突然陷入无法理解的认识危机中，打破作品中世界的稳定感，从而带来心灵的恐惧和不安。

最后还需要指出，前述奇幻文学中恐惧生成的四种理论，一定程度上参与构筑了今人对奇幻作品美学取向的认识。2006年，米歇尔·维埃涅（Michel Viegnes）在综合一个世纪以来学界的奇幻理论主流研究后，提出一个集大成的奇幻美学概念，颇受认同："一、利用读者/观众所认同的那个世界作为参照系，向其中引入一个相异的元素；二、将人物面对这种相异时的情绪感受呈现出来，这种情感既强烈又广谱，可以包括从惊讶、困惑不安到恐怖震悚等一系列情感，无论是理论知识、实践知识或信仰体系都无法消减它；三、目的是在读者/观众那里产生一种破坏稳定感的相似效果。"① 不难感知，本文所论诸经典理论，尤其弗洛伊德之后学者阐释的恐惧生成机制，已经凝合为奇幻文学美学理念的核心组成。从这个角度，可以更清晰地看到，奇幻文学作为一种智性经验，紧密牵连着人的认知活动。② 它通过"向人类经验中引入一个意义不明的补充物"，"攻击世界和自我的一切确定性"，③ 向我们展现出自身"理性

---

① Michel Viegnes, *Le Fantastique*, p. 45.
② 即德尼·麦里耶（Denis Mellier）所说，奇幻文学首先被视为对某一情况的"智性的检视"。参看 Denis Mellier, *L'écriture de L'excès, Fiction Fantastique et Poétique de la Terreur*, Paris: Honoré Champion, 1999, p. 16。
③ Michel Viegnes, *Le Fantastique*, p. 45.

的局限"。① 在这个过程中,恐惧"即理性的眩晕的征兆"。②

【作者简介】

张怡,北京大学法语文学博士,外交学院外语系讲师,主要研究领域为法国奇幻文学研究、文学与情感研究。
【通信地址】北京市西城区广安门外车站西街京铁和园 7 号楼 2 单元 2301 室　邮编：100055　电话：13488691543　邮箱：zhangyi_fr@163.com。
【同意上传知网等网络】同意,张怡

---

① Irène Bessière, *Le Récit Fantastique : la Poétique de L'incertain*, Paris: Larousse, 1974, p. 53.
② Jean Fabre, *Le Miroir de Sorcière : Essai sur la Littérature Fantastique*, p. 85.

# 《包法利夫人》的空间叙事学解读

西安外国语大学欧洲学院法语语言文学
■曹思思

【摘　要】21世纪以来，叙事学研究达到了新的高潮，然而不论是经典叙事学还是后经典叙事学，均注重对文本的时间性解读。近年来，文本的"空间转向"越来越受到学者的青睐。空间叙事学家认为，文本空间与人物的心理空间、作品的社会空间之间存在着紧密的联系，空间为叙事学研究提供了新的视野。《包法利夫人》是法国现实主义作家居斯塔夫·福楼拜（Gustave Flaubert）的代表作，小说中不论是具体的物理空间，还是抽象的心理空间、文本空间，都对整个叙事文本的发展起到了重要作用。本文将运用空间叙事学理论，分析"空间性"在推动故事情节、塑造人物形象、反映人物心理方面的重要作用，同时注重对文本空间的整体性解读。

【关键词】空间叙事学　文本空间　社会空间　《包法利夫人》

## *Madame Bovary*: Interpretation of Spatial Narratology

【Abstract】Since the beginning of the new century, the research on narratology has reached a new climax. However, both classical narratology and postclassical narratology focus on the temporal interpretation of texts. In recent years, the "spatial turn" of texts has been increasingly favored by scholars. Spatial narratologists believe that there is a close connection between text space, the psychological space of characters, and the social space of works, the space provides a new perspective for narratology research. *Madame Bovary* is the representative work of French realist writer Gustave Flaubert. Whether it is a specific physical space, an abstract psychological space, or a textual space in the novel, it has a profound impact on the entire narrative text. This paper will use the theory of spatial narratology to analyze the important role of "spatiality" in promoting the plot of the story, shaping the image of the characters, and reflecting the psychology of the characters, while focusing on the overall interpretation of the text space.

【Key Words】 Spatial Narratology　Text Space　Social Space　*Madame Bovary*

自热拉尔·热奈特（Gérard Genette）的《叙事话语》（*Discours du récit*）发表以来，越来越多的学者开始运用叙事学理论，对文本展开批评。然而，不论是经典叙事学批评还是后经典叙事学批评，对文学文本的解读始终集中在对"时间叙事"结构的分析上，"空间都脱不了附属的、次要的地位，始终在人物、情节、环境小说三要素之末的环境范围内游荡"①。但随着叙事理论的不断发展，这一研究现状发生了改变，越来越多的研究者开始关注"空间性"（spatiality）在文本中的重要作用，出现了叙事学的"空间转向"。一般认为，"弗兰克（Frank）是正式对空间理论展开研究的第一人"②，其代表作《现代文学中的空间形式》（*The Idea of Spatial Form New Brunswick*）论述了"空间形式"（spatial form）对空间叙事（space narration）发展的重大意义；经典叙事学家查特曼（Chatman）在《故事与话语：小说和电影的叙事结构》（*Story and Discourse: Narration Structure in Fiction and Film*）一书中也表现出对空间叙事的热情，并对"故事空间"（story space）与"话语空间"（discourse space）

---

① 余新明：《小说叙事研究的新视野——空间叙事》，载《沈阳大学学报》2008年第2期。
② 董晓烨：《文学空间与空间叙事理论》，载《外国文学》2012年第2期。

这两个重要概念加以区分；加斯东·巴什拉（Gaston Bachelard）的《空间的诗学》（*La Poétique de l'espace*）注重对家宅的讨论，他认为自我与家宅中存在一种相互构建的关系："我们诗意地建构家室，家室也灵动地在建构我们"①；福柯（Foucault）也多次强调"权力空间"以及"异托邦"（heterotopia）的概念，指出"空间是任何公共生活形式的基础。空间是任何权力运作的基础"②，其对全景式监狱的分析，更是深刻揭示了在微型空间中，各种权力运作的关系："在一种可见和不可见的空间关系中，纪律权力得以通过时间的耐心使个体从权宜的服从转变为自我的约束，这种内在化确保了对肉体的最高效能的征服"③；著名思想家亨利·列斐伏尔（Henry Lefbvre）也在《空间的生产》（*The Production of Space*）中指出社会空间本身具有过去行为和未来行为的双重属性，而"这些行为当中，有一些是为生产服务的，另一些则为消费（即享受生产的成果）服务"④；加布里尔·佐伦（Gabriel Zoran）在《走向叙事空间理论》（*Toward a Theory of Space in Narrative*）一文中，详细划分了文本空间结构的三个层次（地志学层次、时空体层次、文本层次），为空间诗学的研究提供了广阔的视野。

　　国内对于空间叙事学的研究同样取得了众多成果。在专著方面，龙迪勇的《空间叙事研究》（国家哲学社会科学成果文库，2014）详细介绍了国内外空间诗学的发展状况，并对空间叙事批评作出了系统的总结。在期刊方面，董晓烨的《文学空间与空间叙事》（载《外国文学》2012年第2期）全面介绍了空间叙事学理论常见的若干概念；陆扬的《空间批评的谱系》（载《文艺争鸣》2016年第5期）从纵向上介绍了空间批评的发展史，并对不同批评家的空间理论展开了对比分析；余新明的《小说叙事研究的新视野》（载《沈阳大学学报》2008年第2期）阐明了如何以空间叙事理论为切入点对文学文本展开讨论……总之，"空间

---

① ［法］加斯东·巴什拉：《空间的诗学》，张逸婧译，上海译文出版社2009年版，第1页。
② 余新明：《小说叙事研究的新视野——空间叙事》，《沈阳大学学报》2008年第2期。
③ 郑震：《空间：一个社会学概念》，《社会学研究》2010年第5期。
④ Henry Lefebvre, *The Production of Space*, Malden: Blackwell Publishing, 1991, p.73.

转向"已被越来越多的批评者接受，运用空间诗学对文学作品展开研究的优秀文章比比皆是。

《包法利夫人》是法国现实主义大师福楼拜的代表作，目前对于此书的批评，国内外已有许多优秀的专著与论文。值得注意的是，冯寿农在《法国文坛对福楼拜的〈包法利夫人〉的批评管窥》（载《法国研究》2006年第3期）一文中，列举了不同批评家对这本经典小说的阐释。根据现有的资料来看，总体上对此书的批评更多地集中在对包法利夫人、包法利以及爱玛的两任情夫等代表性人物的分析上，或者是对故事发展的社会背景以及反资本主义主题进行论述，探讨爱玛沦为"荡妇"、走向死亡的社会原因。如：王火焰、田传茂《镜子与影子——略论福楼拜和他的〈包法利夫人〉》（载《外国文学研究》2001年第1期）、祁晓冰《重阐"包法利夫人"就是我——兼评爱玛的形象》（载《名作赏析》2007年第14期）、彭俞霞《谁是包法利夫人——福楼拜小说人物文本内外形象综述》（载《法国研究》2008年第3期）、黄田《爱玛的悲剧命运溯源》（载《河南理工大学学报》2007年第3期）等。从叙事学角度对其展开的讨论虽然也有很多，但仍然是以经典叙事学为切入点。总体来说，从空间叙事学的角度对《包法利夫人》展开的分析还较少，知网上仅有的两篇相关论述分别是：宋琳琳在其硕士学位论文《〈包法利夫人〉的空间叙事》（湖南大学，2015年）中，运用加布里尔·佐伦的理论对文本的空间叙事的分析，以及陈雨晞在《〈包法利夫人〉中的空间书写与身份建构》（载《河北北方学院学报》2021年第6期）中，对文本空间在人物身份认同方面的作用进行了简要阐释。由此可见，对《包法利夫人》的空间叙事学研究仍有很大的探索空间。

法国批评家Robert F. Allien曾统计了《包法利夫人》里"具有潜在的性象征意象"[①]，据统计，其中关于窗（fenêtre）有68处、门（porte）有99处、卧室（chambre）有74处，根据此数据，足见空间意象在这

---

① 数字来源：http：//www.univ-rouen.fr/flaubert，《福楼拜评论》2003年第3期；转引自冯寿农《法国文坛对福楼拜的〈包法利夫人〉的批评管窥》，载《法国研究》2006年第3期。

本小说中的重要作用。综上，本文将参考前人的研究成果，结合自己的思考，以神圣空间（侯爵府邸）为切入点，具体阐释空间在塑造小说人物形象、推动故事情节发展方面的重要作用，同时透过对文本空间的分析，窥探19世纪法国外省所在的社会空间与福楼拜对读者空间的把握。

## 一 从想象空间到神圣空间：乌托邦与异托邦

龙迪勇认为，"神圣空间"并非仅仅指涉与宗教有关的空间，"在某种程度上，在世俗空间中有时也能体验到唤起空间的宗教体验所特有的非均质的神圣价值"[①]。渥毕萨尔之行在整部小说中占有重要的地位，是爱玛人生路上重要的转折点。自此，侯爵府邸成了爱玛心中的"圣地"，是她的浪漫主义生活的意义得以产生的神圣空间。

在渥毕萨尔之行前，深受浪漫主义影响的爱玛早已为自己构建了一个想象空间：《保尔与维尔吉妮》所描写的美丽爱情故事；拉马丁笔下的蜿蜒细流、湖上的竖琴、哀怨的天鹅，贞洁的圣女与可爱的天使。"她是热烈而又实际，爱教堂为了教堂的花卉，爱音乐为了歌的词句，爱文学为了文学的热情刺激"[②]，在她为自己所构建的想象空间当中，求爱的男子理应无所不知，无所不能，他拥有能够激发热情的力量，幽默风趣，玉树临风，带给女子无限快乐。而在渥毕萨尔之行后，这一想象空间获得了现实的钥匙：意大利风格的近代庄园、草坪上吃草的母牛、姹紫嫣红的花园、曲曲折折的砂砾小道、大理石地面、奢华的房子、丰盛可口的饭菜、漂亮的桌面、优美动听的音乐、风雅的贵族、穿着燕尾服的绅士与戴珍珠的气质妇女、穿戴整齐划一等待差遣的仆人……所有的一切让爱玛目不暇接，她仿佛走入了梦想中的世界。这个一直以来存在于她脑海里的想象空间，在今晚的舞会上，找到了现实中的映射。

---

① 龙迪勇：《空间叙事研究》，生活·读书·新知三联书店2014年版，第115页。
② ［法］福楼拜：《包法利夫人》，李健吾译，人民文学出版社1984年版，第34页。

存在于神圣空间里的人与物，也同样被爱玛赋予了不同的价值期待：老头子在爱玛心中成了神圣的代表，因为他居然在宫里待过，还在后妃床上睡过；少妇趁着绅士弯腰捡帽子时，递给他白色的三角形纸，这样的艳遇承载着爱玛对浪漫爱情的期待；邀请爱玛跳舞的迷人的子爵，风度翩翩，温柔优雅，成了爱玛理想中的爱人。离开侯爵府的路上，查理捡到了一只绿色的精致的雪茄匣，爱玛一厢情愿地认为是子爵掉下的，并将其带回家精心保管。雪茄匣由此成为一个符号，是神圣空间的象征物，直接指向那个爱玛梦寐以求的上流社会，以至于在今后的时光，她时不时地拿出来怀念侯爵家的晚宴，她送给第一位情夫的礼物也是一只精美的雪茄匣，甚至在爱玛临死的时候，这个具有想象意义的物件也被她紧紧抓在手中。

同时，舞会上爱玛通过窗户瞥见到了花园里忙碌的乡下的人们，"她又看见田庄、泥泞的池塘、苹果树底下穿工作服的父亲；她也看见自己，像往常一样，在牛奶棚里揭掉瓦盆里的乳皮"①。这是爱玛在见识到五光十色的"宫殿"以后，对自己以往生活的回忆，过往的空间景象浮现在她眼前，屋外肮脏粗俗的乡下人与屋内珠光宝气的上流人士形成了鲜明的对比，而她现在处在屋内，她处在自己梦寐以求的神圣空间当中，由此，上流空间在爱玛心中的神圣性在对比的张力当中实现了又一次的升华，此刻的爱玛彻底被另一种生活俘获了。"她的过去生活，虽然像在眼前一样，可是在现时的五光十色之下，也就完全消逝了，她几乎不相信自己这样生活过"②，犹如"献身"一般，爱玛渴望彻底抛弃过去的生活，尽情享受此刻左手握住镀金餐具，小口吞食樱桃酒刨冰的优雅生活。

由此，侯爵家成为爱玛的神圣空间，与其之前对文学的想象相呼应，形成了现实中的具有神性价值的实体空间，"异托邦"的构建彻底完成。

然而，这个神圣空间完全脱离了爱玛的实际生活圈，不论是从经济

---

① ［法］福楼拜：《包法利夫人》，李健吾译，人民文学出版社1984年版，第45页。
② ［法］福楼拜：《包法利夫人》，李健吾译，人民文学出版社1984年版，第45页。

基础上还是情感体验上，她都不可能成为这个神圣空间中的一员。她做出过努力：为了缓解这种烦闷的情绪，她换了女仆，按照贵族的方式训练女仆，想让她成为自己的随身使女；买了巴黎地图，终日幻想自己能成为巴黎报纸上的名人；她对丈夫查理越来越瞧不起，沉溺在小说中，想入非非，一读书，就会想到子爵，她把玩雪茄匣，虚构与子爵相关的小说人物关系。

> 渥毕萨尔之行，在她的生活上，凿了一个洞眼，如同山上那些大裂缝，一阵狂风暴雨，只一夜工夫，就成了这般模样。她无可奈何，只得看开，不过她的漂亮衣着，甚至于她的缎鞋，——花地板滑溜的蜡磨黄了鞋底，她都虔心虔意放入五斗柜。她的心也象它们一样，和财富有过接触之后，添了一些磨蹭不掉的东西。①

她犹如无根的浮萍，在自己的家宅中，自己所处的现实空间中，再也找不到归属感。"人之存在的焦虑源于'无空间性'，空间性之占领是人安身立命的前提，而空间性之丧失意味着存在之丧失。"② 身心俱疲的爱玛终于坚持不住，她犹如发高烧一样，说胡话，絮叨个没完，兴奋过后又失去知觉，一动不动。爱玛终于大病了一场，这场癔症成了终身顽疾。欲望的沟壑无法被填满，随着这种"朝圣"之情的升华，她两次出轨追求极致爱情、借高利贷维持风光生活。

在福柯看来，"异托邦在社会中是真实存在的，它是与日常处所运行秩序截然相反的空间，具有质疑与批判日常秩序合理性的功能"③。侯爵府所代表的神圣空间，既成了爱玛精神上的乌托邦，同时又成了现实中的异托邦。为了追寻这个与现实世界相对立的神圣空间，爱玛付出的代价是十分巨大的：债台高筑，表面风光；出卖肉体，寻求精神慰藉，

---

① ［法］福楼拜：《包法利夫人》，李健吾译，人民文学出版社1984年版，第56页。
② 谢纳：《空间生产与文化表征》，博士学位论文，辽宁大学，2008年，第54页。
③ 陈雨晞：《〈包法利夫人〉中的空间书写与身份建构》，《河北北方学院学报》（社会科学版）2021年第6期。

最终走上服毒自杀的道路。

## 二 空间、人物、情节

### (一) 空间与人物

龙迪勇的"空间表征法"认为,"通过在叙事作品中书写一个特定的空间并使之成为人物性格的形象的、具体的表征,是塑造人物形象的一种新方法"①。毫无疑问,这种方法将空间与人物形象相联系,突出了空间在塑造人物性格方面的重要作用。

这种塑造作用,首先体现在修道院寄宿学校的经历对爱玛浪漫主义性格形成所发挥的重要影响。修道院仿佛一个与世隔绝的地方,在这个专门培养贵族少女的空间,农民阶级出身的爱玛,空有一身活力无处发泄,情感成了她充沛精力唯一的发泄口。在浪漫主义教育的熏陶下,"这些梦想的种子在爱玛内心生根发芽,她产生了丰富的想象,试图去勾勒出自己的梦想"。② 修道院这一地质空间培养了爱玛对"贵族少妇"身份的认同,她成为"爱玛小姐"。从社会身份来看,即使后来成了包法利夫人,她的内心仍然是"爱玛小姐","她扮演的始终是那个一直停留在修道院中的爱幻想且多情的'爱玛·鲁奥小姐'"。③

同样,巴什拉在《空间的诗学》中提到了家宅的重要作用,"没有家宅,人就成了流离失所的存在。家宅在自然的风暴和人生的风暴中保卫着人。它既是身体又是灵魂"④。家宅作为人物的生存空间,对家宅的整理布置体现着人物的内在气质。《包法利夫人》的书名为包法利夫人,可正如彭俞霞的分析,"文本中冠于此头衔'Madame Bovary'(包法利

---

① 参见王曼利《权力的意象:〈白鹿原〉祠堂的空间诗学解读》,载《小说评论》2020年第1期。
② 徐南飞:《〈包法利夫人〉女主人公爱玛人物形象分析》,《作家》2012年第24期。
③ 彭俞霞:《谁是包法利夫人——福楼拜小说人物文本内外形象综述》,《法国研究》2008年第3期。
④ [法]加斯东·巴什拉:《空间的诗学》,张逸婧译,译文出版社2009年版,第5页。

夫人）的人物并非一直等同于女主人公爱玛"①，前前后后一共有三位"包法利夫人"，且三位夫人的形象截然不同：老包法利夫人（查理的母亲）是个农民，她粗俗、吝啬，生活简单、不修边幅，偏爱儿子，唯利是图；前包法利夫人（查理的前妻：寡妇杜比克）45岁，相貌丑陋、干瘦如柴且一脸疙瘩，"像春季发芽一样"②；爱玛年轻貌美，皮肤白嫩，面容姣好，身材出挑。这样相貌上有巨大差异的三人，在空间（尤其是家宅）的布置更是截然不同。

老包法利夫人打点儿子家宅的时候十分简单：几件木器、一张桌子、两把椅子、从家里弄来的一张樱桃木旧床、小生铁炉子、一堆柴，这是老人为孩子布置的居住空间；杜比克寡妇街上的房子，"除去几件家具和旧衣服之外，就没有别的再在家里露过面"③；爱玛进了新家以后，就开始盘算着改动家里的布置，她"去掉蜡烛台的罩子，换了新糊墙纸，又漆了一遍楼梯，花园四周搁了几条板凳。她甚至于打听怎么样安装喷水鱼池"④。此外，老包法利夫人对爱玛的这种做派并不满意，她觉得"他们的家境不衬她这种作风"⑤，通过三位包法利夫人对空间的布置，三人的性格与对生活的追求，可谓一目了然，不言而喻。同时，对家宅进行重新布置，是爱玛宣扬自己主权的一种方式，她丢掉前包法利夫人的花，重新安排家具的摆放，悉心构建专属于自己的爱巢，借由空间宣示自己的主权，这同样体现着爱玛性格当中对绝对爱情的追求。

除此之外，空间对人物的塑造，还体现在揭示人物"心理空间"这一维度。空间叙事学将文本所呈现的空间分为"物理空间"与"心理空间"，而"心理空间"在表现人物情感、揭示人物性格方面有着重要作用。

总体来说，按照文本的发展脉络来看，文本的物理空间可以划分为

---

① 彭俞霞：《谁是包法利夫人——福楼拜小说人物文本内外形象综述》，《法国研究》2008年第3期。
② ［法］福楼拜：《包法利夫人》，李健吾译，人民文学出版社1984年版，第11页。
③ ［法］福楼拜：《包法利夫人》，李健吾译，人民文学出版社1984年版，第18页。
④ ［法］福楼拜：《包法利夫人》，李健吾译，人民文学出版社1984年版，第29页。
⑤ ［法］福楼拜：《包法利夫人》，李健吾译，人民文学出版社1984年版，第37页。

三个，分别是包法利先生家、罗道耳弗家、与赖昂偷情的旅馆。与包法利住在一起的房子，是第一个物理空间，嫁给包法利先生以后爱玛的身份也变成了包法利夫人；第二个物理空间即是永镇里的罗道耳弗家，准确来说是围绕着罗道耳弗而构建出的物理空间；与赖昂偷情的旅馆是第三个重要的物理空间，包法利夫人不停地来回穿梭在这三个不同的物理空间，与三个不同的男人互相纠缠。"空间与行动密切相关，人的行动会产生空间画面"①，行动又恰恰是人物心理最直接的反映，因此，三个物理空间同样具有精神寓意，构成了爱玛的三个心理空间。正是由于对丈夫平庸和平淡婚姻生活的绝望，爱玛才将注意力转移到了情夫身上，从一个空间逃往另一个空间，追寻幸福，寻求慰藉。爱玛不断地来回穿梭在三个男人之间，构建的三个不同空间一步步见证了她的心理变化。从一开始对婚姻的期待，到失望，再到投入罗道耳弗的怀抱，被抛弃，又转而对赖昂交付感情，最后债台高筑，三个空间都没有爱玛的容身之地，于是万念俱灰的她选择了服毒自尽。

从叙事视角来看，《包法利夫人》中叙事者有时是人物本身。在借助人物的内视角对故事空间进行描绘的时候，"故事空间在很大程度上成了人物内心的外化，外部世界成为人物内心活动的'客观对应物'"②。因此，爱玛对舞会场景的向往，透露着其内心对贵族生活强烈的渴望之情。从舞会回来以后，侯爵的形象在爱玛心中一直挥之不去，她开始怨恨丈夫的平庸，渴望过上上流社会的精彩生活。小说中，一共两次描绘了爱玛婚后参加舞会的情景。第一次是在侯爵的庄园里，此刻的爱玛犹如一只初涉仙境的小鹿，她忐忑不安，满怀期待，参加宴会的是侯爵周围的上流人士们，这些贵妇人举手投足之间都透露着优雅的气质，舞会的一切对她来说都是新奇的，美丽羞涩的她对这种梦寐以求的空间感到无所适从却满心欢喜。第二次，也是最后一次参加舞会，是在四旬斋狂欢节，她和第二任情夫（一个普普通通的练习生）、两个医学生和一个

---

① 董晓烨：《文学空间与空间叙事理论》，《外国文学》2012年第2期。
② 申丹主编：《西方叙事学：经典与后经典》，北京大学出版社2010年版，第138页；转引自曹思思《〈高老头〉的空间叙事学解读》，载《长安学刊》2021年第5期。

商店的小伙计在一起，舞会里的妇女们大都属于社会的末流阶层，整个舞会场所透露着平民阶层的穷酸。但是爱玛在舞会上完全放开了自己，她放肆地跳舞，此时的她与修道院寄宿学校教育出来的大家闺秀形象相去甚远。

同样，在与赖昂偷情的旅馆里，空间的变化也可以直接反映爱玛心灵的堕落与性格的异化。旅店的房间是爱玛精心布置后的空间，她将这一场所看成是和赖昂拥抱幸福生活的爱巢。此刻的爱玛早已丢掉了以往的青涩，在情人面前大胆地脱掉全身的衣物，在白天的时候肆意与赖昂在床上厮混。然而，身处于这一空间的爱玛是麻木的，她早已从心里厌恶了赖昂，只是机械地继续当着他的情人。

总之，福楼拜不停地转换空间，"聚焦于爱玛日常生活的细节和场面，用平淡的、琐碎的、无意义的现实生活事件来塑造爱玛这一个性化人物"[①]。同时，对不同人物所处空间的描绘，也揭示了每个人物本身的性格特征。

**（二）空间与情节**

根据空间叙事学的观点，"虚构世界中的地理空间并非'无生命的一个容器'，而是一种'富有能动作用的力量'，存在于文学作品中，并且塑造着作品的形态（情节结构）"[②]。《包法利夫人》的开篇写的并非爱玛，而是从包法利先生写起，到包法利先生的死亡结束。整个故事整体来说采用的是单线的描写手法，串联起整个故事的，除了爱玛前后的感情线以外，故事发生的舞台、场景也互相交错，空间的转换对整个故事情节的发展起着直接的推动作用。人物从第一地方到另一个地方，一个个场景相互串联，最终整个故事犹如一幅完整的画卷，在读者眼前一一展开。

起初，爱玛的生活空间是修道院。在寄宿学校，她接受着浪漫主义教育，修道院的环境塑造了她想入非非的性格。随后，空间转换成了田

---

① 袁演：《传统中的嬗变》，硕士学位论文，南昌大学，2007年。
② 申丹主编：《西方叙事学：经典与后经典》，北京大学出版社2010年版，第140页。

庄，作者花了大量的笔墨客观地描绘了爱玛在嫁人前的生活环境，也正是在田庄里，爱玛第一次认识了包法利医生，不谙世事的少女为医生的医术所折服，最后嫁给了包法利。空间随即转换成了两人的新居，作者在描绘两人的婚礼时，也对空间环境进行了细致的描绘，整整齐齐走在阡陌小路的结婚行列、美丽的田野风光、热闹的人群、丰盛的宴席，整个空间的构建体现了爱玛当时对新婚生活满怀期待的心境。结婚以后，爱玛就对两人的新居进行了改造，丢掉了包法利前妻喜欢的装饰品，满心欢喜地开始新生活。在描绘新住宅的时候，窗作为一个意象，也具有隐喻意义。爱玛在窗户里目送包法利医生出去工作，在家里等待丈夫回家，通过窗憧憬着未来。

侯爵府上的聚会，对整个故事情节的发展来说，是具有重要转折作用的。这个实实在在的上流社会空间在爱玛心中彻底划开了一个口子，从舞会回来以后，她心神不宁，满脑子想的都是风度翩翩的子爵，奢华享受的生活，再也没办法忍受丈夫的平庸。随着爱玛对两人婚姻生活幻想的破灭，包法利医生选择换个环境，以此来治愈爱玛的疾病。空间于是转换到了永镇，书中对永镇的自然环境以及社会环境进行了十分细致的描写，也充分体现了空间在推动情节发展方面的重要作用。

农业展览会是福楼拜描绘中的重要一章，在整个展览会的大空间里，爱玛和第一任情夫构建了一个小空间，主持人在舞台上声嘶力竭地介绍当局者的优惠政策，台下的观众在盲目地鼓掌迎合，一群人的表演下是爱玛与罗道耳弗两个人的狂欢。他们沉浸在两个人的小空间里，就这样勾搭上了。

接下来爱玛就开始不断流连于包法利家与罗道耳弗家之间，他们在各种场合各种地方约会，空间的变化给两人偷情带来了极大的刺激感，树林草地、爱玛家的后院，包法利夫人全力交付自己的情感，甚至打算直接与情人私奔。这一想法当然被现实的冷水泼灭。

同样，爱玛与第二个情人的结合，也离不开空间的转移。她与赖昂的重逢是在剧院，同样是在嘈杂纷扰的大空间里，两人形成了自己的秘密小空间，旧情复燃。空间叙事的基本单位就是场景，空间叙事理论认为，"在优秀的小说中，空间不是完全静止地被描述出来的，而是与人的活动一起表现出来的，这就是场景"①，空间中形成的丰富的具体场景也是这部小说的重要特点之一。文本中对爱玛和第二个情夫第一次偷情地点的描写也是十分具有艺术特色的。在一辆奔跑在城市中的小马车里，赖昂说着好听的情话，爱玛半推半就，马车成为空间中的一个移动物，当马车停下的时候，爱玛也彻底成了赖昂的情妇。

而后，为了与赖昂偷情，爱玛借高利贷，租住着旅馆以方便幽会。此刻的爱玛不停地编造借口，流连于医生的家与旅馆之间。债台高筑走投无路的爱玛，在死前最后一次去找了第一任情夫罗道耳弗，此刻曾经甜蜜的爱巢早已物是人非，爱玛看着情夫家里昂贵的家具，为罗道耳弗拒绝她的借款申请而感到绝望。当所有的办法都用尽了，万念俱灰的爱玛回到了医生家里，选择了服毒自尽。人物是在空间中活动的，场景的不断变化，推动着情节的发展，也正是通过细致描绘不同的空间，整个故事的脉络也清晰地展现在了读者眼前。

## 三 文本空间的叙事功能：社会空间与读者空间

根据空间叙事学理论，文本所描绘的空间并不仅仅是指物理学或地理学意义上的客体，同时具有社会性、历史性以及文化性。"文化空间生产是指运用文化的象征（symbol）、想象（imagination）、意指（signification）、隐喻（metaphor）等手段，对空间进行文化编码组构，赋予空间以社会历史意义的表征性空间建构过程。"② 而在巴赫金看来，文学是具有艺术时空体特征的，时间和空间标志互相融合成为一个整体，"时间在这里浓缩、凝聚，变成艺术上可见的东西；空间则趋向紧张，被卷入时间、情节、历史的运动之中。时间的标志要展现在空间里，而空间

---

① 余新明：《小说叙事研究的新视野——空间叙事》，《沈阳大学学报》2008 年第 2 期。
② 谢纳：《拆解时间的语言牢笼：空间转向的文化政治》，《外国文学评论》2013 年第 1 期。

则要通过时间来理解和衡量"。① 《包法利夫人》被看作现实主义的代表作，对其所构建的文本空间的考察，必然离不开具体的创作时空，左拉曾说："以《包法利夫人》为典型的自然主义小说的首要特征，是准确复制生活，排除任何故事性成分。"② 福楼拜的笔就像解剖刀，将所有创作分子打乱后重组，最终建构出一个完美自洽的文本空间，此书成为描绘19世纪"外省风情"的扛鼎之作，是对19世纪法国资本主义社会空间的深刻反映。通过叙事，福楼拜赋予文本空间以文化政治意涵，从而揭示文学空间生产与社会空间生产之间的内在关联，而在整个过程当中，读者同样参与其中，作品的伦理价值由此完成。

### （一）文本空间与社会空间

根据福柯对空间的理解，"空间不仅具有人们能看见能触摸的物理实体性质，更重要的，它还能生产出人们看不见摸不着但又弥漫于空间各个角落的社会关系、权力运作乃至思想观念等形而上的意识形态内容"。③ 以修道院为代表的宗教布道并没有净化爱玛的心灵，反而在浪漫主义情怀的熏陶之下，培养出了一批想入非非，妄想嫁入上流社会的女子；侯爵是贵族阶级的代表，糜烂的贵族社会风气侵蚀着爱玛的心灵，构建了爱玛的神圣空间；商人勒乐是资本主义暴发户的典型代表，他轻易地嗅到了来自爱玛身上的浓浓商机，通过欺诈与放高利贷，卑鄙无耻者反而过着"幸福"的生活；平庸的包法利医生是整个社会碌碌无为者的代表，他安于现状，不思进取，按部就班的生活如同一潭死水；药剂师郝麦代表着科学主义对时代的入侵，这个三脚猫功夫的药剂师对科学有着极大的热情，在地窖中偷偷摆弄科学药剂，很难说这一人物与当时生物科学发展的时代背景毫无关系；罗道耳弗是一个久经风月场的老手、逢场作戏的浪子，他的身后代表的是由新兴资产阶级组成的权力空间，因此这位老手轻易就让爱玛着了道；赖昂是一个被社会污染的底层青年，

---

① [苏] 巴赫金：《小说理论》，白春仁、晓河译，河北教育出版社1998年版，第274—275页。
② [法] 左拉：《自然主义小说家》，转引自冯寿农《法国文坛对福楼拜的〈包法利夫人〉的批评管窥》，载《法国研究》2006年第3期。
③ 余新明：《小说叙事研究的新视野——空间叙事》，《沈阳大学学报》2008年第2期。

他就像是司汤达（Stendhal）《红与黑》（*Le rouge et le Noir*）中的于连、莫泊桑（Maupassant）《漂亮朋友》（*Bel-ami*）中的杜洛瓦，抓住一切机会往上爬，利用别人毫不心慈手软；年老色衰，刻薄呆板的老杜比克寡妇因为有钱，反而成为婚姻市场上抢手的争夺对象；展览会上的农妇是受压榨的底层人民的代表，她兢兢业业却又麻木不仁，人生所有的意义就是务农与交税，最终却只是换来一块所谓的奖牌，以表彰其对帝国的忠诚；爱玛与包法利唯一的女儿，在亲人死去，等待她的是进厂做女工的命运，谁又能保证她不会成为雨果（Victore Hugo）笔下的第二个芳汀？所有的人物构成了一个完整的外省空间，你方唱罢我登场，这个空间既保持着外省的本土特色，又无处不显示出巴黎资本主义经济发展对乡村生活的冲击与挤压。

瞎子这个人物在文本中是具有极大隐喻作用的，爱玛的一生是被浪漫主义思想遮蔽的一生，她自己犹如一个瞎子，一步步地采取盲目的做法，沦为失足少妇，最后走向自杀。她只能够通过丈夫和情人获取自己的个人价值，将自己对美好生活的所有期待都放在男性身上，在当时的社会背景下，像包法利夫人这样的女性，大有人在，爱玛并非特例。这位深受毒害，一步步走向灭亡的女性是具有普遍性和典型性的，"福楼拜基本上把爱玛看作受侮辱受损害的女性。就性格而言，爱玛爱作不切实际的幻想，内心充满了激情"。[①] 甚至于很多学者倾向于认为，包法利夫人就是年轻时候的福楼拜，同样追寻过浪漫主义，经历过疯狂放纵的生活，且也患过癔症。

### （二）文本空间与读者空间

值得深思的是，这样想入非非，自甘堕落的爱玛，读者为何在阅读完这部作品后，对这一可怜又可悲的人物心情十分复杂？爱她的人对她大加赞美，将爱玛看作理性主义的化身，恨她的人对她嗤之以鼻，将其斥为荡妇，不知廉耻的女人。"一千个读者就有一千个哈姆雷特"，对文学人物的审美离不开读者本身的认知体系与审美经验，而根据空间叙事

---

[①] 冯寿农：《法国文坛对福楼拜的〈包法利夫人〉的批评管窥》，《法国研究》2006 年第 3 期。

学的观点，"读者对文本中的空间意象是存在现象学感知的"，读者能够在阅读的过程中，构建属于自己的"话语空间"①，读者能够通过"反映参照"的阅读机制，"打破作品文本的线性和故事的时序性，把散落在作品中各处的'词组'、'语句'、'片段'、'思想'等因素'并置'起来，从而形成某种连贯的、自洽性的解读"②。福楼拜通过叙事人称的变化以及对叙事材料的精准运用，为读者营造了一个拥有无限可能的叙事空间，使读者心甘情愿参与到整个文本空间的建构过程之中，进入角色，进入文本空间，更好地体会人物所处的生存空间。

1. 人称的变化

一般认为，采用客观化的叙事视角进行描写，是福楼拜极具特色的艺术手法。不同于其他现实主义作家对上帝视角的偏爱：如巴尔扎克（Balzac）写《高老头》（Le père Goriot）、司汤达写《红与黑》，在"为了艺术而艺术"（l'art pour l'art）、"纯艺术"（l'art pur）理念的影响下，《包法利夫人》的作者基本不对整个故事发展进行任何评论，仅仅只是客观地铺陈事实。值得注意的是，这种客观化的视角并非贯穿全文，比如在小说开头第一句话，采用的就是人物本身的视角。"'我们'正在上自习，校长进来了，后面跟着一个没有穿校服的新生（包法利）"；"'大家'几乎看不见他"；"'大家'开始背书"；"'我们'平时有一个习惯"③。在此处，文章的"我们"和"大家"根据上下文语境，可以推测出是少年包法利的同学们，但是在阅读过程中，读者很容易将自己代入进去，成为"我们"中的一员。正如刘渊所言，"这个在文本中昙花一现的'我们'就是福楼拜向读者发出的一次'邀约'：他赋予了读者参与阅读的权力"④。作为读者意义上的"我们"并没有随着文本叙事视角的变化而变化，而是在故事一开始就被邀请进入到文本空间当中，并且

---

① Chatman, Seymour, Story and Discourse: Narration Structure in Fiction and Film, Ithaca: Cornell UP, 1978. 转引自董晓烨《文学空间与空间叙事理论》，载《外国文学》2012年第2期。
② 陈德志：《隐喻与悖论：空间、空间形式与空间叙事学》，《江西社会科学》2009年第9期。
③ [法]福楼拜：《包法利夫人》，李健吾译，人民文学出版社1984年版，第3页。
④ 刘渊：《福楼拜的"游戏"：〈包法利夫人〉的叙事分析》，《外国文学研究》2006年第6期。

一直贯穿整个故事的始终。

## 2. 空间的建构

福楼拜是细节描写的好手,对人与物所在空间极尽细致的描绘,加深了作品的真实性。正是在这种甚至于苛刻的完美主义追求中,福楼拜的文本处处充满了张力。比如在对爱玛与查理婚姻现场的描写上,福楼拜将布置现场的数目与材料进行了摄像机式的记录,读者仿佛置身其中,一起见证了两人的结合。婚礼的"酒席摆在车棚底下。菜有四份牛里脊、六份炒子鸡、煨小牛肉、三只羊腿、当中一只烤肥小猪、边上四根酸膜香肠"①。诸如此类对空间内人与物的细致描绘在作品中随处可见。

通过人称的召唤与细节的描绘,读者身临其境,进入文本空间与包法利夫人同呼吸,共命运,甚至在这个可怜又可恨的女性身上找到了自己的影子。正如评论家冯寿农所说,"福楼拜创作的不是一个诺曼底小城市的可怜少妇,而是一群人,甚至是所有人的缩影"②,每个人也许都会有这种为了爱情、为了某种理想信念飞蛾扑火、奋不顾身的时候。这是《包法利夫人》对读者的召唤,帮助读者走入文本的世界,同时在阅读的过程中,产生思考,建构出自我的读者空间。

## 四 结论

空间性解读为我们研究文学文本提供了新的视域,本文重点分析了渥毕萨尔之行在实现爱玛想象空间到构建现实中的神圣空间的重要作用,作为一个异托邦的存在,侯爵府成为爱玛转向堕落的重要象征,同时通过分析空间在塑造人物形象与推动故事情节发展方面的重要作用,以及文本空间的象征意义等,论证了文本空间与社会空间、读者空间的相互呼应。正如崔海妍所说:"任何文本都是时间叙事和空间叙事的结合,

---

① [法] 福楼拜:《包法利夫人》,李健吾译,人民文学出版社1984年版,第25页。
② 参见彭俞霞《谁是包法利夫人——福楼拜小说人物文本内外形象综述》,载《法国研究》2008年第3期。

都存在内在的逻辑关系"①,空间叙事学理论是对"时间叙事"理论的发展和完善,为我们研究文学文本提供了新的思路。《包法利夫人》这一经典著作经得起时间的推敲与岁月的沉淀,也正是在批评者、读者对文本意义不断的拆解组合之中,文本才得以重获生命力。

【作者简介】

**曹思思**,本科毕业于武汉东湖学院,现就读于西安外国语大学欧洲学院法语语言文学专业,硕士研究生,研究方向为法国文学。
【通信地址】电话:18071855066 邮箱:1791327926@qq.com
【同意上传知网等网络】同意

---

① 崔海妍:《国内空间叙事研究及其反思》,《江西社会科学》2009年第1期。

# 莱奥·斯皮策与风格学解读

■ [瑞士]斯塔罗宾斯基 文　史忠义 译

【摘　要】这是日内瓦学派著名批评家斯塔罗宾斯基为斯皮策法文版文集《风格研究》一书所写的序言。文章全面总结并评述了斯皮策的风格研究方法及特点。

【关键词】斯皮策　风格研究

**Leo Spitzer et la lecture stylistique**

【Résumé】 Voici le préface écrit par Starobainscit pour *Stilstudien* de Leo Spitzer. Le texte fait un bilan complet des études de style de Leo Spitzer et de leurs caractéristiques.

【Mots clés】 Leo Spitzer　études de style

莱奥·斯皮策（Leo Spitzer，1887—1960），从语史学开始，20世纪初德国罗曼语学者们给了他早期教育。在他那里，一切都是从最初的有益知识出发，然后奇迹般地扩展，这些知识使他熟悉了罗曼语系的演进机制。他的老师迈尔—吕博克（Meyer-Lübke，1861—1936）为他树立了系统并合理掌握言语材料的楷模：他可以以同样的精神持之以恒于历史语法、词源学和词汇学。他可以像贤师们那样，施展某种无限的洞察力，把演进语言学成就为一门正规学科。

斯皮策幸遇良师。成功教育的真谛，就在于引发优秀学生的智力解放，引发他带着接受的知识，奔向陌生的处女地。在《语言学与文学史》(Linguistics and Literary History, 1948) 一书序言中描画自己学术生涯的阶段时，斯皮策回顾了面对迈尔—吕博克"实证主义的"谨慎态度时他的不满之情和逆反心理，在他看来，迈尔—吕博克的著作关涉法语的史前史，而与它生动的发展史无关；逆反心理随后集中在文学史家们那些瞻前顾后的研究方面，斯皮策认为，它们因为竭力回避作品的活力，沉迷于相关问题、次要细节和无足轻重的注释而贻误读者。

即使在语音变化的研究方面，斯皮策也无法满足于整个言语科学几乎一致赋予重要地位的机械规律。他偏爱胡戈·舒哈特 (Hugo Schuchardt, 1842—1927) 的思想，后者坚定地反对"机械主义"，并为论证有据的词源学和日常创新辩护。[斯皮策 1922 年发表了《胡戈·舒哈特手册与普通语言学教程》(Hugo Schuchardt-Brevier. Ein Vademecum der allgemeinen Sprachwissenschaft) 一书]富有揭示意义的选择：它把斯皮策置于这样一些学者的阵营，他们并不彻底否定言语内在规律的存在，但优先关注表达的变化，寻觅说话者动机指向的痕迹。此即透过新词新义、变形，透过前所未有的句法结构，竭力与说话主体（个人或集体）对接。因此，把斯皮策的思想与从言语中追寻时代或人民天赋之区别性标志的浪漫主义语言学家们的思想联系起来并非不可能；我们还要补充说，通过实证调查和规律的系统化探索，斯皮策不啻上溯到了语言科学的源头本身。因为，正是他身上的叛逆性事实上拉近了他与学科创立者如迪茨 (Diez) 和格林 (Grimm) 等学者的距离。

比任何人都更擅长挖掘语言形态本身和演变线索的斯皮策，很快转向经常不稳定的不规则现象，这些现象中显示着个体对所占有语言资源的独特使用。激情、需要和生活目的引起意义的变化，这些变化有时是瞬间的，仅与说话者个人相关联，有时则是持久的，并很快融入共同语言。那么重要的是，又能发现这些变化并"诊断"出它所蕴含的意义——在诊断中竭力确定造成变化的精神行为。这样，变化就被当作一种标志：真正的言语知识（即回答变化如何产生的问题）就只有工具价值并从属于变化为何发生的问题。我们在费迪南·德·索绪尔的日内瓦学生之一夏尔·巴伊（Charles Bally）那里也发现了同样的关注。[①] 然而，当巴伊从"语言现象"（faits de langue）即从居民群体为回答生活境遇而不具名创造的陈述方式中研究言语的生命时，斯皮策则试图深入研究"话语现象"（faits de parole），深入检视体现作家独特个性的偏转和独特风格。他从来没有停下同时在共同表达领域（即索绪尔所谓的"faits de langue"，斯皮策本人所谓的"Sprachstile"）调查的脚步，但把自己的基本研究投放在创作者引入自己个体语言的"表达体系"方面［即索绪尔所说的"faits de parole"，斯皮策则把一个德语复合词颠倒为"Stilsprachen"以示区别；我们应当从法语中找到这种对立的相应表达方式：作为权宜之策，Stilsprachen 就变成"le langage du particulier"（个体言语），而 Sprachstile 则变成"particularités de langage"（言语的独特性）］。

  语言学向应用于文学作品的风格学提供它的资源。我们注意到，斯皮策的第一部作品是关于拉伯雷的语词创造的一篇长篇论文，作为新词新义之风格学价值的例证［《以拉伯雷为例说明作为修辞学手段的词汇建构》（*Die Wortbildung als Stilistisches Mittel Exemplifiziert an Rabelais*），哈雷，1910］。这个主题和标题都富有揭示意义，因为我们从中看到，斯皮策触及语言学的一个传统问题，即词的构成（Wortbildung），但是把构成功能从语言转移给了作家，或者更准确地说，把自己的注意力瞄准一位罕见的创造新语词的作家。这里，"新词新义的引入和使用"可以指称一个人，甚至可以归诸一项审美计划：从真实材料出发令人头晕目眩地生产某种非真实。由此，拷问语言现象之动因就不再仅出于某种合情合理的好奇心，而是一种揭示动机、目的、组织能力的必要步骤。批评家观察到的异彩纷呈的现象，可以归结为某种统一的动机（某种"精神"，某种"气质"）。从语言学向文学认识的过渡就如此展开：语言在其变为文学的程序中被捕捉，在其运动中、在其被作品化、被"滥用"的过程

---

[①] 请特别参阅《普通语言学与法语语言学》（*Linguistique Générale et Linguistique Française*）一书，第 4 版，伯尔尼，1965。

中被捕捉；反之，文学是从其言语材料、从其文本风貌中被触及的。如果说文学的认识过程不啻于重温发生学的过程，其旅程却因作品中使用的语词和形式的整个"背景史"而大大延长，为意义构成做出贡献的所有"材料"关系也丰富了作品的理解。

  文学作品的风格学只是希望把自己的能力用于实践的语言学的诸种方向之一。如果简单地把斯皮策看作语史学的叛逆者，看作转向大作家的"批评研究"，我的意思是说，转向某种更高形式的文本解读，那等于错误地理解了斯皮策。斯皮策任何时候都没有离开纯语言学。纯语言学始终是他的核心战略阵地，是某种知识源泉。正因为纯语言学具有这种功效，在他看来，它不应囿于学科划分为其分配的专业化界限。作为与意义相关的形式科学的语言学，具有解释学的禀赋，凡有言语需要解读、意义需要破译的地方，都普遍欢迎它的参与。由于风尚的帮助，法语读者对于如今把各种各样之文本建构——意识形态类、社会体制类、广告类等文本建构，都置于语言学类型之解读的种种举措，不再陌生。但是，一般而言，他不知道这种尝试并非新举措，探索早已开始，诚然，起始的基础与如今的结构语言学不同。斯皮策乃开路先锋之一，他于1948年即把风格学解读的技术应用于美国的广告语言（被视为一种大众艺术）。不管斯皮策在众多论文中赋予说话者个人主体即赋予艺术家的地位多么重要，太关注普遍问题的嗜好使他无法割舍对言语其他用途的挖掘。语言学作为一般批评的工具，应该被用于各种方向，用于留下说话者（思考者、想象者、幻想者、写作者、聆听者）痕迹的所有地方。代表作的风格学只是这种知识的一种应用——无疑是一种优先应用——后者不再囿于某种谨慎的中性形态。如果我们自信拥有足以恰当掌控各种各样言语现象的阅读能力，其他宗旨就不会不浮现出来。它取决于研究者根据所察觉之呼唤对其调查坐标的确定。这是一种原则决定，视文学作品为受制于某种特殊和谐的封闭组织。另一原则决定不再把作品个性化，而是竭力破解文化形态（并确定其具有揭示意义的语义场），或者再现一个语词的历史以及与其相关联的思想史。

  斯皮策实践了历史语义学（经常把它应用于共同语言从诗歌和哲学

中吸收来的某些关键词),作为作品解释的对照性补充。《历史语义学论文集》(Les *Essays in Historical Semantics*,纽约,1948)里边收有一篇研究"环境"(milieu)一词的优秀论文,对德语词 *Stimmung* 的哲学和语言学前辈的调查[《和谐世界的经典思想和基督教思想》(*Classical and Christian Ideas of World Harmony*),1945,1963 年结集出版],显示了不再以作品为对象而是以思想潮流为对象的"语言学关注"的有效性。斯皮策清楚地解释过风格学与历史语义学的互补性。《历史语义学论文集》的前言中有这样一段话:"本书所收集的文章大概提供了《风格研究》(*Stilstudien*,1928)的某种对应物……后者的主人公们是一个个作家,拙作从他们白纸黑字的话语、从他们独特的风格,研究他们的文学个性;而这里的主人公们则是语词本身,展现不同时代作者们如何使用它们的原貌;借用福斯勒(Vossler)创立之二分法,显然,这些语词应该从超越个人的角度去观照,而向这些语词留下印痕的个性只能是文明的个性,尽管毫无疑问,文明是由无数个人的个性构成和装扮的(然而,个人仅赋予其文明一般情感以某种表达方式)。"如果作家与文化环境互相依赖,风格学与历史语义学远非互相对立,而是互相支持。任何个人形式都是从某种集体背景中脱颖而出的,后者本身已经是形式的某种汇集。这样,我们终于可以更正确地理解文化事实,因为,在承认作品审美自主性、把作品当作一个个完整世界拷问的同时,从另一角度,视它们为人类活动历史发展进程中之接受者和输出者的思路,也毫无不妥之处。作为共时审美结构之描述和共时关系之解读的风格学研究,很容易招致逃避历史的指责:不久以前,围绕结构主义的争论刚刚发生。对斯皮策而言,历史到处是隐晦的、暗含的、氛围性的:一部作品的形式永远都是从一定时期的材料开始获得的,而任何强势作品可以说都对历史产生影响,它既刻画它的历史时代,又受后者的刻画。在这方面,斯皮策本有可能受诱惑的驱使,建构某种系统的批评理论,把后者建立在某种文化哲学的基础之上。他不想把自己囚禁在这种牢笼之中,他更喜欢阐释的日常实践,巨大的好奇心激励他投身活生生的体验,他既反对知识分子的腼腆,又反对对方走火入魔,用一种细腻精神驾驭他的实践。斯皮策没有把历史语义学与风格学之间的联系格式化，而是乐于维持它们之间丰富的往返关系。只要认真阅读他的著作，就会发现，他的风格研究从历史语义学中获益匪浅，另外，关于语词史研究的主要接力棒又主要活动在文学名著之间。兴之所至，他喜欢用争论的方式肯定自己的原则，或者批评缺乏历史信息的风格学（美国的新批评），或者挖苦思想史［在与 A. O. 洛夫乔伊（A. O. Lovejoy）一次值得纪念的争论中[①]］，当他认为后者过分沉迷于意义单位的语义区分、过于重视无名小作而无视代表作的审美价值时。

　　这种顽强的经验主义、执着地采用阅读灵感以及与经典大作的持久接触，我认为并非某种实证主义立场的结果，而是气质流泻的效果，是这位风格学家个人风格的显现。与他的许多同辈人一样，我们发现他深受生活活力的吸引：不管是面向作品，还是面向熟语或面向语词史，他的所有选择都旨在昭示鲜活的生命。他更喜欢从情感显现中挖掘共同言语，如从爱情语言中，从饥饿语言中（第一次世界大战期间，斯皮策在奥地利从事意大利战俘投寄信件的检查工作[②]）。他本能地寻找言语的活跃形式，寻找话语戏剧化的领域：在文学作品中，调动语词的欲望品性使它们获得了强化语义；而语词史上的每代人都侵犯言语遗产，因为新摩擦、新需要不断出现，新机构不断诞生。斯皮策的善意始终投向生命迹象。因此，他偏爱对统一原则的昭示。当他投身语义场的共时研究时，他并不寻求对差异体系的昭示（如同索绪尔理论可能向他建议的那样），恰恰相反，而是寻求某种聚合网。当德国人的历史精神（Geistesgeschichte）倾向于把一历史时期的文化现象浓缩为一种"时代精神"（Zeitgeist），并视后者为该时代文化现象严格的公分母时，他对这样的历史精神不屑一顾，然而，相对于支离破碎的分析，他更偏爱统一性的理解。因此，他呼吁谈论一时代之趣味或精神的权利，条件是仅仅把该趣

---

　　① "History of Ideas Versus Reading of Poetry", *Southern Review*, VI (1941), pp. 584 – 609. "GeisteSchichte vs. History of Ideas Aaplied to Hitlerism", *Journal of the History Ideas* V (1944), pp. 191 – 203.
　　② *Die Umschreibungen des Begriffes "Hunger" im Italienischen*. 哈雷, 1921 (Beihefte zur Zeitschrift für romanische Philologie, N°68).

味或精神作为"一时代或一种运动各种不同特征之总和，历史学家竭力视其为某种整体"。从历史精神中，他希望保留整体要求，而非咬文嚼字和神话学倾向以及夸大其词的共性；他准备保留思想史的清晰理性和丰富博学，前提是不沉迷于概念区分的灰尘之中。他希望从特定历史背景下的每个语词、每个概念中，承认与其不可分割密切关联的某种情感的存在。

对鲜活的这种趣味，揭示统一中心的这种欲望，这种阻止莱奥·斯皮策心安理得地囿于纯语言学领域的焦躁心理，它们首先是一种个性的严格特征，然后才是某种方法的条款内容。人们预料会找到一个大学者，却发现了一个情感丰富的人！此种情况不啻为一段佳话，却有违斯皮策的初衷；他太特别，太受个人情感的影响，而难以成为人们效仿的楷模……反之，我从作者不可能把自己禁锢在自己单一学科中这一事实，从他打破学科壁垒的豪情中，从把语言学家改造为风格学家、然后再造就为文学批评家和思想深邃的诗人的气势中，看到了某种榜样的东西。限制的威胁压迫着他，在他看来，永远要克服某种孤立状态，永远要有胜利而出的豪情，永远要寻求某种切入点。他的清醒、他的激情部分是因为他的圈外人处境，即某种原初距离，他善于利用这种原初距离以期更好地缕清那些熟视无睹者无法看清的结构和价值。距离成就了"旁观者清"，然而斯皮策同时把距离体验为需要填补的空间，体验为获得结合性成果需要克服的间隔。作为语言学家，他本来离诗最远，然而却处于破解诗歌进程并最终以更深切之理解投身其中的优越地位。他是奥地利籍犹太人，经典人文精神的学养很深，几乎可以以人种学家的视野接触罗曼语系文学，可是贴近作品的方法却像追求爱情一样。斯皮策在一篇论文的卷首引用了瓦莱里·拉尔博（Valery Larbaud）的一句话："这种语言，我学习它就像获取一个女人的爱情一般"，不经意间提醒我们，他心目中的语史学很难摆脱爱情成分。在积极的耐心、勇敢的前行、战胜种种阻力、捕捉种种秘密之中，在关键公式的喷涌而出中，我们都可以从作品中看到阐释的情欲，把作品当作一个起先保持一定距离并具有自我防护意识的人看待。斯皮策描写任何事情都没有描写爱情——身体体验或神秘幻想——的话语流程那么自如绝不是偶然的事：在这些轻车熟路之处，阐释风格与阐释对象之风格被某种预先建立的和谐联系在一起。指出斯皮策许多论文采取的好斗形式并非对上述爱情特色的否定，更多的是一种肯定。斯皮策需要挑逗才动笔：在他认为重要的某一点上，他人的错误是最有效的刺激之一。正如某位竞争者的出现挑动着许多恋者一样，斯皮策似乎希望他对有争议文本意义的攻克与对手的败北相吻合。总而言之，纠正一处误解，修正一个错解，与同行商榷，对他而言，等于从外围某点重新出发，等于把自己重新置于外围处境，由此可以向中心地带发起旨在取得胜利的攻势。有时甚至草草而就但目标坚定的许多论文之所以采取了高校论战的好斗姿态［皮埃尔·贝尔（Pierre Bayle）已经很诙谐地谈到"学术上的互相吞食"］，绝非斯皮策热衷于语史学（或神学）那些恼人的鸡毛蒜皮的小事（dans les petitesses de l'odium philologicum ou theologicum），而是他从争论中寻求某种原初动力：某位可以与其论争并谈论作品意义的学者。他的大部分文章都是回应。关于《玛丽安娜的生活》（*La Vie de Marianne*）的论文足以说明问题：这是一封公开信，斯皮策友善地反驳了乔治·布莱（Georges Poulet，他在巴尔的摩州约翰·霍普金斯大学的新同事）的观点。另外，斯皮策通常用他所批评的对象的语言写作，这使他达到了多语种写作的惊人水平（他先后使用法语、德语、意大利语、英语、西班牙语写作），但是这样并非没有影响批评家自己的话语。斯皮策不想成为作家，所以他自己的言语对他而言并非很重要：在他看来，"博学"型评论家的功能既是相对的又是工具性的，面对庄严的作品是一定会消失的，然而如何更好地让人知道这一点呢？大概只有思想深邃的诗作，像任何伟大的史学家一样，斯皮策能够达到思想诗的高度；如果他的好斗性情稍微滞涩一点，他的报复情绪不那么流畅，那么他的思想诗作就一定更敏锐。

　　笔者可能给人以过分强调性情特征的印象：它们赋予斯皮策的作品以非常独特的格调和特征。它们不具有根本性质吗？斯皮策作品不连贯的、非体系性的、立体感极强的共象形态难道是偶然的吗？他是第一个吁请我们思考"形式中没有任何东西是偶然的"这一观点的。上述性情特征乃是自原则起就追求多维的某种方法的构成部分。要求严格尊重事实、不懈关注文本性的同时，斯皮策不厌其烦地把某种"存在"份额纳入他的方法论。十分重视生活概念的斯皮策理论从自传性文本中获得最完整表述难道是偶然的吗？更明显的是，我们发现他从富有哲理和抒情色彩的警句中，试图用"关系"维度补充研究中的"实证"维度，他的"关系"维度不仅涉及与阐释性话语的对象之关系，而且涉及研究者与自我的关系。这里，笔者尝试着把斯皮策的一段关键警句（Schlussaphorismen）翻译出来，这段警句位于《罗曼风格与文学研究》（*Romanische Stil-und Literaturstudien*，马堡，1931）一书的结尾；我们将看到，批评家没有忘记弗·施莱格尔（F. Schlegel）的教导和浪漫主义的反讽意图：

> 今天，我只能把科学研究视作一项在多层面开展的活动。诚然，我不希望研究人员像指挥柏辽兹（Berlioz）《安魂曲》（*le Requiem*）、必须向五个不同方向频频转动的音乐指挥那样。然而，任何活的东西证实，至少有五个相互交错相互渗透的层面。真正的科学专业属于第一层面，在这一层面，研究者应该努力为知识领域某一尚且昏暗的部分带来光明；他应该昭明某种限定的真实的（sachlich）东西。第二层面仍然属于科学领域，在这一层面，他试图通过自己的研究丰富方法论（die Methodik）方面的实践：实证工作如果不引发任何方法论方面的思考，就不具备运动因素和超越因素，它们是任何真正的科学工作的真谛。
>
> 我们可以把下一个层面界定为哲学层面，在这个层面，研究者明确自己面向世界整体的立场：他的工作除去臣属目标的一面，还应该同时引起抒情高潮和形而上高潮，满足人的内在的精神需要，它应该给他带来类似于艺术作品给艺术家带来的解放一样。第四层面是人文和社会层面，在这一层面，实证研究乃是与研究或友谊所确定所关联的对象的持续对话和讨论：研究既然以其为对象——舍勒（Scheler）不久前批评过"无对象"的哲学——那么，每行文字都应该有他的身影，都应该请他出场或引发他的反应。最后，我希

望论文可谓写作于虚无之边缘，作者沉潜于知识之中，不受任何东西的干扰，富于自我批判和自卫精神，也许写作于整个躲避任何干扰的心态之中。唯有心无旁骛，论文才可能平实、论说有道，才可能具有伴随着任何可贵努力之高超隐身；应该接受死亡和"灭绝他者"的成分，没有它，鲜活就无以存在。如果著作想继作者之后继续生存，像子弹出膛或像星光一样散发火花，而非一块僵死的孤立的大理石，它就应该体现其创作者的斗争精神，把他的斗争意志传达给读者。

囊括研究材料的完整性（*Vollständigkeit*）不如人的态度的完整性更重要：知识领域的广度、方法的恰当性、通过科研对自我的形而上解放、内在对象的具体化、空灵意识，如果这五个要素之一缺席，那么，研究工作就不"完整"，它们就不具有必要性，对研究者本人而言，它们不是令人满意的。真正的研究者总是伴随着对象、某种超自然之真实、活生生的读者，并面向虚无。这意味着，他不是孤身一人。

*

斯皮策承认，他的方法随着时间的推移而变化。但是，变化没有影响他的基本思想。斯皮策的基本思想是，风格学应该填补文学史与语言学之间的空隙，并因此而使意指的一般科学服务于文学作品这个独特的表意体系。变化也没有影响所用手段，没有影响批评家为了风格解释而调动的工具类知识。然而，批评活动的目标发生了变化，为解释活动确定的宗旨发生了变化。

斯皮策风格学的第一种方式，是想重返心理真实，同时尽力确定某种"集体精神"。面对文本，斯皮策试图从中捕捉与作者灵魂相关的独特性格，但同时惦记着从一种文字的独特运动中，捕捉集体精神的表达标志或变化先兆。这样，假使一个作家的内在经验具有代表性或预示性，建立在风格分析基础之上的心理归纳就可以用于某种外推法，把前者的结果延伸到对某一历史时期、某种艺术氛围、道德氛围或社会氛围的界定中去。在斯皮策的精神里,任何心理风格学都应该继续拓宽为社会风格学。这里,我们一下子就可以看出言语和文学创作的唯心主义理论的基本观点。斯皮策的背后[他的朋友卡尔·福斯勒(Karl Vossler)的背后也一样],矗立着威廉·冯·洪堡(Wilhelm von Humboldt)的高大身影,在他看来,言语作品(*ergon*)显示着属于言说者主体及其历史群体的内在力量(*energeia*)。因此,我们所接触的作品表达着某种心理活动,后者规定并造就着前者;作品这种真实(*Tatsache*)承载着某种行为活动(*Tathandlung*)的标记。在一种赋予说话者主体和表达行为如此优越地位的观念里,风格学就成了各种言语科学中的至高学科:只有它能够洞见话语行为所蕴含的唯一和创造①。20世纪初叶,在意大利和德国,克罗齐(Croce)思想的影响何其大矣,他把语言本身也附属于一般美学领域,只考虑表达行为,把语言学"科学地"研究的所有内容,如音位学、语法学、句法学、符号学等,都缩小为依附性抽象功能。"重要的是,"克罗齐写道:"我们应该承认,言语唯一的具体形式,言语的唯一真实,是活的话语,是句子,时代,页面文字,诗段,诗,而非化学符号般(*per se*)孤立的语词,亦非孤立语词的机械汇集。"② 一件意味深长的事是,克罗齐从斯皮策的成果中看到了自己的影子,他把它们看作由自己当年植入土壤的小苗长成的大树:"今后当然只能把语言当作'言语',并因此而从说话者主体的精神状态了解它。"③ 当斯皮策断言文本中没有任何东西不是作家灵魂的运动时,他只不过肯定了克罗齐把他纳入自己支持者行列的宣言。然而,实践中,事情的路径还是不同。人们势必已经发现,斯皮策通过其耐心的经验主义,通过他对笔法细节的极端关注,对文学工艺的尊重,总体上对话语材料很关心,而唯心主义学派并没有自觉地给予话语材料以这种关注,而是急于界定并评判精神"内容"。还应该提到的是,克罗齐后来对"所谓的风格批评"更多一些

---

① 见 Ernst Cassirer, *Die Philosophie der Symbolischen Formen*, 1923, 第一部分, 第1章, §Ⅶ。
② *Sulla natura e l'ufficio della linguistica*, in *Letture di Poeti*, 巴里, 1950, 第248页。
③ *Conversazioni Critiche. Serie terza*, 巴里, 1942, 第101—106页。

愤激之情，从邓南遮（d'Annunzio）、"纯诗"、神秘主义，总之，从颓废主义中寻找它的有害同伙①。

"阅读法国现代小说时，我已经习惯于把我觉得明显远离通常用法的表达方式画出来。一旦把这些画线节段相比较，它们似乎经常提供某种相似性。我暗自思忖，是否可以建立所有这些偏离现象或至少大部分偏离现象的公分母。"斯皮策问自己，"难道我们不能找出这些偏离现象共同的精神源、找出它们的心理根源吗？"就像语言学家透过某语词家族分离出它们的词源之根那样。

发现与一般用法的某种风格差异，评价该差异，论述其表达意义，使这一发现与作品格调和总的精神相一致，由此出发，更广泛地界定创作天赋的独特性格，并通过他，确定时代的趋向，这就是斯皮策式批评开始时为自己确定的路径。我们看到，如果说调查长时间地徜徉于作品内部，其抱负却是落脚在文学之外的人类现实上。文学作品在普通用法、"一般语言"这种社会现实的大背景下彰显其特殊性。批评家拷问它，从中探寻可以揭示一颗个性"灵魂"的光亮；然后，作家的独特性又被解释为集体进程可包容的异变。他起初之所以独语，却是以全体的名义预言……对于早期的斯皮策而言，一切似乎都说明，风格上的差异，原初的偏离，乃是一种过渡（transitoire）现象，从预先存在的某种集体基础得到界定，又旨在在或长或短的期限内融入可普遍使用的言语资源的容积中去，即融入一历史时期的"文化"之中。

真实地讲，对于关注文学知识之社会学延伸和心理学延伸的当今读者而言，我们刚刚谈到的批评程序的若干阶段有时显得稍许快了些，且其构成亦有些随意和不慎重。斯皮策在确定风格特征时，善于以最细微之精心，创造新的概念，他发明了诸如"古典性弱化"（atténuation classique）、"弱音器效果"（effet de sourdine, klassische Dämpfung）、"似客观布局"［motivation pseudo-objective，谈论夏尔—路易·菲力普（Charles-Louis Philippe）时用语］、"神秘的略述"［raccourci mystique，评论 C.-F. 拉缪

---

① *La cosidetta critica stilistica*, in *Letture di Poeti*, 巴里，1950，第284—294页。

(C. -F. Ramuz)时用语]等令人称奇的正确术语。他让我们驻足观看综合性公式形成之前的全部车间工作，这些工作论证着后来的综合性公式。反之，当他立足心理层面和社会层面时，我们经常感到他的思路有些倏忽而至。他有时稍嫌轻易地借用大众心理学的一般概念，或情感称谓，甚至还有时代类别的称谓。这一相对的弱点显示，在斯皮策看来，当一种风格之本质确定之后，基本工作即已完成。他需要超越这一界限吗？倘若风格已经得到全面界定，那么，界定者同时岂不也界定了向他提供风格信息的心理行为或心理能力吗？界定者难道不是已经指示出某种面对世界之态度、指示出某种社会现象吗？远非向心理学和社会学寻求某种援助，风格学难道无权在某种程度上取它们而代之吗？随着时间的推移，斯皮策发现，没有必要对风格调查的结果做任何补充：只要忠实于唯心主义的前提，但凡它结束之处，都触及某种认识论界限。风格的综合公式自经验途径剥离而来，其整体难道不具有普遍性（因为它是某种组织者"实体"）、具体性和特殊性（因为它是某一具体言语所独有）的巨大优点吗？需要补充的是，斯皮策的阅读是一种信任阅读。它原样（at its face value）使用文本，从中寻找并发现完整的心声。斯皮策从来没有为文本假设过某种遮蔽功能或神秘化功能。他从来没有想过，除了揭示功能之外，文本还有某种掩饰能力；除了明白宣示的内容之外，文本还可能蕴含其他东西，还可能包含某种潜在的补充内容。斯皮策的阐释只想从明白走向更明白。"风格中没有任何东西不来自作者心灵"的警句可以完全颠倒为："作者心灵中没有任何东西不'实现'于风格。"这一过程无其他可言，对善观者而言，一切都可尽收眼底。我们不会在推断先前之动机、情感或社会经济基础方面发生失误。作品受某种内在原则的主导，可以通过其形式得到捕捉：一切都已昭示，没有任何隐含。在斯皮策的视野里，真正的风格现象学使弗洛伊德或马克思的结论变成多余，它们都迫使文本交出阐释者千呼万唤的潜在信息。这并不是说，"内心世界"的历史与心理没有区别，而是说，这些材料镌刻在不同的力量中心，风格学可以揭示它们。

风格差别概念确是一种丰富的思想，其丰富性根据引发问题的广度来衡量［我们离萨特在《方法问题》(Questions de Méthode) 中针对"差异"概念的看法已经不太远了］。第一个问题与斯皮策宣称在差别的个人意指与其历史标志价值之间展开的体现（la traduction）问题相关联。其设想可谓乐观主义的：表示个人与其环境发生冲突的差异性偏离，封闭为历史进步之梯度。一位作家与世界相对立的个人方式变成了他改造世界的方式（或者他告知我们世界改造的方式）。诚然，个人是在世界和历史中面对世界和历史时刻的。但是，体现活动之展开难道就没有遗漏？谁敢向我们保证，某作家的个人话语一定预告着某种进步或进程、它们很快又受到某种新用法的惩罚、今日之差别明天就会变成一般文化的某种特征呢？这种景象要求作品的成就及其迅速承认……反之，另有一些人"断言"：风格差别中最宝贵的，不是可以与共同语言相会合、可以融会于共同语言中的东西；当作家激发出一句针对大家的话语时，他不可能预先知道某种回应是否会吸纳它，他步入差别之途，一个人独自承担着不可修补之差别和持续分离的风险。如果任何强烈偏离的话语确实不可避免地发生在某种社会历史的背景之中，如果观察家一直有权依据时代及其冲突阐释这种偏离，同样真实的是，在其主观性源头，自浪漫主义起，就产生了肯定个人经验之独特品质的欲望，这使他进入其夸张心态，超越任何共同"真理"的界限，赋予他本真性的光彩。被其差异激情挟裹而动的个性，不会同意自己的独特实质被"已经形成"的言语、被集体已经预先接受的普遍性习惯体系所损害。

"个性是不可言传的"（Individuum est ineffabile），经院派的格言如是说。就其极限而言，如果某人不满足于仅仅为共同言语添加一点个人色彩，他大概会选择沉默立场：语词似乎对他是禁止的。最大的差别即决裂、无法言说和"晦涩难懂"。此乃高傲的沉默，除非因疯癫而沉默。黑格尔认为酷爱纯正之意识可能导致自负性疯狂。在极端状态下，宁折不弯的忠诚和严谨态度讽刺性地排斥任何并非真我之表现，那么传达行为不再发生，个体退居于不言传状态；只有高傲的在场被奉为——有时是悲剧性地——神圣不可侵犯之绝对。然而，传达（即传达以大众语言构成、服务于当下实践目的、通俗易懂的信息）停止之时，表达（即忠实于说话者独特内在世界之独特符号的创造）尚有机遇。克罗齐采纳并付诸实践的把表达与传达相区别的方法，使他有可能得出下述结论：直至疯癫，个性是不可言传的。疯癫乃不传达任何内容之表达，然而，在表达科学即风格学那里，其可阐释性却并不因此而减少。风格学能从意义自绝于读者的地方挖掘出某种意义……只要有人出场，即使他没有任何传达能力或传达欲望，只要该出场得以继续而没有陷入虚无，旨在表达"内在经验"的言说努力就可能存在，可能时，还会把这种"内在经验"传达出来：一句诗语可以传达独特性或使传达独特化。这样，表达——传达的努力便有了结果，自此，风格即表现为内在经验之独特性与其外在表现之形式束缚之间的某种妥协。因为风格之品质稳定了形式，它们即赋予新颖语词某种独创性的难以确定的接受和取悦才能，某种普遍的效力，读者之承认可以衡量它们的价值。（并非读者自己采纳其用法，只要读者承认其益处，承认自己受到关联。今后应该有某位新作者发现其他东西，以产生又一新差别。这里，我们发现了文学进化之现代命令式的景观之一，如果我们以为应该怀疑其是否进化，或可称为"先锋派竞相许诺"的景观之一。人们仍可注意到，革新者之抱负并非都是表达新情感；它亦可瞄准对新内容的传达。）因此，风格既非纯粹之独特性，亦非普遍性，而是即将普遍化之某种独特性和自觉回避、有意引导到某种独特自由的某种普遍性。① 至少，这是斯皮策赋予风格概念的平衡词义。它意味着个体的反抗及其通过作品而达致之和解。通过其风格承认一个作家，不啻于既承认某意识在不可压缩的时间推移之后的确立，又承认某话语穿越空间的力量。如果风格差别确是独特性的产品，其整体表示某种渴望差别的"不可言传"之自由和某种通过表现差别而填补差别的活动。通过暂时性的非沟通状态的迂回，而达致更强烈的表达和沟通，达致言语能力的强化。通过文学话语这种运动，病理性差别可以转化为创造性能力。反抗性拒绝似乎只是拒绝使用某种语言和某种静止化修辞之隐性体系来

---

① 这是歌德在其卓越论著《简单模仿，方式和风格》（*Einfache Nachahmung*, *Manier*, *Stil.*）中所支持的观点。

传达的暂时性拒绝。这样,当风格的成功强化言语与世界之关系并使人耳目一新时,一处溃疡(noli me tangere)陪伴着和谐整体。

为了公正评判某一风格中的差别,鉴赏其强度,我们应该提出一个辅助性问题:文化环境接受该差别、抨击它还是鼓励它呢?差别应根据社会对它的宽容程度来评价。在我们这样的社会环境中,独创性总是青睐以语言最新颖、(道德或风格)差别最出人意料的人。当然,并非想望者都能实现其目的。当差别很时尚、差别本身成为传统之时,《天壤之别》(Grand Ecart)的作者却并没有离经叛道:以突出对苦难旅程之神化、以忍受压抑之强度和克服压抑之呐喊的狂烈而著称的安托南·阿尔托(Antonin Artaud)神采飞扬(volens nolens),成了文学英雄的形象。阿尔托之成功,他被作为我们时代萨满(chaman)而接受的方式,围绕他的评论光环,尚有意证明,他之出现这件怪事吻合了大众相当广泛的期盼之情。我们的兴趣要求作家有自己的声音,要求他以不可模仿的方式发出自己的声音:不妨说,我们的文化太一致地接受文学即持续不断的"偏离"进程的思想,文学是培养不和谐声音和独一无二文字的学校。因此,差别是规则的要求,唯有新作者偏离的取向不可知。然而,在其他时期,或在其他文化中,差别不仅是预设的,其方向本身也是预先建立的,偏离言语的独特结构,直到其题材,都是预先确定的。于是,存在着一种或若干种不同于日常用法的文学"语言",在某种规定的约束体系和服从体系中,自己建立一些形式要求,给个人创造仅留微不足道的自由。于是,差别由某种隐形约定来承载,后者建立诗歌体裁(genera dicendi),确定合适的"格调",等等。如同节日把不同于社团日常习俗之风尚神圣化一样,"诗歌语言"这种圣化语言确定言语之节日的礼仪空间。① 不妨说,这是离开一般话语而建立起来的某种新的共同言语。行话是其对应的非文学言语:在这种情况下,风格确定部分语言体系(次一级编码),一社团部门(次一级的社会组织)成员交流其

---

① 如果把事情推进到漫画化的程度,可以说,相对于现代作家个人风格,古典作家们所遵循的集体规则,犹如传统社会之集体性礼仪禁锢相对于我们文明中的个人疯癫。

秘密符号时遵循上述体系。在这种情况下，风格［除非我们像罗兰·巴特（Roland Barthes）那样，也更乐意在这里谈论书写文字（écriture）］发挥建制的作用：作家并不是建制的创造者，他或幸运或不甚幸运地参与建制。风格分析首先把我们推向所应用的体裁，推向建制，而非推向作者们的个人禀性。诚然，每个作者都有自己参与建制的个人方式；听力灵敏者善于捕捉每个声音执行某规定朗诵段落之规则的非常个性化的方式。然而实践中，个人"方式"和规定"守则"这两个层面很难区分。唯有作品中的展示，或者广而言之，作品中或一系列作品中所实现之建制的展示才是显而易见的。正是这种看法促使斯皮策自1922年起放弃先前制定的心理宗旨，他喜爱一种基本上属于作品内在分析的方法，批评家徜徉于作品之中以揭示其内在关系，从内部阐明它，满足于全面解读它并传递它的声音，犹如演奏一部乐曲。

> 18世纪以前，程式（le topos）占主导地位……而非个人情结……
>
> 另一看法也使我从精神分析式的风格学研究中退却了，即精神分析式风格学究其实质只是经验（l'*Erlebnis*）研究的一种变种，而后者从属于如今美国称作传记谬误（biographical fallacy）的东西：即使批评家成功地把某作家作品的某种风貌与一种个人经验联系起来，作者并没有这么说，而接受生活与作品之应和永远有助于作品艺术美的观点甚至是有害的。总而言之，经验只是艺术作品的毛材料，例如与其文学来源处于同一层面。
>
> 于是，我从风格的美妙景象（Stilesprachen）前转向了，不再用作者们的"情感中心"去解释他们的风格了，而尽量让风格分析服从于具体作品的阐释，视作者们的具体作品为一个个自成一统的诗学组织，不再援引作者的心理。自1920年起，我即实践这种方法，如今我把它称作"结构主义"方法。[①]

---

[①] 引自"风格研究与不同国家"（Les Études de Style et Les Différents Pays）一文，见《现代语言文学国际学会第八届年会论文集》（Actes du VIII<sup>e</sup> Congrès de la Fédération Internationale des Langues et Littératures Modernes），列日大学，1961，第23—39页。

放弃对心理的考察,拒绝上溯到作者的经验,斯皮策似乎想牺牲掉他先前研究的整整一个维度。然而,如果仔细考察,我们发现,心理学从来不曾对斯皮策具体化为拷问经验存在、传记史料,甚至可从同一文本之不同版本和不同稿本中觉察出的动机标志。我们已经看到,斯皮策所实践的精神分析,并未离开作品及其明显成分所直接涉及的情感层面:斯皮策是从无遮蔽的文本本身中分离情感意指、分离行为和激情的,而非从先前的经历中,那里可能发生隐晦的、遮蔽的或后来被文字转化的动机。风格注解永远是对某明显意义的解释,都是公开课文的阅读。一方面,这是关注作品的结果,善于阅读提供了接触太多丰富而又明显意义的机会,提供了接触已经颇浓缩的复杂性的机会,挖掘其隐蔽背景实际上已无可能。风格学家不会放弃猎物而扑向幻影。另一方面,应该承认,文本与精神分析学家所观察的活人不可同日而语,它们并不投下同样的历史阴影,不留下同样的噩梦之重负。任何伟大文本的起源都寓于其自身,它即是它自己的开端,只有当我们不再视其为文本,而把它缩小为一份资料时,它才停止其自身开端的身份。即使斯皮策以为过于重视心理的年代,他一直视作品为文本,而非资料。为了确定作者的"灵魂",斯皮策一直坚持"流溢说",把主观性当作所有作品内容的原型和精神源泉。

于是,"情感中心"不是别的,只是作品组织原则的精神对应物,是作品所实现之记录的主观副本。某一文本的精神、它的独特品质一旦确认,它们就被投射,被外推,直至构成并凸显(eminenter)作者的灵魂,其精神世界的"中心类型"。然而,文本与设想中的其精神原则自此便过于准确地重合在一起,使得二者之一成为多余,解释成为多此一举。能否仅准确昭明文本之构成?何以动机未能实施?何以宗旨未能实现于完成作品?放弃"情感中心",我们仅失去某种臆想之影像,当然是无法全然捕捉之影像,而通过作品留在作品中的,显然是第二人格,即创造能力:我们可以通过其作品直面自我创造的作者形象,而非作品诞生前他的生存形象。这是传记派和心理派之对手们的观点,是普鲁斯特在《驳圣伯夫》(*Contre Sainte-Beuve*)中的观点,鲍利斯·德·施勒策

（Boris de Schloezer）亦持这种观点①……

因之，作者的主观直觉竟如此可以简缩为文本的内在意义，而一无用处：人们可以省掉这个臃肿的原坯。但是省掉之后，表达概念还有什么依托呢？难道不应也像诱饵一样摒弃它吗？唯心主义批评（克罗齐或沃斯勒的批评，而非斯皮策的批评）希望再现和再造从直觉（energeia）到作品（ergon）的表达运动。这种抱负此后就显得空幻了。大家似乎都知道，某种"造就性"诗学［esthétique de la «formativité»，我这里指的是1954年路易吉·帕雷宗（Luigi Pareyson）发表的《美学》（Estetica）一书］建议用"生产"概念取代"表达"概念。自此以后，当代反唯心主义思潮就多次使用这一术语，马克思主义者尤其自觉，人们甚至能从"生产"概念中发觉某种辛勤耕作的内涵，而表达性概念却罪过地缺失这种内涵。正如汉斯-乔治·伽达默尔所做的那样②，提醒大家下述内容并无不当之处，即表达概念被浪漫主义主观化了，而在古典传统和修辞学词义里，它原指效果体系，能在听众精神中产生确定印象的效果体系，如正确表达。斯皮策一方面援引古典的和中世纪的程式；另一方面援引当代的结构主义，说明反浪漫主义式主观主义的风格学可采纳的两大支柱。

然而，一种回答却可以回复反对把文学认识与心理学相串通的攻击浪潮。没有任何东西迫使我们从捕捉某种经验、某种主观直觉开始，那样，作品犹如在情感和精神的本质中预制其纯粹状态。没有任何东西迫使我们接受某种新柏拉图式程式，即作品源自作者之灵魂，就像世界出于一元一样。作品之具有揭示性，不仅因为它与作者内在经验的相似性，还由于它的差异性。倘若资料为数众多，足以构建作者真实个性的某种"似真"形象，那么，评价新的差别就成为可能，作品因这份差别而超

---

① ［法］鲍利斯·德·施勒策：《J.-S. 巴赫导读》（Introduction à J.-S. Bach），巴黎（伽里玛出版社，思想丛书），1947年。

② ［德］汉斯-乔治·伽达默尔：《真理与方法》（Wahrheit und Methode），土宾根，1960年，第474—476页。重新回到"表达"之古典词义在迈克尔·利法泰尔（Michael Riffaterre）的著作中显得尤为明显，他以效果风格学（stylistique des effets）实践与无法实施的动机风格学（stylistique des intentions）相对立。

越并转化了来自经验的原初资料。在作品与心理生活的差别观念中，流溢原则或反映原则并非权威，而是首创性、创造愿望和成功的变化原则。应该熟悉人及其经验存在，以便懂得作品相区别之根基，知道作品的否定性系数。接受作品之"情感中心"与经验存在之"情感中心"并不吻合是完全合理的。作品即偏离中心。我们看到，心理学并不直接昭明作品本身，它使向作品的过渡变得易于理解；它虽然不能从自身的足够条件出发解释作品，却至少使我们感觉到了这种解释的必要条件。面对创造性的偏离，它可以向我们谈论第一中心，谈论被抛弃的中心。这是否微不足道？须知，至少应该了解两点，才能衡量某种差距。

\*

在某种结构主义视野中，斯皮策并没有改变已经构成其风格学调查最常见之起点的东西：关注某一细节，超级放大考察该细节，从该细节出发切入文本。但是，当差别之捕捉把精神引向反常细节、引向偏离构成（条件是重复使它们有迹可循）时，斯皮策所理解的结构方法给研究者以更多的自由：事实上，经过预先的总体阅读之后，作为解读开端之细节被选出，其选择可以根据它的差异价值，也可以出于我们称之为微观代表性，即它在部分层面的陈述方式，整个作品亦采用了这一方式。在斯皮策的实践中，原则的变化并不很突然：自从最初之观察瞄准偏离现象的年代起，偏离就被立即与文本的总体结构联系起来。风格变化无疑是相对于作品之外的共同用法、相对于先前的社会语言环境来界定的，但是它并无时间间歇地"包含"在作品内，包含在它为之作出贡献使其能够理解的作品内。偏离于外在环境的细节立即被阐释为"内在环境"组织规律的标志。自1920年起，斯皮策只是把他以前已经实践的某种结构主义极端化了。另外，我们看到，当纯粹方法论之外的附属发现和外来信息可能对他有用时，他从未停止过利用它们。在他那里，作品内在结构的研究受到了来自视野广阔之比较方法的资源（有时是潜在资源）的支撑。

斯皮策去世之后，出现了一些严谨的结构分析体系和一些技巧非常严格的应用成果。比较起来，斯皮策显得更任性地服从于他的兴趣和性情：他较少向我们提出一套结构分析的具体理论和方法，而更多提供了一系列"应景而作的"、每种情况都有独特应对之法的生动展示。斯皮策如此酷爱科学之理想，他坚决反对一种方法可被所有人手使用从而成为万用工具的思想。他知道，大部分时候，方法论方面的恐怖主义只是没文化实况的遮羞布，只是对无知的掩饰；缺乏对历史和作品的真知灼见，于是便天真地为自己打造出一些初级工具，要紧的是它们的科学姿态颇能引起幻想，直至于文人或书籍、文化或语言，都无权拒绝其秘密。因此，斯皮策嘲弄那些以为方法即程序、所有操作都可以机械重复的人。他更多地（那是生气时的真言）赞美直觉的神来之笔，赞美洞见天赋之优哉游哉和无所羁绊。他更多地承认，风格学科的知识是"天才、经验和真诚的结果"。斯皮策绝非以直觉的非理性名义而采纳这种立场，他似乎觉得，任何真正的语史学家（Wortforscher，笔者更愿意把这个词译为 philologue，而没有译为 linguiste）都应该尽情应用理性知识之材料和工具，以期创建与文学的个性关系。1928 年发表的著作《风格研究》（*Stilstudien*）以这样一句话结束："不要追随我，这应该是镌刻在每个教育丰碑上的铭文。"这样不是把研究诗化、让研究走出科学之"客观"普遍性吗？斯皮策可能会回答说，语史学知识是对文本客观材料之承认和永远个性化独特化解读之单一品质的某种复合，两者进入了某种辩证关系。在所有具体谈论自己理论观点的文本里，我们看到，他并不强调结构的客观描述，而突出研究工作的主观形态。他不提出这样的问题：某种结构是什么？其科学移译可能是什么样子？而是如何理解一种结构？他的方法是对精神旅程的描述：它不是某种菜单、使用说明书、操作程序，而是渐进阶段的思考，在这些阶段里，随着对文本总体意蕴的更好捕捉，读者与文本的关系逐渐变化。说这种方法是后天形成的，且这种说法部分是为了源自天性的实践正名，我想，斯皮策是不会持反对意见的。然而在实验范围内（风格学或者是实验或者什么也不是），哪种方法背后没有一整套实践、一系列自由论说和冒险探索呢？

从一文本总体意义的初步领悟出发；然后专注于某个看似边缘的细节［牢记阿比·沃伯格（Aby Warburg）的话：善良神藏于细节之中］，把所有科学资源和直觉资源应用其中；再把已弄清楚的细节与初步领悟之整体相比照，看看两者的意义是否吻合；调查一些新细节，支撑越来越有可能立足的意见；不忽视自己可能拥有的反对意见、有根有据地怀疑和反证；时刻警惕，勿使整个分析程序服务于最初的偏见：这就是斯皮策惯用的方法，从整体到部分，再从部分到整体，文本从一开始便包含的显义就在这种往复过程中得到确定（经常通过某一颇有启发意义的理解一下子揭开症结），任何细心的阅读已经朦胧地发现该意义，阐释之劳使其今后大白于天下。斯皮策不是一般意义上的语史学家，他是酷爱整体的语史学家，他所谓的方法，不仅允许对细节极关注的微观分析与综合观照相结合，且视细节阐释为总体意指之获得的必要阶段。因此，他可以为着自己的目的，采纳从施莱尔马赫（Schleiermacher）到狄尔泰（Dilthey）、从狄尔泰到海德格尔（Heidegger）、在德国历史缺席（Geistesgeschichte）理论中发挥过主导作用的"阐释循环"（Zirkel im Verstehen）概念。在《语言学与文学史》（*Linguistics and Literary History*）一书的序言中，斯皮策把自己列入这一知识传统。正如伽达默尔（Gadamer）正确提醒的那样，注意不要把施莱尔马赫及其浪漫主义继承者的思想与海德格尔的思想相混淆。在施莱尔马赫看来，理解把一主体与一确定的对象联系起来，理解是在"从部分到整体、或者更准确地说，从其主观反映、从整体的预领会到后来从部分层面对整体之解说的形式关系范围内进行的。根据这一理论，理解之循环运动的完成得力于对文本的深入浅出，该运动结束并消失于对文本的完整理解之时。逻辑上，对于施莱尔马赫而言，理解理论是'占卜'行为理论的积淀，通过'占卜'行为，批评家全力关注作者，从作者出发，以解决并消除文本所含的全部奇异和惊人之处。相反，在海德格尔对循环的描述中，文本之理解始终由前理解的预见运动所决定。整体与部分的循环并不因完整理解而消失，反之，这时它才最真实地呈现出来……因此，循环不是形式性质的，循环既非主观的亦非客观的，它把理解描述为传统运动和阐释者运动的相互游戏。意义之预见引导我们对文本的理解，但预见不是主观性程序，它所接受之关联决心把我们与传统连接起来……因此，理解循环绝非'条理分明'之循环，它描述了理解行为之本体结构的一个成分"①。让我们看看海德格尔自己是怎么说的："理解的特殊循环不是任何形式之知识都运动其中的那种必然循环，它表达了理解者本人之预见行为的存在结构。因此，即使屈从于这种循环，我们也不能贬低它，以为它有害。循环包含着最原初认识的某种真正的可能性；只有把不受自己先前见解或任何直觉之预见及民间概念所左右、而按照'事物本身'发展这些预见以保证其主题的科学性，作为解释之首要、持久和最终任务，才能捕捉到准确的解释。因为只有存在意义上的理解才是存在者之善于存在本身，任何历史知识之本体论前提都基本上把属于准确科学的严谨思想超验化。数学并不比历史更严谨，它只不过比历史更狭窄而已，仅关涉对它具有重要意义的存在基础领域。"②

预见受"事物本身"的检验：海德格尔的贡献无疑位于把理解建构在存在（Dasein）之时间性本身的这种方式。我们将提出的问题与这一形态无关，而从更小的范围内关注"事物本身"（借用海德格尔已经借用过的黑格尔的术语）自行界定的方式。这个问题亦关联斯皮策公开把自己与之联系起来的施莱尔马赫的解释学。如果我们不应同时虑及研究的应用点，即研究的对象、宗旨和计划，那么仅仅关注理解之阶段和内在程序够吗？我们寻求理解什么？如何限定所挖掘之事物？其幅度有多大？总之，我们试图在理解中捕捉和统一的首批资源是什么？

这样，一旦承认从整体到部分、再由部分到整体的往复运动的必要性，马上就提出了下述问题：什么部分和什么整体？对斯皮策的风格学而言，整体即艺术作品。另外，因为斯皮策所选择之初始细节总是或几乎总是低于句子维度，调查实际上必须把"整体"局限于一首诗、一页

---

① 见［德］汉斯－乔治·伽达默尔《真理与方法》（Wahrheit und Methode），土宾根，1960年，第277页。
② ［德］海德格尔：《存在与时间》，R. 伯姆（R. Boehm）和 A. 德·韦伦斯（A. de Waehlens）译，巴黎，伽利玛出版社1964年版，卷一，第190页（§32）。

文字或几段话，甚至从同一作者的其他文本中检验它们的结果。斯皮策的语言学特长使他具备某种测验式方法的能力，这种方法与法国学者的文本解释很相像。然而，由于他喜欢从细处着手考察事物，他需要用宏大的整体视野补偿"微观分析"，而他从来不曾放弃希望，希望细节的良好阐释能够使他很快接触整部作品的意义。人们有时批评他囿于（从部分到整体的）两段式程序而忽视中间层面和补充层面。有人还说，某些时候，斯皮策急于把部分层面的某种特征普遍化，缺乏对其他成分和其他相关因素的充分考察，而真正的结构主义是要求这种考察的。即使不可能永远直面这些批评而为斯皮策辩护，我们承认，他真诚地根据不同文本而呼唤同样不同的方法。他希望批评家之精神能应对作品的所有内涵；他很乐意一切都从善良的中立态度开始，其时（批评家）的注意力飘忽不定，很像弗洛伊德主张最初几次精神分析应保持的注意力状态。如果作品确是某种结构，其中一切都相互关联，那么，就绝对没有无关痛痒的细节；然而，某些细节的传导性可能更好，最好一下子就面对它们。根据所考察作者或审美世界的不同，它们的范畴亦不同。这里可能是一个独特节奏、一种独特力量或呼吸，那里是"一种过渡艺术"，另一处是某种弱化体系［曲言法和拉辛（Racine）的"弱音效果"］，又一处可能是某类辞格的系统使用。在他的最后一篇论文里，当斯皮策接触米歇尔·布托尔（Michel Butor）的小说时，他清醒地感觉到，应该从这些小说的构成出发，而非表达细节。整体的性质预先决定着形态特征的性质，拷问它们依赖批评家的触觉。斯皮策的方法既要求警觉性又要求可塑性。当肯尼思·伯克［Kenneth Burke，在他的《文学形式论》（*Philosophy of Literary Form*）中］提出诗的象征主义方法、旨在记录"情感之浓缩"（emotional clusters）时，斯皮策接受的同时又立即反驳之：这种方法"仅适合那些允许自己之恐惧和特殊反映出现在自己文字中的诗人"；错误则是忽视了历史背景并无视其调节功能：它有时青睐"个人天赋"之创新特色的表达，有时又严格排除之而专注于传统修辞学。

因为书由语词和句子构成，表达价值任何情况下都有意义，那么，风格学家就一定是赢家。问题仅仅是，在相当规模的一部作品中，要考虑到风格之微小细节与整体之间的中介结构。要考察连接较大或较小的子集、使它们浑然一体或使它们形成鲜明对照的关联关系，如场景、一出戏的一场；如小说的一节或一系列章节等。如果直接从表达细节到整体而不考虑"大的部分"之建构、"肢体"之安排告知我们的关于组织形式方面的内容，我们难道不冒某种"短路"的风险吗？长于为语言学分析加上构筑学分析的结构主义难道不会更好地反映文本的整体构成网络吗①？斯皮策大概没有反对过这一原则，更多地出于气质而非汪洋恣肆之言辞，他从来不曾考虑为某个作者写部专著，其方法既耐心细致又激情澎湃，仅满足于某些代表性段落，一旦关键性启迪得以产生和确认，不会走得更远。

  然而，捕捉整体止步于何处呢？一首诗是个整体，一部诗集是另一种整体；一个作者的全集也是一种整体，既可以从其发展过程考察，亦可以考察其并列式画面。我们觉得，划定一整体之场域以及如此构成之体系的成分间的相互关系，是一个率性决定。如果作家本人的决定比较明显，其一创作一首十四行诗，作为一个独立的微观世界；其二则认为，一堆小说仅能展示唯一的创作动机；批评家大概无权忽视作家的决定。如果能够分离出作者的计划，该计划即勾勒出一个或大或小的世界，其中有某种单一的主导规律，呈现出组织类型的某种必然性。正视作家容纳其话语于其内的界限，无疑为分离一种艺术的自有形象提供了可能性：于是，我们可以期望溯源性阐释循环能与作品整体自身的循环相吻合，无任何遗漏亦无任何添加。但是，除非作家们有意建构并确定的整体之共象被明确辨认出来，没有任何东西可以强迫批评家采用同样的圆规张幅。批评家的决定应该考虑作家之决定，但不必受任何效忠义务的约束而臣服它。

  如果我们自己决定、赋予阐释循环某种变动的半径，让我们看看它会发生什么样的变化。只要我们一直活动在某作品界限的内部，事情相

---

① 让·鲁塞（Jean Rousset）关于这一问题的思考见《形式与意指》（*Forme et Signification*）一书的序言，巴黎，科尔蒂（Corti）书局1963年版。

对比较简单。如果我把《行旅》（*Le Voyage*）的某半句诗作为其诗段的一个成分来讨论，阐释循环就在某种临时的整体内进展；一个更大的整体，我眼前的《行旅》全诗，则视上述临时整体为一个抽象而出的部分，则我的首批发现理应重新捡起并引入全诗的考察；随后，《行旅》不得不显示其作为一个整体之部分的功能，具体地说，发挥《恶之花》（*Les Fleurs du Mal*）之大编码的作用。直到这里，我们都在一个清纯的世界中发展，虑及内在和外在的明显因素，我们有理由设想某种创作意志的存在。我们知道禁止部分自我升华为某种自在整体的否决票来自何处。从《恶之花》过渡到波德莱尔的所有其他文字，我们大概停留在同一精神世界的内部，但是，我们无法再肯定其所有成分都受同一组织意愿的支撑。如此构成之整体不再是艺术作品的整体，而是一个精神世界的整体。然而谁来否定其统一性呢？谁来拒绝批评家昭明部分之间之意义关联的权利呢？倘若这样揭示出的关联关系更多立足于批评家的注意力而非作者本意又有何妨呢？实际的关联绝不比批评家如此浏览之作品中的少。这样，一次新的扩展成为必要，除非某种决定粗暴地封闭研究的视野。一作者全部文字的考察要求对一更大整体的考察，这一整体甚至包括作者其人及其传记。其后，该生活—作品整体亦显示为一个抽象结构，因为它显然属于一个社会历史时期。此后，我们将面对一些异质整体，一方面包括由某种和谐审美意志主导的种种言语组织；另一方面包括作家置身其中并以自己作品作为回答的条件总和。此时，阐释循环及其往复运动趋向于与进退法（la méthode progressive-régressive）相融会，萨特（Sartre）在《方法问题》（*Questions de méthode*）中曾把进退法上升为人文科学知识整体化的工具。转向社会条件并没有使阐释学走出自己所擅长的领域，因为在建构范围内，社会条件乃是与自然世界的关系以及人与人之间的关系，而种种建构本身亦是人类意志的作品，使人类意志外化为客观形式。这一层面出现了一些晦暗且非人为的真实，如需要，如暴力，作品及其艺术美无法一下子向我们揭示出来，但却并非纯洁无染。理解性解释大概应该上溯到这一层面。

因此，我们面对一系列临时性整体，每个整体都进入一个更大整体的构成部分行列：整个发展似乎其间只能有不稳定的整体，它们被一更完整之整体吸纳，所相对化。这一扩张运动的所有层面不可能存在同一质量的明确性，尤其不可能存在同样的验证可能性。言语事实具有高度的验证性；文学真实已经稍为逊色；至于可赋予生平事件之意义，更勿谈社会关系中应该登场的他……离开作品层面而进入作品之前的层面，不啻从一已经建立之结构类型（不管作品是否"开放"）而过渡到另一较少确定的类型，介入后一类型的自由度更多；我们从一种明显言语进入另一种不甚明显的言语。无疑，让从作品到社会现实等相继出现的所有层面共处同一文本，即视它们为一个单一文本，以便从中发现到处都呈现为同质的唯一同一言语，其诱惑是很大的。然而，如果说批评家有望统揽一个比文学作品之创作意志实际所及空间更大的空间，那么，他将逐渐失去文本物质性对他的支撑：文本物质性之外，只能是一些预感式整体、理性综合、虚构图景和概念性范式。目标整体的普遍性越大越具体，揭示它的可靠方法越难寻觅。社会整体的情况即如此，显而易见，整个生活—作品都必然位于其中。我们不可能像统揽《恶之花》甚或《人间喜剧》（La Comédie humaine）那样统揽这种社会整体。社会整体只能通过一系列归纳、通过探索而领会；更常见的情况是，它是通过精神的指令即意识形态指令而预先确定的，精神根据赋予人类历史的一般矢量指令性地归诸它某种确定意义。当社会学批评家试图破解建构及社会关系的"错乱话语"时，他有可能失去阐释人的话语的能力：面对某种很难听懂的现实，我们看到他常常代而言之。凡是应该出现最广泛之整体、包容量最广大之真实的地方，我们反倒容易听到来自系统型批评家的最孤独的声音（没有回应的"元言语"）。我们自以为到达循环之终点的时候，又重新回到了起点。科研计划演变成了某种奇怪的游戏，演变成某种不由自主的等待解释的诗。

这里，笔者并不捍卫某种怀疑论，社会和历史也并非不可知。问题在于认识它们的方式，对它们的认识有可能完美地与对文本和作品的认识联系起来，把后者包容进一个共同整体和某种单一意指而不抹杀个性作品之独特价值、独创性品质和唯一的声音。因为，史学和社会学向我揭示了有可能毫无差异地确定千差万别之作品的必要条件：为了追求最广泛的普遍性，我们失去了出发时的种种现象的独特性，而达致许多矛盾现象的公分母。然而，我以为重要的，是两者兼而有之，即公分母以及每部作品中不可简化为公分母、参与矛盾运动的东西，笔者不相信在这点上历史会没有矛盾运动……

正是为了避免视野无限扩大、作品背景深不可测式探索的风险，斯皮策更喜欢停留在作品本身。他知道，期望过分包揽，反容易空手而归。在其后一种方式中，斯皮策更喜欢某种"孤立"批评，密切关注批评对象，拷问对象本身：这样他就保证了与某种言语存在的会面和亲密对话，该言语与其不可捕捉之相异性既比肩而立，又受后者的保护。对接近、对栩栩如生般出场的兴趣使风格学家保持与作品自身之言语关系体系的长期接触。他希望通过分析内在关系而间接分离出作品与外界的关系。从心理和社会脱胎而出的完成作品，其完成形式仍然承载着所有孕育它破土而出的因素，为何不接受这一点呢？作为一个封闭的小宇宙，它散发并控制着关于先前混沌世界的光亮。斯皮策公开宣传歌德的这一观念，并不忘在他生前发表的最后一本文集的序言中，引用《浮士德》的著名诗句：在这篇序言中，他自称是"光明和明晰形式、龙沙笔下世界之美好光明的忠实朋友"……我们毫不奇怪，美好概念一枝独秀，脱离任何规范定义，越来越占据着斯皮策的思想。他脱离了历史主义的风险，却甘愿承受唯美主义的风险。接受"美物寓其宗旨于其美"的观念，无异于使艺术定义凝滞化，而无视导致任何指意作品选择能最广泛表现使任意形式永恒的各种力量之形式的张力。对于一个不如莱奥·斯皮策那样操心那样灵动的天性而言，面对"艺术作品"凝结的虚假永恒，对形式美的崇拜很可能导致某种错误的休憩态度。

反之，没有人比直面层层扩展、最终无法整体化之整体疆域的批评家不更自信于自己的休憩态度。由永不满足之欲望产生的这种层进运动并非不忠实斯皮策式阐释推出的典范。这种进步是发现差别（否定性）、尽力把其纳入一个更易理解之整体的研究的进步。当我们感到需要克服差别之障碍并还其公正时，阐释循环便延长并扩展自己的半径：因为精神生活既要求差别又拒绝差别。

  一个永无止境的旅程,通过不确定的系列循环,既从自身历史亦从对象历史中呼唤批评视野,这大概就是理解意志所涉足的无终点活动的形象。理解首先意味着我们从来不曾透彻理解。理解不啻于承认,只要人们没有完成自我理解的旅程,所有意指就处于悬空状态。

于日内瓦,1964—1969。

## 【译者简介】

  **史忠义**,男,1951年农历六月十七生于陕西省渭南市临渭区,现为中国社会科学院外国文学研究所研究员,西北工业大学外聘教授。

  【通信地址】北京市海淀区肖家河北京大学教职工宿舍3区15号楼3单元202室 邮编:100091

# 比较文学和比较诗学研究

# "失去"与"归属":论古尔纳《来世》中的共同体书写

中国社会科学院外国文学研究所
■余静远

【摘 要】古尔纳2020年的新作《来世》以第一次世界大战前后的英德在东非的争夺为背景,讲述了殖民和战争对东非社会集体和个体的影响,受殖民和战争的影响,集体和个体经受了巨大的"失去",又在互相帮助下找到和形成新的"归属"和共同体。古尔纳在《来世》中是如何表现共同体这一理念的?《来世》的地理背景或故事中的群体能否或在什么意义上被称为共同体?非洲人意义上的共同体与西方思想史中的共同体概念有何区别?有何超越的地方?本文从以上几个问题入手,结合东西方思想中关于共同体概念的讨论,试图去解读古尔纳在《来世》中的共同体书写。在经历巨大的集体失去和个体失去后,东非岛国的小镇居民齐心协力,互帮互助,一起度过了艰难时刻,建立起新的共同体,重新找到归属。非洲的共同体理念对西方共同体理念有所超越,与西方更加注重个体的共同体理念不同,非洲的共同体中共同体的作用要大于个体,个体对共同体的需求是其生存和发展的必要条件。

【关键词】阿卜杜勒—拉扎克·古尔纳 《来世》 共同体 失去 归属 超越

## "Loss" and "Belonging": the Community in Abdulrazak Gurnah's *Afterlives*

【Abstract】Abdulrazak Gurnah's new novel *Afterlives* published in 2020 is set against the background Anglo German rivalry in East Africa before and after World War I, and it narrates a story about the impact of colonization and war the community and individuals in the East African counties. With the emerging destructive power of colonization and war, the community and individuals have suffered huge "loss", and in the process of regaining stand and strength, they have helped each other to find new "belonging" in the community. How does Gurnah express the idea of community in *Afterlives*? Can the geographical setting or the group in the story can called community? In what sense? What is the difference between the concept of community in African societies and that in Western thought? Based on the above questions, and in view of the discussions of the concept of community in African and Western thought, this paper attempts to interpret Gurnah's writing of community in *Afterlives*. After experiencing huge collective and individual losses, the residents on the East African island counties pulled together to help each other to get through difficult times, reconnecting and building new communities. The community concept in African society transcends the community concept in western thought in that unlike the western community concept which places more emphasis on the individual, the role of the community in the African thought is more important than that of the individual, community for the individual is the essential condition for survival and development.

【Key Words】 Abdulrazak Gurnah  *Afterlives*  Community  Loss  Belonging  Transcendence

引　言

2021年新晋诺贝尔文学奖得主坦桑尼亚作家阿卜杜勒—拉扎克·古尔纳（Abdulrazak Gurnah, 1948— ）的新作《来世》（*Afterlives*, 2020），延续其1994年出版的小说《天堂》的故事情节①，讲述了一群生活在东

---

① 《天堂》的结尾，尤素夫参加了德国殖民防卫军的非洲土著军团。在《来世》中，哈姆扎参军之前的经历与尤素夫十分吻合，由此可见，《来世》中的哈姆扎这一人物就是《天堂》中的尤素夫。

非海岸桑给巴尔岛某个小镇上的人物在非洲第一次世界大战期间的种种选择和遭遇，刻画了一幅详细生动又丰富复杂的人物群像，展现了小镇普通民众在战争期间及战后平凡又伟大的生存经历，同时也反映出战争和殖民对非洲人民的伤害和影响。桑给巴尔岛的某个小镇因为面临印度洋，融会了不同文化、不同信仰、不同种族的群体，在长时间的交融中，形成了相对和谐稳定的秩序。欧洲殖民势力的强力渗透，打破了当地的原生社会结构，毁坏了当地人的家园，也让无数的个体在动荡混乱中经历各种形式的"失去"，不同程度上冲击和考验了小镇人民的生存能力和团结互助意识，他们一起经历这些艰难的岁月，找到新的"归属"，重新建起家园和新的生活。正如评论家缇娜·斯坦纳（Tina Steiner）和玛利亚·欧劳森（Maria Olaussen）所言，"阿卜杜勒—拉扎克·古尔纳经常探究故事连接人们与地理的作用，同时对身份和排斥的区分作用保持足够的关注"①。小说聚焦于这一特殊历史情境下的特定地理空间，刻画了多个群体，如小镇普通民众群体，德国殖民防卫军非洲土著兵群体，德国路德教传教团群体等，他们因为不同的原因而集合在一起，形成不同意义上的共同体。朱迪安奈特·穆驰丽（Judyannet Muchiri）在采访古尔纳时，问过他这样的问题："《来世》中，归属、共同体和家园的主题很突出。你是如何去预想家园，家园这个想法又是怎么体现在小说中的呢？"古尔纳对此的回答是："有很多不同的方式去体验归属和不属于。人们如何看待他们自己作为共同体的一员？人们是如何被纳入其中又是怎么被排斥在外的？共同体属于谁？通常，这些是我在作品中探索较多的主题，也是我在《来世》中提出的问题。"②

共同体③的理念在东西方的文化传统里，有不一样的背景起源和目

---

① Tina Steiner & Maria Olaussen, "Critical Perspectives on Abdulrazak Gurnah", London: *English Studies in Africa*, (2013) 56: 1, pp. 1–3.

② https://africainwords.com/2021/03/26/qa-with-abdulrazak-gurnah-about-latest-novel-afterlives-these-stories-have-been-with-me-all-along/ ［2021–11–10］.

③ 此处共同体对应的英文是"community"，与这一概念有紧密联系的概念还有"communalism"（社群主义）、"collectivism"（集体主义），二者相对的概念都是"individual"。在本文中，对非洲的共同体、社群主义和集体主义的概念不做区分。

的指向。西方思想史上最早的共同体理念可以追溯到古希腊的城邦共同体或伦理共同体，意指具有共同利益和共同伦理价值取向的个体聚合起来形成的共同的生活方式。随着社会的发展，后世的思想家不断衍生共同体的司法、政治、伦理、经济等多重维度的内涵，但此概念的核心仍在于共同体成员之间所拥有的共同目的和共同利益。在东方，尤其是非洲国家，共同体的理念主要体现为非洲社群主义，即非洲传统思想中的集体主义。在传统非洲社会中，共同体的思想是其社会运转的核心，一个人只有凭其社会身份，才能被看作是可定义的。这是非洲社会社群主义的主要特征。[①] 本文结合东西方世界关于共同体概念的讨论，试图解读古尔纳在《来世》中的共同体书写。在经历巨大的集体失去和个体失去后，东非岛国的小镇居民齐心协力，互帮互助，一起度过了艰难时刻，建立起新的共同体，重新找到归属。非洲的共同体理念对西方共同体理念有所补充和超越，与西方更加注重个体的共同体理念不同，非洲的共同体中共同体的作用要大于个体，个体对共同体的需求是其生存和发展的必要条件。

## 一 集体失去和个体失去

《来世》的故事背景是第一次世界大战前后的德属东非。19世纪末20世纪初，德意志帝国工业和经济发展迅速，把侵略他国视为传播文明和促进种族进步的运动。1884年德国在东非殖民，建立德属东非，并于1886年和1890年先后宣布坦噶尼喀和卢安达、乌隆迪为其"保护地"。第一次世界大战，英德两国在此交战，当时参战的主力却是在非洲当地各个殖民地征召的雇佣军。在这场战争中，非洲损失大量人口，无数家园被毁，成千上万的人背井离乡，流离失所。古尔纳在小说中毫不留情地详述了德国殖民势力的残酷和暴行，以及殖民统治和战争对当地集体和个体的重要影响。"古尔纳在《来世》中探索各种不同的主题时，失

---

① ［美］K. 韦尔都:《我们这个时代的非洲哲学》，朱慧玲译，《世界哲学》2017年第2期。

去这个主题是非常突出的。"① 在《来世》中，这种失去体现在两方面，第一是集体层面的失去，表现为家园被摧毁，土地被践踏；第二是个体层面的失去，主要表现为小说中各主要人物生活的错位，他们为生活和环境所迫，背井离乡，流离失所，无依无靠。

对非洲这片土地上的人而言，跟随欧洲人的入侵一起而来的必定是战争和征服。德国殖民防卫军锻造了一支非洲雇佣军团，名为阿斯卡利（Askari）。这是一支经验丰富、杀伤力极强的军队，成员多为在当地征召的非洲人。阿斯卡利为自己恶毒的名声感到骄傲，德国人也极为依仗这支生力军。德国宣布他们对东非各国的统治和管理所有权后，多地爆发了暴动和起义事件，而德国对此的回应，无一例外，均是军事镇压。维斯曼上校和阿斯卡利军团先是镇压了布希里起义（Bushiri Uprising）；三年后，又去南方镇压瓦合河起义（Wahehe Uprising），经过八年的战争，他们终于征服了瓦合河，"让他们忍受饥饿，最后粉碎和燃烧了他们的抵抗"②。胜利后，德国人砍下了瓦黑族领袖姆克瓦瓦的头颅，并把它作为战利品送到了德国。在声势最为浩大、反抗最为强烈的马及马及起义（Maji Maji Uprising）中，非洲人付出了巨大的代价。此次起义从林迪河开始，蔓延到坦噶尼喀的南部和西部的乡村和城镇，起义持续了三年。德国殖民军队越发残酷无情。德军司令部认识到单靠军事手段无法击败叛乱，于是开始用饥饿迫使人民屈服，"他们焚烧村庄，践踏田地，掠夺粮食储备。非洲人的尸体被遗弃在路边的绞刑架上，周围的风景被烧焦，人心惶惶"③。

而在第一次世界大战中，英德两国在非洲战场的厮杀更是进一步摧毁了当地非洲人赖以生存的家园，带走了数不清的非洲生命。小说以主要人物之一哈姆扎的视角直接正面经历和描写这场战争：

---

① https://africainwords.com/2021/03/26/qa-with-abdulrazak-gurnah-about-latest-novel-afterlives-these-stories-have-been-with-me-all-along/［2021－11－10］．
② Abdulrazak Gurnah, *Afterlives*, London: Bloomsbury Publishing, 2020, p. 19.
③ Abdulrazak Gurnah, *Afterlives*, London: Bloomsbury Publishing, 2020, p. 30.

>他们被他们一无所知的军队屠杀：旁遮普人和锡克人，方提斯人和阿肯人，豪萨斯人和约鲁巴斯人，孔戈人和卢巴人，所有为欧洲人作战的雇佣兵，德国人和他们的殖民地防卫军，英国人和他们的国王的非洲步枪队，皇家西非边防军和他们的印度部队，比利时人和他们的公共部队。此外，还有南非人、比利时人和一群其他欧洲志愿者，他们认为杀戮是一种冒险，且乐于为征服和帝国的伟大机器服务。①

这些残酷无情的战争对东非这片区域造成了灾难性的后果。在东非战役过程中，有75万至100万非洲人被迫充当搬夫，大约有五分之一的人死去，绝大部分是由于疾病。随着战争的进行，由于家畜、庄稼和年轻男人被征用，地方经济破坏严重。焦土战术被交战双方普遍使用。村庄被烧毁，庄稼在收获之前被付之一炬，出现了长期的粮食短缺，死亡的人数难以估计，但肯定要以成千上万来计算。战争岁月里，萌芽状态的殖民地经济遭受了严重挫折，非洲大陆处处感觉到了经济困难。总而言之，战争给千百万非洲人带来的是社会和经济的严酷。非洲社会和集体遭受了巨大的损失，同时，个体也因为家园被毁，或背井离乡，或被迫参军，也在经受一次次的失去。

在个体失去的层面上，《来世》这部小说中的几个主要人物，几乎都在经历着失去。故事有三个主要男性人物：哈里发、伊利亚斯和哈姆扎，他们互相皆有联系。哈里发是第一个出场的主角。哈里发的父亲出生于印度古吉拉特，靠着读书改变命运，来到东非的庄园做记账员，娶了非洲当地的女人做妻子。哈里发是独生子，印度父亲对他有很高的期望，从11岁时就送他去私人先生家里学习英语、记账和数学，学成后在远离父母的沿海小镇为印度家族两兄弟开的银行工作，后来又到当地商人阿穆·拜阿沙拉的手下工作。父母双双病逝后，他觉得自己——

---

① Abdulrazak Gurnah, *Afterlives*, London: Bloomsbury Publishing, 2020, p. 185.

> 在世上孤零零的，是一个忘恩负义且毫无价值的儿子。他没想到自己会有这种感觉。生命中的大部分时间他都远离父母生活，先是与师傅一起，然后又是和银行兄弟，然后和商人阿穆，而且对于自己对父母的忽视一点也不觉得懊悔。他们突然离世就像一场灾难，一场对他的审判。他在一个不是自己的家乡的小镇上过着一种无用的生活……①

伊利亚斯，小的时候因为家里生活条件实在太差而离家出走，在路上被德国殖民地防卫军诱拐，被德国军官送到一个德国庄园，被庄园主养大，长大后他回到自己的村庄去寻找父母亲人，发现父母已经去世，只剩下一个妹妹。当第一次世界大战开始时，他加入了与英国对战的德国军团。第三个主角哈姆扎还是个小男孩的时候，就被父母卖掉，在这个过程中失去了家人，主动参加了德国军队，战后又孤身一人回到小镇，没有家人也没有朋友，一切要重新开始。小说中的主要女性人物有阿莎和阿菲娅，也生活在不断地失去中。阿莎一家被舅舅欺骗，失去了房子和监护权，被舅舅当作礼物"送"给了哈里发。新婚之初，她一连流产了三次；阿菲娅幼时父母相继去世，被送到隔壁村的养父母家，被伊利亚斯接回或又被他抛弃，最终落脚在哈里发家。

小说中的每个人物都经历了失去，都在不同程度上经受了一定的心理创伤。有的人无法化解失去和创伤带来的怨恨，比如阿莎阿姨，而有的人即使亲身经历战争的残酷，深陷在可怕的噩梦中，也还是可以向前看，比如哈姆扎。通过小说中的这些主要人物以及那些与他们共同生活的群像人物，对那段艰难时期的不同记述浮现出来。所有的人都在经历失去，即使是远道而来的德国军官也不例外。集体和个人要如何去面对和接受这种失去，也是这部小说的主旨之一。个体的失去叠加起来，对更广泛的共同体来说，就是更为巨大的失去，但这巨大的失去也从另一方面表明了这些人走到一起的必要和意义。在巨大

---

① Abdulrazak Gurnah, *Afterlives*, London: Bloomsbury Publishing, 2020, p.27.

的集体失去和个人失去中，人们可以重新建立或加入共同体，重拾生活的希望。哈姆扎的故事很有代表性。哈姆扎恢复行动能力后，回到了他参军之前生活的小镇，想要找份工作糊口，可是战后的小镇经济凋敝，没什么工作机会，最终他被商人的儿子纳舍尔留下来看守仓库，得知他无依无靠，身无分文，哈里发给他提供一间小小的偏房暂住。渐渐地，他取得这两人的信任，并和阿菲娅产生了爱情。在艰难的条件下，他们的爱情开花结果。在这个过程中，哈姆扎也一步一步地融入了这个共同体中。

## 二 归属：什么是共同体，何种意义的共同体

在战争、错位和动荡的背景下，在集体和个体都面临巨大失去的情况下，东非岛国小镇上的居民们要如何背负着伤痛的记忆继续生活下去呢？对此，古尔纳给出的答案是，要依赖共同体。那么，什么是共同体，它的标准是什么，它对个体的生存和发展又有何种影响呢？古尔纳在《来世》的故事中所刻画的群体是否或者在什么意义上被称为共同体呢？

先来看看西方思想家对共同体的界定。德国社会学家滕尼斯（Ferdinand Tönnies，1855—1936）在《共同体与社会：纯粹社会学的基本概念》（*Gemeinschaft und Gesellschaft：Grundbegriffe der Reinen Soziologie*，1887）一书中对共同体的认定是，拥有共同特质和相同身份的群体关系，建立在自然基础之上，在共同的生活方式、历史语境、文化背景和思想经验中形成的联合体，身处其中的成员有着相同的本能和习惯、有着深厚的情感联结。每一个个体都平等且自愿地生活在共同体之中，相互认同、互帮互助、和睦共处。滕尼斯认为共同体有三种基本的形式：血缘共同体、地缘共同体和精神共同体。血缘共同体作为行为的统一体发展为地缘共同体，地缘共同体直接表现为居住在一起，而地缘共同体又发展为精神共同体，作为在相同的方向上和意义上的纯粹的相互作用和支配。因此，可以观察到这些原始的方式的各种很容易理解的名称相互并

存：1. 亲属；2. 邻里；3. 友谊。① 英国文化学家雷蒙·威廉斯（Raymond Williams，1921—1988）认为共同体可以用来描述现存的关系，或其他可能的关系。② 在这样的基础上，齐格蒙特·鲍曼（Zygmunt Bauman，1925—2017）进一步指出，共同体是一个"温馨"的地方，一个温暖而又舒适的场所，它就像是一个家（roof），在它的下面，可以遮风避雨；它又像是一个壁炉，在严寒的日子里，靠近它，可以暖和我们的手……可能也有争吵——但这些争吵是友善的，争吵只是因为，我们都在试图使我们和睦友爱的关系比以往任何时候都变得更好，更加快乐。③ 总而言之，在西方思想史上，共同体是一个非常复杂的概念，在不同的历史语境下含义不断发展演变，但共同体一词的内涵有几个稳定的核心要素：一是共同性，共同体中的个体都有着某些共同特质，因为共同利益或追求共同体的善而聚集成一个集体；二是个体价值的彰显与集体利益的实现；三是情感认同，共同体中的每一个个体都有着相似的情感结构、文化习俗与生活方式，共同体被视为能给人们带来情感上的归属感与自我认同感的家园般温馨的场所。

再来看非洲思想中的共同体理念。在非洲文化传统中，个人是不能够独立于集体之外生存的。个体依存于共同体，这是非洲特有的共同体观念，"非洲现代民族文化注重集体主义或集体民族意识"④。非洲社群主义和乌班图精神（Ubuntu）在非洲传统社会中非常普遍，南非大主教德斯蒙德·图图（Desmond Tutu，1931—2021）对乌班图思想进行了深刻的阐述："非洲人有个叫乌班图的东西，也是人类的本质。它将是非洲人贡献给世界的礼物之一。它包括友善、关怀他者，宁愿为了他人而多走多余的路的精神。我们坚信，一个人是通过另一个人而成其为人的。

---

① ［德］斐迪南·滕尼斯：《共同体与社会：纯粹社会学的基本概念》，林荣远译，北京大学出版社2010年版，第65—87页。
② Williams, Raymond, *Keywords: a Vocabulary of Culture and Society*, Oxford: Oxford University Press, p. 40.
③ ［英］齐格蒙特·鲍曼：《共同体：在一个不确定的世界中寻找安全》，欧阳景根译，江苏人民出版社2003年版，第5页。
④ 宋瑞芝：《外国文化史》，湖北教育出版社1994年版，第1319页。

我的人性，在你们那里紧紧相连，密不可分。当我使你失去了人性，我也便失去了人性。孤独的个体（Solitary individual）是一个自相矛盾的术语。因为你的人性在你所在群体，并属于它，因此，你需要致力于共同的善。"① 非洲人认为，只有在社区中，个人的生命才有真正的意义。换句话说，不是作为一个孤立的个体生活，而是在与社区其他成员的相互作用中，个人可以希望实现他的生活中的社会愿望。

　　从上述的梳理可以看出，在西方的共同体概念中，重点是个体，个体为了获得利益、道德或情感方面的利益而形成的利益、伦理和情感共同体；而在非洲思想的共同体中，共同体的作用大于个体，个体不得不依靠共同体而生活。在这样的思想史背景下，我们来逐一分析《来世》中的几个共同体。

　　在《来世》中，古尔纳刻画了多个群体，其中最主要的三个是德国路德教传教团、德国殖民防卫军非洲土著兵团和小镇普通民众群体。以西方思想史上共同体的标准而言，很明显，因为共同的利益追求和共同的目标信仰，传教团群体形成了一个共同体。而防卫军群体和普通民众群体的情况则要更复杂一些。防卫军群体其实由两部分人员组成，少数的上层管理者是德国军官和士兵，大部分的普通士兵及大量的搬运者是非洲当地人。德国军官和士兵们共享共同的种族、文化、信仰和目标（即打败英国军队，征服非洲人），而军队里的非洲当地人士兵和搬运者们却并不与德国军官和士兵们共享这些，他们更多的是因为懵懂无知或无路可走（搬运工则是被迫的）才加入德国军队，虽然，个别非洲兵在情感上也能够认同和支持德国人的行为，例如故事的主要人物伊利亚斯，但大部分非洲士兵对战争的理解是懵懂的。因此，从任何意义上的共同体而言，防卫军群体都不能被称为共同体。

　　再来看小说重点刻画的小镇普通民众群体。这一群体的组成人员背景各异，文化、信仰，甚至种族都有差异，它是否能构成共同体呢？从

---

① Desmond Tutu, *No Future without Forgiveness*: *A Personal Overview of South Africa's Truth and Reconciliation*, London: Doubleday Publisher, 1999, p. 22.

西方共同体概念中构成共同体的三个核心要素来看，这一群体确实可以被称为共同体。其一，他们的共同性在于地理意义上的集聚，共享同一时空和文化语境；其二，在个体和共同体的关系中，个体的生存和发展因为共同体而有所保障，而共同体的兴亡也受到个体发展的影响；其三，在这个群体中，他们共享相似的情感结构、文化习俗和生活方式，处在其中的人能感受到情感上的归属和回归家园的温馨。因此，在滕尼斯、鲍曼和威廉斯对共同体意义的界定上，无论是从生活方式、历史记忆、文化背景，还是从价值认同、情感连接和家园般的场所等方面，小镇的民众群体可以被认为是一个稳定的共同体。

尽管小镇的民众群体符合西方思想史中对共同体的划分和界定，但从西方和非洲思想中共同体的区别来看，这一群体的特征明显与非洲传统文化中的社群主义和集体主义更为贴合。这里以小说中几位主要人物为例。哈里发是印度人和非洲人的混血后代，在漂泊无根、形单影只的境况下，选择与阿穆结姻，在小镇上定居下来，"哈里发同意了这个安排，因为他不能拒绝，因为他对此渴望"①。这说明，作为个体存在的哈里发，在失去父母、失去家园的时刻，就失去了生活的动力和价值，他不得不依靠着加入共同体来彰显自己作为个体的意义和价值。也就是说，与阿莎结婚正是他社会化的开始，通过结婚，他才得以与庞大的亲属关系形成一种深厚的情感纽带，他的人生才得以与一个共同体绑定在一起。也正是因为他深刻地理解非洲社会的这一特点，他对待任何的外来人员，都非常友善热心，不遗余力地去帮助别人选择或加入共同体当中。当外人伊利亚斯来到小镇工作时，哈里发主动让他融入自己的日常聚会中，并在伊利亚斯不情愿回到出生的地方寻找父母家人的时候，劝说他，"你应该去……去看看你的家人……那是你的家，而且你的家人始终是你的家人，不管你怎么想"②。当哈姆扎来到小镇时，也是哈里发主动给他钱、为他提供栖身之地，并且在不完全了解他的来历的情况下，带他

---

① Abdulrazak Gurnah, *Afterlives*, London: Bloomsbury Publishing, 2020, p. 28.
② Abdulrazak Gurnah, *Afterlives*, London: Bloomsbury Publishing, 2020, p. 56.

回家，制造机会让他和阿菲娅相处。哈姆扎战后孤身一人回到小镇，没有家人也没有朋友，一切要重新开始。他去镇上的清真寺，"为了陪伴……为了和很多人在一起的感觉"①。他极力所寻求的，是一种归属感，而以他当时的情况来看，这种归属感只有宗教可以提供。肯尼亚神学家约翰·姆比提（John Mbiti）在《非洲宗教与哲学》（*African Religion and Philosophy*，1969）中指出，非洲人的宗教在他们那里是作为一个共同体的宗教而并非个人的宗教而存在的。他既属于这个社会的共同体，又属于这个宗教共同体。因此脱离他们的宗教就意味着他脱离他们的社会，自我放逐。宗教与每一个非洲人的生活根基、基础、友谊、安全感等全都息息相关，只有在这个宗教共同体中他才能找到归属感。②

因此，尽管也符合西方思想中对共同体的界定，但古尔纳在《来世》中刻画的小镇社会和群体生活显然更符合非洲传统思想中的共同体。

## 三 非洲共同体对西方共同体理念的超越

至于产生于不同思想背景的共同体孰优孰劣的问题，古尔纳在小说中已经给出了答案。伊利亚斯和哈姆扎两个人不同的选择和结局足以说明这一点。

伊利亚斯身为非洲人，家乡被德国殖民者占领了，但抚养他长大送他接受教育的德国庄园主对他而言就像父亲一样，"他对我而言，就像是父亲，那个男人"。③ 他对德国殖民者的态度是极力拥护支持的，"德国人是有天赋且聪明。他们知道如何组织，他们知道如何作战。他们想到一切事情……最重要的是，他们比英国人更友善……"④ 第一次世界大战爆发时，他毫不犹豫地丢下刚找回的妹妹，加入了德国军队，以至

---

① Abdulrazak Gurnah, *Afterlives*, London：Bloomsbury Publishing, 2020, p.318.
② John S. Mbiti, *African Religion and Philosophy*, New York：Anchor Books, 1970, p.135.
③ Abdulrazak Gurnah, *Afterlives*, London：Bloomsbury Publishing, 2020, p.142.
④ Abdulrazak Gurnah, *Afterlives*, London：Bloomsbury Publishing, 2020, p.79.

于他的朋友们都大叫，十分不理解他的行为，"你疯了？这跟你有什么关系？……这是两个凶狠残酷的入侵者的事情，他们一个正统治着我们，一个在北边虎视眈眈。他们正在为谁应该一口包吞我们而作战。这与你有什么关系？你竟要去加入一个以残酷和暴力而闻名的雇佣军队"。① 最终，在小镇生活和德国之间，伊利亚斯选择了为德国而战。思想上完全西化、支持德国的非洲士兵伊利亚斯，抛弃了在小镇的生活和共同体，投奔他眼中更大的共同体，即德国的殖民统治，以及后来战争结束后，他奔向的德国社会，而后却被德国社会抛弃甚至作为战犯进行审判。而哈姆扎，同样受到德国人的友好相待，在军队中，德国军官对他很是青睐，甚至亲自教他学德语，与他同寝。他被砍伤后，德国军官把他带到德国传教所里疗伤，德国牧师和传教所的人员对他精心照料，满心期待他能改信基督教，"他知道帕斯卡在干什么，拯救他的生命的同时，也在为拯救着赢得他的灵魂"。② 哈姆扎却还是选择回到了小镇，回到了自己的文化和宗教共同体中去，并最终获得了归属。

非洲哲学里非常尊重人的社会性，即一个人之所以为人，是因为他存在于与他人的关系之中，只有在与他人的关系中才体现出来，即个人的存在只能在与他人的关系中实现，因此大方、平和、谦卑、尊重他人是人的优秀品质。这种重视相互关系或社群关系的原则与西方社会强调独立、自由、控制、自信、独特、自我表达等不在乎他者存在的行为方式的哲学有很大区别。非洲人的"和谐"是"通过集团内部的紧密和同情的关系来达到的"。③ 非洲关于和谐的哲学中没有等级概念，主要是两个主题：人的相互依存和对他人的同情与帮助。④ 这与西方共同体理念中非常强调个体的自由和重要性有所不同，非洲人更为强调共同体中的集体部分，强调个人的社会性质，强调个人之间的互相帮衬扶持和团结

---

① Abdulrazak Gurnah, *Afterlives*, London: Bloomsbury Publishing, 2020, p. 151.
② Abdulrazak Gurnah, *Afterlives*, London: Bloomsbury Publishing, 2020, p. 259.
③ Thaddeus Metz, "Values in China as Compared to Africa: Two Conceptions of Harmony", Hawaii: *Philosophy East and West*, Vol. 67, No. 2, April 2017, pp. 441–465.
④ Thaddeus Metz, "Toward an African Moral Theory", New Jersey: *Journal of Political Philosophy*, Vol. 15, 2007, pp. 321–341.

友爱。只有依附于他或她的共同体，个人的生命才会被认为有意义或有价值。在战争、动荡和迷惘的时候，个人尤其需要他人的支持来度过生命中艰难的时刻。小说中的伊利亚斯为了追求自我个体的自由和发展以及文化思想上对德国社会的认同，抛弃了自己的共同体，却并不被德国政府和社会接受。而留在小镇上的哈里发、阿菲娅和哈姆扎，依靠着强大的共同体，度过了最困难的时期，且给小伊利亚斯提供了一个稳定温暖的家园和归属。共同体的存在比其任何个体成员的存在更重要。在很大程度上，共同体是集体利益的保障，一个人只有依附于自己的共同体才能得到安全保障。哈姆扎的例子充分证明了这一点，在哈姆扎回到小镇上时，哈里发曾先后四次问他这个问题："你来自哪里？"第一次是在纳舍尔同意哈姆扎留在他的店铺工作时，哈里发第一次跟哈姆扎见面，问了他这个问题，后者并没有给出回答；第二次发生在同一天，哈里发再一次发问："你是一个外来人吗？……你来自哪里？"哈姆扎依旧没有回答；第三次是哈里发发现哈姆扎在仓库里过夜，继续问他："你来自哪里？"随后把自己家的一间地下室给哈姆扎暂时安身；在哈姆扎想要娶阿菲娅时，哈里发又严肃地跟他进行了一场谈话，"你需要告诉我你来自哪个家族，这样就能确保不会造成任何伤害……这不是开玩笑……我们需要彻底了解你，这很重要……你可以是任何人"。[1] 家族是非洲社会的支柱，没有一个非洲人不知道他的家族，非洲的社会纪律和社会结构都遵循着清晰明了的家庭结构。

同时，在非洲社群中，个人也被视为一个独特的存在，非洲的共同体概念并不妨碍个人的发展或阻碍个人的主动性和自力更生。恰恰相反，个人的生命被视为拥有巨大的价值。这一点在阿菲娅的身上体现得尤为明显。作为生活在东非岛国小镇上信仰穆斯林的女性，阿菲娅不仅要承受外在殖民和战争的迫害，以及非洲男权社会规范对女性的压力，还要承受来自女性长辈阿莎对她的猜忌和限制。在她年满十八后，阿莎不仅严格限制她外出的服装，还要阿菲娅向她详细报告出行的行程和事项，

---

[1] Abdulrazak Gurnah, *Afterlives*, London: Bloomsbury Publishing, 2020, pp. 421–422.

尽量减少阿菲娅和外人的接触；还非常积极主动地张罗，要把阿菲娅嫁给比她年长很多的男性作为第二任、第三任妻子。幸运的是，阿菲娅机智又勇敢，加上哈里发对她的呵护照顾，她得以顺利地和哈姆扎成婚。他们两人的恋爱部分是书中十分难得的浪漫温情片段。阿菲娅想要自由，也想要对自己的人生拥有决定权，但这并不意味着她对共同体的叛变，相反，她对自由和自主的追求都能在共同体中实现。在非洲社群文化中，个人和共同体之间并非对立，而是相互成就的关系。

## 结　语

《来世》讲述了殖民战争以及战争给人们带来的巨大"失去"，但它同时也讲述了普通民众如何找到"归属"，通过共同体重建新生活。通过家人的支持和朋友的善意，大家互相帮助互相扶持，一起克服困难，共同经受殖民和战争带来的失去，重新在共同体中找到生活的价值和意义，《来世》高度赞扬了共同体的存在价值和作用。这个共同体根植于非洲传统思想和传统社会，与西方极其注重个体自由和价值的共同体理念相比，更加突出了个体对共同体的需要和依赖。在这一点上，非洲的共同体理念补充或者说是超越了西方的共同体理念。非洲的共同体强调个体与他人的关系，强调友善、互助、和谐，正如古尔纳在接受采访时所言："我的兴趣不是写战争或殖民主义的丑恶。相反，我想确保战争和殖民主义发生的背景被理解。而在那个背景下的人们是完整存在的人。我想展示那些在战争和生活中受伤的人是如何应对这些情况的。通过故事中意想不到的善意，我想表现出人们善良的潜力，有时环境也能从我们身上获得这种善良。"①

在当前这个充满挑战也充满希望的时代，各国的联系、依存和利益关系休戚与共，无论是对人类、对国家社会还是对个体而言，共同体的

---

① 参见 https：//africainwords.com/2021/03/26/qa-with-abdulrazak-gurnah-about-latest-novel-afterlives-these-stories-have-been-with-me-all-along/［2021－11－10］。

价值都不言而喻,尽管东西方思想中对共同体理念的侧重点有所不同,但人类渴望归属于某种共同体的需求是普遍且正当的,且整个人类大家庭就是一个人类命运共同体。习近平总书记提出,"人类是一个整体,地球是一个家园。任何人、任何国家都无法独善其身。人类应该和衷共济、和合共生,朝着构建人类命运共同体方向不断迈进,共同创造更加美好未来"①。构建人类命运共同体,不是要以某一特定的制度、文明和思想为主,而是需要取长补短、求同存异和开放包容。古尔纳《来世》中的共同体书写虽未达到这种全球视野的高度,但其中蕴含的共同体意识,尤其是非洲思想中的共同体意识,对目前外国文学界以西方文学和思想研究为中心的趋势有所补充和平衡。

【作者简介】

**余静远**,北京大学文学博士,中国社会科学院外国文学研究所编辑,主要从事文学与思想史、英美文学与非洲英语文学等研究。

【通信地址】北京市东城区建国门内大街 5 号　邮编:100732　电话:13521637127　邮箱:yujingyuan@ cass. org. cn

---

① 2021 年 10 月 25 日,习近平在中华人民共和国恢复联合国合法席位 50 周年纪念会议上的讲话。

# 声画之间：
# 跨媒介视角下《世间的每一个清晨》的电影改编

首都师范大学
■李鉴夏

【摘　要】《世间的每一个清晨》（*Tous les Matins du Monde*）是法国作家帕斯卡·基尼亚尔（Pascal Quignard）于1991年创作的小说，同年法国导演阿兰·柯诺（Alain Corneau）执导同名电影并搬上银幕，2019年由余中先先生翻译为中文，广西师范大学出版社出版。本文试图探寻小说语言与电影语言呈现同一主题意象时的关系与差异。首先以圣科隆布先生和王宫说客的冲突为例分析小说语言特征，为电影的镜头语言定下基调，并着重阐释这一片段中的意象"手"。其次，联系小说和音乐、古希腊俄耳甫斯神话，分析作者的音乐观，并从光影和色彩的角度来分析电影视听语言。最后探讨故事和话语之间的相互影响，以及表达质料的变化对读者理解内容的影响。

【关键词】法国文学　电影改编　帕斯卡·基尼亚尔

## Between Sound and Picture: The Film Adaptation of "Tous les Matins du Monde" from a Cross-media Perspective

【Abstract】*All the Mornings of the World* ( *Tous les Matins du Monde* ) is a novel written by French writer Pascal Quignard in 1991, film directed by French director Alain Corneau in the same year, its Chinese version translated by Yu Zhongxian and published in 2019 by Guangxi University Publishing. This paper attempts to explore the convergence and divergence between literature and film when they present the same theme. The first part analyzes the linguistic features of the novel, which sets the tone for the film's camera language, with the example of the conflict between Mr. St. Colombo and abbe Mathieu and attention on "hand" in this sequence. The second part analyzes the author's view of music in relation to novel, music and myth of Orpheus, and examine the audiovisual language of the film from the perspective of light and color. The last part discusses the interaction between story and discourse, and the impact on the reader's understanding.

【Key Words】 French Literature　Film Adaptation　Pascal Quignard

## 一　行动和情绪：小说的语言特色和电影的镜头语言

《世间的每一个清晨》这部小说的语言风格奠定了电影的基本风貌。在深入分析电影改编的具体细节之前，应先关注基尼亚尔这部小说的语言特征。小说中设置了一位"沉默的古提琴英雄"——圣科隆布先生，他高超的古提琴演奏技艺和精彩的即兴曲引来王室注意，国王急切地想要亲耳聆听圣科隆布先生演奏。可惜圣科隆布先生严词拒绝了宫廷的盛情邀请，与前来劝说的马太院长发生激烈的言语交锋：

> Monsieur de Sainte Colombe fit tourner la chaise et la brisa sur le manteau de la cheminée, en hurlant de nouveau[1]（德·圣科隆布先生一把翻转手中的椅子，狠狠地砸在壁炉台上，又一次怒吼道[2]）

---

[1] Pascal Quignard, *Tous les Matins du Monde*, Gallimard, pdf, Chapitre V, page 11.
[2] [法]帕斯卡·基尼亚尔：《世间的每一个清晨》，余中先译，广西师范大学出版社2019年电子版，第15页。

Monsieur de Sainte Colombe poussait des «Ah!» sourds pour reprendre souffle, les mains sur le dossier de la chaise. Toinette dénoua ses doigts et ils l'assirent①. (德·圣科隆布先生连连发出嘶哑的"啊!"声,等着缓过气来,双手依然搭在椅子背上。多娃萘特掰开他的手指头,摁住他让他坐了下来②。)

　　王宫说客遭到拒绝后,态度越发强硬,进一步激化了矛盾,圣科隆布先生接下来的动作(fit tourner, brisa, en hurlant, poussait)强化了他的偏执和易怒,女儿多娃萘特的动作说明了她父亲手指抓住椅子之用力,进一步通过细腻的人物动作来表现她父亲的愤怒。除此以外,小说中少有对圣科隆布先生直接的心理描写,他的内心活动大多是通过如上的动作描写来展现。这种风格赋予了小说语言极强的视觉性,让《世间的每一个清晨》成为一部非常适合跨媒介改编的作品。

　　基尼亚尔曾说这部小说最初就是按照"电影的构想"(l'hypothèse d'un film)来写的。电影忠实于原文风格,延续了小说的语言特征。导演阿兰·柯诺在塑造圣科隆布先生这一银幕形象时,依然保留用演员的行动来表现情绪的方式,而非采用复杂的场面调度来外化角色内心。观看影片的过程中,不难发现影片画面虽然是静止的,而人物是行动着的,构图精巧,形成一种类似油画的风貌。除此之外,为了突出演员的行动,在一个镜头之内摄影机的运动是很有限的,角度和景深也少有变化,进一步为观众放大了演员的行动。

　　以"宫廷说客邀请圣科隆布先生入宫演奏遭拒"这一情节来分析电影的镜头语言。首先是一个仰角短镜头正面拍摄圣科隆布先生,演员身体和画面基本保持水平,居于画面左侧接近三分之一处。在这个镜头中,观众可以很明确地捕捉到圣科隆布先生的表情和手握椅背的动作,演员身体微微晃动,胸口随呼吸起伏,清晰传达了角色此时内心对于王室多

---

① Pascal Quignard, *Tous les Matins du Monde*, Gallimard, pdf, Chapitre V, page 12.
② [法]帕斯卡·基尼亚尔:《世间的每一个清晨》,余中先译,广西师范大学出版社2019年电子版,第16页。

次打扰而产生的不悦（见图1）。

**图 1　摄像机居于圣科隆布先生对面**

接下来的16秒镜头里，两位王宫说客和圣科隆布先生的位置没有改变，摄像机居于圣科隆布先生侧后方，镜头微微仰起。圣科隆布先生在画面前景，身形高大，几乎与画面等高。与之对比的是后景里的马太院长和凯涅先生，二人身形矮小，院长言语激烈，举起手杖（见图2）。

**图 2　摄像机居于圣科隆布先生侧后方**

随后摄像机来到马太院长的身后，这一镜头几乎和上一镜头等长，布置也大多相似，不同的是镜头略显俯视前景的宫廷二人。在这里，观众的视线随摄影机一起聚焦于后景的圣科隆布先生，最终圣科隆布先生表露态度、情绪爆发、砸坏椅子，一一映入观众眼帘，导演成功地把角色内心活动一一传递给观众（见图3）。

图3 摄像机居于马太院长侧后方

遭拒的两位"国王的仆人"自恃宫廷宠臣身份，同样气愤不已。在二人这边，导演首先给予二人一个短暂的仰视镜头来表达他们的骄傲。之后为马太院长设置了一个特写镜头，镜头中马太院长上前一步，面部表情更加清晰，强行让观众注意到他的愤怒和鄙夷（见图4-1、图4-2）。

图4-1 摄像机微微仰视马太院长　　图4-2 马太院长的特写镜头

圣科隆布先生的高超技艺除了表现在吸引王公贵族的注意之外，还表现在谱写并弹奏出"世界上最美妙的旋律"，诸如《地狱》、《孤雏泪》、《卡隆的渡船》和《悲哀之墓》等，这些曲子具有"唤醒死人"的能力，多年来一次次将亡妻的身影重映在他眼前。当年迈的圣科隆布先生再一次用音乐召唤自己的亡妻时，亡妻依然是多年前去世时的样子，未曾变老分毫，妻子看到丈夫的手，注意到圣科隆布先生越发衰老、迫近死亡：

> 她又沉默无语了。她瞧着她丈夫的双手，它们搭在维奥尔琴的红木板上。
> 
> [……]
> 
> "快演奏吧！我正看着您的手在维奥尔琴上渐渐衰老。"
> 
> 他纹丝不动地待着。他瞧着他的妻子，然后，生平之中第一次，或者至少可以说是迄今为止的第一次，他瞧着他那消瘦的、蜡黄的手，确实，上面的皮肤早已是干巴巴的了。他把那两只手伸到眼前。它们打上了死亡的印记，他因此而感到幸福。那些衰老的标志让他觉得靠她更近了，或者说离她的状态更近了。他的心因他所感到的狂喜而猛跳起来，他的手指头微微地颤抖不已。
> 
> "我的手，"他说，"您说的是我的手！"①

手是电影中的一个重要的形象。手是弹奏维奥尔琴的部位，双手弹奏以最自然的方式表达出纯粹的音乐。没有手，高雅的音乐也不复存在。与之相对的是马兰的鞋匠父亲的手：

> 他嫉恨他父亲哼哼的那些或悠闲或放荡的歌谣，嫉恨他的饶舌多嘴，甚至他的善良，甚至还有当一个顾客走进他家店铺时他发出

---

① ［法］帕斯卡·基尼亚尔：《世间的每一个清晨》，余中先译，广西师范大学出版社2019年电子版，第56页。

的笑声和他开的玩笑。少年郎回家的当天，唯一一件在他眼中勉强算得上优雅的东西，是从一支插得很低的蜡烛上落下的像是一根柱子似的一道微光，蜡烛确实很低，比工作台稍稍高一点，比紧握着铁锤或拿着锥子的结满老茧的手稍稍高一点。它给放在货架上或者由彩色小细绳悬吊在空中的那些栗色、红色、灰色、绿色的皮子，染上了一丝微弱的、发黄的色彩。就是在那个时候，他对自己说，他要永远永远地离开这个家，他要成为音乐家，他要为弃他而去的嗓子报仇，他将成为一个著名的维奥尔琴家①。

这个场景没有出现在影片中，而是从马兰的口中以对白的形式出现。这里的蜡烛就在鞋匠父亲的手边，映着父亲粗糙的手和所有制鞋的材料。鞋匠的手和音乐家的手是不一样的，它们虽然都会长茧，但是鞋匠的手还会染上皮子的各种颜色，音乐家的手却可以为国王演奏，赢来金钱和荣耀。在马兰看来，鞋匠的手是肮脏的、粗鄙的，音乐家的手是优雅的、高贵的。手外化了无形的音乐和欲望，也承担了区别地位的作用：

> 马太院长穿着一身黑色的缎子衣服，戴着一个小小的蜂窝状花边皱领，胸前挂着一个大大的镶嵌有钻石的十字架。
> [……] 马太院长，在壁炉前，把他戴着不少戒指的双手，搭在他的那柄带有银把手的红木手杖上。德·圣科隆布先生，在开向花园的窗户前，把他光溜溜的手搭在一把又窄又高的椅子的靠背上②。

圣科隆布先生，一介乡野之人，他把毫无配饰的双手搭在椅子背上，而神职人员是法国国王之下万人之上的一大阶层，马太院长双手戴着镶嵌着奢华珠宝的戒指，搭在银光闪闪的手杖上。在这里他不再是信仰的

---

① ［法］帕斯卡·基尼亚尔：《世间的每一个清晨》，余中先译，广西师范大学出版社2019年电子版，第24页。
② ［法］帕斯卡·基尼亚尔：《世间的每一个清晨》，余中先译，广西师范大学出版社2019年电子版，第14页。

化身，而是权力和财富的象征，这一点与圣科隆布家族的价值观截然相反。一方面是以圣科隆布先生为代表的旧派，坚持过苦行僧一般的生活，认为音乐的最高境界在于至纯至深的感情和欲望。另一方面是以马太院长和学生马兰为代表的新派，着意修炼自己的音乐技巧，主张艺术家也可以通过艺术成就换取现世的金钱和荣耀，最终留名青史。

新与旧之间的碰撞越发强烈，最终表现为圣科隆布先生和马太院长之间的激烈冲突：

"别再跟我费什么口舌，赶快离开我家！要不然，就别怪我把这把椅子砸碎在你们的脑袋瓜上。"

看到她们的父亲把椅子高高地举过头顶，多娃萃特和玛德莱娜不禁吓坏了，她们担心他会失控。马太院长倒并不显得惊惶，一边用他的手杖轻轻地叩着地砖，一边不慌不忙地说：

"您将像一只小老鼠那样，无声无息地死在您那木板房的深处，不为任何人所熟识，然后慢慢地干瘪。"

德·圣科隆布先生一把翻转手中的椅子，狠狠地砸在壁炉台上，又一次怒吼道：

"你们的宫殿比一个棚屋更小，你们的听众还不如一个人来得多。"①

在这一段冲突中多次出现手部特写，圣科隆布先生双手用力抓住椅子、举起椅子、砸坏椅子等动作，准确地将他的愤怒表达出来。他的愤怒来自价值观念的对立，他认为新派艺术家荣誉等身的追求玷污了音乐的本质，因此他说他的小屋大过宫殿。对于圣科隆布先生来说，真正的音乐可以让人从有限的物质世界里超脱出来，甚至摆脱物理意义上的线性时间，短暂地回到过去，从而最大限度地接近无限。

---

① ［法］帕斯卡·基尼亚尔：《世间的每一个清晨》，余中先译，广西师范大学出版社 2019 年电子版，第 15 页。

## 二　神话、音乐和文学：新欧律狄刻的诞生和呈现

提到音乐，就不得不提俄耳甫斯神话。与俄耳甫斯下降至地狱营救自己的妻子欧律狄刻一样，冥途将尽，俄耳甫斯遏制不住胸中爱念，转身确定妻子是否跟随在后，却使欧律狄刻堕回冥界的无底深渊。

基尼亚尔的作品中一大不可回避的主题是探寻原初，可以用一组相同尾韵的词来概括探寻的过程：分离（séparation）和修复（réparation）。分离必然指的是欧律狄刻的消失，在本文中也就是圣科隆布夫人的离世，如果将之放置在基尼亚尔全部作品的语境下，还代表了出生时和母体的分离、童年时学会语言、青春期男性的变声等。这些无法弥合的分离穿插在词和物之间，面对这种分离，个体开始主动修复伤痛，情感和艺术都是追寻原初、弥合缺失的路径。在本文中，圣科隆布先生选择了音乐。

音乐和文学之间的联系一直存在，但更多是指音乐和诗歌的关联，音乐和小说的关联完全无法与之相比。那么为什么要用小说来书写音乐，而非直接用音乐吟唱音乐？首先，基尼亚尔不是作曲家而是作家。其次，他的目的是在文字中探寻音乐原初，"只有视觉能让音乐被听到，只有文学的重建能实现超越"[①]，基尼亚尔重新走过音乐家圣科隆布先生的过去，再用语言把音乐转述出来，把集体记忆的俄耳甫斯神话改编成他个人私有的新神话。基氏的独特书写再度赋予巴洛克音乐价值，让其重回大众视线，贯穿其作品始终的巴洛克音乐也很大程度上影响了他的文学。

联系书中频繁出现的水元素，再类比俄耳甫斯的回溯，这个探寻的过程可以总结如下：被阴霾笼罩的源头和迷茫相连，求之不得的痛苦和海洋相连，连接源头和海洋的河流象征着我们不断回溯过往的欲望。河水侵蚀两岸，让跨越冥河变得更加艰难，但也一定程度上重建了冥河两

---

① Claude Coste, *Les Malheurs d'Orphée Littérature et Musique au XXe Siècle*, édition l'improviste, 2003, p. 144.

岸。在动态的平衡中，实现了生与死、音乐与文学（小说）之间的跨越。

在音乐家冒险旅途中发挥作用的除了水元素，还有挥之不去的阴霾。阴霾作为一重障碍，分割了两个不同的世界，迷乱下降的俄耳甫斯们。但也正是这种障碍，引导了生者的探寻之路。在影片中，圣科隆布夫人踏上小船，在圣科隆布先生倾吐心声时已经驾驶小船悄悄穿过比耶弗河（01：04：57—01：05：47），俨然是一位新欧律狄刻。拥有不老容颜的她，在影片中带着一丝圣洁的光芒，与泥泞世界中物质性极强的马兰·马雷截然对立。俄耳甫斯勇闯地狱，用音乐感动了冥王哈得斯，基尼亚尔笔下的圣科隆布先生深切地怀念亡妻，所以在无人之处弹奏出最美妙的旋律，短暂地召唤出亡妻的身影，让圣科隆布先生重回昔日时光。这一次不是音乐家深入冥府，而是冥府中的魂魄主动上升至人间：

[……]我来是因为您演奏的乐曲令我激动。我来是因为您好心地给我提供喝的，还有一些糕饼可品尝[1]。

对于死亡这一意象，电影选择用光影来表现生命的燃烧殆尽，黄色的光象征着有生命力的、鲜活的人世间的生活，死亡则通常用阴影和蓝色的画面来暗示。影片一开始，圣科隆布先生的朋友身处弥留之际，他为朋友演奏乐曲，送其最后一程（见图5-1）。这时的画面呈现出阴冷的蓝色色调。同样的做法还应用在圣科隆布夫人去世和玛德莱娜陷入疯狂的场景。

圣科隆布夫人拥有不老的容颜、完整的形体、可以沟通，但是无法触碰。这样的形象对于21世纪的人是很好接受的，因为大屏幕上的人物全部如此，也就是说，一定程度上可以认为作者在《世间的每一个清晨》内部再创造了一个电影形象。夫人去世时，蜡烛和蓝色二者结合应用在电影中。圣科隆布先生从去世的朋友处赶回家中，他的夫人已经离

---

[1]　[法]帕斯卡·基尼亚尔：《世间的每一个清晨》，余中先译，广西师范大学出版社2019年电子版，第27页。

**图 5-1 圣科隆布先生为弥留之际的朋友演奏**

世，夫人的最后时刻，他没能陪伴在侧，整个画面被附上一层蓝色。还没有走进房屋内，就看到屋子的各个窗户都是漆黑的，一点光芒从窗口照出，是用人提着灯从二层房间跑到大门处迎接回家的圣科隆布先生，用人止步在大门处，圣科隆布先生看到用人驻足也略作停顿，表明二人都已经明白圣科隆布夫人已经离去了（见图5-2）。

**图 5-2 佣人提灯迎接圣科隆布先生**

另一次蓝色画面的应用,是在圣科隆布夫人第三次造访的时候。有趣的一点是,在第一次、第二次和第四次现身时,圣科隆布夫妇都是出现在棚屋内,画面始终是正常色调。第三次是夫妻二人唯一一次在棚屋外见面,画面转为蓝色(见图6)。或许可以这样理解:圣科隆布夫人亡魂的活力来自其丈夫所建的棚屋内空间,因为她的丈夫建造小屋,在屋内用音乐怀念深爱的妻子,也就成了夫人跨越冥河、到访人间的能量来源;如果远离棚屋,圣科隆布夫人便活力不再。

**图6 圣科隆布夫人在影片中第3次现身**

圣科隆布夫人的身影只有圣科隆布先生才能看到,他从没把这段奇异的经历告诉任何人,无论是他的两个女儿,还是学生马兰,都未曾看见她的身影或听到她的声音。

> 但是,他没有对任何人说起过那次来访。甚至玛德莱娜,甚至多娃萘特,都一无所知[①]。

---

① [法] 帕斯卡·基尼亚尔:《世间的每一个清晨》,余中先译,广西师范大学出版社2019年电子版,第20页。

功成名就的马兰，因为老情人玛德莱娜的死而备尝心悸滋味，他联想到自己的老师也已经年迈，老师手里还握有几首震撼人心的曲子未曾发表，马兰无法阻止老师的生物意义上的死亡，但是通过拯救老师的作品，可以让老师在音乐之道永生。于是他夜访圣科隆布先生的棚屋，趴在门外偷听。马兰能听到老师的声音和叹息，但听不到圣科隆布夫人的声音。小说向读者展示了棚屋内圣科隆布夫妇的完整对话：

"您真不会说话！"她说，"您想做什么，我的朋友？演奏吧。"
"您这般沉默到底在看什么？"
"快演奏吧！我正看着您的手在维奥尔琴上渐渐衰老。"
[……]
"我的手，"他说，"您说的是我的手！"①

而后视点转向马兰，读者的视角即为马兰的视角，读者所知的也是马兰所知的：

随后，维奥尔琴停止了振响，他听见他在对什么人说话，尽管他没有听到回答声。
"我的手，"他说，"您说的是我的手！"还有：
"您这般沉默到底在看什么？"②

正如圣科隆布家的两个女儿一样，马兰也无法感知圣科隆布夫人的存在。与其说是亡妻显现在圣科隆布先生眼前，不如说是亡妻在音乐中得以永存。

为了体现两个女儿和马兰都不知道圣科隆布夫人的到访，影片巧妙

---

① [法]帕斯卡·基尼亚尔：《世间的每一个清晨》，余中先译，广西师范大学出版社2019年电子版，第56页。
② [法]帕斯卡·基尼亚尔：《世间的每一个清晨》，余中先译，广西师范大学出版社2019年电子版，第58页。

运用外景的拍摄方法。圣科隆布夫人第一次和第二次造访都采用这种技巧：外景中先出现了两个女儿在屋外农忙的场景，听见传来的琴声，两个女儿看向小屋，镜头追随她们的视线，从她们的身后拍摄，聚焦于小屋。第四次观众虽无从得知是谁把目光投向小屋，但除此之外的拍摄方法是相同的。

若斯特发展了热奈特的理论，他借用小说叙事角度，根据电影的视听复合性，将电影叙事角度一分为三：所知角度、视觉角度、听觉角度。无论棚屋内外，这两种镜头均采用了内知觉、内视觉、内听觉的角度，将摄影机完全隐藏于棚屋内外的不同角色中。观众从外景中只能接收到声音，但无法窥见屋内情形。屋外外景和屋内特写的切换对应小说中视角的切换。短短几秒钟，两种镜头的转换就把上述小说中的视角转换迁移到电影叙事中。

## 三 作者的改编和读者的理解：音乐性小说的跨媒介再诠释

从文学作品改编为电影的例子屡见不鲜，文学为电影提供坚实的剧本基础，电影为文学注入新的活力。当代法语小说的魅力不绝于纸，还闪耀在大屏幕上。与其说阿兰·柯诺根据基尼亚尔的小说拍摄了电影，不如说是电影主创团队在理解同一故事的基础上，用电影的方式重新讲述出来，这是对原文学文本的一种跨媒介再诠释。正如克劳德·寇斯特所承认的那样，"小说《世间的每一个清晨》［……］因阿兰·柯诺的电影而得到推广"[①]。电影也深深影响了读者对原法语小说文本的理解，比如电影增设了小说没有的结尾。小说止于马兰回宫，也就是说作为读者，无法得知马兰究竟是以怎样的面貌再次回到凡尔赛宫的——他最终转而成了一位真正的音乐家，还是继续做一名彻头彻尾的演奏者？而影片的结尾则提供了一种温暖人心的价值选择：老年马兰为宫廷乐队演奏了老

---

① Claude Coste, *Les Malheurs d'Orphée Littérature et Musique au XXe Siècle*, édition l'improviste, 2003, p. 125.

师的作品，在场所有人泪流满面，他的眼前出现了老师圣科隆布先生的身影，老师请他再演奏一次女儿喜欢的那首曲子。这一幕和老师先前数次用音乐召唤亡妻的场面形成对照，象征着师徒二人的和解。诚然这样的做法也限制了作品阐释的可能性。但总体上，电影主创团队捕捉到小说的音乐主旨和语言特色，并对此多加利用，同时革新电影摄影手法，内容和形式高度融合，二者相辅相成。

对读者而言，理解《世间的每一个清晨》这则当代的新神话，无论是电影还是小说，还意味着需要加入个人过往阅读基尼亚尔其他作品的经验。如果说读者和作者分立在冥河两岸，那么读者回顾过往阅读经验的行为，恰似俄耳甫斯回望身后的欧律狄刻。《世间的每一个清晨》，以及基尼亚尔其他的作品，一边被读者阅读侵蚀河岸，一边由读者阅读重塑河岸，读者也和作者一道，短暂地回到过去，像圣科隆布先生一样遇见过去的自己，用个人所能填补基氏宇宙未尽之意带来的痛苦。这种读者和作者形成的默契组合，未尝不是一种新的未名神话。

## 【作者简介】

**李崟夏**，首都师范大学外国语学院法语系在读研究生，主要研究方向为文学和跨媒介改编。

【通信地址】北京市丰台区马家堡嘉园二里 20－12－501　邮编：100068　电话：18910271076　邮箱：282578303@qq.com

# 论孔子伦理思想的跨时代延异

西南大学外国语学院
■孟凡君

【摘　要】时人论孔，辄以今义揣测古语，跨时代延异难免。是故防止儒学传播失真，将孔子真面示于世人，便成当务之急。本文重点探究孔子伦理思想在汉语文化语境下的跨时代延异。为便于探究，笔者将孔子伦理思想的跨时代延异分类为三：语义性延异、结构性延异与语境性延异。其中，语义性延异可分为歧解语义性延异和文本语义性延异；结构性延异可分为修辞结构性延异和句读结构性延异；语境性延异可分为篇章语境性延异和文化语境性延异。笔者通过分类探析，冀以洞悉避免孔子思想传播失真的途径。

【关键词】孔子伦理思想　跨时代延异

## On Trans-temporal Différance in Confucian Ethical Thoughts

【Abstract】When Confucianism is interpreted in the context of modern Chinese language, there inevitably emerges some trans-temporal différance. Thus it is of great necessity to reveal true Confucianism to the people nowadays without distortion. This article deals with the studies of the trans-temporal différance in Confucian ethical thoughts in the context of modern Chinese language, which, for convenience, has been classified into three categories, namely semantic difference, structural difference, and contextual difference. Of the three categories, semantic difference has been divided into two subcategories: distorted semantic difference and editorial semantic difference; structural difference, into rhetoric structural difference and punctuative structural difference; and contextual difference, into lingual contextual difference and cultural contextual difference. By category studies, it is desirable to hunt for some approaches to avoid the misinterpretation of Confucianism.

【Key Words】 Confucian Ethical Thoughts  Trans-temporal Différance

## 一 引论

21世纪伊始,"孔子学院"各国纷立,标志着"中国儒学国际化"时代的到来,对该文化现象予以关注探究,无疑意义深远。

时人论孔,辄以今义揣测古语,跨时代延异难免。既如此,防止儒学传播失真,将孔子真面示于世人,便成当务之急。

儒学自《论语》滥觞,经历代传扬,良多增益,蔚为大观,若一一肇论,恐不得要领。且时至今日,儒学已出国门,多向发皇,若面面俱到,亦恐力有不逮。有鉴于此,笔者拟选取儒学核心——《论语》中孔子伦理思想——肇论,以达正本清源之功。

孔子伦理思想的传播,同样存在着跨时代、跨文化延异,鉴于篇幅所限,本文探究难以二者得兼,唯执其一可也。既如此,本文探究以孔子伦理思想的跨时代延异肇始。

本文所探究的孔子伦理思想的跨时代延异,主要是孔子伦理思想在汉语文化语境下进行跨时代解读时产生的延异。

## 二 孔子伦理思想的跨时代延异探究

孔子伦理思想,肇于春秋,兴于汉宋,盛于明清,因年月古久,文义雅奥,解之不易,是以注者蜂起,疏者鹜趋,世代承传之际,难免歧解丛生。故欲究其真，不可不留意其跨时代延异。然汉宋以来，各家怀诚执敬，皓首穷经，上自孔子伦理大要，下至《论语》言语句读，无不探隐钩沉，详考琐证，能事毕矣。既如此，笔者似已无须步古人之后尘，拾先贤之牙慧。然孔子伦理思想的跨时代延异，又与其跨文化延异有莫大关联，故为进一步探究铺垫计，本文探究无须逐章逐句而恂恂步趋，唯观其要略可也。

统言之，孔子伦理思想的跨时代延异表现有三：一曰语义性延异，二曰结构性延异，三曰语境性延异。其中，语义性延异可分为歧解语义性延异和文本语义性延异；结构性延异可分为修辞结构性延异和句读结构性延异；语境性延异可分为篇章语境性延异和文化语境性延异。下面将分而论之。

**（一）孔子伦理思想的跨时代延异探究之一：语义性延异**

因年代变迁，《论语》文义颇多流变，致使后人解读，于言义之际多有歧见，是谓语义性延异。该延异分为两类：其一，因汉字本身的多义性，或因汉字的历史性流变而产生的对孔子伦理思想的歧解，是谓歧解语义性延异；其二，因文本编纂、誊录等原因造成的孔子伦理思想的语义性延异，是谓文本语义性延异。其中，孔子伦理思想的歧解语义性延异占有较大比重。

1. 孔子伦理思想的歧解语义性延异

中国文字象形表义，长于入诗而昧于尽理，故古人于"诗无达诂"之际，犹有"书不尽言，言不尽义"之叹。是谓中国汉字的多义性特征。而该多义性特性自然衍生了孔子伦理思想的歧解语义性延异。下面将《论语》例句分别进行个案式探究。

（1）个案探究之一：君子周而不比，小人比而不周

《论语》之"为政第二"章中有言："子曰：君子周而不比，小人比而不周。"今人对该句进行了各异的阐释。且看下列两个现代汉语的译文：

译文一：
君子讲道义上的团结，而不为利害而苟合；小人因利害而勾结，

而不是道义上的团结。①

译文二：
君子待人忠信，但不阿私。小人以阿私相结，但不忠信。②

从以上两个译文可看出，译文一并未译出"周""比"的原意，而唯以今义附会之；译文二的翻译虽然从古，但拘于汉儒注释而非《论语》原语境之意③。

那么，自《论语》原语境角度而言，何谓"周"？何谓"比"？

在中国最古老的辞书《尔雅》或《广雅疏证》中，"周""比"之义渺然无考，然在汉许慎所著《说文解字》中，"周""比"之义方有含混界定：

周，密也。从用口。④
比，密也。二人为从，反从为比。⑤

若从许慎所说，"周""比"皆"密"，恐难判定君子、小人之别。况在先秦文化语境下，"比"字似无贬义。《周易》以"比"设卦，堪为劲凭⑥。然，既然孔子以"周""比"之义喻君子、小人，其中定然有别。别在何处？恐以原语境解读为妥。在《论语》中，除"周""比"之论外，孔子亦曰："君子和而不同。小人同而不和。"（《论语·子路第十三》）该句可与上句比附而解读之。和者，容异而成全也，故荀子曰：

---

① 孔令河、李民：《论语句解》，山东友谊书社1988年版，第8—9页。
② 钱穆：《论语新解》，巴蜀书社1985年版，第36页。
③ 汉儒郑玄在《论语正义》中注曰："孔曰。忠信为周。阿党为比。……夫子恶似是而非。故于周比和同泰骄。及巧言令色足恭乡原。皆必辨之。所以正人心。"（郑玄《论语正义》，第31页）由此可见，钱穆先生译文，实由郑玄注解而出。
④ （汉）许慎：《说文解字》，中华书局1963年版，第33页。
⑤ （汉）许慎：《说文解字》，中华书局1963年版，第109页。
⑥ 《周易》第八卦曰"比卦"，该卦卦辞曰："比：吉。"该卦象辞曰："比，吉也；比，辅也，下顺从也。"另，《周易》"杂卦"传亦："《比》乐《师》忧。"由此可见，在先秦时期，"比"者，比附也，非朋比为奸之谓也。

"君子贵其全也。"(《荀子·劝学》)以此义观之,周者,周全不偏也。同者,盟党而伐异也,故有所偏。以此义观之,比者,偏私也。基于此义,"君子周而不比,小人比而不周"可译如下:

君子周全而不偏私,小人偏私而不周全。

(2)个案探究之二:无友不如己者

《论语·学而第一》章中"无友不如己者"之句,历来多有争论。争论焦点,源于其现代汉译:

译文一:
没有朋友不跟自己友好的。①

译文二:
莫和不如己的人交友。②

译文三:
不要结交不如自己的人。③

该句延异处有三:一是对"无"字的解读;二是对"友"字的解读;三是对"如"字的解读。下面将分解之。

首先,稍有汉语知识者,可知"无"有二义。第一,"无"者,"亡"也,同"没有"之义。如汉许慎《说文解字·第六篇上》中曰:"无,从亡。"第二,"无"者,"勿"④也,"毋"⑤也,同"不要"之义。在

---

① 孔令河、李民:《论语句解》,山东友谊书社1988年版,第3页。
② 钱穆:《论语新解》,巴蜀书社1985年版,第11页。
③ 陈立夫:《四书道贯》,中国友谊出版公司1991年版,第309页。
④ 许慎《说文解字》曰:"勿,州里所建旗,象其柄,有三游,杂帛,幅半异,所以趣民,故遽称勿勿。"(《说文解字》之"第九篇下")由此可见,"勿"像旗形,借为否定之词。
⑤ 许慎《说文解字》曰:"毋,止之也。从女,有奸之者。"(《说文解字》之"第十二篇下")

以上所引三种译文中，译文一所译，从第一义；译文二、三所译，从第二义。故有所异。

其次，"友"之意蕴，古今有异。古人云："同门为朋"（郑玄《论语正义》，第2页），"同志为友"（许慎《说文解字·第三篇下》）。可见"朋""友"微义，古之有别。而时至今日，往往二者并称，以"朋友"统称之。在上引三种译文中，译文一从今称，译文二从古说，译文三则未涉此义。

再次，"如"在汉语中有二义。第一，"如"者，"从随"也。如汉许慎《说文解字·第十二篇下》中曰："如，从随也。从女，从口。"宋司马光亦曰："如：人余切，《说文》从随，往也。"（《类篇》，第451页）第二，"如"者，"似"也，"若"也。如司马光曰："如，……如倨切，似也。……又，乃个切，若也。"（《类篇》，第451页）在三种译文中，译文一似从第一义，而译文二、三从第二义。

总而言之，三家所解，各有所凭，然不免存仁智之见。其中译文一所解，多从今义；译文二、三所解，虽借之以古注，亦不免度之以今义[①]，故不敢确然为训。然孔子真义到底为何？此亦可以孔子原语境推论之。

古之尊者有五：天、地、君、亲、师是也；侪者有四：兄、弟、朋、友是也。大凡古人相交，长者为师，侪者为友。孔子曰："三人行，必有我师焉，择其善者而从之，择其不善者而改之。"（《论语·述而第七》）三人之中，尚可有师，岂可无友？孔子亦曰："朋友切切偲偲。"（《论语·子路第十三》）郑玄解之曰："切切偲偲，相切责之貌。"（郑玄《论语正义》，第298页）既然同志为友，唯有志同道合，方可相互切磋。故孔子曰："道不同，不相为谋。"（《论语·卫灵公第十五》）其辞略异，然其旨大同。

可以断言，"无友不如己者"，实"勿友不若己"之义，非"不跟不如自己者交朋友"之义也。基于以上所论，该句可译为：

---

① 汉郑玄引周公之言曰："不如我者。吾不与处。损我者也。与吾等者。吾不与处。无益我者也。吾所与处者。必贤于我。"（郑玄《论语正义》，第13页）此句中，"不如"似有"比不上"之今义，可为译文二、三译法之凭借。然郑玄所引周公之言，已渺不可考，疑为后人托名伪作。

勿与志向不同者相交。

(3) 个案探究之三：三人行，必有我师焉

孔子曰："三人行，必有我师焉。"(《论语·述而第七》) 今人对该句解读，似乎并无异义，故各家将该句译如下：

译文一：
三个人在一起走路，其中必有人可做我的老师。①

译文二：
三人同行，其中必有我师了。②

译文三：
三个人在一起走，其中一定有人可以做我的老师。③

以上各家译文，皆将"三人行"之"行"译作"行走"之"行"，似有望古文而生今义之嫌。"行"固然具"行走"之义，如许慎《说文解字·第二篇下》曰："行，人之步趋也。"而《尔雅·释宫》则曰："行，道也。"然世易时移，文多假借，是以古人修道，名之曰"道行"；修性成德，曰"德行"；亲身致事，曰"躬行"；品性有亏，曰"无行"。且《论语·述而第七》中，犹有"子以四教：文、行、忠、信"及"躬行君子，则吾未之有得"之言。故此处之"行"，乃"修行""品行""行为"之行，非"行走"之行也。

基于此论，该句可译如下：

三人同修共事，必有一人可以作我的老师。

---

① 孔令河、李民：《论语句解》，山东友谊书社1988年版，第42页。
② 钱穆：《论语新解》，巴蜀书社1985年版，第174页。
③ 俞忠鑫：《白话四书·论语篇》，三秦出版社2003年版，第101页。

(4) 个案探究之四：寝不尸

《论语·乡党第十》言及孔子燕居之容曰："寝不尸。"各家解之曰：

译文一：
睡觉时，不挺着身子像死人一样。①

译文二：
寝卧时，不（直挺着四肢）象个尸。②

译文三：
孔子睡觉时不挺直身子仰卧。③

自今义度之，译文一、二似乎皆通，然自古义训之，两句言义均有错讹。今人言"尸"，每谓"尸首""尸体"之尸，然古之异然。古人言"尸"，像卧之形；而"尸体"之"尸"，原为"屍"字，后假借为"尸"。许慎《说文解字·第八篇上》曰："尸，陈也。象卧之形。"又曰："屍，终主。从尸，从死。"由此可见，"屍"借为"尸"，简则简矣，然意蕴犹别，若不辨微义，率尔用之，恐有差池。如郑玄注曰："偃卧四体。布展手足似死人。"（《论语正义》，第232页）古人尚且如此，今人更是以讹传讹。故译文一、二所解，皆由此也。

基于以上所论，可以看出，译文三所译，应为正解。

(5) 个案探究之五：子之迂也

观《论语》孔子师徒言行，刻画最生动者，莫过于子路：孔子哀道不行，假称携子路乘桴入海，子路闻之喜；孔子见南子、公山，子路不悦；子路侍坐，行行如也；在陈绝粮，子路愠见。由此可见，子路者，率性君子是也。然《论语·子路第十三》之中，有子路"子之迂也"之

---

① 孔令河、李民：《论语句解》，山东友谊书社1988年版，第64页。
② 钱穆：《论语新解》，巴蜀书社1985年版，第254页。
③ 陈立夫：《四书道贯》，中国友谊出版公司1991年版，第363页。

语,有出言无状而蔑师之嫌。且看以下各家译文:

译文一:
您真迂腐啊!①

译文二:
先生真个迂到这样吗!②

译文三:
夫子也算得是迂阔的了。③

今人谓"迂",多指"迂腐""迂阔"之贬义;而古人谓"迂",则指"远"之中辞。如郑玄注曰:"迂犹远也。言孔子之言远于事。"④ 司马光亦曰:"迂,云俱切,远也,曲也,避也。"⑤ 可见,译文一、三所解,度之以今义,译文二则存而不译。试想,即便现今师道尊严斯文扫地之时,亦无大胆狂徒敢直面指谓恩师"迂腐",况子路于万世师表孔子者乎?故由是观之,此解不妥,试改译如下:

夫子,您说远了吧!

另,与该句"子之迂也"相对应,今人对孔子"野哉由也"答语的解读,往往亦多滑入"子路,你真粗野啊"的歧解。简言之,对"野"字之原义的把握,应遵循孔子"质胜文则野"的原辞,明其"质直少文"之谓,而不能以"粗野""野蛮"之今义一言以蔽之。此不赘。

---

① 孔令河、李民:《论语句解》,山东友谊书社1988年版,第81页。
② 钱穆:《论语新解》,巴蜀书社1985年版,第309页。
③ 陈立夫:《四书道贯》,中国友谊出版公司1991年版,第622页。
④ (汉)郑玄,(清)刘宝楠注:《论语正义》,上海书店出版社1998年版,第283页。
⑤ (宋)司马光编:《类篇》,上海古籍出版社1987年版,第58页。

总之，通过以上个案分析，可以看出，因汉语古今流变，加之汉字本身多义，致使《论语》颇多延异，故欲探究孔子伦理思想者，于言义之际不可不慎也。此类歧解语义性延异，在《论语》中比比皆是，因篇幅所限，笔者无法一一探析，唯列举一二而已。

2. 孔子伦理思想的文本语义性延异

前已提及，所谓"文本语义性延异"，指因《论语》的文本誊录的差异而衍生的文义变异，从而产生对孔子思想的异读。且看下列两例个案。

（1）个案探究之一："五十以学易，可以无大过矣"和"五十以学，亦可以无大过矣"

古文本《论语·述而第七》中曰：

> 子曰。加我数年。五十以学易。可以无大过矣。

然定州简本《论语·述而第七》中则曰：

> 子曰。加我数年，五十以学，亦可以无大过矣。

易者，《周易》也。故郑玄注曰："易。穷理尽性以至于命。年五十而知天命。以知命之年，读至命之书。故可以无大过。正义曰。孔子世家。孔子晚而喜易。序象系象说卦文言。读易韦编三绝。曰。假我数年。若是。我于易则彬彬矣。"（《论语正义》，第144页）基于此义，该句可解之如下：

> 如果增加我几年的寿命，五十岁时学习《易经》，就可以没有大的过错了。①

---

① 孔令河、李民：《论语句解》，山东友谊书社1988年版，第39—40页。

然而，钱穆先生依据定州简本《论语》，解之曰："加我数年，五十以学：古者养老之礼以五十始，五十以前未老，尚可学，故曰四十五十而无闻焉，斯亦不足畏也已。如孔子不知老之将至，如卫武公耄而好学，此非常例。加，或作假。孔子为此语，当在年未五十时。又孔子四十以后，阳货欲强孔子仕，孔子拒之，因谓如能再加我数年，学至五十；此后或出当大任，庶可无大过也。或以五十作卒，今不从。亦可以无大过矣：此亦字古文《论语》作易，指《周易》，连上句读。然何以读易始可无过，又何必五十始学易，孔子常以诗书礼乐教，何以独不以易教，此等皆难解。今从《鲁论》作亦。"① 由此论观之，钱先生亦持之有据。基于此论，故钱先生将该句译为：

再假我几年，让我学到五十岁，庶可不致有大过失了。

可见，因文本誊录差异而导致解读不同，亦为《论语》中语义性延异的另一表现。固然各家解释均能自圆其说，但可以断言，自孔子原语境角度而言，二者之中，必有一谬。其真谬之判，须依据其"原本"而可以甄别之。以该句为例，虽"易""亦"辩误一时难以奏效，但从"五十以学易"或"五十以学"的古汉语句法可看出，该"以"字结构应译作"从五十岁开始学习……"为佳，而钱穆先生"让我学到五十岁"之说似不合古汉语表达。果若如此，应以古文《论语》所载为正，亦与司马迁"孔子晚年喜易"之说相契：唯因晚年读易而得其妙，方悔不曾早习之，故有"加我数年，五十而学易"之叹。此种解释，庶可差强人意，然未准之以原本，难以遽而定论。

此外，有人曾将该句断为："子曰，加我数年，五、十以学易，可以无大过矣。"译为现代汉语，则为："孔子说，再给我几年的时间，或五年，或十年，来学习《周易》，就可以没有大的过错了。"若将定州简本《论语》的文句亦如此断句，则为："孔子说，再给我几年的时间来学

---

① 钱穆：《论语新解》，巴蜀书社1985年版，第169页。

习，或五年，或十年，也就可以没有大的过错了。"但严格说来，"五、十以学易"的歧解，实因后人断句而成，应归于句读结构性延异的探究范畴，故此不赘论。

（2）个案探究之二："居不容"和"居不客"

《论语》之"乡党第十"章中，有"居不容"之语，今人多解为"居家随顺，不生硬拘礼"之义，庶无大谬。

然唐《石经》所载《论语》中，该句却为"居不客"。"容""客"字形相近，应系誊录之误。若以"居不客"为原本而解读之，必又生出"居家随便、不像做客一样拘谨"之义。故解义之异，源自文本文字错讹。解读之下，不同版本间自然大相径庭。此不多论。

总之，较之歧解语义性延异，文本语义性延异因版本因素，不仅纠葛于文义训诂，而且牵涉于版本考正，故犹须慎而辨之。

**（二）孔子伦理思想的跨时代延异探究之二：结构性延异**

所谓"结构性延异"，即因古今汉语表达结构的差异而导致的延异性解读。结构性延异又可细分为二：修辞结构性延异和句读结构性延异。下面将分而论之。

1. 孔子伦理思想的修辞结构性延异

所谓"修辞结构性延异"，是因古今汉语文法中修辞结构的差异而导致的异读。该延异表现在因汉语搭配次序而产生的对原文的异读。下面以个案探究之法一一探析之。

（1）个案探究之一：父母惟其疾之忧

《论语·为政第二》之中，当孟武伯问孝之时，孔子答曰："父母惟其疾之忧。"该句指称有含混之处，致使今人解读大相径庭：

> 译文一：
> 对待父母，当他们患了疾病时，做儿女的唯一忧愁的便是他们的病。①

---

① 孔令河、李民：《论语句解》，山东友谊书社1988年版，第7页。

译文二：
让你的父母只忧虑到你的疾病上。①

可以看出，译文一所解，谓孝子忧父母；而译文二所解，谓父母忧孝子。然究竟何人在忧？自原文"父母惟其疾之忧"表述中，恐难企及。按郑玄所注："孝子不妄为非。唯疾病然后使父母忧。"② 译文二似乎与此义相合。然郑玄亦曰："武伯善忧父母，故曰惟其疾之忧。"③ 按此注观之，译文一似乎合辙。然则孔子真义为何？唯从原语字面及郑氏注解，恐渺不可得。

幸华夏先贤于此端多有论及，故可缘此而判之：其一，《淮南子》之"说林"曰："忧父之疾者子，治之者医。"其二，《孝经》之"孝行"章云："子曰，孝子之事亲也，病则致其忧。"其三，《礼记》之"曲礼"章云："父母有疾，冠者不栉，行不翔，言不惰，琴瑟不御，食肉不至变味，饮酒不至变貌，笑不至矧，怒不至詈，疾止复故，皆以人子忧父母疾为孝。"以此言观之，"父母惟其疾之忧"者，实"惟忧父母之疾"也。

（2）个案探究之二：窃比于我老彭

《论语·述而第七》之中，孔子有言："窃比于我老彭。"各家解读如下：

译文一：
我私下把自己比作商朝的一位贤大夫老彭。④

译文二：
把我私比老彭吧！⑤

---

① 钱穆：《论语新解》，巴蜀书社1985年版，第29页。
② （汉）郑玄，（清）刘宝楠注：《论语正义》，上海书店出版社1998年版，第26页。
③ （汉）郑玄，（清）刘宝楠注：《论语正义》，上海书店出版社1998年版，第26页。
④ 孔令河、李民：《论语句解》，山东友谊书社1988年版，第39页。
⑤ 钱穆：《论语新解》，巴蜀书社1985年版，第156页。

译文三：
私心效法我那商朝的贤大夫老彭。①

对比译文一、二可看出，译文三"我那商朝的贤大夫老彭"，实从原文"我老彭"直译而来。此处有一疑窦：老彭臣于商，孔子仕于鲁，既不同代，亦不同朝，如何以"我那老彭"而昵称之，故为不妥。自古汉语词序表达习惯观之，"窃比于我老彭"者，实"窃比我于老彭"也。由是观之，译文一、二所解无误，而译文三则以白话文法解读原文，故有所谬。

由以上二例观之，因古今汉语文法略异，故《论语》解读之际，因文法差异造成的延异恐亦在所难免，故今人于古文今解，须刻意甄别之。

2. 孔子伦理思想的句读结构性延异

古汉语文本本无标点，故欲解文判义之际，须先断句，是谓"句读"。今人所读《论语》，往往是由后人加标点之后的版本。因标点加法不同，其意蕴也因之有异，是谓"句读结构性延异"。例如，《论语·泰伯第八》中，"民可使由之，不可使知之"之句，曾因其"愚民"之见而遭人微辞。今人将该句解之如下：

译文一：
可以使老百姓按照我们的意见去做，不容易使他们知道为什么要这样做。②

译文二：
（在上者）指导民众，（有时）只可使民众由（我所指导而行），不可使民众尽知（我所指导之用意所在）。③

---

① 陈立夫：《四书道贯》，中国友谊出版公司1991年版，第25页。
② 孔令河、李民：《论语句解》，山东友谊书社1988年版，第48页。
③ 钱穆：《论语新解》，巴蜀书社1985年版，第197页。

译文三：

人民可把当然的道理立下规矩来使他们遵行，却没法使人人知晓怎样是当然的道理。①

比较之下可看出，以上三家译文实际意趣大同，这与孔子之后的各家言论相契合：如《易》曰："百姓日用而不知。"②《孟子》曰："行之而不著焉，习矣而不察焉，终身由之而不知其道者众也。"③ 郑玄亦注曰："由。用也。可使用而不可使知者。百姓日用而不能知。"④ 由此观之，孔子"愚民"之意，凿凿矣。

然自《论语》之中，亦可看出孔子反"愚民"的倾向。如《论语·子路第十三》章中，当冉有问孔子，民"既富矣，又何加焉"？孔子答曰："教之。"教者，教化而开民智也。以此语观之，"不可使知之"之说，似有悖于此。但若将原文句读更动一二，则悖逆全消：

民可使，由之；不可使，知之。⑤

在古汉语中，"知"者通"智"。如《易·系辞传》曰："仁者见之谓之仁，知者见之谓之知。"此处言"知之"，应谓设教化民之义也。故换言之，该句则曰：

民众可使，则使之；不可使，则教之。

---

① 陈立夫：《四书道贯》，中国友谊出版公司1991年版，第611页。
② 语出《周易》之"系辞传"（上）。《周易》可分为两大部分：一曰"经"，即卦辞与爻辞部分；二曰"传"，包括"系辞传""说卦传""序卦传""杂卦传"等，该部分动辄出现"子曰"字样，是为后世儒者所撰，而非孔子亲为（孔子自称曰"丘"，而非"子"。如《论语·公冶长第五》："子曰。巧言令色足恭。左丘明耻之。丘亦耻之。匿怨而友其人。左丘明耻之。丘亦耻之。"）。钱穆《论语新解》第197页引之曰："《中庸》曰：百姓日用而不知。"疑引之有误。
③ 钱穆：《论语新解》，巴蜀书社1985年版，第197页。
④ （汉）郑玄，（清）刘宝楠注：《论语正义》，上海书店出版社1998年版，第161页。
⑤ 该句系笔者师从辜正坤先生读博期间，听辜先生论学时所得，不见于其他典籍，故在此处标出。

《论语》中,另有孔子其他言辞,可作为此义之劲凭。如孔子曰:"自古皆有死,民无信不立。"(《论语·颜渊第十二》)又曰:"以不教民战,是谓弃之。"(《论语·子路第十三》)又曰:"君子学道则爱人。小人学道则易使也。"(《论语·阳货第十七》)在古人看来,"小人"具二义:一曰微贱之人,二曰无德之人①。此处"小人",应为"小民"之谓。由是观之,孔子"愚民"之说谬矣!

另外,前节所论"五十以学易,可以无大过矣"、"五十以学,亦可以无大过矣"及"五、十以学易,可以无大过矣"的断句差异,也是造成《论语》异解的典型例证,此论从略。

以上所论,为孔子伦理思想的结构性延异。可以看出,古文辞章,与今略异;断句格义,于今尤殊。故后辈学人,于辞章句读之际,不可不明也。

**(三)孔子伦理思想的跨时代延异探究之三:语境性延异**

孔子伦理思想的延异,也与语境因素有关,故称之为语境性延异。语境性延异又可分而为二:小而言之,谓篇章语境性延异;大而言之,谓文化语境性延异。下面将分述之。

1. 孔子伦理思想的篇章语境性延异

所谓篇章语境性延异,是指今人在语篇解读之际因文句衔接或语义呼应等环节产生的解读变异。下面以个案分析之法探究之。

(1)个案探究之一:夫子哂之

《论语·先进第十一》"子路曾皙冉有公西华侍坐"一节中,当子路率尔言志之后,有"夫子哂之"之语,今人解之曰:

> 译文一:
> 孔子微微一笑。②

---

① (汉)郑玄,(清)刘宝楠注:《论语正义》,上海书店出版社1998年版,第31页。
② 孔令河、李民:《论语句解》,山东友谊书社1988年版,第71页。

译文二：
先生向他微笑。①

译文三：
孔子听了，讥讽地笑了笑。②

该句解读关键在"哂"字。可以看出，译文一、二将该词译为"微笑"③，译文三则译作"讥笑"。然以郑注校之，便知孔子之"哂"，既非微笑，也非讥笑。郑玄注曰："哂。笑。正义曰。曲礼。笑不至矧。……齿本曰矧。大笑则见。释文。矧本又作哂。是哂本与矧同。……说文。欣。笑不坏颜曰欣。从欠引省声。说文无哂字。作欣为正。矧是假借。凡笑以至矧为度。过此则坏颜。且失容。故曰笑不坏颜。非微笑之谓。曾晳亦以夫子有异常笑。故问之尔。"④

既如此，孔子之"哂"，究竟为何种笑？其实，同节所记孔子所言，已显孔子真意。当曾晳问"夫子何哂由也"之时，孔子答曰："为国以礼，其言不让，是故哂之。"由此可见，孔子之"哂"，并非如钱先生所解，为"启发之微笑"，而应是对子路"其言不让"的批评性反应，但若如译文三解之为"讥讽地笑了笑"，恐言过其实。因此，既然此处"哂"字译为"微笑"或"讥笑"皆不妥，故不妨采用以经解经之法，将该句译为：

夫子付之以哂笑。

而对于孔子后面解释之句，亦可译为：

---

① 钱穆：《论语新解》，巴蜀书社1985年版，第281页。
② 邓球柏：《论语通解》，长征出版社1996年版，第221页。
③ 钱穆先生解之曰："哂，微笑。孔子既喜子路之才与志，而犹欲引而进之，故微笑以见意。"语出《论语新解》，第279页。
④ （汉）郑玄，（清）刘宝楠注：《论语正义》，上海书店出版社1998年版，第253—254页。

治理国家靠的是礼，而子路言谈不知礼让，所以我才哂笑他。

总之，该句所指，虽与孔子伦理思想无涉，然自该句今解可以看出，《论语》文句命义之显露，既不可度之以今义，亦不可执之以古注，而应考之以篇章上下言义之呼应，方可洞明其真。

（2）个案探究之二：足食足兵民信之矣

据《论语·颜渊第十二》所载，子贡问政时，孔子答曰："足食。足兵。民信之矣。"今人解之曰：

译文一：
有充足的粮食，充足的军队和武器，百姓就信任你了。①

译文二：
先求充足粮食，此乃讲究武备，民间自然信及此政府了。②

译文三：
民生最重要的粮食要充足，保卫国家的军备要充足，而且要人民信服。③

可以看出，译文一、二所解，"足食""足兵"二者为"民信之"的条件，以此观之，为政之要，唯有二端："足食""足兵"而已，二端既具，则"民信之矣"。若参之以子贡与孔子后来的问答，则知孔子为政要略，不在二端，而在"三者"："足食""足兵""民信之"。由此观之，译文三所解，应合乎孔子本义，而译文一、二，则因前后未能相顾而有所异解。

自古文表达角度观之，"民信之矣"或令人联想到条件句式，先入

---

① 孔令河、李民：《论语句解》，山东友谊书社1988年版，第75页。
② 钱穆：《论语新解》，巴蜀书社1985年版，第291页。
③ 陈立夫：《四书道贯》，中国友谊出版公司1991年版，第615—616页。

为主之际，恐忽略后文"三者"之论，故有所偏①。

总之，据以上所论可看出，篇章语境性延异是在篇章解读时，因对语篇逻辑关系的误解或忽略而导致的文义解读的延异，故此类演绎亦可称为逻辑性延异。

2. 孔子伦理思想的文化语境性延异

所谓文化语境性延异，是因对《论语》所涉及的特定文化因素的误读而造成的延异。且看下面个案探析。

（1）个案探究之一：雍也可使南面

孔子在《论语·雍也第六》中言曰："雍也可使南面。"今人解之曰：

译文一：
冉雍这个人，可以让他做一地之长的官。②

译文二：
雍呀！可使他南面（当一国君之位）了。③

文三：
雍这个人大有人君的气度，可以叫他南面坐在君位上。④

译文四：
冉雍（这个人）吧，可以使他做君主。⑤

从以上所引四家译文可看出，今人对"南面"一词解读各异。一

---

① 该例句引自古本《论语》，后世诸版本多有更易，如正平本《论语》改之曰："足食，足兵，使民信之。"皇本《论语》改之曰："足食，足兵，令民信之。"如此改动，无伤大意，但已使文句延异概率大为降低。参见黄怀信《论语新校释》，第287页。
② 孔令河、李民：《论语句解》，山东友谊书社1988年版，第32页。
③ 钱穆：《论语新解》，巴蜀书社1985年版，第131页。
④ 陈立夫：《四书道贯》，中国友谊出版公司1991年版，第611页。
⑤ 黄怀信校释：《论语新校释》，三秦出版社2006年版，第120页。

是"南面"即"为君"之谓。如钱穆先生释之曰:"南面:人君听政之位。"① 黄怀信先生亦释之曰:"南面:面朝南,作君主。"② 此解与中国帝王"面南称孤"③之说相合。二是"南面"即"为官长"之谓。中国自古有"衙门口朝南开"之说,历代官者亦面南而治事。故该句解读,有"为君"或"为官"之异。

另,必须指出,"国君"之谓,在秦代前后迥然有别。在先秦时期,以周朝为例,周室之主,曰周王,或曰周天子,其所封功臣,史称诸侯,各有其封地,曰国,或曰国家,史称诸侯国。各国之主,史称国君,亦称君侯。然自秦代之后,海内一统,天下一家,称国家者,天下也;称国君者,天子也。故秦前之"国君",公侯也;秦后之"国君",帝王也。

然孔子所言"面南",究竟是为君,还是为官?必须指出,孔子既为鲁臣,倡"君君、臣臣"之为政伦理规范,享"编《春秋》而乱臣贼子惧"之令名,应恪尽为臣之道,若有拥徒为君之异志,既不容于当政,亦有悖于其说。故使冉雍为"君"之说,恐难成立。使其为为天子之说,更为非分之想。

由是观之,在孔子时代,冉雍因德馨业隆,而得以裂土封侯,面南称"君",或许尚可,但若径以"国君"谓之,自秦汉之后文化语境解读之,实大逆不道之举,圣贤不为也。

因此,自孔子原语境观之,冉雍或具"诸侯卿相之才"④而堪"任诸侯治"⑤,但估计文化语境的前后差异,实不便以"为国君"统称之,故不妨改之如下:

---

① 钱穆:《论语新解》,巴蜀书社1985年版,第130页。
② 语出黄怀信《论语新校释》,第120页。黄先生亦曰:"古代以坐北面南为尊,'南面'恒指天子、诸侯。或释卿大夫或地方官,非是,地方官不得南面。"
③ 郑玄亦曰:"人君向明而治。故位皆南面。"语出(汉)郑玄,(清)刘宝楠注《论语正义》,上海书店出版社1998年版,第111页。
④ (汉)郑玄,(清)刘宝楠注:《论语正义》,上海书店出版社1998年版,第111页。
⑤ (汉)郑玄,(清)刘宝楠注:《论语正义》,上海书店出版社1998年版,第111页。

> 冉雍这个人，可授其官爵，使之为政。

另，该句"可使南面"的文句解读，特别是对"使"字的格义，似有从今之势。"使"字在古汉语中，亦应解为"为……而出使"之义。如《论语·子路第十三》中，孔子曾曰："使于四方，不辱君命，可谓士矣。"自古汉语表达范式言之，"为君（面南称治者）出使"，亦可称之曰"使南面"。果若如此，将该句解之如下，似亦无不可：

> 冉雍这个人，可以肩负君命而出使四方。

总之，通过以上探析，可以看出，《论语》文义之辨，实不应脱离其原语境表述，亦不应忽视文化语境因素的流变。即便如此，原文真趣之把握，亦恐渺不可得。以此言之，孔子伦理思想传译中的文化语境性延异，亦可称为广义的语义性延异。

（2）个案探究之二：君子不器

孔子在《论语·为政第二》中曰："君子不器。"古今高贤对该句的解读，似乎拘于"器"字一词的外延意义，而未在文化语境的前提下对该词进行进一步解读。且看各家译文：

> 译文一：
> 君子不象器皿一样，只有固定的用途。①

> 译文二：
> 一个君子不像一件器具（只供某一种特定的使用）。②

> 译文三：
> 君子学文广博，不象一件器皿只限一种用途。③

---

① 孔令河、李民：《论语句解》，山东友谊书社1988年版，第8页。
② 钱穆：《论语新解》，巴蜀书社1985年版，第35页。
③ 陈立夫：《四书道贯》，中国友谊出版公司1991年版，第310页。

许慎曰:"器。皿也。"(《说文解字·第三篇上》)郑玄亦引申曰:"器者。各周其用。至于君子。无所不施。"(《论语正义》,第30页)故以上三家所解,实因循先儒训诂之义。若该句之"器",具"器皿""器具"之义,则自然生出另一处疑窦:在《论语·公冶长第五》中,孔子答子贡曰:"女器也。"子贡问:"何器也?"孔子曰:"瑚琏也。"郑玄注曰:"瑚琏。黍稷之器。夏曰瑚。殷曰琏。宗庙之器贵者。"(《论语正义》,第89页)尽管瑚琏为"宗庙之贵器",然按孔子"君子不器"之言,应推出"子贡非君子"之论。

实不尽然。自汉字多义性特征观之,"君子不器"之"器",非"女器也"之"器"。君子进德修业,所臻之境,以"器皿"之实义格之,恐浅陋不经。故欲解其微言妙义,可参之以先秦文化正典而探悉之。《周易·系辞传》曰:"形而上者谓之道,形而下者谓之器。"基于此言,后世方有"道器""体用"之论。故以此义观之,君子上达而体道成德,小人下达而为物所役。故孔子曰"君子不器"之余,犹言"君子上达,小人下达"。异辞而同旨也。基于该特定文化语境下对"器"字含义的特定解读,不妨将"君子不器"解之为:

  君子达乎道体,而不周乎器用。

可见,世易时移,时过境迁,文义亦随之流变,故欲把握孔子真义而正解之,在注重其文本的篇章语境性延异之时,亦不可忽略其语境性延异因素。

总之,以上所究,为孔子伦理思想的三类(语义性延异、结构性延异及语境性延异)跨时代延异;细而分之,即成六种(歧解语义性延异、文本语义性延异、修辞结构性延异、句读结构性延异、篇章语境性延异及文化语境性延异)。此番归类推究,实难穷其全貌,唯粗略勾勒而已。

## 三 结语

大致勾勒之下,笔者几将孔子伦理思想跨时代延异的主要倾向呈于纸上,虽难曲尽其妙,但希望能对孔子伦理思想的跨时代正解有所裨益。

通过该文探究,可以看出,孔子伦理思想在汉语文化语境中的传播歧义迭生,就在于自古至今,对孔子思想体系的跨时代解读缺乏统一的权威定本。因此,克服孔子伦理思想失真的方式似乎很简单:推出定本。

然而,必须注意一个历史性现象:跨时代的人类思潮,往往通过必要的延异,才能被异时的人们更好地接纳兼容。因此,孔子伦理思想的跨时代延异,似乎又成为孔子思想传播的时之所需。

因此,在孔子思想的跨时代传播中,既应杜绝延异,还应诉求必要的延异。前者能确保孔子伦理思想的跨时代传播免于失真,而后者则促使孔子伦理思想与特定的时代要求达成融会。

但,必须指出,在孔子伦理思想的跨时代传播中,在杜绝延异和容许必要延异的对立统一关系中,确保孔子伦理名义的原真性是首要关键。以孔子原语一言以蔽之,其必曰:必也正名乎!

另外还应注意,在儒学国际化大潮日渐高涨的今天,孔子思想的传布,在存在着跨时代延异的同时,也存在着跨文化的延异,而探究孔子思想传播的跨文化延异,将孔子不曾歪曲的真面示之万国世人,似乎具有更大的学术意义和文化意义。不过,这将是另外的论文的探究范畴。

## 【作者简介】

**孟凡君**,北京大学外国语学院文学博士,北京师范大学外文学院博士后,所学专业为英语语言文学,研究方向为翻译学与比较文化研究。现为西南大学外国语学院翻译研究所所长,西南大学拉丁文经藏研究所研究员，孔亚经藏书院院长；社会兼职为重庆市翻译家协会秘书长，国际中西文化比较协会理事，国际易学联合会理事等。研究兴趣为翻译学研究，比较文化研究，汉典英译研究，易学研究，红学研究等。

【通信地址】重庆市北碚区天生路2号西南大学外国语学院　邮编：400715　电话：13883828860　邮箱：menglish@swu.edu.cn

# 严歌苓前后期女性形象转变研究

1. 西安外国语大学中国语言文学学院
2. 西安外国语大学英语师范学院
3. 陕西师范大学教育学部
■ 刘宇慧　刘一静

【摘　要】严歌苓前期与后期创作中的女性形象具有鲜明差异。本文将其转变归纳为：反英雄主义向英雄主义的回归、"单一刻画"向"多元塑造"转变、"局限书写"向"超脱书写"延伸，并试图从德勒兹哲学中"解辖域化"与"游牧心理"分析地域空间的不同影响其创作思维的转化。

【关键词】严歌苓　女性形象　前后期转变

## A Study on the Transformation of Female Images in Yan Geling's Early and Late Periods

【Abstract】There are distinct differences between the female images in Yan Geling's early and late works. This paper summarizes the changes as follows: the return of anti-heroism to heroism, the change of "single depiction" to "multiple shaping", the extension of "limited writing" to "detached writing" and tries to analyze the influence of different regional space on the transformation of his creative thinking from deleuze's philosophy of "territorialization" and "nomadic psychology".

【Key Words】 Yan Geling　Female Image　Transition

严歌苓作为文坛独树一帜的女性作家,以深邃思想与心灵体悟创作出家喻户晓的佳作,严歌苓文学创作以 1989 年赴美为界,大致分为国内创作与移民后创作两个时期。移民前严歌苓受国内意识形态的局限,其作品呈现迎合时代趋向,移民后严歌苓对于东西方文化冲突的冷静审视,其作品中的女性呈现了不同于前期创作的典型特点,即英雄观、女性性格、书写方式转变。严歌苓不同时期的作品既具有相似的思想内涵、创作手法,同时也具有自己的独特要素。

## 一　"反英雄主义"向"英雄主义"回归

英雄主义这个概念本身便具有历史性,在不同的时代有着不同的含义。英雄主题受主流意识形态的影响因而从五四革命文学到"文革"文学都表现出两种极端:英雄或非英雄;"文革"拨乱反正之后英雄出现反讽性特征,具有"反英雄"的标志;90 年代之后,英雄主题再次出现回归性表达。严歌苓创作中所体现的"英雄观"由 80 年代的"反英雄主义"过渡为"英雄主义"本身价值。总观严歌苓创作生涯中的文学著作,英雄主义贯穿作品始终,不论前期的"女兵三部曲"中体现的英雄主义盲目崇拜以用来批判"文革"的荒诞或是近年来创作的《床畔》《芳华》中对传统意义上英雄主义的重新思考,她在不断的书写过程中也在进一步反思影响中国历史发展的英雄主义是否真正适应中华文明的发展。

作为革命主义的极端状态——"文革"文艺,中国先锋主义文学更是呈现出一种集体主义下的"反英雄主义"倾向,严歌苓国内创作时期以革命女性为作品主人公,此类英雄女性身上都洋溢着对革命理想的执着追求,但正是人物身上光辉性与崇高性引起严歌苓对于时代精神的进一步反思。作为前期著作"女兵三部曲"之一的《一个女兵的悄悄话》讲述的就是革命年代下的荒诞故事。"文革"时代"极左"集体主义精神导致个体意识丧失，全文可以看成陶小童的"英雄成长史"，她从一个需要被"丢掉自己那一套"的思想落后人物经过集体改造成为"英雄"，她放弃了爱情、亲情、友情，最终也为了所谓的集体财产献出了自己宝贵的生命。她被革命的理想主义与集体主义中的榜样精神绑架，逐步泯灭了自己的真善美。严歌苓笔下的反讽意味十足：当人性与时代浪潮相悖时，人性只能湮没于荒凉时代；英雄女性对集体精神的追求只能以颓败退场。同时严歌苓真正想要塑造的是对于阶级制度刻意远离的一类人，在第六章文工团进藏演出时，正值大雪车辆无法前行、成员饥寒交迫之际，徐北方提议卡车司机将军用罐头分发给大家以解燃眉之急，可他的提议遭到集体反对，团支书举出抗洪救灾的战士直到死也没有动用车上的战备粮的例子来批评徐北方的个人主义。这里作者借徐北方之口道出自己对于英雄主义的批判"连生命价值都不懂的人，那样死了等于自杀，可笑至极，这样的人都被当成英雄偶像来崇拜，他们对自己都不可实施一点儿人道主义，这种人会去爱人类吗？"[1] 作者从人物的书写中怒吼出荒诞历史下的集体主义、英雄主义对人性的扼杀，猛烈地抨击摧残人性的集体意识，从而具有强烈的"反英雄主义"基调。通过对"文革"题材的书写，严歌苓的小说呈现人类处于个体生存受威胁的困境中，人性反其然应保持最原始的纯真状态：对欲望、对生命的渴求，体现作者对人类的人道主义关怀及对全体苦难人类的悲悯。前期作品中作者多从革命女性与集体主义的冲突来反思女性的存在价值，同时也聚焦于英雄女性对于理想的追求是否具有荒诞性。

严歌苓在90年代的创作中，对英雄人物开始了新的反思，《床畔》中作者再度回归对于英雄主义的歌颂。文章中护士万红护理的对象张谷雨冒着自我牺牲的危险救下两位同志的性命，而自己却被哑炮炸成了植物人，这在当时轰动社会，上层领导号召全体前来学习其精神，但时过境迁，人们渐渐忘记了这种无私牺牲、舍己救人的品格，甚至怀疑这种精神的合理性，没有人再去崇拜张谷雨这样的英雄，并怀疑张谷雨早已

---

[1] 严歌苓：《一个女兵的悄悄话》，解放军文艺出版社1987年版。

去世。正是由于人们对英雄的遗忘造成人们对价值观、人生观的丧失，作者也立足护士万红去赞誉仍然能够坚持英雄主义的人们在当今社会是难能可贵的。

严歌苓前期作品中刻画的革命女性带有大量作者私人情感，女性对于理想式英雄的崇拜往往以牺牲自我肉体与灵魂为代价，而这种高大全的英雄也只有以悲剧收场才能凸显光辉价值，这样的故事情节设置在读者看来震撼的同时不免单一化。而90年代之后，面临社会转型，对于英雄的理解也受到西方意识形态的冲击，作者因此想以此敲响警钟——信仰缺失会是整个民族的悲剧。同时严歌苓地域空间以及心理空间发生巨大变化，这进一步影响她风格的转变，她也以更加冷静的语调对英雄进行书写，不以主观代入为立足点，更多呼吁读者自我审视，从阅读接受与批评的主体性对文本进行审美体验的反馈。

## 二 "单一刻画"向"多元塑造"转变

严歌苓前期国内创作的女性性格单一趋同，着重塑造了对于理想化追求的底层女性坚韧的性格，女性性格没有呈现丰满、复杂、立体化模式，而国外创作时期女性性格不论从个体上或群体上都呈现立体式、多元化塑造。其中最显著的是女性刚柔并济与坚强独立的性格塑造。

刚柔并济的水般性格。老子谈水提到"上善若水，水利万物而不争"，以水的宽容赞誉严歌苓文学作品中的女性形象最为贴切。在严歌苓移居美国之后，这些人物形象仍然附带着中国东方文化的标志与内涵，此形象皆出生于底层社会，但她们不卑不亢、不愠不怒，具有母性宽仁的生命状态。母性、雌性、地母般的神性，如果探寻其本源的叙事母题，最早可追溯至《雌性的草地》，其中多次描写母性特质：柯丹用生命诞下儿子布布，为了儿子她愿意放弃一切。母狗姆姆在杀死天敌母狼之后竟然母性大发养育起母狼的幼崽。作者不仅通过牧马班的女子来体现出母性，也从动物的母爱中找出它们与人类共通的母性情结。《扶桑》中的扶桑默默忍受男性在其身上施加的压力，如同母亲对待子女般对任何人都是坦然一笑没有任何怨言。正是水的至柔才彰显其至强，这正是如水生命哲学的女性形象，严歌苓这一类女性形象都具有一种博爱情怀，她们不顾自我得失，无所谓付出与回报是否成正比，它们都如水般有容乃大的去忍让着男性，对于自己的爱情都是恬淡似水的涓涓流过一生的体味，这可谓史诗般女性一生的书写，是作者母性主题的不断延伸再创造。

坚强独立的火般性格。如果扶桑等人物都具有水的女性品质，那么以《妈阁是座城》为转折，梅晓鸥等人物形象的塑造则意味着女性形象的隐忍转变为现代女性在当代生存环境下的独立自强。在严歌苓新创作的女性形象中，她们大多体现了女性的独立意识，这是她对过去笔下的女性角色更进一步的探究与思索。《妈阁是座城》中，梅晓鸥褪去以往的女儿性、妻性、母性，带着更多的是理性，文章多次提到梅晓鸥的怀疑精神，"怀疑"作为贯穿梅晓鸥童年、少年直到现今的身心发展线索，使梅晓鸥作为新时期的女性而存在，30多岁的梅晓鸥作为叠码仔一行的女人，她必须拥有与男人一样坚强的内心，对外物抱有一种怀疑态度，才能够直面这血淋淋的世界，唯有竞争才能赢得事业成功。同样具有独立自主意识的女性形象还有《补玉山居》中的农村妇女曾补玉，她凭借自身踏实精明、自力更生的精神成为农村新一代企业家。这是严歌苓在感受到中国新农村不断发展后，对农村女性新的认识，此类农村女性身上不仅具有农村人耿直善良、率真坦荡、大方泼辣的性格，同时又具有新时代女性大智慧的魅力形象。

如果说前述严歌苓的两部作品体现出女性在行动上的独立自主，那么她近期的作品《床畔》则体现出女性具有思想上的独立意识。这部小说讲述了护士万红将自己最美好的青春年华都无私奉献给为了救人而变成植物人的"英雄"，当所有人都深信这个英雄已经死去时，护士万红仍然能感觉到这个英雄活着，在如今这个英雄被遗忘的年代，那些具有信仰和不断坚守并且独立思考的女性是多么难能可贵，而正是这样的女性反衬出如今人性的悲凉。

## 三 "局限书写"向"超脱书写"延伸

严歌苓国内创作时期，主要聚焦军旅生活创作出鲜活的女兵形象，其人物主要是底层女性。该阶段的创作依据自我生命体验，她经历过那个动荡年代同时又体验过军旅生涯，她以自我独特体悟为出发点，创作对象皆为心怀革命理想又逃脱不出时代局限的女性形象，这些女性多少可以看到严歌苓的影子，或可以说千千万万这个时代女性的缩影，她们身处男性话语系统下对自我价值的探索，这个探索固然艰巨，时代、环境、女性心路历程的交叉也固然引起读者共鸣，因而国内创作时期，她希望通过作品唤起女性自我意识的觉醒，唤起社会对女性的重新诠释。从叙述视角而言，国内创作时期作者更多以当事人的形象出现，在内聚焦视角与无聚焦视角间切换，以第三人称叙述为主，辅之退于某一角色进行再度叙述，这样的视角旨在揭示人性，倾诉"文革"对心理的扭曲。

旅美之后她笔下的女性形象拓展到各个阶层，思想深度也延伸到各个领域。从 80 年代旅美至今，严歌苓对女性书写由底层转变为各阶层，这是严歌苓文学创作前后期最大的变化。严歌苓文学创作横向上主要分为移民文学和回望大陆故事，在移民文学中也由于对移民历史的探索及亲身体验，这一系列的创作又可分为移民历史的再度书写以及新移民创作。作品人物多为东西方文化冲突下的华人形象，在严歌苓访谈录中，她谈到初至美国与国内的身份发生了巨大变化，甚至语言障碍，生存困境以及心态都具有巨大敏感度，更多的开始关注美国的华人移民史。不断丰富的阅历也使她对早期移民历史回顾和悲情故事有了新的思考，带有忍耐与归属意识的旧华人不论历经多少改变仍具有中华民族传统德行中包容万物、有容乃大的精神气质。例如她的第一代移民作品《扶桑》讲述了克里斯与妓女扶桑的畸恋，克里斯可以引申为西方文化，扶桑也意味着东方神秘感，二人之间的情感纠葛也正是东西方两种文化冲突与融合的象征，扶桑身上所具有的东方母性气质，克里斯对扶桑的好奇也是西方文化对东方文化的沉醉痴迷以及占领。除对于早期移民史的反思外，作者亲身经历以及生活环境的变化，使得今后的文学创作中女性角色转变为对于中产阶级的关注。同时作者赴美后视角拓宽，站在局外人的角度来静观国内时代变迁，她对中国现实和历史书写的这一系列中，又以回望"中国故事"闻名，这部分角色多为"文革"阶段的边缘女性甚至更有作品触及众生百态：非洲部落的众人、妓女、叠码仔、中产阶级等。旅美之后作者的叙述更多以外聚焦视角进行，作者以更加理性的口吻叙述某段历史背后的本质，从而站在客观的旁观者视角去冷静地分析事件背后人性的张扬。国外的严歌苓久历风霜，本人也不再局限于国内的环境，此时的心态更是以追溯回望的口吻对事件本身做出客观陈述，不加评判可以为读者留有更多的思考空间。

## 四　解辖域化与游牧心理

德勒兹哲学的核心——解辖域主义是由雅克·拉康辖域化构词而来，德勒兹正是在法国精神分析学家雅克·拉康阐释辖域化一词启发下提出了与辖域化相对立的解辖域化概念。解辖域化在不断的成熟过程中引申为：逃逸的实现即逃离主体脱离旧环境，质变为新的过程甚至扩大为地理位置、时间状态、物质以及身体的改变，或者可以称心理的改变。严歌苓在国内时期与出国后的小说创作呈现出不同的观念与立场，正如她经历了辖域化与解辖域化的逃逸过程。

严歌苓在国内创作期间，受到国内价值体系与意识形态的影响，作品诠释了国内政治与时代的大背景下个体对生存、欲望、融入的渴望即辖域化。《一个女兵的悄悄话》通过文艺兵陶小童死前的意识流以及支离破碎的故事序列为读者呈现出"个人主义"在集体话语的强大驱动力下艰难的改造过程，而最终目的却是融入集体精神的浪潮，陶小童的成长史便是"个人主义"服从"集体主义"的思想改造史。辖域化与解辖域化不是相对而言，二者互为包含互为瓦解。如《雌性的草地》中沈红霞代表着集体主义精神的建构，小点儿则代表着个人主义丧失。小点儿不断地融入牧马班这个集体，想要用纯洁的神性来改造自我生命中的污点，这个过程恰恰是由人性中的自然属性不断改造为社会属性的过程，而作者欲求传达的是自然人性的丧失及向真实人性的靠近也是其生命随之陨落的必然结果，而以沈红霞为代表的理想主义，它的本质却又充满荒诞意味。

正是由于包含与瓦解的平衡使得每一个人物形象被成功塑造，二者平衡也可以等同于人物获得与牺牲两部分平衡，所以读者的阅读心理是混杂的，并不是纯粹的憎恶或喜爱某一人物形象。小点儿在不断改邪归正中摒弃自身污点并且在文章高潮走向毁灭。沈红霞在一次次追寻驯服红马的过程中以牺牲自我肉体为代价换取英雄主义。严歌苓在国内的小说创作中，由于时代政治的敏感话题带给小说题材上的严格限制，因而解码之流与解辖域化进一步推动严歌苓创作。移民海外后，严歌苓的思想维度进一步扩展，德勒兹与瓜塔里在《千高原》中详细论述的卡夫卡"根茎"思想，根茎意味着"一生二、二生四"法则，[①] 有多重根须，块茎根须间没有明显主次，茎上的芽眼也就具有创造性的"原"与"逃逸"及勃勃生机，使得根须朝着四面八方肆意蔓延也一如创作思维在广阔的空间中自由驰骋。严歌苓的文学创作从国内束缚转变至创作中的题材多变正体现了解辖域化定律。她的创作从最初局限于文工团女兵生活，再到之后初至美国时移民生存困境，以至与外交官丈夫游历各国，创作体现了解辖域化定律中的"欲速不达定律"，人若要取得发展必先脱离该环境，而当某个环境不适应此人进一步成长，他才执意离开，从而为进入新的环境做好打算。严歌苓也自称是游牧民族，依据德勒兹的游牧概念，他认为"游牧的核心是解辖域化，即破除传统克分子实体对于流变编码或辖域力量，因而承担着流之解放的乌托邦式的天职"。[②] 游牧民族因此也可以被称为被解域者，德勒兹游牧民概念也不仅仅局限于地理位置迁徙的草原牧民，更指对其主体进行控制编码的后现代主体。游牧民与大地间的关系正是构成解域化与大地的关系，该民族地理空间与心

---

① 周雪松：《西方文论关键词 解辖域化》，《外国文学》2018年第6期。
② 程党根：《游牧政治试验——德勒兹后现代政治哲学研究》，博士学位论文，浙江大学，2004年。

理空间的解域意味着个体存在的固有思维与价值理念转变，从而演变为新质生成更独特的生存模式。严歌苓离开祖国故土，站在另一种文化创作视角以局外人的身份静观国家事件主流，以更客观的"看客"目光对待社会上荒诞的事物，书写更加丰富多彩的故事。

## 结　语

严歌苓以独具特色的文学创作风格以及女性独有的细腻心灵体悟一跃成为新移民作家的领军人物，她具有不同于国内作家的海外宽广视野，同时又具备不同于其他移民主题的人性至美的东西方文化探索。严歌苓前后期作品在质量以及数量上都有很大的不同，但无论是前期还是后期作品，她在作品语言方面都有很高的天赋，并且随着后期人生阅历的丰富，她超脱于"文革"时代军旅生涯的生活现状，在此之后又有移民海外、跨国婚姻、游历非洲的经历，使她的作品呈现出更丰富的取材优势，作品无论在内容还是语言上都呈现出独树一帜的"严式风格"。无论严歌苓前后期作品有无超越他者之所趋，她的作品对于中国当代文学史都是辉煌的一笔，所表达的健康人性值得每位读者反思。

## 参考文献

程党根：《游牧政治试验——德勒兹后现代政治哲学研究》，博士学位论文，浙江大学，2004年。
潘天强：《论英雄主义——历史观中的光环和阴影》，《人文杂志》2007年第3期。
吴俊：《先锋文学续航的可能性——从吕新〈下弦月〉、北村〈安慰书〉说开去》，《文学评论》2017年第5期。
周雪松：《西方文论关键词　解辖域化》，《外国文学》2018年第6期。
刘艳：《严歌苓论》，作家出版社2018年版。
康有金：《德勒兹哲学之解辖域化》，《武汉科技大学学报》（社会科学版）2016年第1期。
胡克俭：《中国当代文学的英雄主题研究——以长篇小说为中心》，博士学位论文，兰州大学，2008年。

严歌苓：《少女小渔》，（台湾）尔雅出版社1993年版。

庄园、严歌苓：《严歌苓访谈录》，见《华文文学》2006年第1期。

## 【作者简介】

**刘宇慧**，西安外国语大学中国语言文学学院在读硕士研究生，硕士研究方向为文艺学。

**刘一静**，西安外国语大学英语师范学院讲师，陕西师范大学教育博士在读，研究方向为比较文学与世界文学、教育领导与管理。

【通信地址】电话：13659249386

# 性别差异·历史共谋·镜式悖论
## ——莫里亚克《苔蕾丝·德丝盖鲁》与李昂《杀夫》的叙事比较

成都大学影视与动画学院
■陈　矿

【摘　要】千百年来，女性始终处于一种被动的历史地位，女性主义文学批评从各个方面声讨女性的社会及文化地位，试图颠覆菲勒斯中心，重新阐释被歪曲的女性形象。从女性主义文学批评的角度，通过对法国作家莫里亚克的《苔蕾丝·德丝盖鲁》和台湾作家李昂的《杀夫》这两部中篇小说的比较研究，在揭示两位女性主人公受压抑历史的同时，进一步揭示出她们对男权世界的反抗精神。

【关键词】女性主义　压抑　反抗　莫里亚克　李昂

**Gender Difference · Historical Collusion · Mirror Paradox**
—Narrative Comparison between Mauriac's *Thérèse Desqueyroux* and Li Ang's *Kill Husband*

【Abstract】For thousands of years, women have always been in a passive historical position. Feminist literary criticism condemns women's social and cultural status from various aspects, tries to subvert the Phallocentrism and reinterpret the distorted female image. This article from the perspective of feminism, by the comparison between Mauriac's *Thérèse Desqueyroux* and Li Ang's

*Kill Husband*, reveals the repressive history of the two female protagonists and at the same time represents their spirit of revolt against the patriarchal world.

【Key Words】 Feminism  Depression  Revolt  Mauriac  Li Ang

　　千百年来，女性始终处于一种被动的历史地位，女性像一个空洞的能指符号，因缺乏力度的被动书写一度使其自身丧失了说话的权利。在正视早已成为事实的以男性为标准的社会历史面前，女性为了争取自由的权利，在漫漫长路上艰难跋涉，亮出女性的性别/性之差异的武器，试图颠覆菲勒斯中心，重新找回被男性世界篡夺的话语权与人身自由。

　　女性主义文学批评从各个方面声讨女性的社会/文化地位，试图重新阐释被歪曲的女性形象。不论是性政治上的清算，还是性文化上的抵抗，都试图在男性世界法则的规约下，让处于被动状态下的女性隐形书写得到最大能量的显形和释放。在很长一段历史时间内，女性既不具备社会人的主体条件，也不具备从事相应创造的客观条件。在当今强调两性平等的社会背景下，女性意识觉醒膨胀，并以渐进方式突围，获得了相应的现实合法性。

　　易卜生笔下的娜拉，毅然而又决绝地走出了家门，离开了那个自私自利的家庭，可是她走出之后的命运又将如何？关于娜拉出走的讨论纷纭繁多。"妇女的自由总是与她们人身的存在相联系；显然也和她们的差异性联系。"① 莫里亚克（François Mauriac）笔下的"怪人"苔蕾丝显然不同于娜拉，这个性情奇特的女子始终对周遭的环境采取不妥协的抵抗态度；李昂笔下的林市似乎境遇更惨，饱受虐待。两个女主人公最终都选择了极端的手段：前者想下毒毒害丈夫而未果，后者用屠刀肢解了丈夫。她们的最终结局：前者被放逐，后者被处以死刑，反抗压抑的有效性似乎大打折扣。尽管结局不尽相同，但她们悲剧的性质却是完全一样。横陈在本文面前的首要问题便是要厘清两位女主人公受压抑的历史逻辑和生活表象。

---

① [法] 珍妮薇·傅蕾丝：《两性的冲突》，邓丽丹译，天津人民出版社2003年版，第240页。

## 一　女性的漫长黑夜

在戳穿男性/男权构筑的谎言和暴力充斥的世界之前，女性注定要走上一段漫漫无灯之路。在黑暗中摸索的女性，挟裹着蒙昧、非理性、血泪，甚至暴力。"女人不是天生的，而是造成的。"波伏瓦这一论断鲜明指出了女性之所以成为女性的客观条件，即造就女性的必然因素。

从原初欲念萌芽到罪恶现场爆发，中法两位作家由于生活经历、历史鸿沟、世态转向的差异，从而造成了小说文本书写与表达上的不同，但是二者在描绘女性的漫长黑夜历史的同时，在重大突转情节上都聚焦在"谋害/杀戮亲夫"上。"谋害丈夫"作为重要情节在两部小说的布局谋篇上，毫无疑问是两位相距甚远的异国异时作家目光共同聚焦的场域，其共同的表层目的在于刻画社会惯习和家庭桎梏下对女性言行的掣肘，凸显男性霸权主义体制下的女性生存困境。

两性在性心理方面的差异，从某个层面来说，确乎是社会指针的强大规约。二元对立的一些字符，如"男/女、阴/阳、刚强/柔弱"等，在文字上认同了两性的差异。把这种差异延伸到心理层面，就会发现女性与男性之间性心理不同的来源的荒谬与合理。著名的女权主义文论家伍尔芙曾提出"双性同体"的概念，旨在表明男女平等的交融状态。但在实际生活中，世俗化的腐旧观念却将男女的差异鸿沟拉得太大，以致女性在强调性心理/性政治的特殊性时，不得不于漫漶的历史经纬中，寻找那带着疼痛和鲜血的盲点和禁区。莫里亚克笔下走出的苔蕾丝和李昂所展示的林市在性别差异上同样属于男权主导社会体系下的牺牲品：苔蕾丝的话语行为看似僭越常规，近乎哲学意义范畴内的追寻个体上自由与解放，但本质上被家族和财产裹挟，受制于牢不可破的父权社会；林市的生理性差异突出在其身体内在的柔弱与外在的孤立无依，在整个封闭阶层中处于绝对被贬低被蔑视被嘲讽的状态。

苔蕾丝像一朵恶之花，其内心乖戾多变，难以捉摸。作者在开篇序言中说道："我知道，你确乎存在，我窥探了多年，时常拦住你的去路，揭去你的假面。"苔蕾丝这个女人面具多样，少时受到良好的教育，有着现代女性的追求，后来又顺利嫁到了荒原上的大家庭德丝盖鲁家，似乎是幸福的。可事实上，她事事都不满意，没有什么能让她看得顺眼的：在一个平庸琐碎、自私冷漠的环境中，她感到呼吸都异常沉重。"生活在意识觉醒的年代是件令人振奋的事情；它也可以使人困惑不解、迷失方向、无所萦怀。"① 苔蕾丝给予自己的价值定位比较模糊，她处处受到压抑，却不安于室。幼年的循规蹈矩和成年的婚姻生活，表象上则似乎是不可靠的谎言，从深层来剖析则是在男性（包括父亲和丈夫）强权制度规范下的行为。在密不透气的网压之下，风姿绰约、聪明绝顶的她试图用荒谬抑或非理性来撞击那隔膜的压抑之墙。对另一个世界的幻想存现于她复杂的内心之城，厌恶家庭、丈夫的同时，另一个世界的想象给她的压抑提供了一个可以发泄，间或逃避的窗口。高谈阔论的阿泽韦多给苔蕾丝讲述巴黎种种奇闻逸事，激起了她潜在的需要和渴望。而阿泽韦多走后，她又重新跌入了没有尽头的隧道，她的精神世界又漆黑一片。"在炽热的欲望和伴侣的交融中，既可能产生堕落，也可能获得再生。"② 严格意义上说，苔蕾丝在心理（包括性心理）不健全的状态之下，自由作为解放的代名词一直深掩于心，在某个特殊时刻不时显现。小说中，时常闪现于苔蕾丝头脑中的欲望之灵，既有对童年无忧的回忆，又有对新鲜未来的展望。这仿佛是个隐喻：在艰难生存之中，用内心的欲念抵制甚至企图冲破现实的恶俗。如果说，男性霸权下的众多女子已简化成一个无性别差异的符号，那么她可以说是这众多无差异符号中最有个性、最先跳出来给男权世界以重击的一个符码。她的暂时性屈从只是顺应部分约定俗成的生存法则，在平俗人生制造的假象背后，出演一部惊心动魄的"自卫战"和"反击战"。欲望的突围表演给女性制造了可供挥洒的自由空间，于环境和真实的维度之间，做出最有效的反应。

---

① ［美］艾得里安娜·里奇：《当我们彻底觉醒的时候》，载张京媛主编《当代女性主义文学批评》，北京大学出版社1992年版，第124页。

② ［法］露丝·依利格瑞：《性别差异》，载张京媛主编《当代女性主义文学批评》，北京大学出版社1992年版，第358页。

"在某种意义上,她的整个生存都在等待,因为她被束缚于内在性和偶然性的里比多之内,因为她对她生存正当性的证实掌握在别人的手中。"① 李昂的中篇小说《杀夫》,笔调冷峻而滞重,以女作家少有的直面现实的勇气和大胆的力透纸背的笔触,为我们提供了一个女性反抗的独具价值的文本。对女性冠以"弱者"的名号是对女性的蔑视和压制。《杀夫》中的林市是千百年来封建社会延续下来的女性弱者的代表——中国的封建道德观念实质是以男性为中心的,它的直接压制对象便是柔弱的女性。封建伦理道德吃人本质显出狰狞恐怖的面目,吞噬了一代又一代女性。孤苦无依的林市母女被冷酷自私的宗族家长(林市叔叔)侵占了最后的停泊地。这直接导致了林市母亲为了"食"而出卖了"性"。在林市年幼的心灵上"性"与"食"的双重饥饿感成为她永远的桎梏。"当权力存在时,权力的滥用未能得到有力地制止。"林市母亲成了"贞节牌坊"之下的祭品,林市不可避免地被人推向了深渊。林市叔叔的自私冷酷,丈夫陈江水的残暴凶恶,周边好事者的闲言碎语,在林市柔弱无辜的内心不断掷下一道道伤痕,她的人性得不到自由延伸,被迫成了失去话语权和思考权的"物"。幼年的双重饥饿造成了成年的林市心里挥之不去的阴影。而小说中所展示的蛮荒腐化的生存环境,从客观机制上给女主人公造成了一种来自沉滞的伤害和意识形态化的默许。强弱对比之下,林市显然处于下风:恐惧和悲苦环绕着她,让她得不到片刻的安宁,千百年循环下来的伦常天条和以儒家为核心的封建礼教禁锢着女性的心灵,林市的自由、权利和要求一律受到男性的嘲讽和蔑视,清规戒律像无形的网封锁了性和性心理的禁区。在多重镣铐的钳制之下,林市的一举一动既受到来自他人的监视,又不可避免地让自身受到极大的摧残。

"女性总是被当作空间来对待,而且常常意味着沉沉黑夜(上帝则是空间和光明),反过来男性却总是被当作时间来考虑。"② 昼/夜、时

---

① [法]西蒙娜·德·波伏娃:《第二性》,陶铁柱译,中国书籍出版社1998年版,第688页。
② [法]露丝·依利格瑞:《性别差异》,载张京媛主编《当代女性主义文学批评》,北京大学出版社1992年版,第374页。

间/空间，这种普适性的二元对立模式从男/女角度来解读，引申出另一个层面的对立：强/弱。女性在生理与心理方面的弱，与其说是天生的，不如说是后天形成的。男性世界的异常强大压抑制约着女性生存的方式，线性的权力包裹住了本身就封闭的心灵时间，尽管后者采用了跳跃或流动的方式，但仍处于同一经验范畴内。当男性被赋予伟岸壮硕的心理评价时，留给女性的似乎只剩下娇羞弱小：女性的心理层面的突围要跨越性（生理）和性别（社会）的鸿沟，必须在性别差异确立的前提下把欲望中潜在的幻景和动力变成现实。在寻找欲望突破口或个体身份定位上，出身优渥、受过良好教育的苔蕾丝，她的话语行为所影射的内心真实极为复杂。一方面穿梭于庄园内外与周围优美自然环境之间，在网状结构中不停地压抑和挣脱；另一方面，小镇森林风物的描绘可以视作女主人公心灵的外化，其细节意义在于象征她摆脱家庭、个体与族群的离心力。生活在非人处境中的林市，幼年时期母女二人被族权与夫权恶霸代表的叔叔驱赶出唯一的家园，之后母亲被封建族权势力暴力致死，经常饥肠辘辘的她嫁给屠户后以为从无所依靠的状态可以转为有所依托，但却遭到了前所未有的精神与身体的双重虐待。

## 二 历史与现实的共谋

从历史和现实的双重视角出发，不难发现女性在确立自身地位的道路上正艰难跋涉着。彻底觉醒之前，她们作为沉默的大多数"申明和承认自己是女人，便意味着对某种弱者或劣势地位的认可"[①]，更可能倾向于放弃自身追求。沉重的历史意识和不可推卸的社会意识，与女性的生存体验胶黏在一起，一定程度上消解了女性的性属意义。

两性的冲突无休无止，中法两位作家笔下的女主人公的性属意识在传统范畴内确实扮演着操持家庭内务的妻子角色，但区别在于苔蕾丝不

---

① 戴锦华：《新时期文化资源与女性书写》，载叶舒宪主编《性别诗学》，社会科学文献出版社1999年版，第39页。

甘于在生理和心理上单纯履行妻子的责任与义务,甚至觉得婚后归宿并没有给她带来所谓价值转化和地位提升,绕不开的生儿育女枷锁让其失去了所谓个体的"纯洁性",因而加速了她对婚姻生活的厌倦与扬弃;生活在非人境遇中的林市长期作为男性的附庸而存在,羞辱地维持着基本的生存底线,除了满足丈夫野蛮的兽欲之外必须强制附加传宗接代、开枝散叶的义务,性别差异在这里被经济封杀、意识形态散播和政治暴力淹没,成了可有可无的空洞的符号。

女性是区别于男性的"第二性",这本身反映出概念或价值上的判断,尽管它并不代表什么立场,而处于"被看"地位的女性从此衍生出了"弱者"的微妙含义。波伏娃(Simone de Beauvoir)曾指出:"在性的意义上,男人是主体,所以在正常情况下,男人们被驱使他们接近有别于自己的客体的欲望,搞得相互分离。"① 苔蕾丝似乎反客为主,她不甘心受制于男人,受制于传统的观念,力图证明自己性别上的优势。她乖张多变、充满智慧的头脑极力想解除套在她身上的枷锁。从少女到少妇的阶段中,她似乎并没有感受过恋爱的愉悦与婚后的温情。急于结婚,急于找到自己的归宿,确定自己在生活中的地位和价值的苔蕾丝,自婚姻生活一开始就出现了由她自身引起的性冷淡。这种性冷淡既是生理性的也带有宗教意识色彩,她为自身被丈夫"使用过"不再纯洁而深感痛惜。性心理上乃至性本能上表现出的冷感,迅速升温至性蔑视、性厌恶。在这样的心理温床基础之上,又发酵出了她对事对人的厌烦与对立的因子,当然更多时候这些因子是在安稳平俗的生活表象之下,并未取得行为和言语的合法性。"一个女人的理性本身并非她自身的目的,其作用在于更好地承认她的本质,更确切地说,她的肉体在哪方面压倒了她的精神。"② 为避开"说不清的危险"而找避难所,苔蕾丝经历了精神不足到欲望匮乏的过程,内心不安因子使其性的内驱力无比强大,因而显出几分挑衅意味。可就连这值得骄傲的挑衅,在男性世

---

① [法] 西蒙娜·德·波伏娃:《第二性》,陶铁柱译,中国书籍出版社1998年版,第395页。
② [法] 珍妮薇·傅蕾丝:《两性的冲突》,邓丽丹译,天津人民出版社2003年版,第241页。

界中，如丈夫贝尔纳看来只是鸡毛蒜皮。

李昂一直较为关注女性的性属意义和女性成长命运问题。她的作品自始至终贯穿着很强的女性意识。女性的性/性别立场是人的存在境况的一部分，也是社会性别制度和文化语境的反映。《杀夫》中的性，对林市来说简直是一场灾难，作为一个完整的机制把她逼到孤独和异化的境地。幼年时发现母亲在性与食双重饥饿之下与陌生军人野合，那种强烈的画面保留在林市心里，乃至成年后对于性与食的恐惧皆来源于此，而林市的悲剧起点恰是性政治的暴力的延伸。"爱情与女性主义不可调和的第二个原因来自每个人的二元性，每个人都有精神和肉体、头脑和性；同时也来自于这个现象：即在男女之间，女人守着的是爱情，男人则守着性。"① 《杀夫》中没有爱情。林市与陈江水的结合本身意味着一种不平等：林市作为"物"被卖到夫家。极端的事实把读者引入事件的残酷性中，使读者借助女性意识中弥漫着无处不在的恐惧，打开女性生存现实的灾难之门。林市作为物被卖，又作为物被虐待。陈江水的杀猪情景和林市被其性虐待互相交叠，让男性权力/快感发泄的同时，也使女性的生命和尊严受到极大的蹂躏和践踏。不顾及女性的生命感受和生存体验，以男性粗暴的方式进入女性世界，并且试图对女性构造的幻想进行毁灭。西苏（Hélène Cixous）曾指出："身体被压制的同时，呼吸和言论也就被压制了。"② 身体意识的压制使得林市失语，潜意识的交流被现实强大阻力干预，甚至她的归属感也失去了方向——井边女人的无聊议论，隔绝了她与世俗的牵连，来自女性团体内部的伤害是更巨大的隐形刺痛。外部的压抑加上内部压抑的胶着，失去自由的个体把一切指令投射于自己的心理机制上，造成了性倒错与性紊乱——精神失常下的林市的行为自然而然由隐喻状态转化为明喻状态，即突然由地下转为地上的极端合法性。

性别（Gender）侧重于强调社会性，是关于两性一系列的文化规定、

---

① [法] 珍妮薇·傅蕾丝：《两性的冲突》，邓丽丹译，天津人民出版社2003年版，第227页。
② [法] 埃莱娜·西苏：《美杜莎的笑声》，载张京媛主编《当代女性主义文学批评》，北京大学出版社1992年版，第193—194页。

秩序和规范，也是意识形态合法化的重要标识。性别角色的分化，精神文化领域的裂变，让女性身体和心理极度疲惫。家庭对于苔蕾丝而言无疑是沉重令人窒息的牢笼，丈夫粗鄙不堪，关心财产胜于关心她，外省生活相对于想象中豪华热闹的巴黎而言显得封闭落后，平庸无趣的家庭婚姻生活，让苔蕾丝想逃离。她一切行为的动因并非来自她个性根由，作家并未对其个性提出社会意义的正或负、道德标准的高或低的问题上的批判，而是展示女主人翁乖张行为所带来的人情冷暖、事态变迁的结果，彰显其社会意义与道德意义。"为了制造平等，忘记性别差异是可能的，但是妇女的自由将永远让我们看到一种无法回避的差异的形象。"① 面对世家出身的庄园主丈夫贝尔纳——一个愚昧、冷酷、贪婪、庸俗又顽固地拘守着传统家庭中的一切的人，苔蕾丝那聪明绝顶的头脑岂能甘于就此束缚？苔蕾丝无法容忍的痛苦，是她看出他们的生活是一种"自我异化"的生活。隐蔽在夫妇之爱，亲人之爱等温情脉脉的面纱下的赤裸裸的利害关系，使人与人之间的亲疏聚散无法挣脱这一旋涡的向心力。苔蕾丝企图避难，反而跌进了陷阱：避难成了受难的开始，婚姻成了自由的坟墓。个性上的怪异多变，与生俱来的与世界的格格不入，社会无形的清规戒律，家庭的模式化压抑，让苔蕾丝在牢笼中秘密酝酿着一场毁灭天性人伦的战争。辛辣尖刻的嘲讽以及发涩恶意的行为是苔蕾丝用以抵抗牢笼封锁的惯用方式。可家庭、社会的强大规约，规范力之强大，乃至于任何一种看似尖辣的行为模式都有可能成为日后的笑柄，并用以佐证其强大理性头脑支配下欲望的非逻辑超长轨迹。学者郭宏安认为，苔蕾丝的"举动至少是她试图冲破家庭束缚、摆脱环境窒息的一种努力"②。这种努力的有效性和合理性在小说中显得模糊不清，但有一点可以确定，是她敢于不惜一切手段冲破企图阻挡她的罗网的愿望，尽管愿望在实际上并没有战胜形形色色的障碍。

在中国传统社会中，传统的男权社会为家庭设计好了规范模式：男

---

① ［法］珍妮薇·傅蕾丝：《两性的冲突》，邓丽丹译，天津人民出版社2003年版，第241页。
② 郭宏安：《重建阅读空间》，中国社会科学出版社1989年版，第135页。

人是主体，女人则从属于男人，这注定女人的地位卑微低下。"经济上对男性的依附，使女性为了生存必须取悦于男性，并因之将以男性为中心的父权制文化价值取向内化为自己的行为准则，安于男人指派给她们的地位，不去争取自由。"① 林市幼年受到家族内部的排挤和压制，以其叔叔为代表。林市叔叔象征着封建道德礼教的压迫和束缚，也是男权社会强有力的统治者，对林市的命运有着生杀予夺之大权。经济上的不独立，迫于无奈寄人篱下，生存环境的恶劣，种种原因让林市倍尝身为女人之苦——她是被当作物而不是女人，小说正是以这种隐喻的方式强调了女性地位的绝对低下。商品交易买进卖出对等原则对应的是林市的自由和价值的遮蔽，婚后的林市沦为丈夫陈江水的性宣泄工具。极端的"物化"倾向，日渐销蚀的独立意识，作为物化的非人存在，伴随林市的是丈夫粗暴的惨无人性的类似杀猪时兽性宣泄的快感，与自己的性压抑和性痛苦。家庭内部的暴力行为，让柔弱的林市受尽了虐待，而婚内的性虐待作为性政治的表征强烈地揭示并夸大了两性关系所具有的暴力性。小说中以阿罔官为代表的一群女人一方面是男权社会的受害者；另一方面又是宰杀其他女性的帮凶，精神上的麻木和愚昧又使她们忠实传播男权统治的道德观，成为封建社会的卫道士，她们形成了一种杀人不见血的舆论力量，更深意义则表明中国传统文化造成的集体无意识对女性人格精神的扼杀。西苏提倡："妇女必须通过她们的身体来写作，她们必须创造无法攻破的语言，这语言将摧毁隔阂、等级、花言巧语和清规戒律。"② 可是，作为一个柔弱且没有取得经济独立的女性而言，这样的呼声又显得单薄无力。在性与食、家庭与宗教、丈夫与外人的联合绞杀之下，林市的痛楚撕心裂肺，即便是林市争取去屠场渔场帮工，抑或是用珍藏已久的"开苞钱"购买实现其经济独立的鸭仔等行为，最终也被陈江水带有大男子主义的作风给扼杀。独立生存于家庭以外，抑或逃避暴力婚姻，女性的突围本身受到来自四面八方的压抑，尝试指认幻象并期待破城而出则是女性需深入

---

① 张岩冰：《女权主义文论》，山东教育出版社1998年版，第48页。
② ［法］埃莱娜·西苏：《美杜莎的笑声》，载张京媛主编《当代女性主义文学批评》，北京大学出版社1992年版，第201页。

探讨的空间经验行为。

朱莉亚·克里斯多娃（Julia Kristeva）在《妇女的时间》一文中谈道："与想象的力量的认同并非仅是一种认同，一种想象（对不顾一切代价保持的母性阳具的信仰和崇拜）。尽管社会和象征关系过于规范的观点也许会这样看待。这种认同也显示出妇女从肩上挪开社会契约之中的种种献祭重负，以一种更为灵活、自由的话语来养育我们这个社会的'欲望'。这种话语可以命名那些至今尚未成为社会循环之中的事物：第二性的身体、梦、隐秘之快乐、羞耻及憎恨的迷。"① 健全的家庭和健全的人格的建立，仰赖于两性的齐心构筑。当婚姻家庭成为"围城"，成为暴力倾向的牢笼时，人们往往会选择逃离，尤其是天性敏感的女性沦为受害者时，性的禁忌和性的封闭使女性身心面临着拓荒的可能，背负着灵魂的真实与难度，稍有闪失便会坠入"猎人"的陷阱。苔蕾丝的不甘平庸和林市的忍受痛苦，代表着在女性荒原上的开垦过程中所遇到的阻碍，前者虽然大胆乖张但和后者殊途同归：在城墙上冲撞最终承受来自反弹的阻力。自我价值的认同与破除压抑禁忌是一枚硬币的两面，每一次的尝试撞击都为下一次的攻击提供了某种暗示和支持。

## 三　疯狂的反击

在公共空间领域内，女性对于性压抑、性禁忌的窥破绝非横空出世的神话。性政治清算成为无限膨胀的可能，渐渐地在历史的地图上凸显长久以来被忽视的盲点。而一旦定位之后，个体以及意识的觉醒必将引发前所未有的运动。如果说"性别差异"作为客体真实地存在，那么就性别本身的社会关系历史书写而言，平等与自由的疑难是否可以在主体意识苏醒和主体建构过程中得以解决？两篇小说所给予的答案毋庸置疑非常极端：自由平等的对话权与政治经济的分配权预先嵌入在整个社会

---

① ［法］朱莉亚·克里斯多娃：《妇女的时间》，载张京媛主编《当代女性主义文学批评》，北京大学出版社1992年版，第365页。

网络中，性别差异、身心同一性，以及性政治本体在认识论区域中被干预、消弭和抹除。在重获精神自由、解放身体的归途中，面对困顿冷漠的局势，苔蕾丝采取了下毒的手段，企图逃离家庭牢笼；在被无情碾压、鞭挞之后，身心饱受摧残的林市为了摆脱作为物的交换价值，重拾作为"女人"的生命价值，毅然决然举起屠刀对绑缚在其身上的封建族权、父权、夫权进行淋漓尽致地砍伐与肢解。

苔蕾丝与丈夫贝尔纳一直格格不入，水火不容，在心灵和思想上没有丝毫沟通交流。家庭对苔蕾丝而言就是困厄、压制她的强权机器和牢笼。丈夫从来都不了解她内心渴望自由、注重精神生活的一面，只是一味沉溺于肉体的欢愉中，把妻子仅仅当作泄欲和生儿育女的工具，这与林市的遭遇并无本质差异。保守冷酷的家庭气氛，陈腐落后的门第观念，同床异梦的夫妻生活，这一切让苔蕾丝几乎窒息。在她丰富敏感的内心世界早就秘密进行着灾难的预演，她甚至想象走到树林最为茂密之处，扔下她的香烟头，让满天浓烟席卷整个地区……毁灭天性的心路历程的发源地或许来自她的某种对世俗的背叛。反叛的火种在心中燃烧：在贝尔纳无意中往杯中滴入过量滴剂几乎造成生命危险的时候，目睹这一切的苔蕾丝不仅对此无动于衷，反而从中得到启示，竟偷改药房剂量，想让丈夫因慢性中毒而死，不露痕迹杀死他，却不料事情败露受到审讯。但由于丈夫为了家庭荣誉，身为市长的父亲也不愿为此仕途受阻，大家居然同意欺骗国家法律，向法院提供了伪证，使苔蕾丝无罪开释。男性社会的虚伪与功利和女性的天性尖锐对立着，形成了女性悲剧的根源。作为一个被不幸囚禁的女人，她那返璞归真、渴望自由的触角向四周蔓延，复归自然、恢复人性的手段和目的是除去自我的"异化"。苔蕾丝陷入了精神的痛苦污淖中，单靠个体与整个传统观念抗衡注定要失败。通过个人力量战胜"自我异化"会导致另一意义上的"自我丧失"，这样一种悖反的规律，使苔蕾丝泯灭自我采取反击并获得一定效果的同时，又不得不面对公众的舆论与压力。时时刻刻萦绕不散的梦魇和风雨飘摇的家庭，比起来自未知的危险和沉沦显得那样微不足道。下毒/死亡，是她企图运用个体的力量与整个约束她的男性世界的对抗，这种极端的铤而走险的方式从某种意义上说是非理性和理性支配的共同结果。

身为传统社会中的苦难女性之一的林市的反抗似乎更加极端，她用屠刀像杀猪一样肢解了残暴的丈夫——实质上象征着对男性强权暴政的疯狂肢解。林市地位低下，无固定生活来源，自己安身立命的机会也被男人剥夺。"不许女人参加任何公务劳动，把她排除在男性职业之外，断言她在所有需要付出努力的领域都是无能的，然后又把最精密最重大的任务——塑造人，托付给她：这实在是荒谬绝伦。"[①] 波伏娃一针见血指出了男性排斥女性的不合理因素，被贬损的女性形象是男性刻意扭曲以获得统治权力的前提。野蛮的丈夫对林市采取夫权统治时也采用精神虐待。他明知她胆小，对她进行性侵害时都将明晃晃的屠刀放在一旁；他残忍地刹杀了林市寄予无限希望的鸭仔；他把她带到血腥气息极浓的屠宰场吓唬她，使她几乎精神错乱。在精神恍惚中——屠猪的场景和杀夫的过程始终相随，林市像杀猪一样把丈夫分尸。这样的暴力何尝不是一种"以暴制暴"的抵抗？当然这种暴力性意识的萌生是个渐进过程。身为女人林市也爱美，也曾想象自己能有好看的衣服；她也劝善，希望陈江水不要去赌；她也试图自立，养鸭仔便是例证，然而当男权的利刃毫无人道可言斩杀了女人天真的梦幻时，随之希望破灭，心灰意冷加之精神失衡，后面的彻底决裂、抵牾、反击的结果不得而知。在中国漫长的封建社会时代，女性一直处于被奴役，被看成弱势，性的约束几乎全部指向了女性。从自我的消亡，到自我的苏醒，从自我的迷失，到自我的确定，女性一直试图通过合理有效的抵抗来完成自身价值的转化和角色的蜕变。以林市为代表的一类女性在性政治的暴力压迫下选择了一条极端之路，打破性禁忌的束缚，直逼以陈江水为代表的男子霸权，并随着自我暗示以及社会意识的推进把反抗的因子深深植入女性自身的依托和意识中。

---

① ［法］西蒙娜·德·波伏娃：《第二性》，陶铁柱译，中国书籍出版社 1998 年版，第 593 页。

"男人与女人的历史是由争端组成的一部冲突史。"① 不难发现，下毒的苔蕾丝和将丈夫分尸的林市之间的相似之处在于，她们以极端的不惜同归于尽的方式争取自己的合法权利，来挣脱男性制度的统治，试图建立符合自己的景象世界。不同的是，苔蕾丝的思考和行动显得更恣肆洒脱，她对于个人的认识也绝不仅仅局限于男人与女人的争端里；林市的分尸行为，取决于她太久的沉默和压抑之后的爆发程度，焦点集中体现在男性女性之间性政治的争端。性本能（内驱力）像枚炸弹，只要给予适当的导火索，就会引爆出惊人后果：彻底粉碎囚室的同时，间或失去了终极归宿，使得女性抑或男性不得不面对某种尴尬的政治虚像，这让重建和探索未知领域成了永远解不开的谜团。

## 四 双面镜式的悖论

自我观照和返现他人好比面对一个双面镜，正负错对的极端暴露无遗。在男女愈演愈烈旷日持久的战争中，输赢的代价又岂止是一道法令、一种规约、一种精神所能容纳？女性的性别意义从复苏到彻底觉醒，再到对男性声讨旧账，以获得与其平等的地位，而在这过程中看不见的鲜血、听不到的惨叫淹没在震耳欲聋的呐喊声中了。恣意妄为的疯狂反击之后是否就能获得人身自由或精神解放呢？中法两位作家在此疑问上呈现了截然不同的结果：为照顾所谓家庭门楣荣耀，法律的无力裁决让苔蕾丝被当庭释放，丈夫让她走出闭塞的庄园和小镇，最终放逐至巴黎，而巴黎作为现代性启蒙的潮流中心，在某种程度上或许可以给女主角提供散逸身心和重塑个体的场所；孤苦无依的林市在肆意反击之后，并没有彻底摧毁封建社会套在女性身上的枷锁，虽然她的快意复仇让有期待视野的阅读者产生某种情绪宣泄和创伤修补，但面对她的依旧是人伦中的闲言碎语，固化社会中惊天丑闻的传播以及可能宣判的囹圄之灾。

性别差异毫无疑问包括性生理和性心理两个方面，但性别差异的确

---

① ［法］珍妮薇·傅蕾丝：《两性的冲突》，邓丽丹译，天津人民出版社2003年版，第207页。

立是性本体成立的前提,它涉及男人与女人之间关乎人类理解的同一性。而女性的自由则指明了差异的不可回避性。尽管苔蕾丝聪明绝顶,但她依旧逃脱不了传宗接代的命运,与贝尔纳的婚姻结合也是出于双方的某种程度的财产欲。她想按自己的方式存在,不是按照血缘,而是按照精神,用心来挑选家庭发现真正的亲属。但在现实中失望时常降临,不能按女性规定的方式生活,抹杀性差异(苔蕾丝被视作"怪物"),最终造成了归属感的丧失。为了制造平等而消除性差异本身带有悖论性质。在《杀夫》中,林市作为物被出售,是被贴上了女人这个标签,同样,身为女人是丈夫性宣泄性虐待的工具。林市在女人/非女人/物品这三个怪圈中循环,她的独立意识被分割在三个维度,唯有将这种局面打破甚至以暴力摧毁其中的一部分,她的个体尊严才能得到显形。女性/男性两者合一才构成了人类,单单一个"人"并不足够衬托出男性和女性的区别,抹杀和强调性差异似乎是双管齐下,伴随着个体解放的同时也有失去性属意义的危险。健康的平等意识必须在精神领域通过精神方式内化于两性空间中。

道德与非道德界线的模糊,增加了认识话语和事实真相的难度,苔蕾丝产生过毁灭天性的恶念:想在灌木最茂密的森林扔下烟头,毁灭整个森林,按照社会道德法则来说这绝对是不合法的,但若按照她自身性格逻辑推测确乎又符合人物内心的道德准则。下毒之前的间奏是让她在接受自己现状的同时,撕下伪善的面具,进行毫不留情的争斗,在这个过程中完成她作为一种精神、一种哲学、一种思想的蜕变。超越精神与自我意识,意味着在道德与非道德的圆圈内划出与之隔膜的境地,道德的约束在一定时刻下也形同虚设。身处蛮荒闭塞小镇上的林市可就没有苔蕾丝那样幸运了。被丈夫施虐被迫叫喊,被阿罔官等人误认为是淫荡的叫喊,而她自己深受其害,于是,她每次受侵犯时停止了疼痛的叫喊,结果被丈夫施暴得更惨了。女子的贞节与淫荡被愚昧无知的人们当作封锁女子行径最有效的武器,建立在一代又一代女子血泪和白骨之上的贞节牌坊至今还散发着腐臭的气息。以林市为代表的弱势群体是封建礼教下的牺牲品,而周围不明事理的妇女则是绞杀他人的帮凶。道德观的腐朽和非道德的隐迹，在女性尚待开拓的空间中浮沉。

罪愆与救赎的啮合推动着女性在有限的空间内挣扎、反击。"对于一个基督徒，罪恶始终是最恼人的秘密。如果一个人在历史的罪行中坚持他的信念，他将迷惑于这个永恒的耻辱：救赎显然无用。"[1] 苔蕾丝例证了现代人的某种生活方式：在无限运动的生活中超越自身的经验，以抵制世界的荒谬。现代人的绝望产生于日益荒诞的世界，异化自我使人失去了自己灵魂的同时也失去了个人的命运。苔蕾丝的罪从某种维度而言恰是一种超越羁绊的救赎。与个性张扬的苔蕾丝不同，林市更多的是苦难中式女性的一个浓缩点。林市的处境是女性被男性扼杀生存或希望本能的悲剧，悲剧的构建者除了以林市叔叔、丈夫为代表的男性统治者以外，还有以阿罔官为代表的来自妇女内部的愚昧落后之人。

"花木兰式的情境无所不在。除非我们放弃，退入无言无语，回到我们的黑暗中去。"[2] 进入两性公共空间的前提是男女必须经过一番"化妆"，罪感和救赎的并存需借助性别本能和社会话语的相互调解，纯粹、完美的乌托邦式的共有领域的建立绝非一朝一夕的神话，它需要两性之间的自我完全体认和两性破除镜式悖论的精诚合作。不同时空经纬坐标的中法作家在性别批评的立场上用文字和行动对笔下的人物进行了多面的诠释，尽管两者都持有性别平等自由等观念，但在微观表达上截然不同：浸染宗教思想的法国作家莫里亚克对于女主人公苔蕾丝怀有悲悯之情，在呈现闭塞的旧式传统家庭的阶级门第重负之外，他更注重揭示宗教奥义中的原罪，这种与生俱来的罪愆使女主角不得不在正视自我异化、纯洁被玷污、精神钳制的同时，去寻求女性独立和自由的宗教/世俗的双重救赎；台湾女作家本身的性别立场较之于莫里亚克来说更为尖锐，对于性意识蒙昧、封建糟粕和经济匮乏所导致的以林市为代表的弱者女性的主体性丧失，作家给予了有力的控诉和猛烈的抨击，其目的在于唤醒传统文化与历史积淀下被束缚的女性自我平等与独立自主意识。

---

[1] ［法］弗朗索瓦·莫里亚克：《授奖词》，载［法］弗朗索瓦·莫里亚克《爱的荒漠》，漓江出版社1983年版，第441页。

[2] 戴锦华：《犹在镜中》，知识出版社1999年版，第206页。

## 五　结语

尽管在时间经线与空间纬度上中法两位作家存在着鸿沟，但是透过二者各自创作的小说仍可窥探到女性形象嬗变的异同奥秘。在叙事进程中考察，不难发现两篇小说都存在着女主人公谋害男性的大胆行为：莫里亚克笔下乖戾的苔蕾丝如同诡异的恶之花盛开在作家世代居住的法国波尔多地区，作为生活优渥的中产阶级的一员，她下毒的因由似乎跳脱了经济因素的制约，更多表现在女性心理与身体上的形而上话语反抗以及个体存在与性属意识之间的抵牾；李昂笔下柔弱的林市宛如任人践踏的狗尾草无声无息生长在幽闭的岛屿一隅，作为处于生活底层的代表，她戕害丈夫的根蘖与当时社会经济景况下的封建关系息息相关，被剥夺人身自由与话语权的她最终只能选择形而下层面进行摧枯拉朽式的战斗。从毒害、肢解的实质性身体破坏到象喻性、挑战性的男女文化政治书写，性别差异的畛域并非单纯的以言行事和身体操演可以跨越，两性文化的碰撞与和谐仍在路上。

## 【作者简介】

**陈矿**，戏剧影视文学博士，成都大学中国—东盟艺术学院硕士生导师，中国外国文学法国文学研究会理事，中国比较艺术学学会会员，APH 国际古典学年鉴通讯员，四川省广播影视高等教育学会会员，四川省网络视听协会动漫专委会会员。研究方向为比较文学与艺术理论。

【通信地址】四川省成都市锦江区净居寺路 20 号农科院 11 栋 2 单元 4-7　邮编：610066　电话：15071107580　邮箱：86675298@qq.com

【同意上传知网等网络】同意，陈矿

# 文学与社会新闻研究的几条路径
## ——以法国文学为例

浙江大学外语学院
■赵　佳

【摘　要】文学中的社会新闻的研究重点关注文学对社会新闻的改编，但两者的关系远不止于此。以法国文学为例，本文试图为两者关系的研究提供几种新的思路。首先，本文探讨不同的文体和社会新闻互为影响的不同方式：诗歌的抒情性弱化了社会新闻的叙事性，诗歌也可以通过引入社会新闻实践叙事诗的美学；戏剧的"戏剧性"和社会新闻特有的戏剧性互为渲染；中短篇小说和社会新闻在叙事结构上具有亲缘关系。其次，在文学伦理学视野下本文探究新闻伦理和文学伦理的异同：文学和新闻均具有维护公共道德、恢复社会秩序、净化读者心灵的作用，但文学伦理通过思考法律和僭越之间的微妙关系，试探伦理的界限，体现了复杂的伦理话语的场域。最后，本文从文学的方法研究社会新闻的结构和话语，对"文学性"的挖掘揭示了社会新闻并非忠实再现，它运用文学手法，具有虚构的特征。

【关键词】法国文学　社会新闻　文学类型　文学伦理　社会新闻的结构和话语

## Several Paths in the Study of Literature and Social News
## —A Case of French Literature

【Abstract】The study of social news in literature focuses on the adaptation of social news by literature, but the relationship between the two goes beyond that. This paper attempts to provide several new ideas for the study of the relationship between the two. First, this paper explores the different ways in which different genres and social news influence each other: the lyricism of poetry weakens the narrative of social news, but poetry can also practice the aesthetics of narrative poetry by introducing social news; the "drama" of theater and the drama of social news render each other; short and medium-length novels and social news have a kinship in narrative structure. The "drama" of drama and the drama of social journalism are mutually reinforcing. Secondly, this paper explores the similarities and differences between journalistic ethics and literary ethics from the perspective of literary ethics: both literature and journalism have the role of maintaining public morality, restoring social order, and purifying readers' hearts, but literary ethics tries to explore the boundaries of ethics by considering the delicate relationship between law and transgression, which reflects the complex field of ethical discourse. Finally, the paper examines the structure and discourse of social news from a literary approach, and the "literariness" of social news reveals that social news is not a faithful reproduction, but a fictional character using literary techniques.

【Key Words】 French Literature  Social News  Literary Genre  Literary Ethics  Structure and Discourse of Social News

## 引 言

文学与社会新闻之间的关系由来已久，仅以法国为例，从16世纪的坊间小报开始，民间文学就从奇闻怪谈中获得灵感，18、19世纪报业发展以来，作家—记者的双重身份也使新闻和文学两种文体互相渗透。20世纪下半叶，社会新闻俨然成为新闻报道的趋势，甚至成为一种文化现象。社会新闻的逻辑也浸染到大众文化领域，比如真人秀节目以现实题材为背景，加入侦破、悬疑等叙事手段，推动了犯罪类社会新闻在视听领域中的发展。在纯文学领域，当代法国作家频频借用社会新闻来虚构故事。如"已读"出版社的《犯罪与侦破》系列丛书是以社会新闻为题材，格拉赛出版社也频繁出版了一系列以社会新闻为题材的作品。不仅有杜拉斯（M. Duras）、热内（J. Genet）、罗伯—格里耶（A. Robbe-Grillet）、勒克莱齐奥（J.-M. G. Le Clézio）等经典作家创作了以社会新闻为题材的作品，还有像卡雷尔（E. Carrère）、佛朗斯瓦·邦（F. Bon）、菲利普·贝松（P. Besson）等新一代作家也对社会新闻题材显示出浓厚的兴趣。

研究社会新闻和当代文学之间的关系成为国外学界的一个重要话题。文学和社会新闻之间的关系研究具有多重维度，法国学者约配克（S. Jopeck）的《文学中的社会新闻》和爱夫拉尔（F. Evrard）的《社会新闻和文学》均对此话题有过全面介绍。本文仅选取三个角度对此进行论述：如何用文学的方法研究社会新闻写作；社会新闻和文学类型的关系；新闻伦理和文学伦理的异同。文学对社会新闻的改编已被广泛探讨，从19世纪报业大发展开始，司汤达、巴尔扎克等经典作家便已频繁从社会新闻中获取灵感创作小说，改编是熟悉的研究路径，不纳入本文研究的范围。

在研究文学和社会新闻的关系之前，我们需要对社会新闻进行定义。法国《十九世纪拉鲁斯大辞典》如此定义社会新闻：

> 在这个报刊专栏里，报刊以精巧的方式周期性地刊登世界各地各式各样的新闻：小的丑闻，车祸，恐怖的犯罪，殉情，失足从高楼跌落的人，持械抢劫，蝗灾或蛤蟆灾，海难，火灾，水灾，奇特的遭遇，神秘的绑架，死刑，怕水，吃人，梦游，嗜睡。[①]

从这个定义中我们可以看出社会新闻涵盖了社会生活的方方面面，

---

[①] Franck Evrard, *Fait Divers et Littérature*, coll. «Lettres 128», Paris, Editions Nathan Université, 1997, p. 12.

我们很难从事件的种类出发给予其定义，这也是为什么社会新闻在法语中被称为"杂闻"（fait divers）。但我们可以从《十九世纪拉鲁斯大辞典》的定义中归纳出社会新闻的几个特点。

首先，社会新闻反映的是私人领域的事件，它关乎寻常百姓的日常生活，而非其他新闻那样旨在呈现公共领域发生的影响深远，意义重大的大事件。"显而易见，社会新闻展现的是日常生活中以私人名义出现的人。从本质上说，这是一种近距离的新闻，关注小事件和寻常人的遭遇。"① 日常性有时会成为无足轻重的同义词，社会新闻与政治经济文化类大事件相比，是可以被忽略的"无意义"的事件。政治新闻和社会新闻形成了"意义"和"无意义"的对立："有意义的事件可以进入具有连续性的历史中，与此相比，社会新闻是无意义且具有偶然性的事件［……］对社会的运转并无关键的影响。"②

其次，并非所有的日常事件都能进入社会新闻的视野，从《十九世纪拉鲁斯大辞典》陈列的事件中可以看出，社会新闻关注的事件必须奇特。阿妮克·杜比和马克·李用"奇异"或"日常性的短路"来解释社会新闻中日常性和奇特性相交的现象："日常性的短路一词指出了这类文章中惊讶、不可预见、感人和好奇相混合的特点。"③ 奇特可以指奇特的自然或生物现象，也可以指社会事件中奇特的人伦现象。日常性和奇特性的融合使社会新闻呈现出既保守又背离常规的矛盾特性，正如米歇尔·马非索里所说："社会新闻是这样一种模糊性的清晰表达，它同时表现了保守性和对保守性的嘲弄；它展现了社会生活结构中的双面性。"④

---

① Annik Dubied, Marc Lit, *Le Fait Divers*, coll. «Que Sais-je», Paris, Presses universitaires de France, 1999, p. 54.

② Franck Evrard, *Fait Divers et Littérature*, coll. «Lettres 128», Paris, Editions Nathan Université, 1997, p. 11.

③ Annik Dubied, Marc Lit, *Le Fait Divers*, coll. «Que Sais-je», Paris, Presses universitaires de France, 1999, p. 65.

④ Annik Dubied, Marc Lit, *Le Fait Divers*, coll. «Que Sais-je», Paris, Presses universitaires de France, 1999, p. 55.

## 一 用文学的方法研究社会新闻的结构和话语

社会新闻在主题和风格上与文学创作相近，因此有很多文学研究者从文学的角度对社会新闻写作进行过研究。罗兰·巴特（R. Barthes）和安德列·波提让（A. Petitjean）从结构主义叙事学和话语分析理论出发研究了社会新闻的结构和话语。下文将以这两位的论述为基础，分析社会新闻的"文学性"。

### （一）社会新闻的结构

罗兰·巴特在《社会新闻的结构》开篇将政治谋杀和社会新闻类犯罪事件区分开来。他认为在政治谋杀中，"犯罪事件必然与一个延展的情境相关，这个情境在事件之外，先于事件，并围绕着事件发生"[①]。政治谋杀案必然牵涉现实世界中的情境，需要读者具备文本之外的百科全书知识，对此类叙事的理解不能脱离文本外因素。反之，社会新闻类犯罪事件是一个"完整的信息""内在于自身""其自身已包含了所有信息"[②]。巴特并不否认社会新闻类犯罪事件与文本外因素有关，因为社会新闻必须建立在现实基础上，否则它就成了纯粹的虚构。但巴特认为，文本外的信息已经经过写作者的转换，成为文本内的抽象的信息："有关这个世界的知识仅是智力层面上的，分析性的，经过社会新闻写作者第二手处理。"[③] 从阅读者的角度来说，社会新闻中已经给出了所有与事件相关的信息，所以信息上是完整的。

由此，巴特得出结论：社会新闻的结构是一个"封闭的结构"。在此结构内起作用的是结构内部两个或多个元素之间的关系。社会新闻的

---

[①] Roland Barthes, «Structure du Fait Divers», in Roland Barthes, *Essais Critiques*, Paris, Editions du Seuil, 1964, pp. 188 – 197（p. 188）.

[②] Roland Barthes, «Structure du Fait Divers», in Roland Barthes, *Essais Critiques*, Paris, Editions du Seuil, 1964, pp. 188 – 197（p. 189）.

[③] Roland Barthes, «Structure du Fait Divers», in Roland Barthes, *Essais Critiques*, Paris, Editions du Seuil, 1964, pp. 188 – 197（p. 189）.

结构为文本的自足性提供了佐证，也证明了社会新闻写作和文学写作的相似性。"司法宫刚被打扫。已经有近一百年没有打扫了。"在这个例子中，前一句话并不能构成社会新闻，但第二句话的出现使整个语段成为一则社会新闻。这两句话构成了一种关系，"这种关系构成的问题将形成社会新闻"①。再如，"秘鲁有五千人死亡？"这个标题本身就构成了一则社会新闻，它在"五千"和"死亡"之间建立了一种奇特的关系，解释这两者之间的关系构成了本则社会新闻的要点。显然，社会新闻不在于篇幅长短，甚至无须澄清事件的关键点，重要的是在两个或两个元素之间建立联系，或形成因果联系，或提出一个问题。

就因果联系而言，巴特认为社会新闻所提供的因果解释属于"略显荒唐的因果关系"，或者叫"因果关系失调"："不断重申的因果关系中已经包含了恶化的种子。"②社会新闻中的因果失调有以下两大类：第一类是"不可解释的因果关系"，或者叫因果关系缺失；第二类是"不成比例的因果关系"。第一类可以分为两个小类：奇迹和犯罪。比如像外星人的传闻属于奇迹。不可解释的犯罪事件则属于"被推延的因果关系"③。侦探小说便建立在因果关系推延所形成的悬念上，从这个意义上说，社会新闻中破案的过程使其和侦探小说有天然的相似性，都体现了人类"狂乱地想要堵住因果缺口"的深层愿望。第二类"不成比例的因果关系"也可以分为两类。一类叫"小原因，大结果"，也就是一个很小的原因可以导致一个严重的后果。比如"一个女人砍死了自己的情人，因为他们政治意见不同"，"女佣绑架了雇主的孩子，因为她喜欢这个孩子"。巴特认为此类因果关系会造成对迹象的恐慌，因为任何一个迹象，不管它有多小，都有可能决定事情走向。原因无处不在，"社会新闻说明人始终和另一个事物联系在一起，自然界充满了回响"，另外，

---

① Roland Barthes, «Structure du Fait Divers», in Roland Barthes, *Essais Critiques*, Paris, Editions du Seuil, 1964, pp. 188 – 197（p. 190）.
② Roland Barthes, «Structure du Fait Divers», in Roland Barthes, *Essais Critiques*, Paris, Editions du Seuil, 1964, pp. 188 – 197（p. 191）.
③ Roland Barthes, «Structure du Fait Divers», in Roland Barthes, *Essais Critiques*, Paris, Editions du Seuil, 1964, pp. 188 – 197（p. 192）.

因果关系"不断被不知名的力量破坏 [……] 原因像是先天被另一种叫偶然性的奇怪的力量占据着"①。

另一类"不成比例的因果关系"正是建立在"巧合"的基础上。巴特提到了"重复"和"对立"两种关系。"同一家珠宝店被偷窃三次""一个酒店员工每次买彩票必中",这两个例子表明了在每个单次的事实背后有一种隐秘的联系。即便重复只是建立在巧合的基础上,但仍然揭示了巧合中包含的不为人所知的神秘力量。"对立"则将两个相去甚远的事实作为因果并列,比如"一个女人制服了四名匪徒""冰岛的渔民钓上来一头奶牛"。对立通过打破深入人心的因果关系从而建立不同寻常的因果关系。巴特将其与戏剧联系起来,也让人想到文学中的命运反讽。命运反讽有两种走向,一种是悲剧性的,即一个命不该如此的人在不知情的情况下从命运的高潮跌落到命运的低谷(俄狄浦斯),一种是喜剧性的,即一个罪该如此的人弄巧成拙反害了自己(搬起石头砸自己的脚,偷鸡不成蚀把米……)。两种情况都与社会新闻中的因果对立有相同的结构。巴特认为,巧合中所包含的无法洞穿的因果显示了命运一般的力量的存在:"所有的相反都属于一个被故意建构的世界:隐藏在社会新闻背后的上帝。"② 巴特将此称为"有智慧的但无法被人洞穿的命定性"③。

社会新闻体现了偶然性和必然性、文明和自然之间交互的含混关系。它似乎体现了一种明确的因果关系,然而奇异的因果关系又被巧合支配;在看似有违常理的因果巧合中,又能让人感受到命运的统合力量。"随意的因果关系或是有秩序的巧合,正是这两种力量的结合产生了社会新闻。"④ 由此,我们进入一个表意系统,社会新闻不是一个意义(sens)

---

① Roland Barthes, «Structure du Fait Divers», in Roland Barthes, *Essais Critiques*, Paris, Editions du Seuil, 1964, pp. 188 – 197 (pp. 193 – 194).
② Roland Barthes, «Structure du Fait Divers», in Roland Barthes, *Essais Critiques*, Paris, Editions du Seuil, 1964, pp. 188 – 197 (p. 196).
③ Roland Barthes, «Structure du Fait Divers», in Roland Barthes, *Essais Critiques*, Paris, Editions du Seuil, 1964, pp. 188 – 197 (p. 196).
④ Roland Barthes, «Structure du Fait Divers», in Roland Barthes, *Essais Critiques*, Paris, Editions du Seuil, 1964, pp. 188 – 197 (p. 196).

的世界，而是一个表意（signification）的世界，所有组成叙事的事件并不形成一个明晰的稳定的意义，符号之间的流动组合构成了不断生成意义的表意运动。表意是文学的领域，"在形式的秩序中，意义既被提出，又被否定"①，从这个意义上说，社会新闻写作是文学写作。

（二）社会新闻的话语

安德列·波提让关于社会新闻话语的文章为文学研究者研究社会新闻话语提供了启示。他从"发话"角度出发研究社会新闻中的发话主体。他指出社会新闻中的"发话者"或"叙事者"可以分成两类：一类是"单声"叙事，一类是"复调"叙事。"单声"指只有一个叙事者，通常是记者；"复调"指有多个叙事者，包括记者和其他人物。波提让借用了叙事学家热奈特在《辞书三》中对叙事者的分类②，将记者称为"故事外发话者"，将人物称为"故事内发话者"，比如见证人、受害人的角色。他在此基础上还加入了"边缘发话者"，即处于事件边缘的人物，如警察、医生等，他们"更多起解释的作用，而非讲述的作用"③。

由此可以看到，波提让对社会新闻中的发话现象的分类与文学作品中的叙事者分类非常相似，他借用叙事学中的某些概念来解释社会新闻的发话现象。波提让认为，作为社会新闻记录者的记者是一个"隐身叙事者"，他很少在文中用第一人称称呼自己，报纸在提到他的时候最多用"本报特派记者"等称呼来指代。因此，从文学的角度来说，这是一个透明的叙事者，他将自己的功能仅限于观察、记录，很少直接表达情感或意见。如果借用热奈特的叙事学概念，可以将这个故事外叙事者所运用的视角看作"外视角"④，即叙事者像一架摄影机一样忠实记录事件，他并不深入人物内心，不比人物知道得更多，甚至知道得还要少。为了保持新闻报道的客观性，记者尽可能引用权威人物的见解，少发表

---

① Roland Barthes, «Structure du Fait Divers», in Roland Barthes, *Essais Critiques*, Paris, Editions du Seuil, 1964, pp. 188–197 (p. 196).

② Gérard Genette, *Figure* Ⅲ, Paris, Seuil, 1972, p. 238.

③ André Petitjean, «Les Faits Divers: Polyphonie Énonciative et Hétérogénéité Textuelle», in *Langue Française*, 1987 (74), pp. 73–96 (p. 74).

④ Gérard Genette, *Figure* Ⅲ, Paris, Seuil, 1972, p. 207.

自己的见解。顾理平在《社会新闻采写艺术》中也表示，社会新闻"一般以交代事实为主，不必多发议论，要将作者对事件的评论，不动声色地隐藏在对事件描述之中"①。

当故事外叙事者在自己的叙事中呈现人物的直接引语时，我们从故事外叙事者进入到故事内叙事者。像所有的直接引语一样，人物话语被圈定在引号内，由表示发话的动词引入。当人物的直接引语中再次引入另一人物的话语时，就形成了复调现象，即引语套引语。"[复调]用来制造一种真相的效果，给读者以补充信息的印象。"②波提让认为，记者故意在文章中制造复调效果，起到两个作用：第一，通过制造更多的对话，给予读者身临其境之感；第二，通过援引其他人的话语，避免自己在信息上的误导。如此，记者需要混淆被援引对象和自身话语之间的界限。混淆有三种手法：并不给出被援引话语准确的时空信息，被援引话语因为失去时空坐标而融化在记者的话语中；记者将直接引语转化为间接引语，因为相较于直接引语，间接引语杂糅了叙事者的声音和被转述的声音（参见 A. H. Pierrot）③；记者频繁借用 on 这个法语中的泛指代词，on 并不特指哪个人，它可以指"我""你""我们""你们""他""他们"等，也可以指匿名的公众。记者可以将自己的声音巧妙地融进 on 这个不确指的称呼中。

发话现象中还有一个重要方面——时间，体现在法语中是时态。邦威尼斯特（E. Benveniste）在区分叙述和话语两个不同的发话类型时指出：现在时、复合过去时、将来时属于话语层面，是和发话人说话当下相关的时态。一般过去时属于叙述时态，用来讲述一个和说话人并不相关的故事。未完成过去时同时属于两个发话类型（参见 Emile Benveniste）④。社会新闻在开篇的时候通常会用复合过去时，用来表示案件

---

① 顾理平：《社会新闻采写艺术》，中国广播电视出版社2002年版，第270页。
② André Petitjean, «Les Faits Divers：Polyphonie Énonciative et Hétérogénéité Textuelle», in *Langue Française*, 1987（74）, pp. 73 - 96（p. 76）.
③ 参见 Anne Herschberg Piorrot, *Stylistique de lq prose*, Paris, Belin, 1993。
④ 参阅 E. Benniste, *Problèmes de linguistique générale*, 2 vols, II, collec. «Tel Gallimard», Paris, Gallimard, 1974。

的侦破和审判过程刚过去,甚至还在进行中。故事的主干部分时态选择较多,有复合过去时、历史现在时(以身临其境的方式描述过去发生的事件)、简单过去时(事件完全属于过去,与现在并无太大关系)。记者可以根据想要达到的效果选择时态的运用。故事的结尾一般也以复合过去时终结,用来表示事件所留下的影响和后果,或仍然还在延续的案件。我们可以看到,社会新闻写作中的时态运用和文学作品相比较为单一,这与它的现实相关性有关。但和更为严格的写作类型相比,它又表现出更多时态上的灵活性,是一种介于虚构作品和纪实文体之间的写作类型。

邦威尼斯特的发话理论中第三个方面是"模式"的概念,他将"模式"分为"陈述模式"和"话语模式"。前者主要包括句式,比如肯定句、否定句、疑问句、感叹句等。后者包括表示情态的副词和形容词,或者用来对事情表示主观判断的词。波提让发现社会新闻写作中,频繁出现两种"态"的应用,它们和其他的修饰语一同制造了戏剧化的效果[1]。

波提让用语言学中的"发话理论"和文本诗学中的叙事学理论来分析社会新闻中的发话现象,他所提到的复调现象、时态与语态的分布、词的选择揭示了社会新闻写作并非单纯的类型话语,记者动用丰富的话语技巧铺陈叙事,渲染情绪,传递观点。社会新闻成为某种类文学写作,这使得两种文体之间的互相借鉴和比较具有研究的价值。

## 二 社会新闻与文学类型的关系

社会新闻在写作手法和主题上与某些文学类型相似,而一些文学类型也善于从社会新闻中获取灵感。接下来将以诗歌、戏剧、中短篇小说和侦探小说为例来简单论说社会新闻和文学类型之间的关系。

---

[1] Anfré Petitjean, «Les faits divers: polyphonie énonciative et hétérogénéité textuelle», in *Langue française*, 1987 (74), p. 82.

一般来讲，我们很难想象社会新闻和诗歌之间的嫁接，诗歌独有的抒情性和对意象的强调与社会新闻的叙事性相矛盾。然而，19世纪末以来，诗歌形式的革新使部分诗歌越来越向散文类的文学类型靠近，诗人们试图寻找诗歌未实践过的主题和形式。"诗歌在社会新闻中找到了新的气息。社会新闻使诗歌根植于一种阿波利奈尔所称的'惊讶美学'的新型美学中"[1]。

魏尔伦（P. Verlaine）在《加斯巴·豪斯》一诗中讲述了一个真实的故事。一个叫加斯巴·豪斯的年轻人被称为"欧洲的孤儿"，他自小被抛弃，十几岁时被人发现，不会说话和写字。有消息称他出身于贵族家庭，因为遗产继承问题被抛弃。他被军队收留后学会了读书写字，但屡屡遭受暗杀，最终死于陌生人之手。到死他的身世都是一个谜。魏尔伦以此为灵感创作了一首诗。他在诗中写道：

> 我来了，一个安静的孤儿/宁静的双眼是我唯一的珍宝/我走向大城市的人群/他们并不觉得我机灵。/我二十岁时得了一种新病/爱之火焰让我爱上漂亮女人/她们并未觉得我英俊。/我既无国家也无君主/不甚勇猛却又向往勇猛/我想捐躯沙场/死神却不愿收留。/我是否生不逢时/此时我该作些什么/你们这些人儿啊，我的痛苦如此之深/请为可怜的加斯巴祈祷！[2]

在这首诗中，魏尔伦以第一人称讲述了年轻人加斯巴对自己生不逢时、不被理解的悲叹，诗中既融入了现实中加斯巴的生平遭遇，又加入了魏尔伦自己在彼时入狱的感叹，弱化了社会新闻中戏剧性的一面，维持了诗歌的抒情色彩。

桑德拉（B. Cendrars）在《二十九首有弹性的诗歌》中分别收集了多个社会新闻事件，他有意识地让诗歌语言散文化，在他的诗歌中，

---

[1] Sylvie Jopeck, *Le fait divers dans la littérature*, Paris, Gallimard Éducation, 2009, p. 29.
[2] André Petitjean, «Les Faits Divers: Polyphonie Énonciative et Hétérogénéité Textuelle», in *Langue Française*, 1987（74）, pp. 73-96（pp. 29-30）.

"社会新闻带来了直接的、新的诗歌节奏"①。如以下这首：

> 最后一刻／欧克拉荷马，1914年1月20日／三个囚犯获得手枪杀死狱监／夺取监狱的钥匙／他们冲出监狱／杀死庭院中的四个护卫／然后劫持年轻的打字员／上了一辆候在门外的汽车／他们快速逃离／守卫在枪中上膛／朝逃犯的方向射击 [……]②。

这首诗歌的抒情性完全让位于叙事性，以简单有节奏的语言讲述了一个越狱的故事，诗人并不试图超越社会新闻的框架上升到普遍人性的高度，他借用社会新闻的壳实践一种纯粹的以叙事为目标的诗歌语言。

社会新闻和戏剧的关系也非常紧密。社会新闻本身就包含了戏剧性，奇异和惊讶的效果作为社会新闻的特征之一也是戏剧所要呈现给观众的效果之一，因而在效果或结构上两者是相似的。罗兰·巴特在《社会新闻的结构》一文中所说的失衡的因果关系同样存在于戏剧中，比如古典悲剧中常见的命运反讽，或喜剧中常用的"小原因大结果"和"搬起石头砸自己的脚"的倒错效果。社会新闻是所有新闻类型中最具有戏剧性的，而戏剧也频繁借用社会新闻来增加舞台的戏剧张力。比如法国当代剧作家米歇尔·维纳威尔（M. Vinaver）的作品《寻常》讲述了飞机失事后机上成员坠落在荒僻的山上，不得不依靠互相蚕食得以生存。

维纳威尔将一个残酷的现实情境搬到戏剧舞台上，使之成为一个封闭空间中的极端情境，展现生存欲望下人的煎熬和决绝。另一位当代剧作家贝尔纳—玛丽·考尔特斯（B. M. Koltes）则在《罗伯特·祖克》一剧中展现了一个名为罗伯特·祖克的罪犯犯罪后逃亡的场景，他最终被捕入狱。剧作家将现实生活中罪犯的通缉照片搬上戏剧舞台，混淆现实和舞台，造成真假错乱的舞台效果。剧作家还从现实生活中罗伯特·

---

① André Petitjean, «Les Faits Divers: Polyphonie Énonciative et Hétérogénéité Textuelle», in *Langue Française*, 1987 (74), pp. 73 - 96 (p. 34).

② André Petitjean, «Les Faits Divers: Polyphonie Énonciative et Hétérogénéité Textuelle», in *Langue Française*, 1987 (74), pp. 73 - 96 (pp. 34 - 35).

祖克在天台上行走的一张照片中获得灵感，浓墨重彩地描写了人物在天台上自由行走的场景，将一个普通的生活片段升华为一首追求自由的颂歌，将一个十恶不赦的罪犯塑造成普罗米修斯式的英雄人物形象。社会新闻为剧作家提供了思考现实、判定价值的另一个角度，戏剧也为社会新闻提供了一个凝缩的时空，赋予血腥暴力和极端情境以象征意义。

爱夫拉克在描述两者的关系时，还特意提到了社会新闻中的戏剧性，"在某些犯罪题材的社会新闻中，犯罪场景被精心布置成阴惨的画面，社会新闻的作者出于出名的深切愿望，很具有广告意识，善于激发公众的情绪"[1]。记者动用一些具有舞台效果的手段，通过对细节的夸大描写和对情绪的渲染，煽动读者恐惧、厌恶或害怕的情感。比如记者会运用类似于"读者，请看这恐怖的画面""这是一幅真正的罪犯肖像"等具有视觉引导作用的词汇，用文字模拟视觉效果。"通过具有戏剧效果的修辞，吸引注意力，唤起刺激紧张的情绪，激发想象力。"[2] 戏剧性不光是视觉在文字中的呈现，它还预设了与观众的交流："戏剧性来自这样一个事实，一个发布者（演员、罪犯）向一个接收者（观众、受害人、证人、记者等）通过姿势、言语、听觉和视觉方式传达信息。"[3] 凶犯在作案过程中会为假想的观众精心布置作案场景，而记者在报道时也会考虑到受众的期待而有意夸大。在任何一个隐含了收发两方的交流过程中，只要发出方出于夸大的目的通过外部标识对信息进行处理，就有可能产生戏剧性的效果。

在众多文学类型中，在形式上与社会新闻最为接近的应当是中短篇小说。爱夫拉克指出，法语中 nouvelle 一词既可以指中短篇小说，又可以指新闻，这个词的双重含义表明新闻和中短篇小说之间的亲缘关系。首先，它们在篇幅上相近。其次，它们在情节和结构上也颇为相似。相

---

[1] Franck Evrard, *Fait Divers et Littérature*, coll. «Lettres 128», Paris, Editions Nathan Université, 1997. Gérard Genette, *Figure* Ⅲ, Paris, Seuil, 1972, p. 45.

[2] Sylvie Chales-Courtine, «La Construction de Figures Criminelles Dans les Faits Divers du XIX$^e$ et XX$^e$ Siècles», in *Médias et Culture*, Paris, l'Harmattant, 2008, pp. 49 – 59 (p. 51).

[3] Franck Evrard, *Fait Divers et Littérature*, coll. «Lettres 128», Paris, Editions Nathan Université, 1997, p. 45.

较于长篇小说，中短篇小说情节集中，人物少，关系简单，这点和社会新闻写作相似。爱夫拉克认为，罗兰·巴特在《社会新闻的结构》一文中指出的结构的封闭性对中短篇小说来说尤为如此。"两者都构成一个连贯的统一体，不隶属于之前的任一片段，结局不可逆转，彻底终止行动。"① 费内翁（F. Fénélon）写过《三行体短篇小说集》，每个短篇小说均由一至三行组成，用几句话陈述一个故事，内容上戏仿了社会新闻叙事。比如"她落水了。他跳下水。两人消失了"。"伏尔泰大街126号。一场大火。一个下士受伤。两个中尉头部负伤，一个被梁砸伤，一个被消防员击伤。"② 费内翁的戏仿表明，不管是中短篇小说或是社会新闻，都可以用简单的语言将浓缩的情节解释清楚，体现了它们在结构上的自足性。用巴特的话来说，当两个句子，甚至是一个句子中的两个成分构成一种背离常情的关系时，就可以构成社会新闻的基本结构。

在所有文学类型中，与社会新闻基调最像的应该是侦探小说。可以说，侦探小说和社会新闻的兴起有着同样的社会基础。在伊夫·赫特（Y. Reuter）看来，侦探小说与工业社会的发展和城市化进程有紧密联系。19世纪，工业化进程造成社会阶层贫富差距加大，贫穷导致罪恶，因而公众对于城市的犯罪率颇为担心。犯罪小说、侦探小说和随着报业大发展而来的社会新闻均将目光投向城市中黑暗不可知的角落。另一方面，人民受教育程度和识字率的提高，科技的发展，理性精神的发扬，对私人生活的兴趣都助力于培育一批忠实的读者③。显然，19世纪侦探小说兴盛的原因同样可以解释公众对社会新闻的兴趣。无论从主题还是结构上来说，两者都有相似之处。两者都将目光投向城市中离奇的事件，尤其是犯罪事件，社会新闻为侦探小说提供了素材，而侦探小说则将破案的过程带入到社会新闻的写作中，强化了社会新闻中原本就有的神秘

---

① Franck Evrard, *Fait Divers et Littérature*, coll. «Lettres 128», Paris, Editions Nathan Université, 1997, p. 42.
② Franck Evrard, *Fait Divers et Littérature*, coll. «Lettres 128», Paris, Editions Nathan Université, 1997, pp. 27–28.
③ Yves Reuter, *Le Roman Policier*, Paris, Armand Colin, 2005, pp. 12–13.

因素。

托多洛夫（T. Todorov）在《侦探小说的类型》中将侦探小说分成三种类型：谜团小说，黑色小说和悬疑小说。他将侦探小说拆解为双重结构：犯罪过程和侦破过程。在谜团小说中，犯罪过程隐而不显，侦破过程成为主线，叙事就是侦探追根溯源、寻找真相的过程。在黑色小说中，犯罪过程取代了侦破过程，读者更感兴趣的是组织犯罪的过程以及最后将去向何处，黑色小说"没有终点，叙事者并不对过去的事件进行总结性回顾，我们也不知道他是否将活到最后。预见代替了回顾"①。在悬念小说中，犯罪过程和侦破过程合二为一，罪犯的行动还在进行中，侦探的侦破过程与此并肩进行，"它保留了谜团小说中的神秘因素和过去、现在两条故事线的结构；但它拒绝将第二个故事缩减为一个简单的寻找真相的过程"②。侦破故事作为对犯罪过程有所影响的一个主要因素被融入犯罪故事中。

在犯罪题材的社会新闻中，同样有犯罪和侦破两个过程，但重点往往落在犯罪过程上。社会新闻强调的是人性中非理性的一面，或是事物因果联系中背离常情的一面，因而它将重点放在对犯罪事件本身的渲染上，在这方面它和托多洛夫所说的黑色小说较为接近。"智力和认知上的游戏让位于情绪和认同［……］知识和历险与人物比起来是次要的［……］知识为戏剧性服务［……］暴力和行动处于主要地位［……］人物是形象化的：他们有心理活动，有血有肉，能够引起读者的认同感，激发读者的情绪。"③ 赫特对黑色小说的描述和社会新闻的叙事特征完全吻合，可见社会新闻更强调侦探小说中的犯罪过程。但随着侦破小说越发兴盛，当代社会侦破手段日益发达，公众对侦破过程越发感兴趣，以

---

① Tzvetan Todorov, «Typologie du Roman Policier», in Tzvetan Todorov, *Poétique de la Prose (Choix) Suivi de Nouvelles Recherches Sur le Récit*, Paris, Editions du Seuil, 1971, pp. 55–65（p. 14）.

② Tzvetan Todorov, «Typologie du Roman Policier», in Tzvetan Todorov, *Poétique de la Prose (Choix) Suivi de Nouvelles Recherches Sur le Récit*, Paris, Editions du Seuil, 1971, pp. 55–65（p. 17）.

③ Tzvetan Todorov, «Typologie du Roman Policier», in Tzvetan Todorov, *Poétique de la Prose (Choix) Suivi de Nouvelles Recherches Sur le Récit*, Paris, Editions du Seuil, 1971, pp. 55–65（pp. 56–60）.

至于当代社会中社会新闻的写作和拍摄越来越强调侦破过程。社会新闻中的侦破过程可以由警方或司法权威完成，也可以由记者本人通过对证人等的采访进行推断，但必须严格建立在遵照事实的基础上。在由社会新闻改编的小说中，作家往往会采用犯罪和侦破两条线并行的叙事方式，并由人物或叙事者自己充当侦探的角色，将社会新闻中煽情、戏剧性的一面与侦破小说的唯智倾向结合起来，制造扣人心弦的叙事效果。

## 三 文学伦理和社会新闻伦理的比较研究

社会新闻和文学作品具有不同的载体，面向的读者群并不尽然相同，作者的目的也不尽相同，所以在伦理指向上有差异。我们首先将探讨社会新闻和由社会新闻改编的文学作品共同的社会功能和伦理价值，在此基础上，区分文学作品和新闻之间在伦理道德上的分野。

社会新闻及由社会新闻改编的文学作品都是工业化和都市化的产物，即便它们不以批判社会为指向，也能反映一定的社会现实。正如拉克洛瓦（A. Lacroix）在《罪犯的救赎》一书中说的那样：

> 首先，在工业化社会中，杀人事件的数量比在传统社会和农业社会中要多。暴力指数上升当然可以被解释为文明的变迁，道德和宗教价值的式微，群体感的消逝，社会混乱增加。［……］其次，罪犯不再是均质的一群人，受害人也不再专属于某个阶层。［……］再次，娱乐社会物质丰足，被生活所迫而犯罪［……］很少见。除了出于利益的犯罪和激情犯罪外，还应该考虑到一系列动机不明，出于绝望或迷失而导致的犯罪①。

可见，社会新闻和犯罪文学的兴起，尤其是在当代社会中的兴盛确实与城市化进程有关，它们不仅可以反映不同社会阶层和利益团体之间

---

① Alexandre Lacroix, *La Grace du Criminel*, Paris, PUF, 2005, p.19.

的斗争，同样也折射了都市文化下个体与环境、个体与他人关系的变化。犯罪动机、手段、角色分配的变化从侧面反映了社会的变化。尤其是犯罪事件可以反映出整个社会机体运行中失控的部分，它们"利用某个社会机制中的缺陷，体现了机制的失调"，它们"产生于整个体系的角落和间隙中"①。比如西方当代犯罪小说反映的正是资本主义制度下唯利是图、伦理失衡的社会顽疾："资本主义的逻辑便是经济利益高于伦理顾虑。为了获得财富可以不择手段，除非是被法律严厉禁止的行为。[……] 另外，体系内部并不缺乏有钱阶层和犯罪团伙之间的勾结。"② 社会新闻及其文学在血腥暴力的表象下残酷地揭开了社会的阴暗、虚伪、非人性的一面，用波伏娃的话来说，"粉碎了家庭和心灵伪装的面具"③。进一步而言，甚至罪犯的犯罪手段也可以成为其所在社会的缩影。比如拉克洛瓦认为，当代犯罪小说中连环杀手形象的频繁出现与资本主义发展阶段不无关系，连环杀手展现了资本主义晚期的一些特征："杀手聪明，独立，毫无顾忌和同情心，试图在每一个行动中最大程度实现效率。通过他，谋杀从手工业时代突然过渡到自由职业时代。"④ 正如观众或读者所喜爱的侦探形象在发生变化，他们对某一犯罪形象的痴迷也能够体现社会组织运行方式的变化。

社会新闻从其伦理导向上来说除尽量客观地陈述事件的原貌外，还肩负着教化公众道德的责任。"在西方，公正和正义同义。公正性报道原则不仅是指同样的事情同样对待的处理方式，也包括强调报道的正义性，这种正义性主要体现在有利于国家和人民，以及对人类美好理想的追求。"⑤ 因而，报刊在追求真实性和客观性的同时，需要小心翼翼地维持最基本的公共道德，既不能过度偏袒，也不能走向极端，从某种意义上说，媒体既是公众道德的引导者，也受制于约定俗成的社会道德。社

---

① Alexandre Lacroix, *La Grace du Criminel*, Paris, PUF, 2005, p. 54.
② Alexandre Lacroix, *La Grace du Criminel*, Paris, PUF, 2005, p. 61.
③ Annik Dubied, Marc Lit, *Le Fait Divers*, coll. «Que Sais-je», Paris, Presses universitaires de France, 1999, p. 86.
④ Alexandre Lacroix, *La Grace du Criminel*, Paris, PUF, 2005, p. 160.
⑤ 黄晓红：《迷思为何存在——当代媒体伦理研究》，金城出版社2011年版，第28页。

会新闻和侦探小说的目标均为"社会规则的违反和侵蚀",反映了"某些个体和法律之间的关系,也就说一个社会用来定义自身、保护自身、赖以生存的规则"①。社会新闻和侦探小说以社会规则的破坏为起点,以规则的还原为终点,即便在某些社会新闻中,结局是敞开的,凶手悬而未决,但它所引起的恐慌、悬念、不安在读者心中激起了对安全和秩序的渴望。因此,社会新闻和侦探小说中的犯罪事件虽然"破坏了道德和秩序",对"每个人在日常秩序和社会秩序中的位置提出了疑问"②,但疑问决不能只停留在疑问的阶段,因为社会规则无法也不愿意被深究,必须要迅速过渡到终决阶段,"通过惩罚,它呼唤回归到最令人安心的秩序中去。如此,整个社会机体战胜恐怖,对僭越的力量作出回复"③。社会新闻和侦探小说像一面镜子,将法律运转的机关展示给个体看,等待僭越的将是惩罚,通过不断强化这种印象,起到惩戒的作用。

　　社会新闻及其改编的文学作品的惩戒作用不仅依靠反复强化的惩罚获得,而且还具有戏剧中所说的净化效果。它之所以不断诉诸情绪性的描写,也是想以此激发读者和观众心中隐藏的动物性,逼迫我们直视动物性的毁灭作用,从而更好地疏导和规训可能破坏社会秩序的不良冲动。社会新闻及其文学擅长强化犯罪的恐怖形象,以此提醒读者警惕存在于他人和自身的可怖的兽性。"所有人都是潜在罪犯的想法应运而生。"④"我们每个人身上都有一只狼人在沉睡,连环杀手现象揭示了一个限于迷茫、缺失和绝望中的社会如何寻找坐标和价值。"⑤ 从某种意义上说,社会新闻中的嗜血场景取代了过去的断头台,成为公众可以直接观看参与的公共场景,但又减弱了断头台的暴力程度,使之成为私密性、

---

① J. P. Esquenazi, «Eléments de Sociologie du Mal», in *Médias et Culture*, n° «Fictions et figures du Monstre», Paris, l'Harmattan, 2008, pp. 13-23 (p. 15).

② Franck Evrard, *Fait Divers et Littérature*, coll. «Lettres 128», Paris, Editions Nathan Université, 1997, p. 21.

③ Sylvie Jopeck, *Le Fait Divers dans La littérature*, Paris, Gallimard Education, 2009, p. 101.

④ Sylvie Chales-Courtine, «La Construction de Figures Criminelles Dans Les Faits Divers du XIX$^e$ et XX$^e$ Siècles», in *Médias et Culture*, Paris, l'Harmattant, 2008, pp. 49-59 (p. 55).

⑤ Annik Dubied, Marc Lit, *Le Fait Divers*, coll. «Que Sais-je», Paris, Presses universitaires de France, 1999, p. 81.

个人性、美学化了的"净化"手段。"社会新闻通过将想象投射到现实事件中，通过在日常生活的微叙事中实现欲望，实施了压抑机制。想象中被压抑的内容进入意识中，但被否定，被判刑。"① 这也可以解释为什么公众在面对犯罪新闻的时候同时表现出对罪犯的憎恶和吸引，他们既痴迷于僭越的行为所带来的自由，又对残忍的行为造成的破坏感到害怕。

但文学作品毕竟不能等同于新闻，社会新闻原则上面向所有大众，需要顾及受众的道德底线和倾向性，因而在伦理导向上比较保守。同时，新闻记者需要遵循客观性原则，"超然不掺入自己的偏见，在报道中做到正反互陈，意见和事实分开"②。但"纯粹客观公正、完全平衡中立的传媒仅仅是一种道德虚构"③，不仅因为新闻写作依附于常规写作手段，具有特定的形式，不可能做到完全客观，而且在现实操作中新闻媒体出于政治和商业的考虑，牺牲客观性原则。社会新闻写作者被诟病为"为了发行者私利而办报，一味迎合'读者没有区别的欲望'"；"报纸上所选择的事实，都是好奇性的，具有争斗性和关于性方面等等能刺激本能的事实"④。所以社会新闻记者在伦理导向上会出现自相矛盾的倾向，一方面他们需要顾及公众道德，维持相对保守的伦理策略；另一方面为了发行量和收视率，他们又不惜破坏客观性和隐私权，极力制造轰动效应，煽动公众的感官体验。

相反，作家在利用社会新闻进行写作的过程中可以较少顾及公众道德的普遍倾向，也没有纯粹的客观性的要求，因而在伦理选择上更为个人化。作家虽然也需要考虑公众的接受程度和作品的社会效应，但他所肩负的社会责任与其说是维持既定的伦理秩序，不如说是质疑、甚至挑战现有的伦理。他们可以在现实和虚构交叠的场域中实践一种

---

① Franck Evrard, *Fait Divers et Littérature*, coll. «Lettres 128», Paris, Editions Nathan Université, 1997, p. 22.
② 黄晓红：《迷思为何存在——当代媒体伦理研究》，金城出版社2011年版，第60页。
③ 黄晓红：《迷思为何存在——当代媒体伦理研究》，金城出版社2011年版，第60页。
④ 成鸿昌、赵娟萍编著：《漫谈社会新闻》，新华出版社1994年版，第33页。

极端的伦理或是理想化的伦理。作家在写作过程中往往会借用复调话语，他们会将自己的声音有意呈现在文本中，发表自己的见解；他们也会大量援引司法机构、新闻媒体、社会大众的多方话语呈现纷繁复杂的话语场，但其目的并非推卸话语责任，而是让各方伦理进行碰撞，形成复杂的伦理网络。作家运用的复调是一种复杂的文学现象，它取消了不同话语背后的统一布局者，采用"去中心化"的视角，视角频繁切换，造成一种"事件意义和自我意义的爆裂"[1]，即真理不知在何处的茫然。有时，作家也会采用内视角的方式叙事，站在人物的角度（往往是罪犯），表现他们的情感和忧虑。这种叙述方式是社会新闻中极少见的，社会新闻将罪犯定性为恶魔，而作家则"关注悲剧中未被言说的、人性的背景"[2]，尤其是当罪犯所处的社会风俗和法律有失公允，罪犯不得不走上犯罪道路时。作家在描写犯罪事实的过程中有可能走向一种极端的伦理，即将犯罪美学化，给予罪犯英雄主义的高度。"巧舌如簧的小说家们会使用一整套技巧来宣扬犯罪""使恶相对化"[3]。拉克洛瓦提到托马·德·昆西（T. D. Quincey）在《作为美术的谋杀》中如何宣扬犯罪美学，或者是让·热内在其小说和戏剧中实践的暴力美学，通过颠覆个人和权威之间的力量对比关系而获得了美学的高度[4]。

　　文学中的社会新闻的研究重点关注文学对社会新闻的改编，但两者的关系远不止此。本文试图为两者关系的研究提供几种新的思路。首先，社会新闻和文学类型的关系研究探讨不同的文体和社会新闻互为影响的不同方式：诗歌的抒情特色或者弱化了社会新闻的叙事性，或者通过引入社会新闻实践叙事诗的美学；戏剧的"戏剧性"和社会新闻特有的戏剧性互为渲染；中短篇小说和社会新闻在叙事结构上具有亲缘关系。其次，在文学伦理学视野下研究社会新闻伦理和文学伦理的异同也是重要的研究路径：文学和社会新闻均具有维护公共道德、

---

[1] 成鸿昌、赵娟萍编著：《漫谈社会新闻》，新华出版社1994年版，第116页。
[2] Alexandre Lacroix, *La Grace du Criminel*, Paris, PUF, 2005, p. 124.
[3] Alexandre Lacroix, *La Grace du Criminel*, Paris, PUF, 2005, p. 41.
[4] Alexandre Lacroix, *La Grace du Criminel*, Paris, PUF, 2005, pp. 43–45.

恢复社会秩序、净化读者心灵的作用，但文学伦理通过思考法律和僭越之间的微妙关系，试探伦理的界限，或质疑现有伦理，或思考人性的形成过程，体现了复杂的伦理话语的场域。最后，从文学出发研究社会新闻的结构和话语是法国文论家和语言学家特别的关注点，对"文学性"的挖掘揭示了社会新闻远非透明再现，它具有虚构的人工特性。当代文学中还有其他新现象出现，比如恐怖主义和移民题材的涌现、文学对社会新闻的戏仿、不同媒介类型的迁移等都值得我们在今后进一步研究。

【作者简介】

**赵佳**，文学博士，浙江大学外语学院教授，主要从事法国现当代文学研究。

【通信地址】浙江大学紫金港校区外语学院　邮编：310058　邮箱：zhaojia@hotmail.fr

【同意上传知网等网络】同意

# 左拉与中国的结缘与纠结
## ——以 1915—1949 年左拉在中国被接受为例

首都师范大学文学院
■吴康茹

【摘　要】爱弥尔·左拉自1915年被介绍到中国之后，受到以《新青年》为代表的激进主义文化阵营的推崇，最后被典范化。左拉被典范化之后所产生的文化效应逐渐在中国现代文学的发展及文学现代性的建构中显现出来。左拉在中国被接受与推崇的过程及流变是与中国的现代化启动、民族国家共同体的建立、白话文的提出、新文学变革、写实主义文学的倡导以及后来的现实主义文学的发展都存在着种种因缘。本文以 1915—1949 年左拉在中国的被接受为例，探讨左拉与中国新文学发展及现代性建构之间的交互影响。

【关键词】左拉　自然主义　典范化　中国新文学　写实主义

## Zola's Encounter and Entanglement with China
## —A Case Study of the Reception of Zola in China from 1915 to 1949

【Abstract】Emile Zola was highly regarded and subsequently canonized by Chinese writers of the radical left, following his introduction by the *La Jeunesse* magazine. The cultural effect of Zola's canonization gradually loomed clear in the development of China's modern literature and the construction of literary modernity. It is argued that Zola's reception and canonization in China was intricately connected with the country's modernization, its reformed identity as a national state, the rise of vernacular literature and New Literature, and the development of realism in all its manifestations. Based on the reception of Zola in China from 1915 to 1949, this paper discusses the interactions between Zola and the development of the China's New Literature and the construction of its modernity.

【Key Words】 Emile Zola  Naturalism  Canonization  China's New Literature  Realism

中国现代文学主要指中华人民共和国成立之前三十年的新文学。新文学有别于五四之前的传统文学最显著的特质被中国学者称为"启蒙立场、批判精神和人文关怀"[1]，以及"科学精神和理性品格"[2]。而现代文学这些特质应该说是与中国现代作家身处五四前后现代化语境下接受西学影响而产生的一种文化自觉意识有关，也是这种文化自觉意识的产物。如果要探讨中国现代文学现代性的发生以及建构问题，那么有一个作家是不能被绕过的。这个作家就是法国自然主义文学创始人爱弥尔·左拉。左拉与中国的结缘、他对中国现代作家的影响、他与中国现代文学现代性的建构所发生的纠结可以说是个永远不能穷尽的研究话题。左拉在中国被接受的整个过程可以直接或者间接揭示出中国现代文学发展及其流变的轨迹。

## 一 左拉在中国的出场与中国学界给予左拉的礼遇

自1915年10月15日陈独秀在《青年杂志》的《今日之教育方针》一文中以及1916年2月15日《答张永言》的信[3]中，第一次向中国读者

---

[1] 朱栋霖主编：《中国现代文学史1917—2010》，北京大学出版社2011年版，第32页。
[2] 岳凯华：《五四激进主义的缘起与中国新文学的发生》，岳麓书社2006年版，第267页。
[3] 《陈独秀文章选编》（上），生活·读书·新知三联书店1984年版，第87、110页。

介绍自然主义文学和左拉,这也表明左拉在20世纪初中国知识界正式出场了。此后,陈独秀在《新青年》上又先后发表《文学革命论》和《现代欧洲文艺史谭》等文章向中国读者极力推崇左拉的自然主义文学,并倡导中国新文学须效仿左拉自然主义文学的写实方法、走变革发展之路。其实早在1902年11月14日,梁启超在《论小说与群治之关系》一文中就在中国学界呼吁要创立新小说,强调小说对于变革社会、塑造国民性格的价值及意义。1917年,胡适、陈独秀、钱玄同、刘半农等人又在《新青年》上提出文学革命,倡导白话文,积极借鉴西方现代文艺的主张,此后法国自然主义文学一时间成了中国学界备受关注和推崇的外来文学流派。在如火如荼的文学革命浪潮中,中国知识界给予了左拉最隆重的礼遇,把他奉为中国作家和中国新文学模仿借鉴的楷模和典范。

  当然面对如此尊贵的殊荣和礼遇,1902年就去世的左拉并不知晓。左拉生前也是绝对料想不到自然主义小说会在异域落地生花,尤其能得到遥远而又陌生的中国读者这样热情的接受与推崇。左拉活着的时候,他所选择的作家谋生职业不允许他自由地行走于世界各地。他的足迹也从未到过中国或者东方任何国家。不过在他交往的艺术界朋友中,有一位叫泰奥道尔·杜雷[①],到过埃及、印度、中国和日本旅行。或许从这位朋友的口中,他了解到一些与中国有关的趣闻逸事。可惜的是,他在书中几乎未深入地谈及有关中国的话题。与杜雷不同的是,左拉选择的是近似隐居者的生活。自1866年起,左拉辞去了阿歇特书店广告部主任职位,选择了以写小说和主持专栏评论为主的作家兼记者职业,从此就给自己套上了人生枷锁。他常年像手工作坊里的小伙计那样在自家书房里按照预先拟定的出版计划一部部地写着小说。文学写作几乎剥夺了他享受闲暇的权利。对他而言,除非出于写作的需要,否则外出旅行就是多余。他一生的足迹除法国本土之外只到过英国伦敦,意大利威尼斯、罗马和佛罗伦萨。一次是在晚年因介入德莱福斯冤案而被官方通缉,他只身逃亡伦敦避难,另一次是为了写《三名城》而外出考察。总之,这

---

① 程代熙主编:《左拉文学书简》,吴岳添译,安徽文艺出版社1995年版,第242页。

位连欧洲都未走遍的作家,去世后,他的作品却替代他在世界各地进行着一轮又一轮的"文学之旅",包括进入遥远的中国。

左拉生前十分看重自己在国外的文学声名。早在1878年7月26日,他曾给意大利作家埃德蒙多·德·亚米契斯的一封信中这样感慨:"在法国,人们绝对没有厚待我,直至不久以前才向我表示敬意。因此来自国外的友好握手更使我深受感动。"① 对于左拉而言,或许来自国外的声名及认同可以让他暂时忘却在本国因发表其自然主义小说《小酒店》、《娜娜》和《土地》而遭到各种诋毁谩骂之痛苦。19世纪七八十年代法国学院派大学批评家多次发起文学论战,猛烈攻击左拉的自然主义文学作品,将之冠名为"阴沟文学",抹杀左拉及自然主义小说的诗学价值。这样的谩骂和误读几乎伴随着左拉自然主义文学创作的整个过程。左拉生前很无奈,不得不撰文为自己辩解,并且一再重申:"我们只有靠作品才能显示自己。作品使无能者闭上嘴巴,只有它们能决定伟大的文学运动。"② 左拉在世时,法国批评界对左拉及自然主义文学的批评是相当不宽容的,这也造成了19世纪下半叶自然主义文学在法国毁誉参半的现实命运。不过,与左拉在法国境遇形成对照的是,自19世纪80年代到20世纪上半叶起,左拉及自然主义文学却在国外,如意大利、德国、瑞典,以及日本和中国颇受推崇,不仅在异域落地生根,还衍生出了真实主义、私小说、问题小说等。在20世纪世界范围内,左拉甚至成为许多国家文学变革运动的导火索,成为这些民族国家文学走上现代性追求道路上的推动者。

当然左拉在中国出场后,中国学界随之给予他隆重的礼遇,以敬仰膜拜的态度接纳了自然主义,从此左拉就进入了中国读者的接受视野里了。此后由于被大力推崇,左拉的典范化的文学效应在中国现代小说发展的过程中逐渐凸显出来。如果要认真探讨左拉与现代文学的关系问题,笔者认为必须将左拉放在中外文化交流的视域下来审视。左拉与中国结

---

① 程代熙主编:《左拉文学书简》,吴岳添译,安徽文艺出版社1995年版,第268页。
② 程代熙主编:《左拉文学书简》,吴岳添译,安徽文艺出版社1995年版,第218页。

缘有两个重要的背景。一是晚清以降中国因两次鸦片战争的失败和后来中日甲午战争的失利，开始被迫走上了谋求变革发展之路。中国现代化运动的启动是左拉在中国出场的社会历史语境。正如很多学者所言，中国早期现代化进程启动主要源于外部环境的刺激，即受英法西方资本主义列强侵略的刺激，古老帝国在内部作出了回应。这种回应就是在西方冲击下上至朝廷的士大夫下至一般读书人普遍产生了精神困惑和前所未有的民族危亡的危机意识。这种危机意识也是导致中国最初现代化运动很快从学习和模仿西方科学技术的器物——制度层次的变革向五四运动之后"再造新文明"的文化观念变革的转向[1]。汪晖曾经提出推动五四前后中国文化转向的不仅是"从器物、制度的变革方向向前延伸的进步观念，更是再造新文明的'觉悟'"[2]。也就是说，自晚清以来，中国传统知识分子对中国自秦汉以来三千年未有大的历史变革的现状都有了清醒的认识。他们遂将晚清以来三次战争的失败与大清朝廷政治制度的腐败、国力的衰落联系起来。于是他们提出要改变中国现状，只能走变革发展的现代化道路。然而与这一过程相伴随的就是自我传统文化的失落，中国出现了所谓的现代意义危机。即以儒家思想及信仰为核心的传统文化意义在文人心目中突然间变得不再稳定可靠了。于是从第一代中国现代知识分子康有为、严复、梁启超开始，中国知识界不断地营造一种新的观念，即"中国的意义世界不可靠，必须向西方寻求新的意义"[3]。从晚清到五四时期，中国知识界的启蒙者们在向西方寻求新的意义体系的过程中就已经渐渐走上了"不断追求'新质'的革命性，即转向追求中国文化的现代性的激进主义文化选择的道路"[4]，正是这种激进主义的"文化立场"使陈独秀等人选择了左拉及自然主义文学作为中国新文学

---

[1] 汪晖：《文化与政治的变奏》一文，第 2 页。该文被收录于童世骏主编的《西学在中国——五四运动 90 周年的思考》，生活·读书·新知三联书店 2010 年版，第 2 页注 1。

[2] 汪晖：《文化与政治的变奏》一文，第 2 页。该文被收录于童世骏主编的《西学在中国——五四运动 90 周年的思考》，生活·读书·新知三联书店 2010 年版，第 2 页。

[3] 何俊编：《余英时学术思想文选》，上海世纪出版股份有限公司、上海古籍出版社 2010 年版，第 98 页。

[4] 岳凯华：《五四激进主义的缘起与中国新文学的发生》，岳麓书社 2006 年版，第 9 页。

的学习模仿对象。

二是 20 世纪初中国知识界从提出再造新文明,到再造新文学、新民族、新小说,这种激进主义的文化选择为中国文化、新文学的转型提供了充满活力的现代资源①,也为左拉在中国的出场做好了铺垫。五四前后,因为变革逐步转变成了中国现代化运动的最强音,所以它不仅推动了中国社会历史的转型,也促成了中国新文学的发生。五四前后新文学和新小说的提出并不是梁启超这些现代启蒙思想家的"自我选择",而是基于中国知识分子力求"再造新文明"的"觉悟"。②此外,再造新文明、再造新文学、新民族、新小说等,所有这一切都是基于现代化进程中国需要重建一种新的意义世界的内部需要。所以说在 20 世纪初中国文学界竭力倡导创造中国新小说的过程中,左拉就进入了像陈独秀这样的知识精英的视野。中国学界之所以选择和接纳左拉而不是别的作家,也是因为早期留学日本的中国第一代及第二代知识分子,像梁启超、陈独秀、鲁迅、郁达夫,包括郭沫若等,他们都是在 1902—1922 年先后赴日留学的。而这一时期恰值岛崎藤村、德田秋声、田山花袋、正宗白鸟等一大批日本作家极力推崇左拉及自然主义小说。这些最早在日本留学期间接触了法国自然主义文学的中国学者返回中国后,在中国再造新文学和新小说的运动中很自然地做出的文化选择和文化判断——把左拉的小说看成最具有现代性的进步小说。

正是这些赴日留学的中国知识精英在再造新文学阶段选择了左拉,使左拉与中国"相遇"。而选择左拉作为新文学借鉴模仿的对象,给予其极高的礼遇这种现象,如果简单地用"误会说"来解释,这或许不能真正解释左拉在中国出场的意义。在文化转型期传统文化价值体系崩溃、新的意义体系缺失的情况下,向西方寻求新的意义是必然的选择。而笔者认为正是这种"向西方寻求新的意义"的历史语境成了左拉在中国出场及后来被学界极力推崇的契机,也是中国引入左拉的最初意义所在。

---

① 岳凯华:《五四激进主义的缘起与中国新文学的发生》,岳麓书社 2006 年版,第 10 页。
② 汪晖:《文化与政治的变奏》一文,第 2 页。该文被收录于童世骏主编的《西学在中国——五四运动 90 周年的思考》,生活·读书·新知三联书店 2010 年版,第 2 页。

由此可见，左拉是在一个集体意识出现危机的时代被输入中国的。对他的推崇，不仅集中反映了整个中华民族对于西方现代思想价值和意义的追求，还体现了中国知识精英将左拉看成西方一个意义符号，并对"他"进行所谓的精神想象——乌托邦的虚构。这种虚构想象的结果就是将他抬高、"神化"和"典范化"。当然最初推崇左拉的动机毋庸置疑还是为了重新建构我们民族文化的一套新意义体系。

## 二 结缘后的纠结：利用报刊舆论制造出的典范化与后来小说界的文化论争

左拉及自然主义文学由陈独秀等人介绍到中国后不久，就被典范化，即被推崇为中国新文学借鉴及模仿的范本或者典范。实际上，从文化接受角度来看，中国现代文学对左拉及自然主义的选择与接纳，从一开始就是由本土知识界第一代及第二代知识分子的期待视野和变革社会的意识形态所决定的。而左拉被典范化的过程本身是20世纪初期刚刚形成的中国思想界利用《新青年》等报纸杂志和读书人之间的合作有意制造出的一种舆论效应。它反映出中国学界对"外来文化"或者"法兰西文化"全盘接纳的最初态度和立场。实际上这也是五四前后中国学界一种激进主义文化选择和文化价值判断的结果。当然左拉的典范化更是中国现代文学史上"文化救国"行为的一种表现形式。李欧梵曾经借鉴美国学者安德森的说法，指出五四新文化运动和文学革命发生的背景是中国民族国家的建立。在他看来，民族国家形成"要在政府和主权建立之前经历一个文化的想象过程。在这个过程中，刚好是在新旧交替之间，这一批知识分子创造出来的文化想象里面包括新中国的想象……从这个立场上来讲，小说所扮演的角色也就非常的重要"。① 也就是说以梁启超、陈独秀、胡适为代表的知识分子之所以从最初致力于制度变革转向提倡文学观念的革命，其实他们是意识到了小说具有重新塑造民族魂和改造

---

① 李欧梵：《未完成的现代性》，北京大学出版社2005年版，第27、34、35页。

国民性格的启蒙教诲功能。从提出"新民说"到"再造新文学"主张的提出显然是因为他们对旧帝国、旧制度的失望，才转而思考"中国何以未能形成在生存竞争中获胜所必需的民族特性和民族意志"① 问题。作为五四前后活跃在中国思想界的忧国忧民知识分子，他们这些主张的提出其实都反映出了中国知识分子尝试通过这种文化救国的方式为民族国家建立作出贡献。而"文化救国"就是要树立一个典范，让国民仰慕和学习。但是这一典范如果来自异邦，就必须要通过这些知识分子集体的文化想象和阐释，才能让这一典范为新文学注入新的活力和养料。所以说左拉被典范化其实是五四激进主义文化阵营的人刻意制造出的一种舆论效应或者说是他们发动文学革命的一种策略。

而典范化效应形成之后，在陈独秀以及《新青年》杂志为阵营的激进主义学者看来，左拉及自然主义文学本来是什么，其实已并不十分重要了，重要的是左拉作为文学革命的一面旗帜能否引发中国社会由传统向现代转型以及文学的变革，这才是亟待关注的问题。陈独秀作为向中国学界最先隆重介绍左拉的知识分子，他在推崇左拉的同时在写给友人张永言的信中提到了左拉自然主义小说极淫鄙的看法②，然而实际上他并没有在公开场合否定自己最初的选择，仍然坚持自己的立场，即将左拉及自然主义文学视为中国文学变革的楷模。所以说激进主义阵营对左拉的选择与推崇其实并不是自我的选择，而是回应时代要求的选择。因此他们的选择从一开始就预示着左拉在中国被接受的命运不会是风平浪静的。事实上，左拉被典范化带来的问题后来逐渐演变成中国文坛上各种文化论争的导火索，并因此成为一种纠结。因为中国新文学的演进不可能按照知识精英预先设计好的章法有序渐进地进行，必然会受到内部原因和外部诸多因素的交互影响。

自1915年至1949年，中国文学界先后不断提出革新传统文学观念与形式以适应社会改良与进步的要求，言文合一、"新文体"、"文学革

---

① ［美］格里德尔：《知识分子与现代中国》，单正平译，广西师范大学出版社2010年版，第160页。

② 水如编：《陈独秀书信集》，新华出版社1987年版，第20页。

命"、"新旧文学观"、"民族形式问题"等一系列的文学变革无不对中国现代文学及现代化进程发挥着积极作用。不过这一时期，文坛上有三次大的文化论争与左拉及自然主义被典范化所带来的问题有直接关系。这些论争所纠结的核心问题其实就是如何看待自然主义文学典范化，如何借用自然主义文学来引导中国新文学的变革与发展以及怎样建构中国现代文学的现代性问题。

第一次新旧文化之争（1917—1919），即新文化运动中新文学阵营与复古派之间的论争。这场论战主要是由陈独秀创办的《新青年》发动，最初论争只是胡适和陈独秀两人之间关于文学革命问题的切磋和对话，随后钱玄同和刘半农表示赞同文学革命，并参与了如何对待文言、用不用"狭义之典"、如何采用新名词及评价古代作品问题等的讨论。直至1918年3月15日《新青年》第4卷第3号上发表了由钱玄同（署名王敬轩）写的《给〈新青年〉编者的一封信》，文章作者模仿旧文人的口吻发表了诋毁文学革命的诸多言论，从而引起了强烈反响。后来陈独秀又在1918年9月《新青年》上质问《东方杂志》关于复辟问题，从而掀起了关于"东西文化问题"的论战。这场论战持续到1919年夏秋。第一次新旧文化之争应该说也是激进主义文化阵营与保守主义文化阵营利用报纸杂志的舆论造势所展开的笔战。这场论争虽然围绕着新旧语言形式（白话文与古文）、白话文学与旧文学、如何建设新文学等问题展开，但是论战的结果是新文化终于形成了"运动"，《新青年》杂志也由一种"普通刊物"发展成为"新文化""新思潮"的一块"金字招牌"[①]。正是在这场反对复古派和旧文学的论战中，陈独秀提出了新文学要以左拉及自然主义作为典范的观点。事实上在这场新旧文学之争中，如何看待左拉和评价左拉成为划分和界定新旧文化的一个标准。作为极力推崇法兰西文明的五四新文化代表和知识精英，陈独秀对左拉及自然主义的最初敬仰及接受态度直接影响到了五四前后中国读者对"左拉及

---

① 王奇生：《新文化是如何"运动"起来的——以〈新青年〉为视点》，被收录在《一九一〇年代的中国》，社会科学文献出版社2007年版，第328页。

自然主义小说"接受视野的变化。陈独秀将左拉看成一种"德先生和赛先生"的象征符号,强调左拉的自然主义小说是一种"新小说"。在他看来,这种"新小说"是与中国传统的"旧小说"相对立的。此外,陈独秀还将自然主义小说描述为具有科学精神的写实文学。他还提出了区别"新、旧"文学之标准,即"新"的内涵是要包含科学精神、客观实证方法。在他看来,自然主义小说所具有的科学精神就是"意在彻底暴露人生之真相"。[①] 他还从进化论角度阐释了自然主义文学价值高于浪漫主义文学之处在于它所体现的科学精神和对人及社会的精确理解,因而得出了自然主义文学就是文学革命的参照标本的结论。由此可见,在新旧文学论争中,新文化阵营出于浓厚的政治意识和激进主义文学观,将左拉及自然主义视为新文学的典范并为中国新文学确立了"新"的标准及价值内涵。这一内涵是以科学精神和进化论为依据的。此外,他们在接纳和移植自然主义文学的同时,主张再造一种新文学,即类似于自然主义小说的写实文学。从此,在中国文化语境下就诞生了一个新的概念——"写实主义",这是把自然主义和现实主义两种明显不同的文学混同,合并成为一个流派,并将之冠名为"写实主义",其实这种写实主义的内涵既指向自然主义,又指向现实主义。而"写实主义文学"就是以陈独秀为代表的五四激进知识分子所要再造的一种新型文学,也代表着他们对新文学的一种主观构想。这种文学完全不同于以文以载道为目的的旧文学,而是重在写出具有新时代意义的新思想、新感情。它是写人的文学,写人的平常生活,精确反映社会真相的文学。当然第一次文化论争确实是围绕着中国小说界要不要进行文学革命以及文学革命的必要性来展开的。然而论争的结果确立了左拉在中国小说界的典范化地位,并提出了要以左拉为榜样创造出写实文学。值得注意的是,在第一次论争中,即使在同一激进主义文化阵营中的钱玄同、胡适和陈独秀,他们在看待外来文学及本国古代小说的价值时,最初也各持不同的见解,

---

① 王奇生:《新文化是如何"运动"起来的——以〈新青年〉为视点》,被收录在《一九一〇年代的中国》,社会科学文献出版社2007年版,第20页。

最后通过反复比较中西方小说的优劣，经过彼此的对话和争论，才最终统一到了"应该完全输入西洋最新小说不失为一种独到的目光"[①] 的观点上。当然在第一次新旧文化论争中，《新青年》完全成为主导中国学界主流的话语声音，因此，像"学衡派""甲寅派"中的文人即使对左拉典范化有不同的声音，但是这种声音最后还是被学界的一片赞同声打压了下去。其实"新青年派"与"学衡派"和"甲寅派"在这场论战中，面对东西方文化的优劣各持己见，双方都是有纠结的，这也为下一轮论争埋下了伏笔。

  第二次大规模的文化论争（1921—1927），即"五四"之后新文学建设初期文学研究会与小说周刊《礼拜六》和创造社，以及创造社与太阳社，革命作家与《现代评论》和新月派之间的论争。这场论战持续时间长，涉及的问题比较多，而论战的发起者除茅盾外，还有郭沫若、成仿吾、梁实秋、郁达夫、鲁迅等。实际上，这一时期中国新文学已经有了初步的成就，以现代白话书写的现代小说、新诗、话剧、散文都已粗具规模，涌现了像鲁迅、郭沫若、郁达夫、冰心、徐志摩、梁实秋等一大批作家。第二次文化论争的起因是《小说月报》的革新。论争主要是围绕着中国新文学的社会功用以及文学价值等问题来展开的。20世纪20年代前后，中国的白话新小说创作，尤其是"问题小说"创作呈现出繁荣态势，如鲁迅的白话小说《狂人日记》，以崭新的形式揭示了旧制度吃人的本质，表现了强烈的反封建思想。冰心的问题小说《斯人独憔悴》反映五四学生运动。这些作家的作品具有浓厚的启蒙和教化国人的意义。但是文坛上小说周刊《礼拜六》却发表大量的"言情小说"，即鸳鸯蝴蝶派消遣文学。1921年1月，茅盾接任《小说月报》主编。出于要变革现实的国情需要，他要将鸳鸯蝴蝶派赶出此刊，让《小说月报》成为新文学的阵地。为此他开始积极倡导"为人生"的文学，提倡写"血和泪的文学"，反对无病呻吟，主张文学要揭露社会，发挥唤醒民众意识的启蒙作用。茅盾的一系列举措遭到了鸳鸯蝴蝶派作家的非难与攻

---

[①] 刘炎生：《中国现代文学史论争史》，广东人民出版社1999年版，第14页。

击，于是从1922年7月开始，茅盾便利用《小说月报》作为阵地发起反击。他从1922年7月至1924年7月撰写《自然主义与中国现代小说》等多篇文章，推崇左拉自然主义文学的写实风格，从而在文坛上引发了关于新文学的出路以及写实文学的社会功用等问题的讨论。而这次讨论后来又引发了创造社对茅盾的"为人生"观点的批判。这次关于文学的社会功用问题的大讨论虽然是借用了自然主义小说作为论战的利器，但是发起者茅盾却看出了"自然主义注重实地观察与客观描写，认为这是'经过近代科学的洗礼的'写作态度与方法"[1]。他强调要用自然主义文学的这种创作方法来医治新文学脱离实际的幼稚病。应该看出，在第二次文化论争中，以茅盾为代表的五四之后出现的知识分子已经与五四时期的陈独秀在看待自然主义文学问题上有所不同。茅盾不是单方面地主张将自然主义全盘移植过来，而是强调将"他化"，即简单输入外来文化，用外来思想启蒙教化我们，转变成"我化"，即如何吸收自然主义文学的长处来克服新文学的弊端。其实第二次文化论战的发起者本意是要让中国新文学作家跳出刻意选择问题题材的思路，让他们更关注现实问题、更注重实际生活的观察与描写。由于文学研究会的代表茅盾过于强调文学的社会教化功能，所以他对自然主义小说创作方法的推崇不久就遭到了创造社的郭沫若、成仿吾的质疑。成仿吾指责文学研究会所倡导的写实主义是庸俗主义，它并不能肩负着艺术提升人的精神与情感的伟大崇高使命。他认为左拉要求作家那种不表露任何主观倾向、冷冰冰地展示生活真相的描写方式，是与20年代"人生派"作家呼吁写出血和泪的作品、发挥文学唤醒民众意识的作用是相抵触的。其实成仿吾的观点也间接指出了自然主义文学的弱点。这场论争的结果，没有最终的胜方，各派依然各持己见。事实上，这次论争也没有解决中国新文学应该走什么道路的问题，反而让人们对自然主义文学的典范化作用产生了怀疑和困扰。

从第二次文化论争的结果来看，自然主义文学的典范化问题在20年

---

[1] 温儒敏：《新文学现实主义的流变》，北京大学出版社2007年版，第38页。

代初期中国小说界首次遭到了质疑。因为人们开始质疑自然主义文学观念及创作手法是否适合中国写实主义文学要发挥启蒙大众的需要。而创造社作家则提出了自然主义就是庸俗主义的看法，它引领不了中国新文学。同时，《小说月报》通讯栏中也登载了读者致编者的来信，谈及了他们阅读自然主义小说的真实感受，即自然主义文学只提供黑暗的悲哀，这种写实最终将人们引向悲观主义，而不是乐观主义。实际上在20年代的这场文化论争中，人们所纠结的是两个问题，一是中国新文学要为人生和社会指明方向，而左拉的小说无法为人们指明方向；二是创作"血与泪"的写实文学与自然主义那种客观不露任何倾向性的描写方法是相对立的。其实各派作家的纠结还是体现在对自然主义、写实主义概念术语的不同理解上。而根本的冲突还是这一时期中国新文学恰恰需要作家干预生活的创作态度和立场，这其实是自然主义文学之前的法国现实主义文学作家所主张的。而左拉的自然主义文学本来反对的就是作家过于干预社会的态度。然而由于陈独秀和茅盾等人将自然主义文学等同于写实主义，即现实主义，因而让人们对之产生了误会。显然在这种异样声音出现之后，其实论争过后，茅盾也对于自然主义文学理论能否引领新文学进行反思，后来逐渐意识到自然主义文学其实是承担不了解决这些问题的使命的。

第三次文化论争（1927—1937）的背景是新文学发展遭遇了1927年国共两党分裂以及大革命失败这一特殊政治危机事件。因此历史格局的变化迫使新文学转向了要表现政治革命斗争的题材，也就是说作家要在创作中表明自己的政治立场和态度。所以以郭沫若、成仿吾为代表的创造社作家开始提倡革命文学，他们不久就向不过分表明自己立场的鲁迅提出责难。这一时期围绕着建设革命文学问题，创造社与同样倡导革命文学的太阳社之间以及鲁迅之间展开了论战。这场论战表面上看与左拉自然主义文学似乎没有什么关系，但是关于革命文学题材的争论却引发了人们对现实主义的思考。也就是说，革命文学的倡导者主张新文学要在中国历史的转折点上表现重大的革命题材，要展示知识分子在革命转换的关键时刻的心理历程，更要表现工农大众的革命热情等。然而革命文学的创作同样需要方法论的指导。于是创造社和太阳社的作家都对自然主义能否引导革命文学创作产生怀疑，他们开始把目光投向了域外日本左翼文学和苏联无产阶级文学，以及马克思、恩格斯的文艺理论。1928年7月，《太阳月刊》停刊号开始译介日本理论家藏原惟人的《到新写实主义之路》，"这便是'新写实主义'理论的正式传入"[①]。创造社的蒋光慈曾在《现代中国文学与社会生活》一文中针对茅盾的小说《蚀》，讽刺这位早年倡导自然主义文学的作家是写不出新作品的。因为在他看来，茅盾早年强调小说家创作不能全凭作家本身的经验而要凭借客观的观察，所以他认为茅盾是觉悟不到自己应该肩负着时代使命的。其实蒋光慈在批判茅盾的同时，也从另一个角度否定了自然主义文学理论能够在创作实践中指导革命文学。因此真正能够指导革命文学创作的只能靠另一种文艺理论，即"新写实主义理论"。而据温儒敏的研究，1929年，是中国译介马恩著作的丰收之年，中国知识分子翻译马克思、恩格斯及列宁的著作多达155种，这有利于"新写实主义"的倡导。在他看来，这一时期提出新写实主义理论的主张还是受到苏联和日本的无产阶级运动的影响[②]。由此可见，这一时期中国新文学所要借鉴的思想资源已不再是法兰西文化，而是苏联与日本的无产阶级文学了。而自1931年9月抗日战争爆发之后，中国又出现了民族"救国存亡"问题，加之国民党在国统区对左翼文学实行文化"围剿"，所以处在艰难环境下的左翼作家开始思考新文学的发展方向，强调要坚持文学真实表现生活的必要。所以自1932年到1937年中国新文学渐渐从革命文学向现实主义文学转型。在新的历史语境下，现代文学的左翼政治倾向明显，为此作家世界观问题也就成为文化论争所要涉及的话题。所以第三次论争就发生在革命文学与新写实主义或者现实主义之间的关系问题上。这场论争不仅促使鲁迅、茅盾这些作家去翻译和阅读马恩列斯的著作，后来也促使左翼革命者在内的理论家，如周扬、瞿秋白等去译介苏联学界对

---

① 温儒敏：《新文学现实主义的流变》，北京大学出版社2007年版，第98页。
② 温儒敏：《新文学现实主义的流变》，北京大学出版社2007年版，第101页。

社会主义现实主义的研究资料。瞿秋白为了让学界弄清这些理论问题，还直接根据俄国《文学遗产》的材料将马恩论述现实主义文学的文章译介过来。特别值得一提的是，他将法国马克思主义学派批评家拉法格的文章：《左拉的〈金钱〉》译介过来，此外他还撰写了《关于左拉》的论文。瞿秋白翻译了马恩论述现实主义文学三篇经典性的文章，尤其是《恩格斯论巴尔扎克》和《社会主义的早期"同路人"》[①]。瞿秋白译介马恩论述现实主义文学，尤其是那篇拉法格研究左拉的文章，其最初动机是为了让左翼作家了解现实主义文学的创作方法与自然主义的写法有何区别。他试图从理论上将自然主义与现实主义创作方法谈清楚，这样有助于左翼作家确立其思想立场。然而笔者认为正是瞿秋白的译介最终导致了左翼作家放弃对自然主义的推崇，直至转向接受巴尔扎克的现实主义。此外他的译介作用是让中国学界改变了对自然主义文学价值的认识，重估了法国现实主义文学的价值。此后中国新文学在朝着现实主义方向发展的过程中，小说界给予巴尔扎克的关注要更甚于对左拉的关注。巴尔扎克被推崇最终也导致了左拉在中国的退场。从此自然主义典范化问题也从人们热议的话题中逐渐淡出了。

从第三次文化论争的结果来看，新文学确立选择走现实主义文学的创作道路，中国作家越来越注重民族化文学的建构问题。而在这一过程中，中国文坛上围绕着选择用什么理论来指导中国现实主义民族文学的创作实践问题爆发过论战。这些论战引发了学界关于现实主义的大讨论。这样早先被推崇的自然主义文学又与新写实主义、现实主义发生了纠结。左翼作家最终从国情历史出发，对这三大文学的创作理论进行反复比较，最后作出选择，即扬弃自然主义而选择现实主义。在这场论争中，以瞿秋白为代表的马克思主义批评家没有继续坚持以陈独秀和茅盾为代表的新文学阵营的文化选择，他们从普罗大众的立场重新选择了再造新文学的模仿对象——巴尔扎克。而这一选择最终导致左拉在中国的退场。此后左拉的典范化效应开始逐渐黯淡下去。

---

[①] 《瞿秋白文集》（文学编）第四卷，人民文学出版社1986年版，第Ⅰ页。

## 三 隐性与显性影响：左拉退场之后的中国现实主义文学

从三次文化论争中，我们可以看出，在中国新文学的建立与发展中，左拉的自然主义小说理论成为小说界诸多论战的话题，这些论战在小说界制造出了"理论狂欢"的舆论轰动效应。不过随着30年代中国新文学民族形式问题的提出，中国新文学受苏联无产阶级文学的影响，确立要走真实表现现实生活的现实主义文学道路，左拉也就被巴尔扎克取代了。然而30年代末左拉的退场是否就意味着自然主义文学对中国现代文学的影响力完全消弭了呢？

实际上，在笔者看来，30年代左拉在中国的退场只是自然主义的显性影响力减弱了，但是其隐性的影响力依然存在。因为从比较文学影响与接受研究角度来看，外来文化一旦被接受者输入某一国度，如果不遭遇反抗，反而得到推崇和接纳的话，那么这种被输入的文化就可以与本土文化相融合。但是如果外来文化在被输入和后来的接纳过程中遭遇阻力的话，那么它就会出现变异，变异就是要被接受者改造或者本土化。一种文化的变异本身并非只具有消极意义，相反它更具有生命力，因为作为异质文化，它在被接受者纳入自己本国文化体系中，就要被同质化，重新构造出其本质。而这一重新被构造出的本质其实是被接受者重新赋予它的特质。

那么自然主义文学在中国的实际接受情形是否是这样呢？应该说从1915至1949年自然主义文学被中国接受的情况来看，左拉最初被典范化所发挥的文学效应后来逐渐在新文学的建立与发展中显现出来。从实际情况来看，左拉对中国现代小说的影响力要远远大于巴尔扎克。这是毋庸置疑的事实。虽然左拉进入中国之初（1915年），最先让中国读者熟悉和了解的，不是其作品，而是其理论。而左拉被陈独秀推崇的，也是其写实风格，而非具体哪部作品。那么这种"理论先行"的译介尽管在今天看来，可能不利于文学作品意义的传播及扩散，然而从实际的效应来看，当初左拉被典范化是《新青年》发动文学革命的一种宣传策略或者说一种为制造舆论效应的典型借用法。但是舆论效应产生之后，它更有助于左拉小说在中国被传播与阅读。左拉作品被译介至中国始于1926年，第一个翻译左拉作品的是毕修勺，他于1926年11月5日，在上海立达学会创办的刊物《一般》上发表了左拉的作品《失工》的译文。此后徐霞村从1927年8月开始，在《文学周报》上陆续发表了左拉8部短篇小说的译文。左拉的长篇小说翻译是从1930年中期开始的。30年代中后期，左拉的自然主义小说《小酒店》《娜娜》《卢贡家族的家运》等都陆续被翻译出版。20世纪二三十年代，对左拉小说的翻译让广大读者加深了对左拉自然主义文学的了解。但是笔者所谈及的左拉对中国现代文学的影响，不是从对普通读者意义上的影响，而是针对自然主义文学对早期现代作家的影响，因为这些人才是新中国成立前中国新文学的主体和创造者。他们对左拉的接受才能使自然主义文学真正转化成为现代文学内部发展的重要因素。

虽然到30年代末中国文学界几乎不再推崇左拉及自然主义文学了，但是左拉的退场只是显现的影响力减弱了而已，实际上左拉对于中国新文学发展的隐性影响力依然存在，尤其是对30年代中后期中国现实主义小说创作影响特别大。其中的原因就是左拉在中国文学界最初被典范化所产生的文学效应继续发挥着作用。从典范化的早期，左拉直接或者间接地对五四之后一批现代作家，像郁达夫、张资平的写作产生了影响。五四之后的中国新文学，尤其是问题小说都有左拉影响的烙印。在自然主义文学被视为新文学的标本的示范作用下，新文学在题材的选择、人物的描绘方面都有刻意模仿左拉小说的痕迹。受左拉影响走上小说创作道路的三位现代作家是巴金、茅盾和李劼人。其中，巴金与李劼人是青年时代赴法的留学生，他们在异乡近距离地接触了自然主义文学，巴金不仅读完了左拉《卢贡—马卡尔家族》20部小说，后来还强调因为要学左拉，他才致力于写小说。他的三部曲《家》《春》《秋》的构思和写作都是受左拉的启发。而李劼人在法留学期间阅读、翻译和研究了左拉的自然主义小说。20年代中期回国后，先是从事教育事业，后创办纸厂搞实业，抗战期间，开始致力于文学创作，创作了"大河小说"三部曲。

他在小说创作中借鉴左拉的自然主义写作手法，重视"真实观察"和"赤裸裸的、无讳饰的描写"。茅盾在1921年接任《小说月报》主编时就积极倡导自然主义文学。大革命失败后，他为了谋生，开始了小说创作，他的小说创作中也贯穿着对真实性的追求，强调作实地的观察和描写。这三位作家虽然都敬仰左拉，深受左拉的影响，但是他们后来又对左拉的自然主义文学作了思考和修正，并在文学创作实践中用"本土化"的方式利用和改造自然主义小说。他们都从单纯地模仿左拉的写法到最终选择走向对自然主义进行民族化改造的道路。他们在小说创作中既借鉴了左拉小说中的历史意识、史诗性的宏大叙事、多卷体长篇小说形式、人的本能欲望的毫不讳饰的描写，又遵循着自己对于文学的真诚理解，即文学者决不能离开现实的人生，写民族重大现实题材，深入描绘20—30年代中国真实的社会状态，力图用文学作为武器解决社会问题。应该说这三位作家通过小说创作促进了自然主义与新文学的融合，为现实主义文学的民族化作出了贡献。

## 结　语

从中国现代文学与左拉结缘来看，中国思想界最初引进左拉，是为了要向西方寻找一个意义世界。借用左拉的目的也是用来重新建构中国自己的意义体系。那么左拉在中国的出场究竟给中国带来了什么？五四前后激进主义文化阵营对自然主义的推崇到底为中国再造新文明和新文学起到了何种作用？其实通过上述的回顾与反思，我们可以看出左拉与中国的结缘确实产生了文学效应。这种引入自然主义文学的做法不仅推动了中国新文学的建立与发展，还为中国新文学注入了活力。自然主义让中国新文学远离了"文以载道"的工具性目的，让文学回归到了真正表现"人"的终极目的，让文学焕发了生命力。当然中国新文学虽然最初对左拉及自然主义的接受缺乏批判精神，让它处于引导新文学的主体地位；正是这种单方面的典范化做法在小说界引发了无数次论战和纠结。但是最终中国现代作家还是较成功地将这种外来文化转化为民族文学以及现代性建构的思想资源。经过几代作家的努力，自然主义文学在中国现代文学发展史上逐渐凸显出其隐性的和显现的影响力。

【作者简介】

【通信地址】北京市西三环北路83号首都师范大学文学院　邮编：100089　电话：18911285696　邮箱：wukangru@cnu.edu.cn

# 波德莱尔与雨果美丑观对比

西安外国语大学欧洲学院
■王栗媛

【摘　要】自古希腊起,"美"就是艺术创作的最高理想,其对立面"丑"长期处于边缘地位。18世纪德国古典美学家们率先在宏大的审美理论基础上发展了"审丑理论",自此艺术创作者不再吝于表现丑,为之后雨果浪漫主义美丑观和波德莱尔现代美学思想的产生和实践打下创造基础。雨果所提出的美丑对照原则尽管前所未有地重视了丑在文学中的价值,却仍存在局限;波德莱尔"恶中取美"的美学观建立在唯美主义的基础上,是对前者将美与善混为一谈的突破。两种美学思想各有不同又各具独创性,因此本文采用文献细读法和比较研究法,结合具体文本针对这一问题展开讨论。

【关键词】雨果　美学观　波德莱尔　象征主义

## Comparison between Baudelaire's and Hugo's Views on Beauty and Ugliness

【Abstract】Since ancient Greece, *Beauty* has been the highest ideal of artistic creation, and its opposite *Ugliness* has been marginalized for a long time. In 18th century, German classical aestheticians took the lead in developing "ugliness appreciation theory" on the basis of grand aesthetic theory, which established the legitimacy for artistic expression of ugliness, directly influenced later romanticism and aestheticism, and promoted Hugo's distinctive view of Beauty and Ugliness and Baudelaire's modern aesthetic thought, although Hugo's view attaches unprecedented importance to the value of Ugliness in literature, it still has limitations. Baudelaire's aesthetic view of "Beauty in the evil" is based on aestheticism, which breaks through the former's shackles of confusing beauty with virtue. Although the two aesthetic ideas are different, they have their own originality. Therefore, this article uses the methods of close reading and comparative study to discuss this issue.

【Key Words】 Victor Hugo  Aesthetic View  Charles Baudelaire  Symbilisme

## 一 "丑"的地位转变

西方美学思想的源头可追溯至古希腊，尽管彼时未能确立关于美的知识，却早早形成了对于美的认知。毕达哥拉斯（Pythagoras）认为"美是数的和谐"，以"黄金分割比"理论解释宇宙构成之美，指导美的事物的创造。古希腊人极为崇拜美，认为美是世间万物的最高表达，传统认知中作为美的对立面的"丑"自然而然地被置于尘埃之中：希腊城邦法律明令禁止表现丑；表现丑的诗人在柏拉图（Plato）所设想的理想国中没有容身之处；贺拉斯（Horatius）也在《诗艺》中呼吁舞台上不准出现丑的事物[①]，可见此时丑是完全被艺术家们拒之门外的。中世纪时，宗教神学为了巩固自身地位，不断地描绘诸如地狱、杀戮、魔鬼等丑的元素以神化美的创造者上帝，在此之后的数个世纪里，丑都处于美的附属地位。直至18世纪，启蒙学者们对美丑问题有了更深入的思考，古典美学家们诸如夏夫兹博里（Shaftesbury）、鲍姆嘉（Baumgarten）在宏大

---

① 莫小红：《丑恶怪谲各尽其美——中西古典美学中"丑"的比较》，《吉首大学学报》（社会科学版）2011年第5期。

的审美理论基础上发展了"审丑理论",引起后来学者的广泛关注[①]。1853年德国哲学家罗森克兰兹(Rosenkranz)在其著作《丑的美学》(*Asthetik des Hasslichen*)中指出,丑是美的契机,而康德(Immanuel Kant)所提出的"不受对象制约、无目的"的"纯粹美"概念为艺术表现丑确立了合法性,后来的浪漫主义者和唯美主义者从中深受启发,雨果"美丑对照"的浪漫主义创作方法和波德莱尔"恶中取美"的现代美学思想便可追溯至此[②]。

## 二 雨果:美与丑对照

雨果(Victor Hugo)是法国资产阶级浪漫主义文学之先驱,1827年雨果在自己的长篇剧本《克伦威尔》(*Cromwell*)序言中阐述了美丑对照原则的理论要点,即浪漫主义创作论的核心。他认为世间万物并不像人们所设想和努力实现的那样都是崇高优美的,它们是多面的,"丑就在美的旁边,畸形靠近着优美,粗俗藏在崇高的背后,恶与善并存,黑暗与光明与共",这才是世间万物的本质,因此他所推崇的艺术创作方法是"把阴影掺入光明,让粗俗结合崇高而又不使它们相混"[③]。雨果在后续的戏剧、小说、诗歌创作中均践行着这条准则,《巴黎圣母院》(*Notre Dame de Paris*)就是典型范例。

在《巴黎圣母院》中,加西莫多这一人物形象是雨果创作原则的集中体现。他有着怪物般的畸形样子:独眼、驼背、罗圈腿、奇形怪状的鼻子和眼睛、分别被眉毛和大瘤所遮盖的左右眼,残缺不全、乱七八糟的牙齿……可以说,雨果竭尽所能给这一人物冠上最丑陋的外表,却同时赋予他难能可贵的崇高美好心灵。他知恩图报,由于强抢民女之罪,他在烈日下受鞭笞之刑,口渴难耐向围观众人讨水喝,遭到谩骂、嘲讽

---

① 闵媛春:《西方审丑观念的历史流变》,《社会科学战线》2020年第7期。
② 潘道正:《恶之花绽放的理由——试论波德莱尔的审丑思想》,《兰州学刊》2009年第5期。
③ 柳鸣九主编:《法国文学史》(中),海天出版社2015年版,第160页。

和羞辱,只有爱丝梅拉达不计前嫌送来一壶水,加西莫多因这滴水之恩,后来对即将遭受绞刑的爱丝梅拉达舍身相救;他善恶分明,虽然最初他为了报答克洛德的养育之恩强抢爱丝梅拉达,但在认识到养父恶劣的本性后,他挣开亲情的束缚,大义灭亲以捍卫良知;他甘于奉献,尽管他深爱着爱丝梅拉达,美丽的少女却心有所属,因此他忍受着煎熬亲自请求爱丝梅拉达的意中人与她相会,甚至在爱丝梅拉达死后义无反顾地随她殉情而死。丑陋外表和高尚心灵的强烈对比形成了鲜明的艺术效果和感染力,使加西莫多成为中外文学作品人物形象塑造的典范,正如郑克鲁所评价的那样,"在雨果之前,还没有一个作家如此生动、充分、深刻地表现美与丑的统一。这种形式上的丑和内容上的美的结合,为后世文学创作开辟了一条新路"①。

在1862年问世的《悲惨世界》(*Les Misérables*)中,雨果进一步践行着他的美学思想。故事的主人公冉·阿让出身农民家庭,父母早亡,与姐姐相依为命,长大后他靠修剪树枝挣些微薄的工资,帮助孀居的姐姐抚养七个孩子。一年冬天,冉·阿让失业,使本就困苦的生活雪上加霜。他不忍看姐姐一家受冻挨饿,于是去偷了一块面包,被判了整整五年徒刑,他对判决不服,屡次逃狱未果,反被加刑至十九年。自此,冉·阿让的心中滋生了对社会的怨念。出狱后,苦役犯的罪名也让冉·阿让遭受不少歧视,他变得自私自利,甚至对帮助自己的米里哀主教恩将仇报,故技重施偷了他的银器。令人惊讶的是,米里哀主教并没有予以追究,冉·阿让被主教以德报怨的行为感化痛改前非,从此致力于为社会底层的人民行善举。善本是冉·阿让的底色,他来自社会底层,尽管生活艰辛,他并没有丧失希望,依旧勤勤恳恳工作以维持生计。他做下错事不是为着自己的利益,而是为了报答姐姐的养育之恩。然而,混乱的社会秩序、严重的阶级压迫使纯净的人格底色蒙上了一层阴影,激发出人性中恶的一面。透过人性"丑"的侧面,雨果实质上想反映的是使人心丑化的始作俑者——不公的社会。幸而后来在米里哀主教强大的

---

① 郑克鲁主编:《法国文学纵横谈》,上海文艺出版社2006年版,第94页。

人性光辉的感染之下，冉·阿让迷途知返，奋力揭开了覆盖在良心之上的黑布，被扭曲的灵魂得以涅槃重生。从冉·阿让的人生遭遇中，我们可以看到"美丑对照"原则的多重应用："人性本善"与"丑陋现实"之间的对照、冉·阿让的"扭曲灵魂"和米里哀主教的"人性光辉"之间的对照以及主人公自身"美—丑—美"的人格嬗变，而雨果则坚信"美"的力量，美德自在人心，难免误入歧途之时，美德引导人回归正途。

然而实际上，雨果的美丑观是有局限的。首先，封建主义思潮下伪古典主义创作只表现崇高伟大而排斥生活中平凡粗俗的形象，雨果对此提出批判并提出美丑对照原则与之抗衡。但对于滑稽丑怪的呈现雨果只赋予了它一种效用，就是凸显美，因为崇高表达得太频繁就难免显得单调，崇高与自身无法形成对照，而"滑稽丑怪却似乎是一段稍息的时间，一种比较的对象，一个出发点"，在崇高与滑稽丑怪的鲜明对比中"我们带着一种更新鲜更敏锐的感觉朝着美而上升"①，可见，美丑对照原则的最终目的还是追求崇高伟大，丑依然依附于美而存在，雨果未曾挖掘丑的自身价值。其次，雨果的美丑对照原则除了表现在内容美和形式丑的"灵与肉"式的对照之外，还体现在善与恶的对立，包含着道德教化意味。身处社会重大变革时期，雨果的作品渗透着强烈的人道主义思想，他强调作家的创作应符合一定的道德准则，服务于美学理想。在雨果的认知中，善的即是美的，恶的即是丑的，两者泾渭分明，只不过在不同创作时期的表现程度不同。如果说雨果早期文学创作的人道主义是善和恶一道消亡的话，那么进入创作黄金时期的人道主义就演化为善对恶的战胜并取而代之②。然而正如斯达尔夫人（Madame de Staël）所说，不可否认美能够唤起崇高的情感，进而激发美德，但若有意将道德训诫作为目的，艺术作品的自由自主性必然会遭到破坏③。因此，尽管

---

① 柳鸣九主编：《法国文学史》（中），海天出版社2015年版，第160页。
② 艺丹：《雨果文学创作的人道主义取向》，《学术交流》2014年第7期。
③ Sapiro, Gisèl, «Aux origines de la modernité littéraire: la dissociation du Beau, du Vrai et du Bien», *Nouvelle Revue d'esthétique*, 2010/2 (n° 6): 15.

美与善常常被相提并论，却不能完全等同，有必要区分两者，对待丑与恶亦然。继而，对于美与丑的探索在以波德莱尔（Charles Baudelaire）为代表的唯美主义者之间得到进一步突破。

## 三　波德莱尔：恶中有美

雨果的辉煌文学成就影响着大批后来者，也包括波德莱尔，他既是雨果的追随崇拜者也是竞争者。波德莱尔曾在为《恶之花》（*Les Fleurs du Mal*）所作序言的一份手稿里承认模仿过雨果，并将自己模仿的诗作《七个老头》（*Les Sept Vieillards*）和《小老太婆》（*Les Petites Vieilles*）题献给雨果，表达了对身处社会下层的垂暮老者的关注，某种程度上透露出波德莱尔致力于传达的人道主义关怀。然而对雨果的模仿并不意味着波德莱尔全盘接受雨果式的人道主义和他表现人道主义的方法，如果说雨果一向以精神向导的身份出现，以界限分明的善恶美丑指引人们走向合乎社会道德取向的正确道路，那么波德莱尔则只是用充满想象力而又犀利的笔触描绘神秘的、可怖的、怪异的现实图景，通过强烈尖锐的感官刺激使读者调动自身情绪达成对苦难现实的共同体验，用心灵震撼取代道德训诫和引导。

如果说雨果的美丑对照原则是对古典主义崇高至上论的颠覆，那么波德莱尔则进一步深化了对丑的认识，完全站在古典主义美学观的对立面。雨果看见了现实的丑陋，并把它引入文学，却始终坚信自然和人性中充满美与和谐，波德莱尔却显得更"消极"。就美本身而言，波德莱尔认为绝对的、永恒的美是不存在的，美的本质是短暂性、不可持续性，而我们所认为的永恒不过是从短暂易逝的东西中以感性汲取的一种抽象，首创具有现代性的美学观点[①]。既然不存在绝对的美，那么绝对的是什么呢？波德莱尔认为，是"恶"。不同于雨果的美丑、善恶二元对立、共生共存之说，在波德莱尔看来，恶与生俱来，恶的

---

① 《波德莱尔美学论文选》，郭宏安译，人民文学出版社1987年版，第272页。

存在"始于蓝天",浑然天成。恶劣与罪孽的因子支配着人的灵魂和肉体,而善不过是人为的,是"某种艺术的产物"①。对波德莱尔的这种观点,戈蒂耶评价道:"他不相信人们天生是善良的,倒是认为即使在最纯洁的人们的心灵深处也存在原罪'恶'的因素,因为人们气质中多多少少带有的反常性是罪恶的参谋。"②波德莱尔对恶存在的本质的认识与崇高论的完全反叛,也为确立自己的美学原则打下坚实的基础。

既然恶才是世间万物的本质,那么是不是就无从表现美了呢?对此,波德莱尔站在与唯美主义者相同的立场,认为善与美没有必然联系,道德不应当是表达美的最终目的。唯美主义先行者戈蒂耶(Théophile Gautier)高呼"为艺术而艺术"的口号,在1835年出版的《莫班小姐》(*Mademoiselle de Maupin*)序言中阐述了他的唯美主义思想:"只有毫无用处的东西才是真正美的;一切有用的东西都是丑的,因为它表现的是某种需要③。"同样反对将艺术之美与"有用"混为一谈的波德莱尔对这一观点极为赞同,他大骂"真善美不可分的理论是现代哲学胡说的臆造",如果诗人事先使自己的诗作担负道德目的,就会大大减弱诗的力量,否则会导致诗的毁灭。而真正的、纯粹的、高远的诗中是没有道德标准上的善与恶的。

主张"为艺术而艺术"的唯美主义者们往往因为极端理想化和对道德的完全否决而使这一口号沦为幼稚的空想,相比之下波德莱尔显得更理智,他虽然排斥艺术作品创作过程中的道德目的,却承认艺术作品完成后所具有的功用性。他认为美德与美都很重要,任何一位正常的作家"都不会认为艺术的创造应该对抗伟大的道德准则"④,并且在他看来,美能够激发美德,真正美的诗可以洗礼人的灵魂,使之变得美好,引领

---

① 《波德莱尔美学论文选》,郭宏安译,人民文学出版社1987年版,第505页。
② [法]泰奥菲尔·戈蒂耶:《回忆波德莱尔》,陈圣生译,辽宁人民出版社1988年版,第28页。
③ [法]泰奥菲尔·戈蒂耶:《莫班小姐》(序言),艾珉译,人民文学出版社2008年版,第22页。
④ [法]波德莱尔:《1846年的沙龙》,郭宏安译,广西师范大学出版社2002年版,第321页。

灵魂升向天堂。

那么既然万物本质为恶，善不是美的来源，那么美从何来？波德莱尔在为《恶之花》草拟的序言中给出答案："诗的目的是把善同美区别开来，而美可以从恶中发掘①。"美不等同于美的事物，也不等同于美德，美是一种激情、幻想、欲望，因此从丑恶事物中也能提取到美，波德莱尔则主张从怪异、颓废、丑恶、荒诞的非常现象中提取美。例如，他在诗歌中采用了许多关于死亡的意象——女尸、墓地、地狱、撒旦以表达美的情感。在《腐尸》（*Une Charogne*）一诗中，诗人首先描绘了一具令人恶寒的尸体，"两腿翘得很高，像个淫荡的女子，/冒着热腾腾的毒气，/显出随随便便、恬不知耻的样子，/敞开充满恶臭的肚皮"，丑陋而恶心，而"天空对着这壮丽的尸体凝望，好像一朵开放的花苞"一句又显示出诗人对这具腐尸不同的情感态度。在用"苍蝇""蛆虫"等词语对尸体的丑陋极尽刻画后，诗人话锋一转，竟然将腐尸比作自己的爱人，"是的！优美之女王，你也难以避免……在白骨之间归于腐朽"，当恋人的容貌与腐尸的样子重合后，诗人便不再愿意苛责命定的死亡对人的躯体的腐蚀。死亡腐蚀了有形的肉体，却无法磨灭真挚的爱情，"旧爱虽已分解，可是，我已保存/爱的形姿和爱的神髓！"在汹涌澎湃的爱情激荡下，丑陋恶心的腐蚀和可怖的死亡本身仿佛也成了这至死不渝的爱情的美好见证。

波德莱尔不仅会通过如上述"残酷而恶毒的美"表达自己对死亡、爱情等方面的个人感悟与体验，同样以此表现令人不甚满意的现实。在雨果的影响下，波德莱尔同样关注普通人的命运和日常生活中的诗意。如在《七个老头》中，波德莱尔为我们呈现了既梦幻又充斥着幽灵般阴郁的都市，一位外表怪异的老头形象，"虽不驼背却像折断了腰，脊梁和腿弯弓成直角"。他的眼神"不光是冷淡，而是充满敌意"。接下来的场景却越发诡异，老头由一裂变为二，由二分化为三，一共变幻出了七个一模一样的形象，他们接连跟随，个个脸上冷酷无情。诗人不敢再往

---

① 《波德莱尔美学论文选》，郭宏安译，人民文学出版社1987年版，第3页。

下看，他因这神秘和荒诞的景象感到惊恐，他的灵魂仿佛出离了肉体，心绪无法平定。面对这样的情景，诗人之所以慌张，不是因为怕被某种"超自然"的力量中伤，而是因为他不能以一个旁观者的身份泰然自若地审视他们。或许并不存在七个老头，而是诗人目睹了老头的凄惨境地后不自觉地放大这苦难。这可怜的老头一定受到过摧残和伤害才沦落到现在这副模样，他们是值得同情的，他们眼中的凶光既是对现实世界敌意的反映，也折射出深藏于人自身本性中的恶意。诗人将老人可能遭受过的痛苦掩盖在他丑陋、冷漠、凶狠的外表下，并通过"我"的感受促使读者想象和重建那些痛苦与折磨以感同身受。在大部分艺术创作者通过表现穷苦人的困境和苦难以激起读者同情时，波德莱尔以与他们同欢乐、同悲苦的方式以示关怀。

## 四 结语

综上所述，尽管雨果前所未有地重视了丑的价值，提出美丑对照原则，归根结底对滑稽丑怪的表现还是服务于对美的追求，并寄托于通过表现人性之美教化人的心灵、引领社会秩序。波德莱尔作为雨果的追随崇拜者，汲取了雨果文学创作的养分，更在此基础上挖掘自身独创性。他将真善美分离，排斥作家文学创作中的道德目的，却也承认文学作品的道德功能。也就是说，诗歌若以引人向善为目的就会大大折损自身的美，但真正美的诗歌确能净化人的心灵。善的不一定是美的，丑恶的也不一定不美，正如波德莱尔本人所说："丑恶经过艺术的表现化而为美，带有韵律和节奏的痛苦使精神充满了一种平静的快乐，这是艺术的奇妙的特权之一。"[①]

---

① [法]波德莱尔：《1846年的沙龙》，郭宏安译，广西师范大学出版社2002年版，第75页。

## 【作者简介】

**王栗媛**，就读于西安外国语大学欧洲学院法语语言文学专业，硕士二年级学生，主要研究方向为法国文学。

【通信地址】陕西省西安市长安区郭杜街道文苑南路6号西安外国语大学　邮编：710128　电话：18657962183　邮箱：1477330139@qq.com

【同意上传知网等网络】同意　王栗媛

# 法国文学研究

# 他者的伦理叙事与伦理的叙事学
## ——《一个法国人的一生》家庭观释读

西北工业大学外国语学院
■汪俊辉

【摘　要】让-保尔·杜布瓦的文学作品《一个法国人的一生》以历史为序,以伦理发展为暗线,平实地讲述了主人公保尔·布利科的半生,其家庭背景、对爱情与欲望的探索、对社会道德伦理的思索是该小说留给当代人思索的伦理叙事与伦理的叙事学主题。这些伦理线与伦理结暗含于文本间,作者以叙事策略的选择将这些伦理选择带入读者视野。本文尝试从文学伦理学批评视角出发,分析主人公保尔面对急速转变的时代做出的伦理选择与其展现的伦理价值,以及作者杜布瓦如何通过叙事手段将这一伦理主题蕴于文字之中,从而揭示出处于新时代迅速转变格局中的他者如何做出选择。

【关键词】伦理叙事　伦理的叙事学　他者　《一个法国人的一生》

**Ethical Narration and Narrative Ethics of "Others"**
**—Interpretation of Family View in *Une Vie Française***

【Abstract】The book *Une Vie Française*, written by Jean-Paul Dubois, is developed according to the history and ethics, and tells the lifelong story of the narrator Paul Blick. His family background, exploration of love and desire, and reflections on the social morality and ethics have become the themes of the narrative ethics and ethical narration left by this novel. These ethical lines and knots are implicit between lines, and the ethical choices are presented by the author with the proper choices of narrative strategies. Therefore, from the perspective of literary ethical criticism, this paper tries to analyze the ethical choices and values the narrator made when encountering the rapid changing era, and the ethical themes hidden in the text through narrative strategies, and to further reveal the ways in which the others make ethical choices in the rapid changes.

【Key Words】 Ethical Narration　Narrative Ethics　Others　*Une Vie Française*

经历了 20 世纪全球文学迅速发展的百年，文学理论及批评方法论的创新也随时代呼唤成为 21 世纪文学发展的重要议题。其中文学伦理学批评便是以聂珍钊、伍茂国为代表的中国学者提出的，成为回应世界文学议题下重要文学批评的理论探索与实践。聂珍钊教授在《文学伦理学批评导论》中认为，文学伦理学批评以伦理选择为核心，是一种"从伦理视角认识文学的伦理本质和教诲功能，并在此基础上阅读、分析和阐释文学的批评方法"[1]。由此可见，文学伦理学批评强调对文学文本的伦理阐释。伦理叙事与伦理的叙事学研究便是文学伦理学批评的重要组成部分。

值得一提的是，伦理叙事与伦理的叙事学二者有不同的研究中心。张文红认为，伦理叙事强调"小说文本是诸种伦理关系以叙事话语形式进行的叙事呈现"[2]，也就是说，伦理叙事中蕴含着伦理的批评，要解决"展现何种伦理内涵"、张扬何种伦理的问题。而伦理的叙事学，展现"小说伦理叙事中的叙事目的、叙事原则、叙事规约性和叙事的文化立

---

① 聂珍钊：《文学伦理学批评导论》，北京大学出版社 2004 年版，第 13 页。
② 张文红：《伦理叙事与叙事伦理——九十年代小说的文本实践》，社会科学文献出版社 2006 年版，第 7 页。

场选择等"①，它要解决的问题是"怎样叙事"和"为什么如此叙事"的问题②。亚当·桑查瑞·纽顿（Adam Zachary Newton）最早提出伦理的叙事学，他在《伦理的叙事学》（*Narrative Ethics*）中强调，伦理的叙事学批评可归因于两个方面，一是叙事话语本身的道德伦理取向，二是伦理话语往往依赖叙事结构的呈现③。正如刘小枫所述，伦理的叙事学"讲述个人经历，通过个人经历的叙事提出关于生命感觉的问题，营造具体道德意识和伦理诉求"④。

2004年，法国作家让-保尔·杜布瓦（Jean-Paul Dubois，1950— ）发表小说《一个法国人的一生》（*Une Vie Française*），并凭借该小说斩获2004年法国费米娜文学奖。小说以20世纪50年代至21世纪初的法国生活为背景，以兄弟之死与母亲的悲伤开篇，以主人公保尔·布利科为第一人称叙事视角，重新审视自我的一生。青春时生活平稳：为文凭学习，为爱欲放纵，后因植物杂志摄影的机遇致富，跨越至小资产阶级生活；但当生活进入坦途，打击接踵而至：家庭阴郁束缚，婚姻分歧矛盾，工作进入逆境，亲人接连辞世，女儿精神失常等。这一切都将保尔推向生命的虚无境界。对政治、生活等的伦理思考成为小说的特点之一。

因此，本文从文学伦理学批评出发，分析小说《一个法国人的一生》传递的家庭伦理内涵和叙事结构，揭示小说伦理与叙事结构二者的互动关系，以期丰富文学伦理学的批评实践，同时为我国的家庭伦理构建提供文学思考的维度。

---

① 张文红：《伦理叙事与叙事伦理——九十年代小说的文本实践》，社会科学文献出版社2006年版，第7页。
② 张文红：《伦理叙事与叙事伦理——九十年代小说的文本实践》，社会科学文献出版社2006年版，第8页。
③ Newton, A. Z., *Narrative Ethics*, New York, Harvard University Press, 1997, p. 8.
④ 刘小枫：《沉重的肉身：现代性伦理的叙事纬语》，华夏出版社2004年版，第8页。

## 一 他者伦理与叙事的双向互动

"伦理"是一种"道德规则系统",是"行为的准绳以及道德原则的可靠性与合理性"①。"伦理"一词的使用西方最早可追溯至亚里士多德《尼各马可伦理学》,我国典籍《礼记·乐记》记载"乐者,通伦理者也"②,即礼乐对于人民的伦理教化作用。"伦理"实质上是一种对自身修养的巩固与强化,后由于"伦理学"概念的使用,"伦理"的意义有所延展,将"道德"也纳入"伦理学"的思考范畴内③。"道德"与"伦理"意义相近,但"道德"的指涉一定与他者相关,在与他人关系中后天习得。在亚里士多德《尼各马可伦理学》中将"德性"视为经后天教导与习惯,个体通过与他人的交涉而习得或放弃的一种内化品质,"道德"从习惯中演变而来④。《道德经》中"道德"也关涉与他人间的关系,如"上善若水,水善利万物而不争"⑤,即最高的道德似水,滋养万物,存善利而不争。而"道生一,一生二,二生三,三生万物"⑥,即"道"是阴阳相调的和谐。故"伦理"作为"道德规则系统"是个体按社会和谐存续的他律要求所形成的,具备"建立社会生活秩序,处理个体之间社会关系"⑦ 的基本功能。

基于"伦理"与"道德"梳理,邹渝归纳出四点"伦理"的本质特

---

① 周立梅、楼刚:《厘清伦理与道德的理论价值和现实意义》,《青海师范大学学报》(哲学社会科学版) 2011 年第 4 期。
② 周立梅、楼刚:《厘清伦理与道德的理论价值和现实意义》,《青海师范大学学报》(哲学社会科学版) 2011 年第 4 期。
③ 唐代兴:《伦理存在与德:伦理学的研究对象与范围》,《伦理学研究》2021 年第 6 期。
④ [古希腊] 亚里士多德:《尼各马可伦理学》,廖申白译注,商务印书馆 2003 年版,第 35—38 页。
⑤ 韩鹏杰:《道德经说什么》,江西人民出版社 2019 年版,第 99 页。
⑥ 韩鹏杰:《道德经说什么》,江西人民出版社 2019 年版,第 305 页。
⑦ 周立梅、楼刚:《厘清伦理与道德的理论价值和现实意义》,《青海师范大学学报》(哲学社会科学版) 2011 年第 4 期。

征，包括社会准则性、双向性、他律性、群体自觉性①。黑格尔将这一群体自觉性进一步阐释为，具备自我意识的伦理实体依靠"实存的且发挥效准的精神"，保护自我意识的同时维系"自我意识的现实性"。它的内在本质则是"面临他者"②。"他者"内涵最早可追溯至中国《道德经》的他者蕴含和西方柏拉图对人际关系中当事者主体权力不等的描述，至近现代欧洲现象学及法国存在主义重提的"他者"的哲学观，如胡塞尔（Edmund Husserl，1859—1938）的主体间性③、保尔·利科（Paul Ricoeur，1913—2005）的爱他人之他者④与列维纳斯（Emmanuel Levinas，1906—1995）旁观他者的伦理性⑤，均强调他者的独立主体地位及主体间性，同时，"他者"包括自我内在的他者，他们均具有伦理价值。在存在主义的视角下，"他者"质疑主体的"身份"，这一质疑恰好揭示了个体的主体性与存在，他者也在此过程中明确了伦理价值。由此可见，一般意义上的他者观虽承认他者的同一性，但侧重于他者的差异性，其中包括自我内在的他者与自我的差异性。

他者及其伦理包含在文学伦理学批评之内，"文学作品中在道德行为基础上形成的抽象的道德准则与规范，是对道德的理论归纳概括，并将个人的道德变成集体的和社会的道德"⑥；"不同历史时期的文学有其固有的属于特定历史的伦理环境和伦理语境，文学理解必须让文学回归到它的伦理环境或伦理语境中去，这是理解文学的一个前提"⑦。也就是说，理解文学作品时，带入恰当伦理环境是必要的，以此避免"伦理悖

---

① 邹渝：《厘清伦理与道德的关系》，《道德与文明》2004年第5期。邹渝谈论的社会准则性指伦理维系作为客观存在的社会关系的和谐，双向性指伦理关系双方共同维系和谐关系，他律性指个体遵循作为客观存在的社会关系的要求，而群体自觉性则指伦理说明个体或群体行为的应当理由。
② ［德］黑格尔：《精神现象学》，先刚译，人民出版社2013年版，第273—274页。
③ 张剑：《西方文论关键词：他者》，《外国文学》2011年第1期。
④ ［法］保尔·利科：《作为一个他者的自身》，佘碧平译，商务印书馆2013年版，第270页。
⑤ ［法］伊曼纽尔·列维纳斯：《总体与无限：论外在性》，朱刚译，北京大学出版社2016年版，第268页；此处转引自臧小佳、汪岳辉《共同体的文学面向与"他者"之介入书写——兼谈〈包法利夫人〉》，《西北工业大学学报》（社会科学版）2022年第1期。
⑥ 聂珍钊：《文学伦理学批评导论》，北京大学出版社2014年版，第254页。
⑦ 聂珍钊：《文学伦理学批评导论》，北京大学出版社2014年版，第256页。

论",即"同一条件下相同选择出现的两种在伦理上相互矛盾的结果"①。

## 二 冲突与妥协：一个法国人的家庭伦理选择

聂珍钊教授认为，文学伦理学批评中的伦理选择具有两层意义，一是"人的道德选择"，个体通过不断进行伦理选择获得自我的道德成熟，另一层意思是"两个或两个以上的道德选项的选择"②，个体通过伦理选择体现一定的社会伦理价值。小说《一个法国人的一生》以20世纪后半叶为叙事背景，叙述了保尔六十余年的经历，面对家庭责任的人性与情人美貌诱惑的兽性，直视勤奋积极的人性与趋利避险的兽性，保尔需要面对的绝非简单选择，而是对家庭伦理、阶级伦理的思考，如何稳定现实共同体中和家庭关系中的斯芬克斯因子是横亘在保尔面前无可避免的问题，保尔对此并非很清楚："生活只不过是幻境的纤维，它将我和其他人相联系，使我们相信，我们以为至关重要的生命存在，只不过完全是虚无。"③面对现实的"虚无"观即是证明。他的选择从社会关系和家庭伦理角度给予现代人以启示。

在家庭伦理方面，家庭是"精神的直接实体，其个体性的自我意识在这种统一性中是作为自在自为存在着的本质性的东西所具有的"④。因此在家庭关系中，个体不再是单一的，而是作为家庭成员存在的，个体性在家庭中是整体同一性的一部分，且家庭具有几个非常重要的要素，即婚姻关系、家庭财产与子女。而婚姻关系是家庭中"最为直接的伦理关系"之一，包含了"性的冲动与欲望"和"婚姻出于法律的契约关系"⑤。在杜布瓦笔下，保尔的家庭伦理观便暗含在家庭叙事中。

在保尔的婚姻关系建立前，小说出现了几组包括大卫·罗沙、房东

---

① 聂珍钊：《文学伦理学批评导论》，北京大学出版社2014年版，第254页。
② 聂珍钊：《文学伦理学批评导论》，北京大学出版社2014年版，第267页。
③ Dubois, Jean-Paul, *Une Vie Française*, Paris, éditions de l'Olivier, 2004, p.452.
④ ［德］黑格尔：《法哲学原理》，邓安庆译，人民出版社1970年版，第298页。
⑤ ［德］黑格尔：《法哲学原理》，邓安庆译，人民出版社1970年版，第300页。

朋友波斯特尔茨维斯、十五岁时的情侣西尼卡·瓦塔宁、牙医助手玛丽等帮助保尔情欲成长的重要关系。保尔出生在布利科家族，作为家族第一继承人的哥哥去世后，保尔眼中"丑陋、恶毒、刻薄、无信义"①的祖母玛丽更加厌恶他，仅仅因为他的母亲克莱尔出身于贫穷家庭。生活在强势女权家庭中的保尔缺乏一定的男性气质，称自己为"生命潮流中的局外人"②，这也为性欲（作为兽性因子）得不到适度宣泄与引导以及日后的情欲关系埋下伏笔，直到他遇见"没有一丝道德观念"③的同伴大卫·罗沙。在保尔看来，大卫是健康、极具男子气概、又有极强征服力的男性，他丝毫不压抑自己对于性欲的渴望与追求，是释放兽性因子、抑制人性因子的典型，他曾说出"要是我妈漂亮，我会干她"④一类话语，也会用大块牛肉来解放自己的欲望，同时他也会因为大卫父母在公开场合的爱抚与拥吻感觉到"大大超出了我周围夫妇们感情流露的范围"⑤。这一切让保尔大为震惊，自此，他开始释放自我的生理欲望和饥渴。当家族送保尔去伦敦学习时，他与波斯特尔茨维斯的故事便开始了，后者以"供养少年情人为职业的女赠与者"⑥的身份引导保尔释放欲望，满足生理对于亲热与性的需要。十五岁的保尔与西尼卡在布莱顿海岸的相遇彻底改变了他对于性欲的单纯追求，他将西尼卡誉为"世界上最可爱、最温柔、最单纯的女人"⑦，这也是保尔逐渐从兽性的人向道德的人过渡的重要节点。正如保尔所说，"无疑我正在成为一个年轻男人"⑧。而牙医助手玛丽的出现调节了保尔对爱与性欲之间的关系，当保尔因为牙疼而到玛丽的老板、情人埃德加·胡佛处治疗时，得知"我"与玛丽关系的胡佛与"我"开展了一番较量，"亲爱的"的称呼第一次出现在

---

① Dubois, Jean-Paul, *Une Vie Française*, op. cit., 2004, p. 8.
② Dubois, Jean-Paul, *Une Vie Française*, op. cit., 2004, p. 15.
③ Dubois, Jean-Paul, *Une Vie Française*, op. cit., 2004, p. 27.
④ Dubois, Jean-Paul, *Une Vie Française*, op. cit., 2004, p. 29.
⑤ Dubois, Jean-Paul, *Une Vie Française*, op. cit., 2004, p. 29.
⑥ Dubois, Jean-Paul, *Une Vie Française*, op. cit., 2004, p. 41.
⑦ Dubois, Jean-Paul, *Une Vie Française*, op. cit., 2004, p. 44.
⑧ Dubois, Jean-Paul, *Une Vie Française*, op. cit., 2004, p. 45.

胡佛口中，而抗生素过敏也使保尔付出了惨痛的代价，使"我"成为一个"麻醉剂依赖者"，且"无法再给亲爱的带来幸福"①。

保尔与妻子安娜建立婚姻关系后，他的家庭身份发生了变化。从家庭背景来看，安娜生于《体育画报》老板之家，家庭富足，保尔也生于法国资产阶级家庭，后找到体育专栏记者的工作，成为一名新闻工作者。从性情吸引来看，保尔喜爱安娜身材饱满，她"高雅的臀部""充满活力的胸脯"②无不使保尔沉迷，同时，保尔"也爱着这种消费主义者的闲逛"③，实则也是从另一角度反映了安娜家庭殷实的情况。虽然保尔最后成功追求到了安娜，并与安娜生育儿女，但是他们之间存在着种种分歧，即使保尔与安娜两人"情感与肉体的结合"将他们绑定，但实际上只是"掩盖了一桩深刻的社会地位不般配的婚姻"④，这种不可调和的矛盾在婚姻中撕开了裂口。这一切都使保尔离开《体育画报》，投入无休无止的、最简单的家务的重复操持之中，而安娜则全身心地投入生意当中，保尔与安娜的家庭身份与原有社会家庭结构相背离，保尔成为家庭操持的"主夫"形象，而安娜则成为操持家业的女企业家的"顶梁柱"形象。正如保尔所说，"安娜越来越像她的时代：蛮横无理，贪婪，渴望拥有，获得"⑤。两人间的亲密关系也在不断的猜忌中走向终点。保尔宁愿花费金钱去购买博杜安—拉迪格的时间听他说话，也不愿意与自己的妻子安娜多说一句，甚至发出"我不得不给这个人钱为了和他说话"⑥的哀鸣。当安娜致力于扩展她的商业帝国时，保尔与妻子的朋友洛尔·米罗发泄着自己久违的欲望，直到妻子空难失事，她与律师情人的地下恋情得以展现在保尔面前。安娜留下的只有巨债，保尔倾家荡产，最终成为园丁勉强维持生计。

在保尔与安娜这场婚姻中，两人对婚姻的态度是值得考察的。性关

---

① Dubois, Jean-Paul, *Une Vie Française*, op. cit., 2004, p. 131.
② Dubois, Jean-Paul, *Une Vie Française*, op. cit., 2004, p. 149.
③ Dubois, Jean-Paul, *Une Vie Française*, op. cit., 2004, p. 157.
④ Dubois, Jean-Paul, *Une Vie Française*, op. cit., 2004, p. 173.
⑤ Dubois, Jean-Paul, *Une Vie Française*, op. cit., 2004, p. 242.
⑥ Dubois, Jean-Paul, *Une Vie Française*, op. cit., 2004, p. 349.

系是男女双方性欲望的宣泄,而婚姻的本质是男女双方对于生活经验、生活风险的共同承担,是他们在社会共同体中积极面向配偶和其他人的具体体现,性关系和婚姻都蕴含着伦理观念和价值。保尔的行为映射了20世纪中叶后法国社会生活所展现出的伦理观念。

　　保尔与安娜的婚姻关系存在着两个较为突出的伦理矛盾。首先是性行为的伦理。第二次世界大战结束后,法国发展迅速,人口在20世纪中叶后获得了一个增长期。据统计,自1946年第二次世界大战结束至1998年,法国人口增长超过两千万,至20世纪末已经达到六千万[1]。同时,法国正受到美苏关系、欧洲关系等国际局势的影响,虽然经济在第二次世界大战后短时间内得以迅速恢复,但贫富差距不断拉大,男女不平等的局势恶化。经济基础决定上层建筑,法国经济政治的发展必然带来社会伦理传统的丧失与转变。20世纪60年代后,法国社会的性行为比较自由,通奸与性自由的接受程度越来越高,但同时由于天主教教义的神圣地位,1978年前的法国禁止堕胎,单亲家庭与私生子女的数量不断攀升,相关经济法律问题因而不断增多[2]。1972年,法国国民议会以法律形式确立了私生子女的合法权利,1978年又以法律形式明确情妇可以和妻子在社会保险继承中取得相同份额[3]。在这种情形下,"近30%的已婚男性与10%的已婚女性承认自己有通奸行为"[4]。法国社会对婚姻的态度是充满矛盾的,一方面以法律形式一定程度上保护了婚外情这一特殊产物,同时也保留着天主教的浓厚保守传统。因此,处于该社会背景和婚姻关系下的保尔与情人的开放关系和婚内通奸行为看似不合婚姻伦理,但实际上却真实地反映了当代法国社会文化和风俗习惯的开放性。

　　其次是婚姻中家庭角色的扮演。第二次世界大战后的法国在思想解放领域走在全球前列,涌现了如波伏娃(Simone de Beauvoir,1908—

---

[1] 金重远:《法国现当代史》,上海社会科学院出版社2013年版,第373页。
[2] Howarth, D. & Varouxakis, G., *Contemporary France: An Introduction to French Politics and Society*, New York, Routledge, 2014, p.31.
[3] 金重远:《法国现当代史》,上海社会科学院出版社2013年版,第376页。
[4] 金重远:《法国现当代史》,上海社会科学院出版社2013年版,第376页。

1986)、克里斯蒂娃（Julia Kristeva，1941— ）等后现代女性主义思想家，女性主义诉求的社会平权广为人知，第二次世界大战后法国经济恢复期也为女性加入社会建设和工作提供了更多的职业和岗位[①]。虽然在现实生活中仍然很少有男性自愿回归家庭照顾孩子，原因在于社会将这类男性归结于不正常，但随着青年一代的教育水平和经济发展水平的不断提高，这种现象也在慢慢发生改变，而这注定是一个漫长且艰难的过程。保尔辞职照顾儿女，从文学在场方面佐证了社会的悄然变革。

上述双重的伦理特征并不局限于小说主人公保尔的婚姻关系，保尔祖母的婚姻关系也同样印证了这一伦理特征。作为虔诚的基督教徒，祖母玛丽·布利科应当严格遵守基督教教义，所有的道德传统都应该在玛丽处得到极好的诠释，即使保尔的孩提时代，玛丽会称呼母亲克莱尔·兰德为"小家伙"，当保尔不守规矩时，祖母会喋喋不休地讽刺母亲："如果您不从小调教这些孩子，再往后您就会管不了他们了。"[②] 正是这样严守传统的女性，在祖父列昂·布利科将死之际，她已经开始和另一个男人来往，将基督教条抛诸脑后；祖父列昂去世后，她像绝大部分遗孀那样保持财产独立，不可能让情人占到便宜。祖母玛丽死后，她的孩子们继承了她的传统，为遗产瓜分而争执，并未展现出丝毫悲伤。

## 三 时间与视角：一生的叙事结构

小说伦理内涵则通过作者叙事策略暗含于文本，读者通过梳理小说内人物和情节叙事发掘伦理意义与价值，因此，小说伦理叙事过程在一定程度上是由伦理的叙事学结构及方法所展现出来的。美国叙事学代表詹姆斯·费伦（James Phelan，1951— ）归纳了通过叙事手段展现小说人物伦理立场交互关系的四个要点，第一是角色间的人物伦理关系；第二是叙述的伦理关系，即叙述者与人物的关系、叙述任务，以及叙述者

---

① Hantrais, L., *Contemporary French Society*, London, The Macmilian Press Ltd., 1982, p. 60.
② Dubois, Jean-Paul, *Une Vie Française*, op. cit., 2004, p. 12.

与读者的关系；第三是隐含作者与这些事物间的关系；第四是读者对上述三项立场的基本反应①。由于本小说主要以第一人称叙事视角严格按照法国历史发展逻辑阐述保尔的生活轨迹，因此，本文主要聚焦于费伦伦理的叙事学关系的前两项立场，从叙事视角与时间逻辑两个角度释读保尔的家庭观。

叙事视角指叙述者参与小说叙事的角度或相对位置及状态，胡亚敏将小说叙事视角分为三类。一是非聚焦型：叙事者或小说人物可以从任何一个角度或变换叙事位置来观察叙事内容，以全景式叙事为主要叙事方法。二是内聚焦型：以某一人物或几个人物的感官来感知和传递叙述信息。三是外聚焦型：叙事者从外部表述叙事内容，仅提供"人物行动、外表和客观环境"，而非"人物动机、目的、思维和情感"②。由此可见，小说主要采用第一人称内聚焦模式阐述保尔对家庭与婚姻的伦理态度，这样便于将所有的叙事内容与评论通过保尔展现出来。

保尔作为小说的叙事主体，他不仅是叙事内容的叙述者，也是参与者，那么文中保尔的行为、心理和情感都直接表达了叙事者本身的伦理倾向与选择。依据伦理线与伦理结的梳理，本文将保尔家庭婚姻观简单归纳为"性—爱—爱欲"的发展路径。小说首先以保尔兄弟之死开篇，点出叙事者叙事的家庭背景，从保尔叙述强势的祖母玛丽侧面衬托了保尔胆小、缺乏性教育的人物特征，并为小说情节大卫引发保尔之性欲望、瓦塔宁之爱欲以及安娜的婚姻发展埋下伏笔。从遇见大卫之前"我"会因阅读《悲惨世界》后"被一种深藏的暗流所困扰"以及"一种强烈的压迫不停地在我的下腹游荡"③，遇见大卫后分享他自慰的快乐经验以及"学习做个男人"④的语言描述，再到与瓦塔宁的相遇教会保尔超越"自在，就是绝不要因付出太深而受束缚"⑤的论断而追求爱情。这一过程

---

① Phelan, J., *Experiencing Fiction: Judgements, Progressions, and the Rhetorical Theory of Narrative*, Columbus, the Ohio State University Press, 2007, p. 11.
② 胡亚敏：《叙事学》，华东师范大学出版社2004年版，第32页。
③ Dubois, Jean-Paul, *Une Vie Française*, op. cit., 2004, p. 27.
④ Dubois, Jean-Paul, *Une Vie Française*, op. cit., 2004, p. 37.
⑤ Dubois, Jean-Paul, *Une Vie Française*, op. cit., 2004, p. 44.

的叙事描写实则展现了保尔对家庭伦理的认识，也为保尔与安娜的婚姻中相互猜忌与出轨埋下伏笔。

热奈特将叙事的时间关系划分为三种类型，包括顺序（ordre）、时长（durée）和频率（fréquence）[1]。在构建这部小说的叙事框架中，作者放弃了一般小说的章节布局，而采用了总统任期的小结式布局，突出了小说的历史叙事与顺序叙事特点，同时通过时间的叙事结构将当代伦理特点埋藏在叙事内容中。以保尔放弃工作回家抚育儿女的伦理结叙事为例，按照虚构文本的历史的时间线安排，该情节发生于20世纪70年代德斯坦执政时期，正值两次全球能源危机之际，法国经济遭受了极大的创伤。在政治上，德斯坦奉行中间主义政策，主张社会改良，导致政治力量的重新组合。在外交上，强调改善与美国关系，巩固法德轴心同盟，稳固法苏关系，追求法国的世界地位。这些历史因素在虚构文本中成为保尔与安娜伦理抉择的重要影响因素。文本在表达这些历史因素时，叙事延续中历史序列与叙事序列相重合，女企业家安娜一方面患有"企业主发烧症"[2]，抑制不住对工作范围的疯狂扩张；另一方面受困于法国经济和社会福利的压力，如"企业委员会的'政变'企图和宣言""全国社会保障和家庭救助分摊金联盟的一次次压力"[3]等，这些事件使安娜疲于处理工作而无暇关照家庭。而保尔却不想再花费更多的精力在"愚蠢的工作"[4]之上。小说在叙述保尔的辞职决定后，又从妻子安娜的负罪感叙事、岳父的轻松感叙事重复肯定了保尔选择做家庭主夫的正确性。这种时间逻辑与叙事视角选择都以其独特方式增强了保尔在婚姻关系中的伦理叙事。

---

[1] ［法］热拉尔·热奈特：《叙事话语 新叙事话语》，王文融译，中国社会科学出版社1990年版，第11页。
[2] Dubois, Jean-Paul, *Une Vie Française*, op. cit., 2004, p. 201.
[3] Dubois, Jean-Paul, *Une Vie Française*, op. cit., 2004, p. 205.
[4] Dubois, Jean-Paul, *Une Vie Française*, op. cit., 2004, p. 201.

## 四 价值与意义：他者一生的伦理构建

《一个法国人的一生》以历史的宏大叙事为背景，描绘了保尔·布利科在法国的半世纪人生，兼具文学作品的虚构性与历史的现实性[①]。这部小说真正的价值也在于其建构的时代与人物维度下叙事与伦理的交互关系。首先是时代维度。一个时代的伦理有一个时代的价值，保尔的选择是这个时代的必然选择，与保尔的经历类似，从中国传统社会"父母之命"的家庭观，到近现代所倡导的"与家庭为友"的新型家庭观，青年面对这一现实观念转变时，需要以一种多元的、保持积极时代伦理的风貌面对新旧家庭观念的转变，保尔顺应这种转变及对家庭、婚姻的伦理体会与选择不失为一种解题思路。其次则是人物维度，透过人物的家庭婚姻选择，其伦理情境下的思考使小说人物更加丰满。保尔从胆小怕事、躲在女性后的男孩转变为婚姻中独当一面的成熟男人，离不开历史中的历练。顺应社会伦理的时代演变体现了保尔破解生活虚无论的人生观。

## 【作者简介】

**汪俊辉**，西北工业大学外国语学院硕士研究生，主要从事法国现当代文学、叙事学、文学伦理学的批评研究。

【通信地址】陕西省西安市长安区东祥路1号西北工业大学长安校区　邮编：710129　电话：15180069854　邮箱：Clair_Hui@163.com

---

[①] Ajao, A. A., *Réalité et Réalisme Dans une Vie Française de Jean-Paul Dubois*, Lagos, University of Lagos, 2010, pp. 1–10.

# 无边的现实主义:《鼠疫》的现实主义再解读*

西安外国语大学欧洲学院
■连子珺

【摘 要】《鼠疫》是法国存在主义作家加缪的代表作之一,它向人们展示了荒诞境遇下的集体反抗行为,体现了对共同体与集体主义的认同。作为一部伟大的文学作品,它比现实更真实且具有预示性的作用。在全球大流行病肆虐的今天,从现实主义角度再解读《鼠疫》对全球建立分甘共苦的信任有着重要的启发意义,这便是"现实"的力量。本文拟从现实主义角度出发,分别分析作为社会病症的"鼠疫"与作为自然灾难的"鼠疫"。

【关键词】《鼠疫》 现实主义 集体主义 社会病症 自然灾难

**Boundless Realism: a Reinterpretation of Realism in *The Plaque***

【Abstract】 *The Plague*, one of the masterpieces of the French existentialist writer Albert Camus, presents an act of collective resistance in a dystopian situation, embodying an identification with community and collectivism. As a great work of literature, it is more real than reality and prophetic. In the midst of a global pandemic, the traditional realist approach to reading *The Plague* is an important source of inspiration for building trust in the sharing of

---

\* 本文系西安外国语大学研究生科研基金项目,项目名称:"抗疫视域下法国病疫文学作品中的集体主义研究——以《鼠疫》与《屋顶上的轻骑兵》为例"。项目编号:2021SS083。

suffering, and this is the power of "reality". In this paper, we will analyse the plague as a social disease and the plague as a natural disaster from a realist perspective, in order to deepen our understanding of the work.

【Key Words】 *The Plague*　Realism　Collectivism　Social Illnesses　Natural Disasters

## 一　引言

1939年第二次世界大战带来的灾难促使加缪审视这个世界的荒诞与不幸。1941年加缪开始研究瘟疫流行病问题，他将民族抵抗与疫病联系到一起，并于1947年出版了《鼠疫》。"西方文学中存在着一个瘟疫书写的传统，所谓瘟疫书写，具体指作家通过瘟疫这一背景，探求人类在极端境遇下的价值判断和伦理选择，或借助瘟疫这一隐喻来表现人类的某种生存困境。"① 一方面，"鼠疫"作为社会病症，揭露了第二次世界大战的恶果并影射了司法体系的黑暗；另一方面，"鼠疫"作为自然灾难，摧毁了奥兰人民生存的家园，但正是这种特殊境遇，使奥兰人民做出了正确的价值选择。"人类历史上，瘟疫一再发生，但也一再被人遗忘，伟大的《鼠疫》最重要的作用就是以文学的方式让我们记住它、重温它，并反思它，重建自然—社会伦理而避免悲剧的重复发生。"② 《鼠疫》作为一部具有预示性的经典作品在后疫情时代值得被人们再翻阅、再解读。

不论是把"鼠疫"理解为社会病症还是自然灾难，此书都传递出人类在极端境遇下对集体主义的认同，这恰好与当今新冠肺炎疫情肆虐下全球的价值选择趋同，体现出了现实主义因素，具有现实意义。

---

① 朱振武：《瘟疫书写的终极关怀——以南非英语小说〈瘟疫之墙〉为中心》，《河南大学学报》（社会科学版）2021年第1期。
② 高玉：《从加缪〈鼠疫〉看瘟疫后的自然—社会伦理重建》，《西南大学学报》2020年第4期。

## 二 作为社会病症的"鼠疫"的现实性

路易·阿拉贡（Louis Aragon）在为罗杰·加洛蒂（Roger Garaudy）《论无边的现实主义》一书所作的序言中写道："现实主义的命运并未一劳永逸地得到保证，而只能在不断重视新的事实的同时才能继续存在下去。"① 阿拉贡认为那些有可能在明天成为反映历史现实的作品不能被抛弃。阿拉贡对现实主义命运的解读，在于强调应注意作品内容是否反映历史现实，不能将这类反映了现实的作品弃之不理。阿拉贡也借此说明了即使现实主义很早就萌芽了，但现实主义如今并未过时。从现实主义发展的时间来看，现实主义萌芽于中世纪的法国，中世纪的小故事诗传达的思想中已渗透着现实主义因素，如抨击教士、赞扬农民和鞭挞丑恶的思想。尚夫勒里（Champfleury）甚至在《致桑夫人的信中》提出现实主义与世界一样古老的观点。18世纪现实主义迅猛发展，19世纪下半叶现实主义发展至巅峰后逐渐衰落，可是衰落并不意味着现实主义就此消失，20世纪、21世纪有些作品也逼真地反映着现实。正如罗曼·雅各布森（R. Jakobson）所说，现实主义作品既表示作者提供的逼真型作品，也表示评价者发现其逼真性的作品②。显然《鼠疫》就是一部反映历史现实并且不应被抛弃的作品，它还是一部书写瘟疫、映射社会病症的逼真型作品，在后疫情时代的今天，读者再次阅读《鼠疫》的时候发现了不少逼真性的因素。《鼠疫》使当代读者不断重视新的事实，所以从现实主义再次解读《鼠疫》是很有必要的。

加缪自己曾明确指出："《鼠疫》显而易见的内容是欧洲对纳粹主义的抵抗斗争。"加缪看似在写鼠疫，实际上在写第二次世界大战及其所致的恶果，他借鼠疫的危害来揭露纳粹的恶行以重现那个战火纷飞的至

---

① [法]罗杰·加洛蒂：《论无边的现实主义》，吴岳添译，百花文艺出版社1998年版，第5页。
② [俄]雅各布森：《论艺术上的现实主义》，见托多洛夫编《文学理论》，塞伊出版社1965年版，第99页。

暗时代。《鼠疫》不是一本传统意义上的战争小说，加缪既没有直截了当地描写战争也没有从侧面间接描写战争，"而是从整体上，用'疫祸'象征'战祸'，用'鼠疫的恐怖'表现'战争的恐怖'，用人们在瘟疫中的表现和感受反映人们在战争中的表现和感受，把鼠疫猖獗的奥兰城写成法西斯匪徒蹂躏下的巴黎的缩影，从而体现了作者对战争的深入思考、厌恶心理和对法西斯罪行的强烈谴责"①。学界对《鼠疫》的研究大多聚焦于加缪作品中的隐喻和意象，普遍认为"鼠疫"暗示的是20世纪欧洲的社会病症，如惨无人道的战争、混乱的司法体系等。柳鸣九先生认为《鼠疫》是一部象征小说，这部象征作品是以现实的厚度为依据创作而成的。这里所言的"现实的厚度"体现在两个层面：一是这个故事明确而具体地"影射着第二次世界大战、德国法西斯势力在全欧逞凶肆虐的严酷历史现实"；二是《鼠疫》是以"严格真实的细节描绘构制出一个鼠疫流行、即将毁灭全城的象征故事"②。除此之外，读者们也总将"鼠疫"与第二次世界大战联系到一起，并认为奥兰的宁静被鼠疫打破与世界的安宁被战争打破是如出一辙的，认为奥兰人民团结抗疫和欧洲人民一致反抗纳粹是大同小异的。奥兰城是法西斯阴影笼罩下欧洲的缩影，《鼠疫》映射了20世纪40年代全世界反法西斯力量与纳粹之间的斗争，奥兰市民们齐心协力、积极抗疫，抗击疫情的胜利象征着反法西斯战争的胜利。加洛蒂始终强调文学作品与现实的联系，他认为不存在非现实主义的、即不参照在它之外并独立于它的现实的艺术作品，他说"每一件伟大的艺术品都有助于我们觉察到现实的一些新尺度"。③ 真正优秀的、伟大的文学作品与现实始终紧密相连。现实主义文学总是要和外部现实发生关系并竭力表现逼真的现实。《鼠疫》使人们反思战争，此书传递了社会改造的思想，赞扬了集体主义精神，现实主义文学正是

---

① 杨昌龙：《写实的载体，存在的精髓——论加缪的〈鼠疫〉》，《当代外国文学》1995年第1期。
② 柳鸣九：《论加缪的创作》，《学术月刊》2003年第1期。
③ [法]罗杰·加洛蒂：《论无边的现实主义》，吴岳添译，百花文艺出版社1998年版，第171页。

从危机年代，从动荡的战争年代中获得某种复苏的力量。

　　加缪借用塔鲁的故事来揭露司法的黑暗。塔鲁出身于一个法官世家，年幼的他曾旁听了父亲主审的审判仪式。这次经历让他明白，即便是好人也无法避免成为杀人凶手甚至指使他人进行杀戮，就像他的父亲一样。他认为在这个荒诞的世界上，即便是"好人"也无法避免成为刽子手，有些所谓的"好人"的一言一行都可能导致别人的死亡。他的痛苦来源于对司法机关的失望。加缪通过描绘塔鲁的经历来揭示不公平的判决、人心的冷漠、法律的无情、司法机关的滥用职权。司法系统中存在的荒诞与不合理是另一种形式的"鼠疫"，并且这种"鼠疫"存在于每个人的身上。小说中塔鲁说过这样一段话："每个人身上都有鼠疫，因为世界上没有一个人是对鼠疫免疫的。我们必须不断地约束自己，以免一时不慎呼气到别人脸上，感染了别人。"[①] 这种存在于人身上的"鼠疫"，或者说这种社会病症是塔鲁选择自我流放的根本原因。奥兰暴发疫情后，塔鲁来到奥兰城与其他市民们携手抗击鼠疫，他们的付出使这个城市慢慢变好。加缪借塔鲁的经历传递了一种正向的价值观，使人们明白集体主义的重要性。

　　让－依夫·盖朗（Jean-Yves Guérin）是研究加缪的专家，他对加缪的研究划分为三个类别，一是加缪的报刊文章和争论，二是与阿尔及利亚相关的，三是加缪文学中的"政治"主题。《鼠疫》和《卡里古拉》都被划分至第三类别。虽然《鼠疫》被让－依夫·盖朗划分为政治主题，但读者在阅读的时候不难发现政治权力无法从根本上解决瘟疫问题，奥兰城的鼠疫得到缓解是社会的力量在发挥作用。作为社会病症的"鼠疫"不仅隐射了战争、揭露了司法系统的黑暗，更启发人们思索人与社会的关系。在奥兰疫情初期，只有一位医生、一位记者、一位神父以及两位市民在竭力抵抗以防止更多人死去，防止鼠疫进一步扩散。随着疫情日益严重，越来越多的市民加入抗疫的队伍中。奥兰的疫情使整个阿尔及利亚都受到各方面的、不同程度的影响，里厄医生一行人作为社会人员，他们的付出挽救了整个城市乃至整个国家。正如让－依夫·盖朗

---

①［法］加缪：《鼠疫》，丁剑译，新星出版社2012年版，第174页。

所想，政治权力完全应付不了局面的时候，需要社会的力量。赵靓等认为，在《鼠疫》中不是国家和政治权力在发挥作用，是社会在发挥作用、在救助人民、在抵抗。① 人们在阅读《鼠疫》的时候，不自觉地会重新思索人与社会的关系，政治权力很难干预且无法完全解决的事情，有时候不得不靠社会来解决。奥兰城这个小型社会所弘扬的集体主义精神对抗击鼠疫发挥了至关重要的作用。加缪的创作一直都是荒诞的，他荒诞的创作风格中还体现着一种反抗精神。加缪在《鼠疫》中完成了一次反抗的飞跃，这种反抗是一种从西西弗的独自承受到作为社会一员的奥兰居民们集体战斗的一次质变，使集体主义精神深入人心，这种集体主义精神极具现实性。

## 三 作为自然灾难的"鼠疫"

《鼠疫》是一个虚幻的故事，但它仍然是以现实生活为基础的，读者、批判者们可以对其进行复原与挑选以得到符合现实的解释。"文学作品所书写的内容不管其内容在外形上是多么远离生活形态，但它从根本上是从生活中来的，都有生活的影子，文学批评可以对它进行生活溯源。"② 后疫情时代背景下，读者们对《鼠疫》的解读更多是从"鼠疫"作为自然灾难这一层面出发，这种解读视角加深了"鼠疫"的现实意义并使读者有了更深刻的体会，也让不少研究者明白《鼠疫》来源于生活，现在也正在以"预言"的形式回到生活中去。加缪并非 21 世纪的当代作家，但他以预言者的身份参与了当下疫情世界的改造，"人类的激情和时代的洪流在他身上翻腾"。③

《鼠疫》讲述的是非洲北部阿尔及利亚濒临地中海的城市——奥兰发生鼠疫的故事，奥兰封城之后里厄医生和塔鲁等市民带头冲锋同鼠疫开展

---

① 赵靓等：《加缪：在文学与政治之间——法国著名学者盖朗教授访谈录》，《长江学术》2014 年第 2 期。
② 高玉：《论现实主义作为一种阅读方法》，《浙江师范大学学报》2019 年第 5 期。
③ 高玉：《论现实主义作为一种阅读方法》，《浙江师范大学学报》2019 年第 5 期。

了艰难的斗争。2020年开年武汉新冠肺炎疫情最为严重的时候，武汉和奥兰一样——封城了。在中国传统的集体主义精神的感召下，无数支来自全国各地的医疗志愿队支援武汉，无数辆物资运输车开进武汉为抗击疫情作出贡献。这正和新冠肺炎疫情暴发后，全中国乃至全世界采取的抗疫行动一致。奥兰封城以后，城里的人禁止出城，城外的人却能随意进城。在全书的开头，加缪借用了丹尼尔·笛福（Daniel Defoe）的一句话来奠定全书的情感基调："用另一种囚禁生活来描绘某一种囚禁生活，用虚构的故事来陈述真事，两者都可取。"奥兰疫情最严重的时候每日死亡数百人，城郊的焚尸炉每日都烧得通红，超负荷运行。在市民们的共同努力下疫情开始好转，歌舞升平的景象丝毫没能减少奥兰居民对鼠疫的恐惧，鼠疫作为梦魇一直存在于奥兰居民的心中。新冠肺炎疫情来势汹汹却没能打倒团结的中国人民，如今中国人民在集体主义精神的引领下、在齐心协力的努力后，新冠肺炎疫情开始进入平稳期。可新冠肺炎疫情仍未消失，它也仍是中国人民的噩梦。

为鼠疫前赴后继的平凡的人民被加缪刻画得力透纸背，里厄医生等人的价值观与西方传统价值观有很大出入，但这种思想却和中国以人为本的抗疫观念不谋而合。加缪因常年受病痛折磨对生与死多了与常人相比更深层次的体会，拥有更广阔包容的胸怀，在《正与反》中加缪提到："这样病重使我获得了内心的自由，得以对人类的私利保持一定的距离。"[1] 李东辉等指出，在加缪心中死亡是一种为摆脱必死无疑命运的一种力量，这种力量迫使加缪不懈努力并激发出一种对生命的强烈渴望。[2] 在加缪的许多作品中都能找到这种对生的渴望的蛛丝马迹，《鼠疫》中尤其是，加缪对生活的热爱与对生的追求与中国人的大爱观大同小异。在《反抗者》中加缪提到："在荒谬的经历中，痛苦是个人的。一进入反抗行动，痛苦则成了集体的，成为众人的遭遇。"[3] 面对鼠疫这

---

[1] 柳鸣九：《加缪全集：散文》（卷一），丁世中等译，河北教育出版社2002年版，第6页。
[2] 李东辉等：《地中海的阳光——加缪创作的文化根源与哲学归属》，《江西社会科学》2008年第4期。
[3] 柳鸣九：《加缪全集：散文》（卷一），丁世中等译，河北教育出版社2002年版，第163页。

样的自然灾难不应该屈膝投降，最重要的是想方设法使尽可能多的人不死，使尽可能多的人不面对永远诀别的境遇，那么与鼠疫战斗便成为唯一的方法。抗击鼠疫不是一个人能完成的事，是大家的事，并且发出真切地呼唤："奥兰，我们和你同在。"①《鼠疫》中体现出来的集体主义精神和加缪从前作品中的孤独的反抗精神是不同的，"《鼠疫》是作者在非同一般的特殊处境下酝酿出来的作品，所以其中表现了一些作者在一种特殊处境中的特殊感受"②。

目前全球新冠肺炎疫情虽进入相对平稳期，但人们不能停止对此次疫病进行反思。《鼠疫》展现出的集体主义精神与协作精神带给全世界的读者一种特殊的全新的感受，这也能解释为什么疫情暴发以来《鼠疫》一书销量猛增这一现象。"鼠疫盛行，奥兰城居民感受到死亡的威胁后精神发生了变化，不仅仅只是恐惧，而更多的是无助与艰难、呻吟与呼喊、饥饿与痛苦、麻木与愚昧。"③ 随之，他们意识到必须携起手来同鼠疫作斗争，以此为更多人争取生的机会。奥兰居民情感的流露与表达不是凭空而来也不是主观臆想，是来自加缪对生活的认真观察与冷静又仔细的思索，这一点与现实主义殊途同归。

"我们说真正的现实主义作品一定是对人的命运的深切关注，一定是深沉地体现着对人的热爱、理解、同情和美好的祝福。"④ 这种爱正是加缪创作中的一个重要文化、思想特质，即"地中海"思想，它意味着"压倒一切的对生活的热爱"，此思想完美呈现于《鼠疫》中⑤。因为贫困的生活经历，加缪能够更加深刻地理解生活的真谛；得益于这种生活经历，加缪能够以贴近大地和自然的姿态拥抱生活，也让他拥有了博爱的胸怀。让-依夫·盖朗将加缪称为"公民作家"，这也说明了加缪心怀大爱，他一直对追求真相怀揣着一种批判精神，他有着自己的执着。

---

① ［法］加缪：《鼠疫》，丁剑译，新星出版社2012年版，第98页。
② 刘雪芹：《反抗的人生——论加缪的〈鼠疫〉》，《外国文学研究》1992年第4期。
③ 高玉：《从加缪〈鼠疫〉看瘟疫后的自然—社会伦理重建》，《西南大学学报》2020年第4期。
④ ［法］让·贝西埃等：《诗学史》（下），史忠义译，河南大学出版社2010年版，第323页。
⑤ 李东辉等：《地中海的阳光——加缪创作的文化根源与哲学归属》，《江西社会科学》2008年第4期。

加缪始终执着地追求着一种普遍性,这种普遍性不是人文主义者的乌托邦梦想,而是切实可行的对集体主义精神的颂扬。这种普遍性让世界范围内不同民族人民广泛地阅读加缪的作品,对奥兰人民来说自然灾难的鼠疫并未消失,市民们时刻担心鼠疫会卷土重来,可贵的是这次抗击鼠疫的经历使人明白反抗的重要性和集体主义的意义。让后疫情时代的中国读者深深地被其现实性所打动。

## 四　结语

罗杰·加洛蒂将现实主义视为艺术的最高形式,他认为无边的现实主义才具备合理性。"无边的现实主义"不是一种无限泛化,反而为现实主义加上了永不过时这个属性。现实主义是永不过时的,从现实主义角度出发来阅读《鼠疫》能够发现其确实存在着现实性因素。一方面,"鼠疫"作为社会病症传递出的反法西斯精神让不同年代的读者都能懂得战争的残忍与和平的可贵。另一方面,"鼠疫"作为自然灾难起到了预示性的作用,在新型冠状病毒肆虐的当下,使人类面对生存危机的忧思积极采取措施谋求改变,其展现同舟共济的共同体意识和集体主义意识与全球抗疫精神相契合,只有明白集体意识的重要性才能取得人类的共同胜利。

## 【作者简介】

**连子珺**,西安外国语大学欧洲学院在读研究生。
【通信地址】陕西省西安市长安区西安外国语大学长安校区　邮编:710128　电话:17713831013　邮箱:lilianelian@foxmail.com
【同意上传知网等网络】同意

# 乔治·桑的生态主义元素观
## ——以《魔沼》为例

苏州大学外国语学院
■时少仪

【摘　要】法国著名女作家乔治·桑在文学生涯的后期将目光投向乡村自然的绮丽风光，书写了一系列田园小说，《魔沼》是最具代表性的。历来学者将之视作纯粹的田园小说，对其中频繁出现的"土气水火"四大元素却少有关注。古希腊哲学家将这物质四元素认作物体运动的本原，这种朴素的观念也反映在乔治·桑的笔下。四大元素共同构建了文学文本的生态空间，体现了作者淳朴的自然思想和超前的生态主义观。本文将运用法国哲学家加斯东·巴什拉的想象诗学理论，以《魔沼》为例，解读象征化的自然元素，以探究作者的生态主义元素观。

【关键词】乔治·桑　《魔沼》　四大元素　生态主义观　想象诗学

**George Sang's View of Ecological Elements**
—Take "La Mare au diable" as an Example

【Abstract】In the latter part of her literary career, the famous French author George Sand turned her attention to the natural beauty of the countryside and wrote a series of idyllic novels, of which *La Mare au diable* is the most representative. Historically, scholars have regarded it as a purely idyllic novel, but little attention has been paid to the four elements of "earth, air, water and fire", which appear frequently in the works. The ancient Greek philosophers regarded these four elements of matter as the origin of the movement of objects, and this simple concept is also reflected in George Sand's writing. The four elements jointly constructed the ecological space of the literary text, reflecting the author's simple thoughts on nature and his advanced ecological ideology. This article will apply French philosopher Gaston Bashra's theory of imaginary poetics and take *La Mare au diable* as an example to interpret the symbolical natural elements in order to explore the author's ecological outlook on the elements.

【Key Words】 George Sand　*La Mare au Diable*　Four Elements　Ecological Ideology　Imaginary Poetics

## 一　引言

乔治·桑（George Sand，1804—1876），原名阿芒丁娜·吕西列·奥洛尔·杜班（Armantine Lucil Aurore Dupin），是法国杰出的小说家，也是世界著名的女作家之一，为我们留下了上百卷小说、戏剧、童话、散文等作品。其中田园小说系列深受读者欢迎。《魔沼》（*La Mare au diable*，1846）是最具影响力的代表作之一，与《弃儿弗朗索瓦》（*François le Champi*，1848）和《小法岱特》（*La Petite Fadette*，1849）共同构成了"田园三部曲"。通过对现实的观感和对乡村的诗意再现，《魔沼》成为大自然和不受城市文明影响的农民生活的写照，是一曲具有永久生命力的"田园交响曲"，以此寄寓了作者对未来的憧憬和向往。正如勃兰兑斯（Gerog Brandes）所说："在这部作品中，法国小说的理想主义达到了最高水平。"①

细读乔治·桑的田园小说，可以发现作品中频繁出现"土气水火"四大元素，这些作为原型的自然元素以河流、耕地、沼泽、篝火等具象

---

① ［丹］麦格奥尔格·勃兰兑斯：《十九世纪文学主流》（五），李宗杰译，人民文学出版社1982年版，第185页。

形式积极参与了文学文本的生态建构,用以歌颂大自然的雄伟壮丽,抒写乡村生活的悠然诗意,赞美农人牧民善良淳朴的特质,描绘人在自然怀抱里和谐生活的景象。最终让自然的外在空间与人物的内心世界得以呼应,再一次缔结了人与自然、人与世界本质上的一体关系,契合了海德格尔笔下"人在大地上诗意地栖居"的思想。本文将从古希腊朴素的自然元素观出发,运用法国哲学家加斯东·巴什拉(Gaston Bachelard)的想象诗学,将生态元素置于文学批评的框架下,以《魔沼》为例,解读被象征化的四大元素和文学隐喻,探究其背后蕴含的自然思想和生态关怀。

## 二 土：共时空间的架构者

古希腊哲学家苏格拉底的"直观宇宙起源论"认为物质四元素是指"火水气土"。亚里士多德也在《气象通论》中指出,构成物体运动本原的是"火气水土"[①]。这些"自然哲学家"的思想虽具有朴素的原始色彩,却通过对物质本原的思考催生了对人类本原的认知,间接印证了自然元素与生命之间的关系。元素是自然力量的体现,是宇宙万物的本原,亦即人的本原。在经历政治失意后,晚年的乔治·桑受启蒙思想家卢梭的影响,追求淳朴,回归自然。1846年5月至11月,肖邦陪伴她居住在诺昂。同年12月,《魔沼》出版[②]。爱人在侧的静谧生活使她感到和谐的美妙,让她体会"爱别人"所带来的无比幸福。这种幸福使她在灵魂深处产生了消除私心杂念和世俗烦恼的净化作用。可以说,诗意的《魔沼》充当着客观世界与主观世界的媒介,而四大元素则连接着神秘的自然,建构了文学的生态空间。

四大元素中,"土"是生命的摇篮,是人们最初的家园,它更直观的表现形式是大地。中国俗语中有"一方水土养育一方人"的说法,可

---

① [古希腊]亚里士多德:《天象论·宇宙论》,吴寿彭译,商务印书馆1999年版,第28页。
② [法]玛蒂娜·海德:《乔治·桑传》,王莹译,中译出版社2018年版,第270页。

见不同的土地孕育不同的生命。在《魔沼》中，乡村空间（伯莱尔）与城市空间（富尔什）是"土"元素的具象化，也是乡村居民与城市居民不同人性的归属地，是文本建构的空间基础。

其实，乔治·桑更希望将遍布伯莱尔乡村的"耕地"看作生命与文明的孕育之土：

> 你辛勤耕作
> 却过着凄惨的生活，
> 你常年劳作，
> 死神又在把你召唤。①

这是一首题在霍尔拜因（Holbein）版画下的古法语四行诗，流露出原作者深深的哀伤。但在乔治·桑眼中，人类最大的幸福莫过于"掌握劳动技能，用自己的双手劳动，运用智力获取安逸和自由"②。尽管有着人与大地的斗争，对耕牛的驯服，仍有一种平静祥和之感弥散开来，这便是乡村和谐的魅力。桑德斯（Saunders, P.）说："空间是通过人类主体的有意识活动产生的。"③ 人与土地不断"斗争"又相互依赖的二元关系，不仅增添了自然生态的质感，也让文学生态体系从物象客观层面升华到意象精神高度，从而激发对大自然的歆羡和感慕之情。

> 田野如霍尔拜因画中描绘的一样广袤，景色也很优美，一排排葱翠的树木在秋天临近时稍泛红色，环绕着这片不太肥沃的土地，刚下的雨在几道犁沟中留下积水……④

这便是乔治·桑笔下的伯莱尔乡村，它的原型是作者的故乡贝里农

---

① ［法］乔治·桑:《魔沼》，李焰明译，南京大学出版社2017年版，第3页。
② ［法］乔治·桑:《魔沼》，李焰明译，南京大学出版社2017年版，第10页。
③ ［英］Saunders, P., *Social Theory and the Urban Question*, London: Hutchinson, 1984, p.165.
④ ［法］乔治·桑:《魔沼》，李焰明译，南京大学出版社2017年版，第11页。

场。农场位于法国中部,朴素隽永且宁静祥和。工人暴动后,她离开巴黎,回到幼时与祖母共同生活过的诺昂庄园。并且从此不再介入政治,返璞归真,挖掘人性的美好。在她看来,乡村恬静、自然清新、动物可爱:在这里,树木、土地、大人、孩子、轭下的牛、雨后的天,构成了一幅宽广、优美、刚柔并济的图画,仿佛可以闻到从新翻过的土地飘逸出来的芳香。作者赋予了伯莱尔乡村最可爱的元素。正如淳朴的农夫热尔曼,遂岳父莫里斯老爹的要求去往城市求娶寡妇盖兰。却在与善良的牧羊女小玛丽同行的过程中,通过与自然的亲密接触,发掘了玛丽身上那份城市居民所不具备的纯真与美好,从而对自己追逐的爱情产生质疑。最终,他放弃求亲,返回乡村,回到那片整个生态都以最和谐的方式共存的栖居之地。

诚然,乡村空间已是作者心之所向,但她仍将视线波及富尔什,努力刻画这一城市空间。这里的人物性格和生活方式都让主人公热尔曼觉得格格不入:"菜园和大麻田的围墙是用石灰和沙涂刷的。这是一栋豪华的住宅;几乎就像一栋资产者的房子。"[①] 这里有卖弄风情、爱慕虚荣的女人;助长女儿傲慢习性,为人狡猾又思想狭隘的父亲;还有邪恶贪婪的农场主……城市居民已日渐与自然要素脱节,成为冰冷机械和现代工业的肩托者。正如法国当代生态学者莫斯科维奇(Serge Moscovici)所说:"城市中的居民与土地、动植物以及除近亲外的任何群体都失去了联系。"[②] 作者触及两个空间,不只是进行简单的对比,而是借助性格截然相反的人物,映射出不同空间特质对人性的塑造,反衬出作者自身对空间价值的判断。伯莱尔和富尔什是两个具有象征意义的叙事空间,前者象征着淳朴的乡风,后者象征着奢华的城市。热尔曼的求亲和回归之旅,是淳朴者的历险与回归之途。穿梭在两个对立的空间,热尔曼最终完成了自我认知与本心回归。"回归本身拥有一种诗化的光环,从心灵深处唤醒民众,从社会基层唤醒群体,从自然深处唤

---

① [法]乔治·桑:《魔沼》,李焰明译,南京大学出版社2017年版,第87页。
② [法]塞尔日·莫斯科维奇:《还自然之魅:对生态运动的思考》(*De la Nature*:*Pour Penser L'écologie*),庄晨燕、邱寅晨译,生活·读书·新知三联书店2005年版,第166页。

醒生命。"① 他终于明白,淳朴是一种快乐,自然乡村空间的本质便是安宁与幸福。

从两类截然不同的生命背后可以看出作者的价值取向和远见,这是一种人生态度的选择,蕴含着广阔的人文情怀。正如巴什拉在《空间的诗学》中所说:"广阔性就在我们心中。"②

"土"元素影响着作者的品行,也为作品架构了广阔的空间基础。

## 三 水:历时时间的见证者

四大元素中,如果说"土"是生命的摇篮,那么"水"则是生命之源,且孕育文化。古希腊米利都学派的创始人泰勒斯认为"水生万物,万物复归于水"。水是万物的本原,它的存在是自然的化身,润物细无声。巴什拉在《水与梦——论物质的想象》中也提出"水是一种更为稳定的本原,它通过更隐蔽、更简洁和更简单化的人性力量而具有象征性"③,可称之为一种意象。"意"表达主体的审美意向,传达作者相应的情感体验;"象"则是物象、形象,通过感官的体验,体现主体之"意"。《魔沼》一书便通过"水"的意象昭显了神秘自然的力量和淳朴人性的文学隐喻。

书中有关"水"的描写并不少见:夏末初秋滋润的雨水,犁沟深浅不一的积水,农夫辛勤的汗水,人物不同情感酝酿的泪水,解渴祛乏的酒水,潮湿的树林……其中最具象征意义的无疑是"魔沼"。这是一片周围树木丛生的沼泽地,之所以称之为"魔沼"是源于一个古老传说。据说沼泽中有一个恶魔,任何走不出的人都会永远迷失在这里。"水的

---

① [法]塞尔日·莫斯科维奇:《还自然之魅:对生态运动的思考》(*De la Nature：Pour Penser L'écologie*),庄晨燕、邱寅晨译,生活·读书·新知三联书店2005年版,第115页。
② [法]加斯东·巴什拉:《空间的诗学》,张逸婧译,上海译文出版社2020年版,第237页。
③ [法]加斯东·巴什拉:《水与梦——论物质的想象》,顾嘉琛译,河南大学出版社2016年版,第9页。

苦难是无止境的。"① 在但丁的《神曲》中，大自然也常常令人误入歧途。但在小说中，"魔沼"的苦难隐喻并未实现。从空间上看，它隔绝着富尔什和伯莱尔，也隔绝着城市的丑陋和乡村的宁静，是美与丑两端世界的分水岭。此外，热尔曼在求亲之路的"去程"遇见了魔沼，求亲失败的"归途"再见魔沼。一来一回的时间流逝下，"魔沼"的形象看似没有发生变化，然而正如古希腊哲学家赫拉克利特所说："人不能两次踏进同一条河流。"此时，人物的心理已产生反思驱动。巴什拉说："人在自身的深处具有流水的命运，水是过度的本原。"② 由于迷路，热尔曼等人不得不在水塘边露宿过夜。在"魔沼"的叙事空间里，热尔曼开始注意到玛丽具有乡村女性的淳朴特质。她聪明能干，有着女性独特的自强与果敢。在篝火的亮光下，他蓦然发现小玛丽竟是本地最好看的姑娘："她看上去多温柔，多善良！你简直可以从她的眼睛看出她那善良的心，甚至当她闭着眼睡觉时！"③ 热尔曼不由对她产生了爱慕之情，"焦急，怜惜，难以抑制的温情占据着他的心"。④ 最终，他向玛丽吐露心声。虽然暂时遭到婉拒，但对比盖兰寡妇的风骚，盖兰父亲的虚荣，热尔曼终于放弃求亲，主动回到伯莱尔。一切情节都围绕着"魔沼"展开，它的在场让人物关系发生关联变化，使小说叙事出现重大转折。从某种程度而言，"魔沼"甚至超越了单纯的叙事空间功能，成为"一个具有象征意义的空间符号"⑤。它象征着大自然神秘莫测的力量，含蓄地推进了淳朴之人与自然的和谐共处，也为小说增添了神秘浪漫色彩及美学意义。

  作为一种文学艺术形式，小说的内容与思想须依附一定的时空。如

---

① [法]加斯东·巴什拉：《水与梦——论物质的想象》，顾嘉琛译，河南大学出版社2016年版，第9页。
② [法]加斯东·巴什拉：《水与梦——论物质的想象》，顾嘉琛译，河南大学出版社2016年版，第10页。
③ [法]乔治·桑：《魔沼》，李焰明译，南京大学出版社2017年版，第74页。
④ [法]乔治·桑：《魔沼》，李焰明译，南京大学出版社2017年版，第80页。
⑤ 钟晓文：《淳朴人性的城市奢华追逐之旅——乔治·桑〈魔沼〉叙事空间的符号学阐释》，《天津外国语大学学报》2016年总第5期。

果说"魔沼"是一种空间维度的语境标志,那么同样由水构成的"雾"则是时间维度上对人物内心情感变化的暗示。整个森林被雾笼罩,作者却用"月亮也从遮挡住它的雾霭中露出脸来,开始向潮湿的地面洒下钻石般的光芒"① 这样的比喻让原本可怖的环境变得极具浪漫主义色彩。事实上,在这雾气腾腾中,爱情产生了。起初的爱是朦胧的,"就像秋夜银白色月光下模糊的雾,使人迷惑"②;后来是令人心烦意乱的爱,伴随着怀疑与拒绝,"犹如不断蔓延直至把月亮完全遮掩的浓雾"③;直到"雾气消散,透过树叶可看见群星闪烁"④,一切变得明朗,爱情的概念在人物心中也逐渐清晰。在雾起雾散的历时性下,热尔曼选择了纯洁的爱情,亦选择了回归自然。乔治·桑打破了独白思维的束缚,将真实情感融入人物。她把艺术创作和日常生活融合,敢于向社会中压迫人性的模式去挑战。她也像笔下的人物一般在生活中品味着爱情的纠葛,这促发她人性中自由的细胞,同时又带给她艺术创作上的灵感。故此,水元素"可用来使我们的形象自然化,可使我们自傲的心灵深处的静观得以返璞归真"。⑤

乔治·桑巧妙地借助"水"的万象存在形式,通过"水"渗透万物的力量,含蓄指出大自然是淳朴人性的守护者与最终归宿。象征化的"水"元素充当时间流线,也参与空间建构,是我们理解文本叙事的重要符码。

## 四 火:艺术使命的揭示者

在古希腊传说中,普罗米修斯盗取火种,给人类带来希望、温暖与文明。水火本不相容,但在文中都不可或缺。巴什拉在《火的精神分析》第

---

① [法] 乔治·桑:《魔沼》,李焰明译,南京大学出版社 2017 年版,第 75 页。
② [法] 乔治·桑:《魔沼》,李焰明译,南京大学出版社 2017 年版,第 52 页。
③ [法] 乔治·桑:《魔沼》,李焰明译,南京大学出版社 2017 年版,第 53 页。
④ [法] 乔治·桑:《魔沼》,李焰明译,南京大学出版社 2017 年版,第 75 页。
⑤ [法] 加斯东·巴什拉:《水与梦——论物质的想象》,顾嘉琛译,河南大学出版社 2016 年版,第 38 页。

一章就指出，火具有善与恶的二元价值："火是超生命的。火是内在的、普遍的，它活在我们心中，活在天空中……它把天堂照亮，它在地狱中燃烧。它既温柔又折磨人。它能烹调又能造成毁灭性的灾难……因此：它是一种普遍解释的原则。"① 然在《魔沼》中，火元素"恶"的成分有意被削弱，同时，"善"的方面被凸显。

小说中的"火"主要有两种形态：炉火和篝火。炉火是生存必需品，第一次出现在小玛丽的母亲吉叶特大婶和莫里斯老爹的对话中，"莫里斯老爹正要点着炭生火：——您是来要晚上生火的火种吧，吉叶特大婶"。② 自中世纪以来，火的概念就被冠以"家庭"（foyer）的意义，象征着温馨的家庭氛围。巴什拉把炉旁的遐想称作一种"恩培多克勒情结"③，这是对火的热爱与尊重甚至包含着生与死的本能。小说最后热尔曼向小玛丽再次表明心迹时，小玛丽始终面向"炉火"。精神学派认为，外在空间和人的内在心理有着彼此对应的隐喻性关联。"炉火"既在开头见证了爱情的萌芽：吉叶特大婶向莫里斯老爹提出"既然您女婿明儿要去富尔什，他当然可以带她去"④；亦在结尾昭示着美好爱情与生活希望："小玛丽独自一人在炉火旁沉思着……当她见他站在自己面前时，惊喜地从椅子上跳起来，脸一下子变得通红"⑤，最终泪流满面地接受了热尔曼。可以说"炉火"是二人爱情始末强有力的标志。

相比之下，夜晚的"篝火"则是绝境中的希望、生命的火种，亦是感情迭起过程的投射。在橡树下，"火苗闪烁起来，先是发出红光，最后终于在橡树的叶荫下升起一条条青焰，奋力驱散着雾霭，渐渐烘干了方

---

① ［法］加斯东·巴什拉：《火的精神分析》，杜小真、顾嘉琛译，河南大学出版社2016年版，第1—2页。
② ［法］乔治·桑：《魔沼》，李焰明译，南京大学出版社2017年版，第33页。
③ 巴什拉在《火的精神分析》中认为对于人来说，炉中火无疑是遐想的主要题材，是休憩的象征，使人安静休息。而炉旁的遐想有更为哲学式的轴心。这种十分特殊的、又可十分一般的遐想确定着一种真正的情结，对火的热爱和尊重，生的本能和死的本能在这情结中结合起来。简单地说，可以把它称为"恩培多克勒情结"。
④ ［法］乔治·桑：《魔沼》，李焰明译，南京大学出版社2017年版，第36页。
⑤ ［法］乔治·桑：《魔沼》，李焰明译，南京大学出版社2017年版，第119页。

圆十英尺的空气"①；荒野中，小玛丽生火烘干衣服并烤山鹑和栗子，解决了饥寒交迫的问题；旭日前，热尔曼打算重新上路，但迷途又返，"昨晚熄灭的篝火又被风重新吹燃了"。② 几段历时性描写表面上在写生火过程，实则巧妙地反映出人物心理的情感变化。篝火的燃起、熄灭与复燃是热尔曼与小玛丽感情交集的镜面投射，因为爱情不是一蹴而就的，而是历经了几个阶段。起初，人物在精神上处于无意识状态，不具备自发的主动行为；随着火焰升腾，热尔曼的爱变得炽热而浓烈，却还不可定型；遭到拒绝后，随着篝火死灰复燃，热尔曼面对爱情变得更为坚定。乔治·桑也渴望爱情，从她对作家缪塞和钢琴家肖邦的感情中可以获知她对爱情强烈的向往。她作品中的人物身份虽有不同，但最终目标指向都是获得爱。人类抽象的情感往往需要借助世间万物的共通性，表达受众个体的联想，就像音乐作品只能依靠作曲家对现实的模仿和移植抒发个体的感受。一切景语皆情语。因此，热尔曼复杂的感情也因"篝火"的持续在场变得具象，更加真实动人。

其实，文中二人的感情更多体现在热尔曼的语言与行为上，小玛丽的婉拒和不作为似乎与爱情推进的轨迹背道而驰，因为巴什拉指出："女人不如男人强健，甚至更为羞怯，这是因为力、勇气和行动来自火和空气。"③ 热尔曼在篝火前的徘徊、偷亲小玛丽时似火般的气息，印证了巴什拉"性化的火"；而在寒风中抱住小玛丽把她捂暖时所涌起的焦急和怜惜之情又扫平了欲望，产生了精神最纯洁的享受。因为火升华的最高点就是纯洁化，火燃烧起爱和恨，在燃烧中，人就像火中凤凰涅槃那样，烧尽污浊，获得新生。④ 这也是热尔曼淳朴人性的理想化境界，是作者始终推崇的人性之美。

"火"是大自然的杰出产物，它指涉着美好的生命与爱情。真正的

---

① ［法］乔治·桑：《魔沼》，李焰明译，南京大学出版社2017年版，第57页。
② ［法］乔治·桑：《魔沼》，李焰明译，南京大学出版社2017年版，第77页。
③ ［法］加斯东·巴什拉：《火的精神分析》，杜小真、顾嘉琛译，河南大学出版社2016年版，第58页。
④ ［法］加斯东·巴什拉：《火的精神分析》，杜小真、顾嘉琛译，河南大学出版社2016年版，第6页。

爱必须经过火的燃烧，才能升华，才能经久不衰，永远具有生命力。乔治·桑强调"艺术的使命是一种情感和爱的使命"①，艺术不是对实际存在的现实的研究，而是对理想真实的追求。对"火"元素"善"的挖掘隐喻了自然保护人类的博爱之美，是文本的深层内核所在。

## 五 气：栖居自然的引路者

"水火土"虽是自然界的非生物元素，仍是可触可感的具象。相比之下，"气"无色、无味、无形，却赋予人类最本质的呼吸，并且因为其他生物或非生物成分的介入变得有色、有味、有形。巴什拉认为，"气的运动是所有意象中最为根本性的"。② 它可以使生命机能得以改善、促进新陈代谢："享乐者来到乡间小居，呼吸一下新鲜空气，调养一会儿身体。"③

在乔治·桑笔下，"气"常常被特殊化为代表生命的自然气味，而这自然气味传播的媒介便是"风"。"风"体现着自然神秘的主宰力量，文中有不少篇幅描写热尔曼等人风餐露宿的场景。"风"可以将熄灭的篝火复又燃起，使人迷失，制造可怖之感；又在自然界的生态圈中，作为游走于天地的使者，将世界的信息吹在人的脸上、身上。法国评论家泰纳（Hippolyte Adolphe Taine）曾这样评价乔治·桑的田园小说："乔治·桑笔下的世界，是一个理想的世界，为了保持这个世界的幻想，作家抹去、减弱或往往只勾勒出一个轮廓，而不是描绘人物的个性形象。"④ 而"风"无形有感、扑面而来的特征恰恰最能让人感知群像般的自然生命，仿佛具有灵性和某种意识。同时，凭借其流动的特性，"风"可以带来各种气味："晴朗温和的一天，土地被犁刀翻松，散发着淡薄的热气"⑤，这是农民辛勤劳作后自然所给予的馈赠；"四对目光凶狠的

---

① [法] 乔治·桑：《魔沼》，李焰明译，南京大学出版社 2017 年版，第 7 页。
② [法] Bachelard, G., *L'air et Les Songes*, Paris: Libraire José Cortu, 1943, p. 17.
③ [法] 乔治·桑：《魔沼》，李焰明译，南京大学出版社 2017 年版，第 9 页。
④ 转引自《乔治·桑自传》，王聿蔚译，江苏文艺出版社 1998 年版，第 3 页。
⑤ [法] 乔治·桑：《魔沼》，李焰明译，南京大学出版社 2017 年版，第 12 页。

小牲口，因不受驯服散发着野牛的气味"①，这又是动物原始本能下生命活力的彰显，这些动物是自然的保护者，暗示了一种基本的"日常生态学"②。当人物行走在大自然里，气味渗透心肺。泥土的芬芳、花草的清新、牲畜的气息，都凭借盘踞天地的"风"传达给人，静谧之美悄然流淌。这些代表生命的自然气味是人、动物与大自然最柔软却也最长久的联系。不光如此，风还是声音传播的介质。《魔沼》最后描写了富有地方特色的嫁娶风俗以及民间流传的格调明朗的山歌。在口口相传的原始自然山区，声音的传播很大程度依托风的流速。它肩负着日常信息的传递、土语俚语的留存、真挚情感的表达，更为小说增添了节奏感和音乐性。大自然凭借"风"唤醒人的嗅觉、触觉与听觉，悬浮于天与地，却又无时无刻不架接着两个空间。

  人的生死，全在呼吸之间。作为维系生命的元素，"气"的流动永不停止，它是生命能量的吐故纳新。"气"以"风"的特殊形式让人感受存在，人亦用呼出的气息与之应和，形成生态的无限循环。赶路时，小皮埃尔困倦地打呵欠，尽显孩子的天真与生气；露宿时，热尔曼像铁匠铺的风箱"呼呼"吹气生起篝火，奋力驱散雾霭；祷告时，小玛丽纯洁的气息温暖着孩子的金发，她默默为热尔曼的亡妻祈祷。这些气息都是人在鲜活的状态下对生命最本质的回应。甚至，人的气息还是爱情与激情的糅合。在荒野里，热尔曼误亲小玛丽，让她"感到一股像火一样的气息从嘴唇上流过"③。根据巴什拉的观点："火与空气是活跃的因素，因此，它们被称为雄性；而水与土都是被动的雌性的因素。"④ 由此可见，人体的气息常常带来希望，并通过与其他自然元素的碰撞产生美好的情感，沐浴自然的恩惠，象征着生命永恒的

---

① ［法］乔治·桑：《魔沼》，李焰明译，南京大学出版社2017年版，第13页。
② Auraix-Jonchière, P., «Les Contes D'une Grand-mère, des Écofictions Avant la Lettre?», *George Sand et Les Sciences de la Vie et de la Terre*, Martine Watrelot, ed., Clermont-Ferrand: Presses universitaires Blaise-Pascal, 2020, p. 257.
③ ［法］乔治·桑：《魔沼》，李焰明译，南京大学出版社2017年版，第75页。
④ ［法］加斯东·巴什拉：《火的精神分析》，杜小真、顾嘉琛译，河南大学出版社2016年版，第59页。

活力。

于乡村生活静谧地存在，于天地间稳定地流动，于人类感官处自然地吐纳，于自然空间里和谐地共生。"气"是人类得以惬意栖居自然的媒介，作者对它的展现契合了卢梭"回归自然"的思想，也蕴含了对自然生态的尊重及对生命存在的终极关怀。

"土气水火"这四大元素贯穿《魔沼》始末，它们的具化形式和指涉意义虽各有不同，却都成为作者笔下大自然的组成成分，是物质与生命的本原。文本中形式多样的四大元素让读者洞见了动物、植物和人类的有机结合。自然空间诗意地再现，文学空间生态地建构，人的精神空间有了最终归属，物质客观世界和人类主观情感得以和丝入扣。

## 六　结语

《魔沼》一书并非一个简单的爱情故事，也不局限在一首田园牧歌。它有着自然空间显性的物质表达和隐性的本原思索，暗合了作家天人合一的和谐生态观。其实，乔治·桑从小便对自然科学充满热情，善用科学方式管理土地庄园。① 1872 年，面对想要砍伐受法令保护的枫丹白露艺术保护区的阿道夫·梯也尔（Adolphe Thiers）政府，她发表了长达 12 页的诉状《枫丹白露森林》② 以拯救世界上第一个自然保护区。基于此，法国研究者常常称她为"未来生态学的先驱"③。乔治·桑在弥留之际所说的最后一句话也是针对大自然：希望在她的坟墓上留下"绿叶……留

---

① Mourgues, E., «George Sand, Lanceuse D'alerte Écolo et Sauveuse de Fontainebleau», sur *France Culture*, 2 novembre 2021.

② Sand, G., «La Forêt de Fontainebleau», *Impressions et Souvenirs*, Paris: Michel Lévy frères, 1873, pp. 315 – 330.

③ 2017 年 10 月 14—15 日，法国 FIEF 举办了"女性学者与女性先锋"（Savantes et Pionnières）主题研讨会，乔治·桑研究专家 Martine Watrelot 发表演讲《乔治·桑：现代生态学的先驱》（George Sand, Pionnière de L'écologie Moderne），并且在其主编的《乔治·桑和生命与地球科学》（*George Sand et Les Sciences de la Vie et de la Terre*, Clermont-Ferrand: Presses universitaires Blaise-Pascal, 2020）中进一步论证这一观点。

下青枝绿叶……"① 窥一斑而知全貌，作者卓越的生态眼界和广博的人文情怀深深印刻在她的小说中。正如雨果所评价的那样："广袤的大自然整个儿反映在您的句子里，就像天空反映在一滴露珠里一样，您看见了宇宙、生命、人类、牲畜、灵魂。真是伟大。"通过文本与生态的交织，作品有了内在的逻辑归属，象征化的自然意象得以揭示其含蓄的文学隐喻。文字让自然的性灵之美昭显，元素的物质力量让人重回精神家园。乔治·桑看似质朴的自然书写，实则融合了超前的生态主义思想和自然元素观，在百年后的今天，诚为一份宝贵的思想财富。

## 【作者简介】

**时少仪**，苏州大学 2019 级法语语言文学专业硕士研究生，研究方向为法国文学。

【通信地址】江苏省苏州市姑苏区东环路 50 号苏州大学　邮编：215006　电话：18860926152　邮箱：shishaoyi-fr@outlook.com

---

① Mourgues, E., «George Sand, Lanceuse D'alerte Écolo et Sauveuse de Fontainebleau», sur *France Culture*, 2 novembre 2021.